No derrames tus lágrimas
por nadie que viva
en estas calles

No derrames tus lágrimas por nadie que viva en estas calles

PATRICIO PRON

LITERATURA RANDOM HOUSE

Primera edición: febrero de 2016

Printed in Spain – Impreso en España

ISBN: 978-84-397-3114-6
Depósito legal: B-25976-2015

Compuesto en La Nueva Edimac, S. L.

Impreso en Cayfosa (Barcelona)

RH31146

Penguin
Random House
Grupo Editorial

El viejo mundo está muriendo y el nuevo
aún lucha por nacer: ha llegado la hora de
los monstruos.

ANTONIO GRAMSCI

ÍNDICE

RAVENA, FLORENCIA, GÉNOVA, ROMA /

MARZO DE 1978 (I)

Nosotros, poetas, en nuestra juventud comenzamos con la tristeza; y después, al final, llegan el abatimiento y la locura.

«To Delmore Schwartz (Cambridge 1946)»,
ROBERT LOWELL

Oreste Calosso. Roma, 16 de marzo de 1978

El día 21 de abril de 1945 amaneció espléndido, como todos los otros días de ese mes terrible. Lo recuerdo perfectamente, y también recuerdo que, cuando encontramos el cadáver de Luca Borrello, éste tenía los ojos abiertos y miraba el cielo, como si un instante atrás también Borrello hubiera estado considerando que se trataba, efectivamente, de un día magnífico.

Atilio Tessore. Florencia, 11 de marzo de 1978

El día 21 de abril de 1945 llovió durante toda la mañana y luego salió el sol; irónicamente, para cuando lo hizo, ya todos habíamos encontrado refugio y nadie manifestó ninguna intención de salir a dar un paseo; de hecho, algunos ya habíamos comenzado a marcharnos.

Michele Garassino. Génova, 13 de marzo de 1978

No lo recuerdo. No tengo ni la más mínima idea de a qué se refiere y tampoco imagino por qué podría recordar yo una cosa semejante, qué tiempo hacía un día cualquiera de hace más de treinta años.

Espartaco Boyano. Ravena, 10 de marzo de 1978

El día 21 de abril de 1945 llovió todo el día y eso entorpeció la búsqueda. Ésta fue abandonada poco a poco por casi todos los participantes, a excepción de algunos que, como yo, siguieron buscando pese a las malas condiciones climáticas. Quién sabe si movidos por la curiosidad, por el convencimiento de que el desaparecido podría haber sido cualquiera de ellos, o por la especulación –nada desencaminada, por supuesto– de que participar de la búsqueda los eximiría de encontrarse entre los sospechosos. Eso si finalmente se descubría que Borrello no se había marchado subrepticiamente sino que había tenido un accidente o había sido asesinado.

Atilio Tessore. Florencia, 11 de marzo de 1978

¿Por qué iba yo a temer estar entre los sospechosos? ¿No había defendido el día anterior la opinión de Borrello, según la cual debíamos considerar que se produciría un cambio de régimen y participar de él como una forma de que nuestro proyecto no acabase por completo? ¿No le han contado ya a usted, que es tan joven, que Borrello fue acusado de ser un derrotista, que se afirmaba que era un infiltrado, que se insinuó que se había vuelto loco? Es decir, que se había vuelto loco de soledad y posiblemente de hartazgo y que su último proyecto –del que sólo existían rumores, aunque se trataba de rumores persistentes y curiosamente unánimes, como si todos aquellos que los reproducían hubieran visto ellos mismos trabajar a Borrello en su proyecto, o como si, más verosímilmente, hubieran aceptado el rumor por considerar que la obra de Borrello, que se había ido dispersando y transformando y adquiriendo formas más y más singulares y extrañas, como si *L'anguria lirica* no fuese, también, singular y extraña y no señalase un rumbo de alguna índole, que sólo Borrello pareció desear seguir, que nosotros decíamos querer seguir pero no seguimos, tal vez debido a que comprendimos que, en realidad, el arte y la vida no debían ser mezclados nunca, que el arte debía ser el sueño, inquietante o conciliador, de una cierta vigilia que sólo debía fantasear con la posibilidad de reunir arte y vida, y que si ambas no habían sido reunidas nunca era porque su reunión era un abismo al que era mejor no asomarse, y al que nosotros nos asomamos sólo un palmo antes de retroceder espantados, comprendiendo, digo, que la obra de Borrello sólo podía terminar de la forma en que lo hizo o del modo en que los rumores decían que lo había hecho— ponía de manifiesto que Borrello había caminado por una vía estrecha, inclasificable, que tenía dos aceras, una en la que estaba el arte y otra en la que se encontraban la locura y la aniquilación, y que, exhausto, había caído en alguna de ellas, y luego había mirado hacia delante, hacia el fondo de la vía, y había descubierto que esa vía no tenía horizonte, que concluía en un telón que imitaba un horizonte y que detrás de ese telón sólo había una pared de roca sólida como aquella al pie de la cual lo encontraron, según me dijeron, o que había un desconocido que se reía salvajemente de la ignorancia y de la inocencia del caminante y tal vez sólo había un espejo, un espejo en el que ni Borrello ni ninguno de nosotros hubiese querido mirarse nunca.

TURÍN / NOVIEMBRE DE 1977

Nosotros concedemos a la juventud todos los derechos y toda la autoridad, la cual negamos y queremos arrancar brutalmente a los viejos, a los moribundos y a los muertos.

«Necesidad y belleza de la violencia»,
F. T. MARINETTI

Algunos metros más adelante, la espalda del viejo profesor se curva de tal forma que ya no es posible ver su nuca; la hondonada que se produce en la chaqueta debido a la curvatura de la espalda y al hábito de adelantar la cabeza al caminar –que Pietro o Peter Linden, llamado «Pitz» y «Peeke», aunque en los dos últimos casos sólo por su madre, sabe que se denomina «cuello de cisne» y que se trata de una postura susceptible de ser corregida, ya que él la tenía de niño y su madre se la corrigió como solía hacerse en aquellos tiempos, colocándole una pila de libros en la cabeza y obligándolo a caminar por la casa sin que los libros se cayeran– hacen que, a sus espaldas, de la cabeza del viejo profesor sólo se vean la punta de las orejas y algo del cabello blanco que corona su cráneo y que en este momento se encuentra un poco desordenado por el viento, ya que el invierno parece haberse anticipado y la ciudad padece los vientos, por otra parte tan habituales durante buena parte del año, que trasladan el frío de las montañas que rodean Turín, que ya están nevadas en sus cumbres. No importa, ya que Pietro o Peter Linden conoce bien al viejo profesor y no necesita más que un elemento o dos –el color de la chaqueta que lleva hoy, que es de un azul plomizo, o la vacilación cuando el viejo profesor adelanta el pie derecho, que Pietro o Peter Linden sabe, porque el viejo profesor lo contó en alguna ocasión en sus clases, sin que viniese a cuento realmente, que debió serle reconstruido después de que quedase atrapado en el derrumbe de una habitación de la vivienda que su mujer y él ocupaban en Milán durante los últimos días de la guerra, que cedió cuando un edificio contiguo fue alcanzado por una granada; según el viejo profesor, con una veintena de niños encerrados en su interior porque el edificio contiguo era un colegio—, uno o dos elementos, pues, para reconocerlo entre las personas que se encuentran reunidas en la esquina de las calles Giuseppe Verdi y Gioacchino Rossini esperando que el tráfico disminuya lo suficiente como para poder cruzar al otro lado, es decir, al corso San Maurizio, para dirigirse, más allá, al río; una esquina a la que Linden y el viejo profesor han llegado juntos —aunque, por supuesto, el viejo profesor no lo sabe— después de abandonar el edificio de la universidad y atravesar, también juntos, aunque a cierta distancia uno de otro, la via Fratelli Vasco. Allí le ha bastado a Linden fingirse uno de los estudiantes para poder seguir al viejo profesor a unos metros escasos, y más adelante han sido los arcos de las calles los que le han ofrecido cobijo, así como la multitud que recorre las calles a esta hora del día, con cierta prisa debido a que los comercios cerrarán en unos minutos, pero, aun así, demasiado lentamente para Linden, que a menudo tiene la impresión de que las personas nunca caminan a suficiente velocidad cuando se desplazan por las calles, al punto de que él, que está dispuesto a asumir riesgos importantes para propiciar la llegada de un mundo nuevo que ni él ni sus compañeros de célula pueden siquiera intuir, y que posiblemente los expulse cuando se produzca su llegada, si es que eso sucede algún día, sólo cree saber dos cosas al respecto que para él, que en ocasiones se sorprende pensando en ellas con una sonrisa maliciosa en los labios, son innegociables: que en ese mundo nuevo habrá libros y que se prohibirá que las personas realicen paseos, conminándolas a cambio a desplazarse a una velocidad estable y alta o a permanecer en sus casas. De hecho, adoptar la lentitud requerida para desplazarse detrás del viejo profesor sin llamar la atención ha sido la única dificultad que se le ha presentado durante los últimos ocho días, en los que lo ha seguido todas las veces desde la universidad hasta su casa llevando a cabo un recorrido siempre igual en el que el viejo profesor no se ha detenido ni se ha dado vuelta en ninguna ocasión, como si no planeara sobre él la sombra de ninguna duda ni concibiese la posibilidad de que sus palabras –algunas de ellas, las vertidas en uno de los periódicos locales con regularidad o las formuladas en sus clases, a las que Linden ha asistido el curso pasado y que, en líneas generales, le han satisfecho a pesar de las múltiples alusiones despectivas del viejo profesor a los grupúsculos y a las células políticas, casi todas violentas, casi todas conformadas por jóvenes, con las que Linden ha simpatizado primero y a las que ha acabado sumándose después, aunque su posición, en ese sentido, aún no es segura, y el seguimiento al viejo profesor tiene, para él, por consiguiente, la importancia de una prueba– lo penalizaran, y Linden recuerda especialmente unas que formuló el año anterior, cuando su clase fue interrumpida por un puñado de jóvenes que le solicitaron que la suspendiera para que los alumnos –que sólo eran un puñado, que eran apenas cinco o seis, Linden incluido– pudieran participar de la manifestación que comenzaba a tener lugar en el patio interno de la universidad en ese momento, y en la que algunos ya voceaban consignas y otros apilaban bancos y mesas con la finalidad de prenderles fuego si la policía ingresaba al patio, cosa que la policía, que ya se había desplegado conformando un muro erizado sobre la via Po y sobre la Giuseppe Verdi, parecía dispuesta a hacer a la menor provocación, y el viejo profesor sólo los miró y les dijo: «No voy a permitir que esta clase sea interrumpida por razones políticas». Uno o dos de los alumnos presentes se sumaron a los espontáneos que habían interrumpido la clase y comenzaron a bajar las escaleras con ellos en dirección al patio interior, pero Linden –quien por entonces no sabía que en breve sería uno de ellos, que pronto estaría avanzando con ellos a un enfrentamiento con la Historia y que desconocía que uno de ellos sería su supervisor en la célula a la que acabaría integrándose, que otro de los jóvenes sería quien acabaría convenciéndolo de que aquel era el momento de enfrentar al Estado, y que otro de ellos, uno que solía prestar su casa para unas reuniones políticas a las que Linden no iba aún pero a las que comenzaría a ir en breve, sería asesinado por la policía algunos años después en un enfrentamiento– no bajó con ellos, de manera que fue uno de los pocos que pudo escuchar que el viejo profesor balbuceaba para sí mismo: «Nosotros también creímos que peleábamos por algo, pero sólo peleábamos por nosotros mismos y para conservar nuestra juventud, y la perdimos», y lo que dijo aquella vez el viejo profesor le ha quedado grabado a Linden del mismo modo en que le han quedado grabadas frases completas de los artículos en la prensa del viejo profesor, quien usualmente aboga en ellos por una mayor dureza en el enfrentamiento con los jóvenes y por el retorno de unos valores que son esencialmente religiosos y suponen una forma de vida no muy distinta de aquella de los padres y de los abuelos del viejo profesor, aunque no precisamente de la del viejo profesor, quien, como todos los integrantes de su generación, ha tenido que vivir de espaldas a esos valores entre otras cosas debido a que ha tenido que participar de dos guerras mundiales y porque esas guerras mundiales han aniquilado la forma de vida de sus padres y de sus abuelos en el marco de la cual esos valores parecían útiles y convenientes. Quizá, piensa Linden mientras deja atrás la via Gaudenzio Ferrari –la espalda del viejo profesor apenas unos metros más allá, hundida por el peso de la cabeza y por la indiferencia que le producen las vitrinas de los locales frente a los que pasa–, esos valores hayan sido concebidos para prevenir las guerras y el mundo que les sucedería, pero lo más factible es que, en realidad, contribuyeran a ambos, y así han quedado, no exactamente obsoletos, pero sí inútiles para cualquier otra cosa que no sea la continuidad de un estado de cosas que, en su opinión y en la de sus camaradas, debe ser transformado. El estado de cosas en la República italiana requiere, piensa Linden, que el enfrentamiento se agudice y que se empleen más medios y más contundentes para contener la avanzada del Estado, aunque existe la posibilidad de que el aumento de las acciones contribuya, a modo de justificación, al incremento de la fuerza empleada por parte de éste para evitarlas o para reprimirlas. Linden no se considera capacitado para determinar qué es preciso hacer en ese sentido y, de hecho, sólo le interesa «hacer», en lo que hay tanto una convicción política –la de que la situación italiana debe cambiar, no importa demasiado qué la reemplace– como el sentimiento de una falta íntima y, por consiguiente, no necesariamente visible, pero que se manifiesta –esta vez sí, visiblemente– en su cabello rubio, que lo destaca entre quienes recorren la via Rossini, aunque no son pocos los rubios en Turín, y en su apellido, dos cosas que lo avergüenzan porque ponen de manifiesto que él es al menos parcialmente alemán –es decir, que por lo menos una parte de él corresponde a los causantes de la ruina italiana de los años de la guerra–, aunque las cosas son relativamente más complejas, puesto que él no es uno de los tantos italianos de su edad que resultaron de relaciones consentidas o no entre mujeres italianas y alemanes de la Wehrmacht, sino que sus padres se conocieron años después de la guerra, en Milán, cuando su madre participó con el coro de su iglesia en una de esas giras interminables que la iglesia evangélica alemana organizaba con cierta regularidad en esos años para «estrechar lazos» entre enemigos recientes y, más específica y subterráneamente, para que a los alemanes se les disculpasen los hechos trágicos del pasado, de los que los alemanes habían sido primero perpetradores y luego víctimas, o simplemente víctimas siempre, en cierto sentido, aunque el origen de su apellido no está allí, sino en un ebanista suizo del cantón de Berna que llegó a Turín unos sesenta años atrás para trabajar en la industria. A Linden el asunto no le resulta indiferente, pero se pregunta si esos hechos poseen para él la misma importancia que los relacionados con la escalada de violencia que tiene lugar en Italia desde el 15 de marzo de 1972 en la que la retórica se ha radicalizado, se han radicalizado los modos de luchar contra el Estado y éste ha radicalizado su respuesta a los desafíos que resultan del descontento y de una visión ampliada de lo político, porque ¿no son políticos la radicalización y el rechazo?

¿Acaso no es evidente que en aquella ocasión el viejo profesor, que camina apenas unos metros por delante de él, estaba equivocado, y que, si su clase continuaba, lo hacía en primer lugar por razones políticas? ¿Que la existencia de una separación entre las formas de protesta política y los modos de transmisión de conocimiento es, en realidad, un problema político? A Linden, que se aproxima ya al corso San Maurizio junto al profesor y a un puñado de otras personas que le resultan indiferentes y a las que presta apenas la atención necesaria para no poner en riesgo la seguridad de su seguimiento, le parece que es preciso recurrir a todos los medios necesarios para reunificar ambas instancias, política y experiencia, reflexión y acción; prácticas, también las artísticas, y, digámoslo así, vida. Linden se retrasa deliberadamente, se esconde detrás de dos mujeres que regresan a sus casas con la compra —tomates, pan, cebollas, algo que parece albahaca o quizá hierbabuena, carne que ha empapado de sangre ya el papel en el que fue envuelta y comienza a imprimir una mancha de líquido en la superficie de la bolsa de una de las mujeres— porque el corso San Maurizio es una calle amplia y poco frecuentada a estas horas y, si el viejo profesor se diese la vuelta —aunque no se ha dado la vuelta hasta el momento y no parece que vaya a hacerlo; posiblemente, no lo hará nunca: así de seguro está Linden de su sigilo y de la protección que la legitimidad de sus acciones instaura en él y alrededor de él, como si fueran una especie de pared acolchada que lo separase de los demás y alejase los peligros—, podría reconocerlo mientras la cruzan, lentamente, en un itinerario puntuado por los autobuses y los autos que recorren la avenida, que están aparcados en el centro de la calle, con sus conductores que pitan y vociferan ante el paso de los peatones, que irremediablemente avanzan demasiado lentamente para su gusto, en particular las dos mujeres que regresan a su casa con la compra y Linden, que las sigue, que alza la cabeza para no perder de vista al viejo profesor, que avanza algunos metros más adelante, que ya ha cruzado casi por completo el corso y ahora se detiene un instante frente a la vitrina de una chocolatería y vacila, meditando, al parecer, acerca de lo que está viendo y posiblemente de si es necesario o pertinente comprar una caja de bombones, quizá no de las más grandes y costosas sino una pequeña y no muy llamativa, que pueda llevar consigo en el bolsillo sin llamar la atención, pero desiste y sigue caminando lentamente, deja atrás la via Santa Giulia, se acerca con paso firme a la parada del tranvía —el número 16, cuyo itinerario Linden desconoce— y después se interna en el corso Regina Margherita, que presenta a Linden las mismas dificultades que el corso San Maurizio, que Linden pretende resolver escondiéndose detrás de alguien, detrás de las mujeres que vuelven a casa con la compra, por ejemplo; pero las mujeres han girado ya en Santa Giulia y, al buscarlas con la vista, Linden no las encuentra, así que toma la decisión —por lo demás, riesgosa— que ya debió tomar en un seguimiento anterior, en el segundo o el cuarto, y avanza decididamente, deja detrás al viejo profesor —que no se percata, que no se da cuenta de que está siendo superado por un alumno suyo en un curso anterior, alguien que recuerda una situación en la que él afirmó que no iba a dejar que su clase se viera interrumpida por razones políticas; es decir, por razones políticas distintas a las que él defiende a menudo en la prensa y en sus clases y que proponen el retorno al orden y a la tradición, o a lo que él entiende por tradición, que es básicamente la versión idealizada de los tiempos que siguieron a la revolución que se produjo cuando alguien fue clavado en una cruz en algún lugar de Palestina—, y Linden cruza la calle y se refugia en un puesto de prensa; compra un par de periódicos y, por su proximidad a los periódicos, sencillamente por el hecho de que su mano se desliza en esa dirección y se aferra a una cartulina mucho antes de que él decida por qué y con qué motivo, compra una postal de la Mole Antoneliana que no tiene a quién enviar, aunque es evidente que podría enviársela a su padre si éste no hubiese muerto unos años atrás, en las afueras de un hospital ubicado a su vez en las afueras de Milán, un hospital que a Linden no le pareció, la única vez que estuvo allí, más que un sitio donde depositar a los ancianos y a los locos y a todo lo que éstos vivieron, todo lo que vieron e hicieron en los años de la guerra. Linden ve cómo el viejo profesor pasa frente a la vitrina del puesto de prensa, en la acera opuesta, y lo sigue con la mirada hasta que el cristal de la vitrina se ve interrumpido por una columna y el viejo profesor desaparece de la vista; se ha quedado de pie en el centro del local, viéndolo pasar, y sólo sale de su ensimismamiento cuando el anciano que lo atiende, que cree que Linden ha olvidado algo o simplemente no se atreve a formular otro pedido, le sugiere, con un fuerte acento triestino −el acento de alguien desplazado, piensa Linden−, que tal vez esté buscando alguna otra cosa, y extrae de las profundidades del mostrador unas fotografías pornográficas que parecen haber sido hechas hace décadas, posiblemente antes de la guerra, y que a Linden le recuerdan algo que no puede identificar, una especie de pudor infantil ante las primeras, balbuceantes, manifestaciones del deseo y de la curiosidad por las mujeres, así que vacila y luego dice que no le interesan, que sólo estaba haciendo tiempo, y sale a la calle, pero antes escucha que el triestino musita «Maricón» a sus espaldas: cuando se gira, lo ve contemplando él mismo las fotografías, con una expresión incomprensible. El viejo profesor, por su parte, se encuentra ya aproximadamente a la mitad del Ponte Rossini, donde en ese momento elude a un hombre que lleva un maletín y se apresura en la dirección contraria, camino de la parada del tranvía y directamente hacia Linden, que cruza la calle y también lo esquiva y continúa caminando detrás del viejo profesor, que cruza el largo Dora Firenze y a continuación sigue por via Reggio y alcanza la via Pisa y allí hace algo que no ha hecho en todos los días previos, en los días durante los cuales Linden ha estado siguiéndolo y preguntándose dónde se llevará a cabo la acción prevista, si a la altura del puente, que ofrece buenas posibilidades de escape, o cuando el viejo profesor alcance su casa, o en algún punto intermedio, porque lo que hace el viejo profesor es entrar a la librería que se encuentra en la esquina de las calles Reggio y Pisa y esto paraliza a Linden, que se pregunta qué hacer a continuación, si ingresar en el local o esperar fuera, y en ese caso dónde, porque éste está por completo acristalado y es difícil pensar en un sitio donde ocultarse que no se vea desde su interior; pero entonces, mientras se acerca lentamente a la librería, ve salir de ella al viejo profesor y comprende; entiende qué ha ido a hacer allí y por qué se ha marchado de inmediato y toma nota mental de ello y después continúa siguiendo al profesor, quien, a continuación, ya no se aparta de su ruta habitual; es decir, sigue por via Reggia y dobla a la izquierda en via Parma, y se dirige aún más lentamente, porque el trayecto parece haberlo agotado ya, hasta el número 49 de la calle, donde se detiene, extrae una llave del bolsillo posterior de su maletín, la introduce en la puerta de un edificio que —pero esto no pueden saberlo ni Linden ni el viejo profesor, quien, por lo demás, y a diferencia de Linden, no llegará a ver ni siquiera los cambios más inmediatos de la calle, de la ciudad, del país— será demolido en algunos años para dejar paso a uno de esos edificios modernos y funcionales que proliferarán en el barrio cuando los habitantes de los viejos palacios decidan que los tiempos han cambiado y es necesario buscar otras casas y otras formas de vida, que es realmente lo único que Linden y sus correligionarios desean, aunque es posible que acaben arrepintiéndose de ello: una época nueva, donde el arte y la vida se hayan reunido nuevamente después de décadas de una manifiesta incomprensión mutua, de un desdén mutuo resultado de un tiempo que podríamos —y de hecho, así lo creen Linden y quienes le han asignado la tarea de realizar el seguimiento que ya acaba, que termina por fin— resumir en la figura del viejo profesor, que forcejea con la cerradura, que abre con dificultad una de las hojas de la gran puerta del edificio, que se cuela a través de ella, que desaparece de la vista de Linden por última vez.

Unos días después, el viejo profesor está muerto: ha sido acribillado en una acción de escarmiento que —pese a la retórica con la que la organización a la que Linden pertenece, que se adjudica el ajusticiamiento, que promete acciones similares contra otros representantes del viejo régimen y de la lógica estatal—, en realidad, ha salido mal, rematadamente mal, cosa que Linden, quien no ha participado de la acción —aunque, en cierto sentido, sí lo ha hecho, puesto que él realizó el seguimiento y elaboró a continuación el croquis detallado de itinerarios, horarios, incidencias, que entregó a su enlace, quien le hizo saber más tarde que se trataba de un muy buen trabajo, y que era posible que le encargasen otros similares, y le preguntó si tenía experiencia con armas de fuego—, comprende tan pronto como lee la noticia en el periódico y se entera de esa forma de que la muerte se ha producido por desangramiento, ya que todas las heridas de bala se encuentran en las piernas del cadáver; es decir, que lo que se pretendió fue amedrentar al viejo profesor, que murió desangrado en la puerta de su vivienda a la espera de una ambulancia, llamada desde el teléfono de un bar próximo por un parroquiano que no quiso dar su nombre, que el Estado italiano que él defendía en sus clases y en sus artículos en la prensa no consiguió enviarle a tiempo, lo cual no deja de ser irónico porque pone de manifiesto que, si Linden y los miembros de la organización a la que pertenecen han escogido estar desamparados y han optado por el ocultamiento y la clandestinidad de sus acciones, las personas que han escogido la protección del Estado y su defensa pública también están desamparadas: han sido desamparadas por el Estado sin que éste manifieste ninguna mala conciencia, posiblemente porque el Estado también ha comprendido que los tiempos están cambiando y que sólo se puede derrotar a lo nuevo con lo nuevo, disfrazado de lo antiguo y perimido y legitimado por ese disfraz, por esa aura de respetabilidad que Linden nota en muchos sitios; en Roma, por ejemplo, donde ha sido enviado por la organización poco antes de que se cometiera la acción contra el viejo profesor, y donde lee las noticias en la prensa en una cafetería en los alrededores de la estación de Termini, donde ocupa una casa operativa que comparte con otro activista, que le ha dicho que se llama Paolo y que está en el frente de cárceles en el área de Bolonia, aunque Linden cree que esto no es así porque, de estar en el frente de cárceles, no ocuparía una casa operativa y porque su acento no es boloñés sino imprecisamente sureño, posiblemente calabrés; también porque le ha visto contando grandes sumas de dinero en su habitación y escondiéndolas luego en una caja disimulada en el cabecero de su cama, posiblemente a la espera de cerrar una operación de compra de armas, o tal vez como una prueba a él, para que Linden se vea tentado de robar el dinero y huir, cosa que la organización le haría pagar con su vida y que, por supuesto, Linden no piensa hacer; o puede suceder que el boloñés del frente carcelario sea en realidad un infiltrado, alojado en la casa a la espera de que alguien realmente importante de la organización llegue para detenerlo, porque esas cosas ya han sucedido en el pasado y seguirán sucediendo, lo que llevará a que en un momento u otro la organización se vuelque sobre sí misma, como hacen todas las organizaciones, y disuelva su potencial revolucionario en la ingrata tarea de efectuar depuraciones, perseguir infiltrados, escuchar sus testimonios y los alegatos a su favor, ajusticiarlos o eximirlos, usarlos, lo que Linden sabe porque su padre se lo dijo decenas, posiblemente cientos, de veces a lo largo de su vida, que fue partisano durante la guerra y debió matar a alemanes y a colaboracionistas y también, desafortunadamente, a uno o dos infiltrados, aunque a él nunca le quedó claro que fueran infiltrados, al punto de que es posible que haya sido la incertidumbre y tal vez el remordimiento los que acabaron contribuyendo a su hundimiento y a su voluntad de poner punto final a su vida, constituyendo con su ejemplo una advertencia que su hijo no ha querido escuchar sino parcialmente, porque ha acabado convirtiéndose, o al menos así lo imagina él, en un partisano; pero Linden también sabe, o comprende, que está en peligro en

Roma, en peligro de que los frentes que dividen a unos de otros empiecen a resultarle más difusos de lo que realmente son —si esos límites existen—, así que regresa en cuanto puede a Turín y allí, antes de reengancharse, recuerda una nota mental tomada días atrás, y una tarde regresa a la esquina de via Reggio con Pisa y entra a una librería inusualmente oscura en su interior a pesar de estar casi completamente vidriada y se acerca a un mostrador también acristalado, desde donde lo observa un empleado que parece, todo él, desde las gafas hasta las manos, hecho de cristal, y pregunta si los libros que el viejo profesor encargó han llegado ya, y el empleado que parece de cristal lo observa y Linden le responde que era asistente del viejo profesor y que en la universidad le han dado instrucciones para que recoja los encargos que el viejo profesor pudo haber hecho en sus últimas horas de vida y que los cancele, así que el empleado cristalino, que posiblemente también piense que Linden es cristalino y que sus intenciones lo son, le pide un momento y se retira a la trastienda, y luego balbucea el nombre del viejo profesor, como si necesitase invocar su nombre al tiempo que lo busca en los paquetes de libros y finalmente da con uno de esos paquetes y regresa al mostrador y se lo entrega a Linden, que prácticamente no lo mira, que extrae el dinero de su bolsillo y pide al empleado que le entregue una factura a nombre del director de la biblioteca del departamento donde se desempeñaba el viejo profesor, que es, insiste Linden, lo prescriptivo en estos casos, y después acepta las condolencias del empleado cristalino, un pequeño bibelot a punto de romperse en un acceso de llanto mientras balbucea que el viejo profesor era un buen cliente de la librería, y a continuación recoge el paquete y la factura, que prácticamente debe arrancar de las manos cristalinas, vítreas, del empleado, y luego sale de la librería y baja por la via Reggio y no mira atrás, no mira atrás ni una sola vez mientras se pregunta qué hacer a continuación y dónde.

A lo largo de su vida, Linden ha pensado siempre en la literatura como algo más que una distracción; más aún, como algo de una necesidad inexcusable, una convicción que puede ser el resultado de los ejercicios prescriptos por su madre o de la insistencia de su padre, que careció siempre del tiempo para ella pero nunca dudó de su importancia y transmitió ésta a su hijo, y en alguna ocasión incluso le contó que había conocido a un escritor hacia el final de la guerra y que éste, a pesar de no tener ninguna razón para ello, le había salvado la vida, lo que a Linden le pareció enigmático en su momento y luego, sencillamente, una historia más de una guerra que, en algún sentido, sólo se compone de historias; y así es que, una vez más, y al margen de lo que su padre pudiese creer acerca de la literatura y de su utilidad –que para Linden sólo puede existir con relación a otra pregunta, la de «para hacer qué» con la literatura–, y como sea, éste deja nuevamente todo de lado para leer, esta vez para leer los libros que el viejo profesor encargó poco antes de morir y que son tres. Va a hacerlo en varias ocasiones en los próximos meses, desatendiendo las posibilidades de ponerse en contacto con la organización a la que pertenece, en no menor medida debido a que unas semanas atrás unos activistas habrán sido asesinados o se habrán suicidado en sus celdas en una cárcel de Alemania Occidental, lo que habrá llevado a que el pequeño mundo que Linden y sus amigos y conocidos habían creado a su alrededor con la finalidad de que acabase reemplazando al otro mundo, al mundo que está allí fuera y que les resulta más y más extraño, se reduzca todavía un poco más al tiempo que se amplía con una posibilidad insospechada hasta ese momento, la de ser asesinados, además de encarcelados y torturados; aunque también, piensa Linden mientras se dirige a la reunión en la que su célula va a discutir el hecho y las posibles acciones de represalia, puede haber sucedido que aquellos activistas –cuyos nombres, como muchos otros jóvenes en diferentes sitios de Europa, Linden conocía bien: Andreas Baader, Jan-Carl Raspe, Gudrun Ensslin, Irmgard Möller, que sobrevivirá– no hayan sido asesinados en sus celdas, sino que ellos mismos se hayan suicidado debido al fracaso de la última acción destinada a liberarlos, el secuestro de un avión, con sus pasajeros y su tripulación, que fue desviado a una ciudad africana —una ciudad, por cierto, en la que Linden vivirá durante algún tiempo en el futuro, aunque esto no lo sabe aún, naturalmente, y de cuyo aeropuerto partirá en varias ocasiones preguntándose todas las veces dónde se produjo la acción y si existe algún testimonio material de ella— con la finalidad de iniciar unas negociaciones con el gobierno alemán occidental que éste no se avino a sostener: el avión fue asaltado durante la noche; sus secuestradores, asesinados. Esta noche, los integrantes de la célula a la que pertenece Linden se reúnen a discutir la acción en un piso operativo en la zona de Mirafiori Nord que él ha alquilado con un nombre falso unas semanas atrás y que ha pagado con dinero de la célula a la que pertenece y no se ha tomado la molestia de amueblar, de tal forma que en él tan sólo hay una radio, una lámpara de mesa que alguien que pasó algún tiempo en la comuna en la que, al menos oficialmente, Linden vive, frente a la iglesia de San Salvario, dejó olvidada cuando se marchó —o fue expulsado, Linden no lo recuerda bien—, y unos colchones sobre los que los integrantes de la célula se han recostado para fumar y hablar y sacar conclusiones acerca del fracaso de la acción de rescate de sus referentes alemanes y su muerte en la cárcel; pero de esta noche no saldrá conclusión alguna porque todos están paralizados por la sorpresa y la indignación y algo parecido al miedo, así como por la incertidumbre de no saber si la muerte de los alemanes ha sido un asesinato o un suicidio, dos opciones que tienen sus adeptos y sus detractores en la célula esta noche y suponen conclusiones diferentes, cosas distintas que leer en la acción y que la condicionan por completo, convirtiéndola una en una acción exitosa y otra en una acción fracasada: si se trató de un asesinato, se puede tener la certeza de que el enfrentamiento con el Estado sólo puede intensificarse, ya que la muerte de los activistas alemanes —a los que la prensa, también la italiana, o especialmente la italiana, llaman y llamarán consuetudinariamente «terroristas»– pone de manifiesto la violencia subyacente a las instituciones de justicia del Estado y demuestra que su legalidad no es siquiera relevante para sus valedores, lo que inclinará a la opinión pública del lado de quienes pretenden reemplazar esa legalidad por otra distinta, menos ligada al imperio del dinero y de las desigualdades; mientras que, si se trató de un suicidio –aunque pensar que ese suicidio haya sido posible en una cárcel de máxima seguridad, en una cárcel construida para evitar que ese suicidio se produjera, parece absurdo–, la acción también es exitosa, o al menos aparentemente exitosa, porque supone que los activistas políticos siguieron siendo dueños de sí mismos incluso cuando se encontraban en manos del Estado; esa manifestación de independencia, de una autonomía trágica, se puede interpretar como un mandato y una enseñanza a quienes, como Linden y los otros integrantes de su célula –cuyos nombres de guerra son tan absurdos como el que el propio Linden ha escogido para sí y que sólo a regañadientes se ha tomado el trabajo de memorizar–, los han tomado como referentes, pero también conduce a la conclusión –que Linden no se atreve a plantear abiertamente esta noche, puesto que su posición en la organización todavía es precaria y aún se lo excluye de las acciones armadas, lo que es tanto un modo de preservarlo hasta que haya adquirido mayor experiencia como un reconocimiento tácito de la importancia de sus habilidades en otro ámbito, en la inteligencia de las acciones, en la provisión de pisos operativos y en la comisión de falsificaciones y de investigaciones para las que es mejor que Linden flote en una zona imprecisa entre la legalidad y la ilegalidad, en la que el resto de los miembros de la célula ya está plenamente sumergido– de que quienes los tomaron como referentes han sido dejados de lado por ellos, que prefirieron abandonar voluntariamente la lucha a continuar afrontando las consecuencias de esa misma lucha, lo que a Linden le parece más decoroso, al tiempo que más insensato. En ese abandono voluntario de la lucha hay una especie de derrota íntima de la acción, que a Linden le recuerda y le recordará durante años las derrotas también íntimas de quienes, en un momento u otro, habrán luchado y perdido, como su padre, que combatió la ocupación alemana del norte de Italia y el fascismo y luego, de alguna forma, acabó añorando ambos, atrapado como quedó en una telaraña de créditos que terminó asfixiándolos a él y a la carpintería que había intentado establecer en el barrio de las afueras de Milán donde Linden se ha criado, proveyendo de ese modo a su hijo, sin saberlo, de los motivos para sentir el rencor y la frustración, ciertamente no muy presentes más que como el telón de fondo de las acciones teatrales que Linden ha llevado a cabo desde niño –o al menos eso cree éste, que tiende a pensar que todo es actuación o impostura, en particular en la infancia–, que lo han conducido a integrarse a la célula de activistas políticos con los que comparte esta noche particular en la que no se atreve, tampoco, a confesar sus dudas acerca de la pertinencia de la acción contra el viejo profesor o, mejor aún, acerca de la convicción, que parece aceptada por todos, de que ese tipo de acciones vaya a propiciar la aparición de un mundo nuevo con valores que se parezcan un poco más a aquellos por los que su padre y los otros partisanos lucharon en su momento y que no pudieron imponer ni siquiera en la confusión del final de la guerra, a pesar de lo cual existe también la posibilidad –que nadie menciona esta noche, que nadie parece atisbar siquiera o sobre la que todos prefieren callar– de que los activistas alemanes sobre los que discuten en el piso operativo esta noche se hayan impuesto a las circunstancias, obteniendo así una victoria, digamos, póstuma, al emplear el último resto de libertad que les quedaba para fingir que su suicidio ha sido un asesinato; es decir, fingiendo que la culpabilidad de su muerte recae en el Estado, manchándole las manos, por así decirlo, a pesar de que es evidente que el Estado tiene las manos manchadas de sangre desde su definición misma, cosa que, aunque Linden comprende y aprueba, le impide imaginar en este momento la posibilidad de que los activistas alemanes hayan fingido su asesinato porque cree —y éste es, de algún modo, el límite último; el que no se atreve ni se atreverá a cruzar nunca— que las acciones políticas afirmativas tienen siempre de su lado a la verdad, lo que los condenará a él y a toda su generación, que acabará teniendo que admitir que ha superado ese límite una y otra vez, mayormente por ignorancia. Linden tampoco se atreve a confesar esa noche que días atrás, vulnerando todas las normas de seguridad, fue a la librería en la que había visto detenerse al viejo profesor y adquirió, movido por la curiosidad, los libros que el viejo profesor había encargado; y tampoco se atreve a confesar que, tras hacerlo, y leer los libros, ha pensado que la acción estaba legitimada o estaría legitimada si se conociesen por lo menos los títulos y los autores de esos libros, ya que el viejo profesor había encargado tres libros de autores que han pasado a la historia de la literatura italiana —si han pasado, cosa que Linden desconoce: no estudia literatura sino periodismo, que siempre ha considerado una cierta forma de literatura desapegada de su vocación trascendente, una literatura convencida, y Linden sólo puede estar de acuerdo, de que su finalidad y sus usos se limitan al presente, a un presente brevísimo que captura sólo para soltarlo inmediatamente, en lo posible explicado, esclarecido, eventualmente transformado— por ser autores fascistas, escritores que sostuvieron el fascismo y lo celebraron y se hundieron con él, pero, también, que la impresión de que la acción contra el viejo profesor estaba legitimada por sus lecturas se desvaneció cuando Linden encontró en uno de ellos —el nombre de cuyo autor, Espartaco Boyano, le resultó, por cierto, completamente desconocido, como los de los autores de los otros dos títulos, Ottavio Zuliani y Oreste Calosso— un nombre que él, que no sabe absolutamente nada de la literatura del período y que no tiene interés en ella, conoce bien, que escuchó muchas veces en boca de su padre cuando éste le hablaba de las últimas semanas de la guerra, cuando se desenganchó por accidente de la célula partisana de la que formaba parte, después de un ataque, y se arrastró con una pierna rota por una hondonada del terreno durante uno o dos días, nunca lo supo con precisión, recorriendo sin orientación alguna aquella hondonada hasta llegar a la llanura, donde fue hallado por un hombre que surgió del bosque y le salvó la vida para convertirse luego en su captor pero también en su amigo, y así es como Linden recordó su nombre leyendo aquellos libros y pensó que había algo que no había sido dicho aún, y pensó también que tenía que ir a ver a su padre y preguntárselo todo, pero de inmediato pensó o recordó que su padre había muerto en las afueras de un hospital en las afueras de Milán y que él mismo decidió cuándo y cómo hacerlo, lo que a Linden le parece desde entonces una «buena» muerte, aunque puede que esto no sea más que un consuelo frente a la pérdida de su padre −pese a que a Linden le parece evidente que, de haber sido de otro modo, esa muerte no hubiese sido propiamente la de su padre, o la del hombre que él ha conocido como su padre y se unió voluntariamente a la Resistencia y determinó todos y cada uno de los momentos de su existencia, excepto la enfermedad y las deudas−, y era evidente que ya no iba a poder hablar con él, de modo que tendría que hacerlo de otra manera, averiguar de otro modo todo lo que pudiese acerca de aquel hombre: aunque cuándo, de qué manera, es algo que no sabía en ese momento, mientras leía aquellos libros, ni sabe esta noche en que no cuenta esto ni habla de lo que ha visto en Roma ni menciona sus primeras dudas.

En la única visita que le hizo antes de que se suicidara, cuando su padre todavía podía caminar, y tras una tarde en los jardines de aquel hospital en las afueras, su padre le dijo que debía regresar a su habitación. «Vayamos por este camino», dijo, señalando entre los setos y plantas de espinos que los separaban del edificio principal del hospital. «¿Qué camino?», preguntó Linden, pero su padre, demasiado orgulloso para admitir su error, demasiado orgulloso para admitir cualquier error, le respondió: «Este que aún no está inventado», y a continuación le dio la espalda para abrirse paso con dificultad entre los setos y las plantas de espino, y Linden, entendiendo, comprendiéndolo todo por primera vez en su vida, comenzó a su vez, por fin, a caminar a su lado.

Algo después de la muerte de los activistas alemanes en la prisión, Linden es comisionado para trazar varios perfiles de periodistas locales; esta vez, se le dice, no va a hacer él el seguimiento, pero tiene que ir a una biblioteca local, dar un nombre falso, leer colecciones del periódico, cotejar ideas. Linden lo hace, interesándose especialmente por un periodista, la particularidad de cuyos artículos no está en su rechazo a la organización de la que es parte Linden –que es un rasgo que comparten todos los artículos acerca de la organización publicados por la prensa, o casi todos–, sino en la idea –más humillante para la organización, más peligrosa para ella si la idea se extiende– de que ésta está conformada por criminales comunes y, por consiguiente, no se deben crear leyes especiales para juzgar a sus miembros. La idea, piensa Linden, es perversa: finge ignorar el carácter político de los delitos cometidos por la organización, sus manifestaciones públicas en ese sentido, y el hecho de que esos delitos no son el fin sino el medio, o uno de los medios, para el desarrollo de su actividad política; a Linden, las ideas de aquellos artículos lo intrigan y lo dejan pensando, y por un segundo cree identificarse con ellas, o más bien identifica sus contradicciones con las contradicciones del autor de esos artículos, quien, por supuesto, sólo finge tenerlas, aunque esto último no importa. Días más tarde, en la prensa local, lee que uno de los periodistas sobre los que ha averiguado –uno de los más virulentamente enfrentados a la organización, precisamente aquel que parecía sostener un espejo frente a su rostro y a sus contradicciones– ha sido baleado en respuesta al asesinato de los activistas alemanes en la cárcel; a Linden la acción le parece absurda, y piensa que lo pone en riesgo personal, ya que él, que ha solicitado personalmente sus artículos y los números en los que éstos aparecían en bibliotecas, con un nombre falso pero, pese a todo, a rostro descubierto, tiene que haber sido visto leyendo esos artículos por decenas de personas y muy posiblemente es recordado por los bibliotecarios que lo proveyeron del material. Linden ve, en la prensa local, también, las fotografías de cuatro de los seis integrantes de su célula, cuyos nombres verdaderos lee por primera vez allí, impresos en el periódico de tal forma que la publicación de las fotografías rompe la atmósfera de intimidad y de complicidad que Linden y los otros integrantes de la célula han creado laboriosamente en los últimos meses —los que han transcurrido desde la acción contra el viejo profesor y, especialmente, en los primeros meses del nuevo año, en los que se han visto regularmente, en reuniones en el piso de Mirafiori Nord presididas, sobre todo, por la perplejidad y el temor que ha impuesto el asesinato o el suicidio de los terroristas alemanes entre sus seguidores— y que consiste en una mezcla de prudencia y de proximidad, como si la célula fuese una especie de refugio en vez de un lugar de exposición máxima. Al ver los retratos de sus antiguos camaradas, Linden comprende súbitamente que está en peligro y se pregunta qué hacer; entonces decide que hará un viaje y que ese viaje tendrá como objetivo averiguarlo todo acerca del hombre que salvó a su padre, pero también tratar de resguardarse escapando de las delaciones que tendrán lugar si los integrantes de su célula son capturados —todos lo habrán sido, y en un período relativamente breve, recordará Linden años después, todavía perplejo—, así como poner orden en la confusión de una época que él cree, en este momento, definitivamente atrás, pero también potencialmente futura, si, como él se propone, encuentra a los escritores fascistas que estén con vida aún y los ajusticia de la misma forma que su organización ha hecho con el viejo profesor y con el periodista, que es ajusticiado a mediados de enero y muere unos doce o trece días después, cuando Linden ya está lejos de Turín. De modo que Linden se convence a sí mismo de que éste es un viaje privado pero también uno realizado en nombre de su organización, que no quiere abandonar a pesar de los errores que en su fuero interno admite que se han producido, y a continuación recoge sus cosas y limpia cuidadosamente su habitación para no dejar huellas dactilares en ella o en los muebles comunes de la casa, cuyos ocupantes lo observan con indiferencia, y luego tiene una cita en la estación de trenes de Milán con un integrante de la célula local al que ha conocido hace algunos meses y éste le entrega un salvoconducto para una casa operativa en Génova; en el café atestado de la estación, que conserva su magnificencia y su esplendor antiguos, aunque ambos son vistos ahora como la manifestación de un gusto estético, por lo menos, vacilante, Pietro o Peter Linden está a punto de informarle al otro acerca de la posibilidad de iniciar una acción contra escritores fascistas, pero calla en el último instante; el otro le dice que ha dejado algo para él en el baño del bar de la estación y luego le da la mano y se marcha y Linden sólo vuelve a ver su rostro dos años después, cuando la policía lo hiere y lo detiene en una acción fallida y recuerda lo que sucedió cuando se levantó de la mesa y caminó hacia el baño y allí, debajo de uno de los lavabos, pegada con cinta adhesiva a la parte posterior de uno de ellos, halló una bolsa marrón de papel que contenía una identidad falsa, un fajo de liras, unas instrucciones manuscritas en las que se le indicaba que no debía encontrarse en Roma en marzo y una pistola cargada, la primera que tuvo en sus manos.

A continuación suceden las siguientes cosas: Linden toma el tren a Génova, llega a la estación local, desciende del tren y decide que no irá a la casa operativa; toma una habitación en un hotel en el barrio de la estación donde habitan dos etíopes y un matrimonio de ancianos de Voltaggio que se encuentra en Génova porque él debe ser sometido a una operación de rodilla: en algún momento va a mostrarle la rodilla, una mañana en que ambos estén haciendo cola para entrar al baño, y será una especie de muñón supurante sobre una articulación devastada por el cáncer, las heridas y las operaciones mal realizadas, apresuradamente, en el frente de guerra; unos días después, el matrimonio desaparecerá del hotel, pero Linden preguntará por ellos a la dueña del establecimiento cuando regrese del trabajo en la estación que los etíopes le habrán conseguido, descargando cajas de mercadería en los fondos de un bar; la dueña le dirá que han regresado a Voltaggio y que al hombre han debido amputarle la pierna. Un tiempo después, Linden habrá conocido en Florencia a Atilio Tessore, que le habrá contado que un día, durante la guerra, conoció a un escritor que había perdido un pie al atravesar por error un campo minado, y que al hombre no le afectaba tanto la pérdida del miembro como la de todo su dinero y del manuscrito de un libro, que llevaba escondidos en una bota; para entonces, también, habrá leído los libros de Tessore y de los otros futuristas del área de Perugia –de los que sabrá ya que fueron futuristas y no otra cosa; o sí, que fueron futuristas y fascistas, en ese orden–, pero no habrá encontrado ni una sola obra de Borrello. Para entonces, finalmente, habrá decidido entrevistar a Espartaco Boyano, con un nombre y una identidad falsos, colándose en el pequeño y oscuro piso que el antiguo poeta futurista tiene en el número 23 de la via di Roma, cerca de la iglesia de Santa Maria in Porto, al que habrá llegado después de consultar el listín telefónico y antes de entrevistar a los otros –a Atilio Tessore en Florencia y a Michele Garassino en Génova; contraviniendo las órdenes de su organización, también a Oreste Calosso en Roma– siguiendo las indicaciones que unos y otros le habrán dado, y habrá comprendido algo, pero para entonces ésta ya no será su historia sino la historia de un puñado de escritores y de un congreso celebrado para apoyar una república agonizante y posiblemente inexistente desde el comienzo, y la historia de dos hombres buenos, uno de los cuales será su padre, y de dos asesinatos; pero, como digo, ésa será la historia de otros, y no de Linden, y deberá ser contada –y él lo hará, muchos años después, en Bolonia, en condiciones penosas que, a partir de ese mismo momento y por los años que vendrán, él fingirá haber olvidado– de esa forma, como algo que no le ha sucedido a él en absoluto; o, por lo menos, como algo que no le habrá sucedido a él en su juventud sino poco después de que ésta acabase, después de las muertes del viejo profesor y del periodista a las que él habrá contribuido en no menor medida, sin saber a partir de ese momento qué pensar acerca de su responsabilidad en esos hechos y en los que los siguieron, atrapado en la disyuntiva entre sus convicciones y los acontecimientos que habrán sido su resultado y que nunca podrá explicar con claridad a su hijo, cuando lo tenga, incluso aunque éste se lo pida cuando también él inicie su marcha por las instituciones. A menudo pensará en eso en los años que vienen, pero también pensará, y mucho, sin poder explicarse por qué, en aquel hombre de Voltaggio al que su mujer acompañó a Génova para que le amputaran la pierna.

RAVENA, FLORENCIA, GÉNOVA, ROMA / MARZO DE 1978 (II)

> Las imágenes no debían mostrar el crimen en sí mismo, sino a aquellos que lo habían presenciado.
>
> *¿Qué es la memoria?*,
> CLAUDE LANZMANN

Michele Garassino. Génova, 13 de marzo de 1978

Ah, sí, el Congreso de Escritores Fascistas, sí: en algún momento lo llamamos, entre nosotros, el «Congreso de Escritores Idealistas»; sin embargo, ahora pienso que «Congreso de Escritores Autistas», o imbéciles, o locos, habría sido un nombre más apropiado.

Atilio Tessore. Florencia, 11 de marzo de 1978

La idea surgió, al parecer, de Ezra Pound, quien convenció a Fernando Mezzasoma de la conveniencia de celebrar un congreso de escritores fascistas que contribuyese a revertir la mala prensa que afectaba a la República Social Italiana desde su fundación, es decir, desde que un puñado de paracaidistas alemanes rescatase a Mussolini para que se reuniera con Hitler, y éste, Dios sabe por qué razón, le regaló un país. En realidad, el problema de la República Social Italiana no era propagandístico, sino más bien político o militar: un puñado de hombres trataba de sostener un proyecto de nación que estaba amenazado, desde el sur, por el avance aliado; por el norte, por la ocupación alemana; en su interior, por el desánimo y la impericia, la desafección, la ineptitud de los gobernantes, además de por esas bandas de criminales que han escrito la historia para que sus crímenes parezcan actos heroicos, y que se hacían llamar «partisanos»; por todos los flancos, incluyendo desde arriba y desde abajo –es decir, realmente por todos lados–, lo que amenazaba a la República

Social Italiana era, más bien, la realidad, que siempre es la peor de las amenazas, aunque, pese a ello, la de un congreso de escritores fascistas no parecía la peor idea que se podía tener en ese momento y era una idea bastante fácil de llevar a cabo porque Pound mantenía una correspondencia regular con muchas personas dentro y fuera de Italia que solían manifestarse, en mayor o menor medida, a favor del régimen, y porque, además, nosotros, los escritores fascistas, no teníamos mucho que hacer en esos días, puesto que la escasez de papel y el cerco internacional nos condenaban a escribir con la expectativa de publicar sólo en el futuro, cuando la guerra hubiera acabado; claro que a casi todos nos parecía evidente que, cuando la guerra hubiera acabado, y fuese dada por concluida por unos u otros, muy probablemente no podríamos publicar lo que escribíamos, por no mencionar el hecho de que era plausible que, cuando la guerra hubiera acabado, todos nosotros colgásemos de lámparas en las esquinas. Así que, pensé, por qué no asistir a un congreso de escritores fascistas: uno similar que se había celebrado en España durante la Guerra Civil había arrojado ciertos resultados, al parecer —claro que ésos eran escritores «antifascistas», o eso decían ellos, aunque es evidente que su congreso les hizo un mayor favor a ellos del que ellos le hicieron a su República, lo cual también era un argumento para participar del nuestro, de nuestro pequeño congreso de fascistas—, de modo que las autoridades de la República Social le dijeron que sí al viejo Ezra —cosa que, en realidad, era lo más sencillo que uno podía hacer con él para sacárselo de encima: sé de lo que le hablo, y no hay nadie por quien sienta una simpatía mayor que por las pobres enfermeras del hospital aquel en el que lo encerraron, lo recluyeron, en Washington: nosotros tendríamos que haberlo hecho mucho antes que ellos, pero la verdad es que no queríamos abrumar a nuestro personal médico, ya de por sí escaso—, y Ezra dijo que sí, aceptó y publicó un llamamiento a los escritores afines a la causa en un periódico quincenal llamado *Il Popolo di Alessandria*, que fue donde yo leí por primera vez acerca del Congreso en octubre de 1944, aunque es evidente que iba a recibir más y más noticias del evento en los meses posteriores, principalmente de boca de otros escritores y del propio Ezra, siempre tan locuaz, y a pesar de que, pienso ahora, lo mejor y más deseable, al menos retrospectivamente, lo más conveniente, es que aquel día yo no hubiera comprado el periódico.

Espartaco Boyano. Ravena, 10 de marzo de 1978

Quizá hayan confeccionado una lista. Pero es difícil imaginar quién podría haberla realizado a excepción del propio Ezra Pound. Y en ese caso, es difícil imaginar que Pound estuviera al tanto de nuestra existencia. Éramos un puñado de escritores italianos disgregados por el territorio de un país que se encogía y que nunca fue propiamente un país. Lo llamaban la «República de Saló», pero ninguno de nosotros utilizó esa denominación nunca. Para nosotros era sencillamente la República Social, los restos de un naufragio que, pienso ahora, nosotros contribuimos a provocar. Aunque, por supuesto, es evidente que el barco era un ejemplar magnífico del tipo de navíos que abundan en la marina italiana: muy bello por fuera, imponente, pero con los motores estropeados desde hace tiempo y las bodegas llenas de ratas.

Atilio Tessore. Florencia, 11 de marzo de 1978

«A veces daba la impresión de alguien que intentaba explicar a un sordomudo que su casa estaba ardiendo», dijo, afirmó, alguien acerca de Ezra Pound. ¿Quién? T. S. Eliot, que lo conoció bien; que siempre sabía qué casa estaba ardiendo y cuándo.

Oreste Calosso. Roma, 16 de marzo de 1978

No estoy seguro de que haya habido una lista de autores italianos, pero me consta que hubo una de autores extranjeros afines al proyecto que podían participar del Congreso, y si me consta es porque yo contribuí a realizarla, en una reunión que celebramos en Turín el desgraciado Ottavio Zuliani y yo. ¿Dónde fue? Ni yo lo recuerdo, aunque no me he olvidado de la chaqueta que llevaba Zuliani, una chaqueta excesivamente grande para él, que me hizo pensar, no sé por qué razón, que se la había quitado a un muerto. Es posible que yo no estuviese mejor vestido, por supuesto, pero no vamos a discutir aquí la moda italiana del año 1944, que era, básicamente, ropa de muertos vestida por muertos, los primeros separados de los segundos por la película de una burbuja de jabón, siempre a punto de romperse. Uno de los primeros nombres que Zuliani y yo mencionamos fue el de Richard Euringer, que había escrito un drama antisemita titulado *El nuevo Midas* y había ganado el premio nacional por una *Pasión alemana* cuyo subtítulo era «Himno a nuestro Führer». Ninguno de nosotros lo había leído, por supuesto, pero imaginamos que sus convicciones serían afines a las nuestras; más tarde, sin embargo, Philipp Bouhler, que era el titular de algo difusamente llamado «Comisión de Control del Partido para la Protección de la Literatura Nacionalsocialista», rechazó a Euringer porque éste había tenido problemas con la censura en los últimos tiempos. Bouhler anunció que su oficina pagaría los viáticos de los escritores alemanes que participaran del Congreso, pero a cambio no sólo se negó a invitar a Euringer y a Hans Hagemeyer, posiblemente por un enfrentamiento personal de alguna índole, sino que también nos impuso a Hermann Burte, quien había participado ya de una «gira europea» de escritores alemanes en 1940 y era autor de una novela increíblemente llamada *Wiltfeber, el alemán eterno.* Nuestra lista pasó por las manos de Bouhler y volvió a nosotros con algunas modificaciones, en cualquier caso; y la definitiva, en lo que hace a los alemanes, que eran, finalmente, los únicos amigos que nos quedaban, aunque unos amigos un poco incómodos, que ponen los pies sobre la mesa y critican lo que dispones en su plato, estuvo conformada por Eberhard Möller, que había escrito dramas y una novela sobre el Canal de Panamá, además de reportar en la Compañía de Propaganda de las SS, Hans Blunck, Erwin Kolbenheyer, Heinrich Zillich y, por supuesto, Hanns Johst, que había dedicado su *Schlageter* a Hitler. Algunos autores, sencillamente, nunca fueron localizados, como el austríaco Josef Weinheber, que era alcohólico, además de un gran poeta, y que se suicidó un mes antes de que el Ejército Rojo entrase en Berlín, Friedrich Bethge, que debía de estar en algún sitio escribiendo problemas de ajedrez para el periódico de los soldados, o Felix Hartlaub, que se desempeñaba en la oficina encargada de la escritura del diario de guerra del Alto Mando del Ejército alemán y no recibió autorización para ausentarse de su puesto.

Oreste Calosso. Roma, 16 de marzo de 1978

Es posible que no lo autorizasen a abandonar su oficina siquiera temporalmente porque de verdad lo necesitaban allí, aunque ya era evidente por entonces que el diario de guerra del Alto Mando del Ejército alemán no iba a ser la versión de la historia que acabase imponiéndose, así como tampoco el Ejército alemán iba a hacerlo, de modo que no era necesario ser exhaustivo al respecto: cada entrada en ese diario era, por el contrario, un argumento a favor de la condena de cualquiera que sobreviviese; aunque también pudo suceder que, habida cuenta de todo lo que Hartlaub sabía debido a su presencia en el cuartel principal de la Wehrmacht, su marcha fuese impedida para evitar que cayera en manos del enemigo, con la posibilidad de entregar información de relevancia; o tal vez sucedió todo lo contrario, y los jefes de Hartlaub fuesen rea-

cios a dejarlo partir por temor a que éste huyera: poco después
de la guerra supimos que, aunque en apariencia era un nacionalsocialista convencido, Hartlaub era íntimamente un oposi-
tor, como demuestran sus dibujos satíricos y la publicación de
su diario íntimo; a diferencia de la de los textos que había dado
a conocer durante su existencia relativamente breve como escritor, su escritura privada era seca, austera, dura: la literatura
propia de las ruinas que iba a constituir la línea principal de la
literatura alemana a partir del final de la guerra: Hartlaub había
aprendido de alguna forma a hablar el nuevo lenguaje, pero no
pudo beneficiarse de ello porque murió o desapareció, lo que
es lo mismo, en Berlín, en abril de 1945.

Espartaco Boyano. Ravena, 10 de marzo de 1978

Algunos de nosotros —por ejemplo Oreste Calosso y yo, en
Turín y en Ravena respectivamente— sobrevivíamos escribiendo en las revistas que por alguna razón publicaba el Ejército. Y también en periódicos que iban perdiendo páginas
semana tras semana hasta convertirse en panfletos minúsculos
debido a la falta de papel y a las dificultades para el transporte. Nadie esperaba nada de ellos ya porque las noticias se sucedían a una velocidad inaudita y, en cualquier caso, hacía
años que nadie esperaba que un periódico italiano dijera algo
medianamente parecido a la verdad, cualquiera que ésta sea.
Así que leer la prensa era aferrarse a un cierto hábito en un
momento en que toda rutina carecía de asidero. Mussolini
había dicho ya aquello de que veía el perfil de la nueva República italiana en el aire. Debió de haberlo dicho en un día de
mucho viento en Saló, ya que ese perfil se desdibujaba minuto a minuto. Mientras él leía —según afirmaba— la *República* de
Platón, nosotros escribíamos magníficas obras literarias, las
mejores que hayamos escrito nunca porque eran realmente
literarias. Quiero decir: estaban escritas completamente de
espaldas a la realidad para no ser susceptibles a la acusación

de derrotismo. Anunciaban triunfos, golpes de mano, resurgimientos que no sólo eran imposibles sino también inverosímiles, pero que nosotros proclamábamos con la convicción de quien carece de otra cosa. ¿Quién dijo aquello de que «El perro hambriento sólo cree en la carne»? ¿Nikolái Gógol? ¿Iván Turguéniev? El que prefiera; sólo importa que la frase es cierta.

Oreste Calosso. Roma, 16 de marzo de 1978

Algunos invitados más, que no asistieron al Congreso: Hellmuth Langenbucher, a quien conocían como el «Papa» de la literatura alemana y había publicado dos libros notables, o eso nos parecía a nosotros, que se titulaban *La poesía de nuestro tiempo en el sentido del pueblo* y *La poesía nacionalsocialista*. (Nunca respondió a nuestra invitación.) Hans Jürgen Nierentz, que era redactor de la televisión alemana y uno de los pocos autores que tenía cierto interés en los cambios tecnológicos, que sabía cantarle a la máquina como hicimos nosotros, y que, para cuando le enviamos la invitación al frente, posiblemente ya había muerto, aunque también se dice que no murió y que, después de la guerra, vivió y se desempeñó en Dusseldorf como publicista hasta 1955, cuando murió, por primera o por segunda vez. Georg Oedemann, que había escrito una novela titulada *Ciudad de las máquinas* y, antes, un elogio de las autopistas, y del que nunca recibimos respuesta. Hans Zöberlein, quien solía escribir acerca de sus experiencias en la Primera Guerra, que se hizo miembro del Partido Nacionalsocialista en la muy temprana fecha de 1921, que participó en las últimas semanas de la guerra del fusilamiento de un grupo de personas que quería rendir a los Aliados una localidad cercana a Múnich, pero que, sin embargo, nos envió por toda respuesta a nuestra invitación una nota manuscrita en la que nos informaba de que, sabiéndose condenado por la historia, que transformaría a las personas de honor en monstruos execrables y a los monstruos execrables en libertadores, prefería añadir elementos a la acusación antes que perseguir el sueño de la literatura.

Espartaco Boyano. Ravena, 10 de marzo de 1978

No olvido una nota, manuscrita, de Hans Zöberlein, un escritor alemán que –según me dijeron más tarde– había declinado la invitación al Congreso, que decía: «Cuando esta guerra termine, nuestros invasores traerán consigo sus idiomas, que serán los idiomas del vencedor, y que se impondrán sobre la nación alemana como alguna vez se impuso el latín, pero también traerán un nuevo idioma alemán, y ese nuevo lenguaje hará que nuestras obras resulten ilegibles, como una lengua muerta». Bastante cierto, ¿no lo cree? Nuestros libros parecen escritos en ese idioma, y le aseguro que no podría leerlos aunque tuviese interés en ello. En ese caso, además, ¿cómo podría comprender siquiera las diferencias en su uso, las alturas alcanzadas por unos y los abismos en los que se hundían otros? ¿Entiende usted, por alguna razón, digamos, el chino? Yo no lo hago. ¿Podría yo comprender las diferencias estilísticas que existen entre, digamos, un poema y las instrucciones para utilizar una cámara fotográfica? No, no podría. A usted le sucede y le sucederá lo mismo. De manera que ¿para qué quiere saber acerca de todo esto? Hágase un favor: no derrame sus lágrimas por nadie que viva en estas calles.

Oreste Calosso. Roma, 16 de marzo de 1978

Ah, sí: los italianos. No fue fácil conformar la lista, o fue increíblemente fácil si lo compara con otras actividades a las que nos abocábamos en ese período, como sobrevivir a los bombardeos y obtener algo de carne, de café o de azúcar. (A Pound unas mujeres le regalaron por esas fechas unas ciruelas, y él nunca pudo olvidarlo.)

Espartaco Boyano. Ravena, 10 de marzo de 1978

Nosotros –los alemanes también, por cierto– solíamos declinar el uso de motivos provenientes del arte y la mitología antiguos, que considerábamos inapropiados a excepción de que se sometiesen a una importante reelaboración. Rechazábamos por anticipado el uso de una literatura que no fuera colectiva por definición. En ese sentido, las ambigüedades del yo nos interesaban poco o, sencillamente, nos parecían burguesas, también la introspección. Considerábamos la experimentación literaria una maniobra destinada a disimular un cierto desacuerdo con la época y con discursos que, en nuestra opinión, debían ser imitados porque surgían del Estado entendido como voz colectiva. Rechazábamos cualquier atisbo de literatura fantástica, la alegoría, las parábolas y la elegía, que nos recordaban todo aquello que habíamos conseguido derrotar con nuestras obras. ¿Qué habíamos derrotado exactamente? La ridícula receta de la paz usurera y timorata de la burguesía y la mercantilización de la vida. Apostábamos por una estética de violencia y por un espíritu de revuelta y pensábamos que la guerra era la única forma de limpiar el mundo. Y nos interesaban las bellas ideas del progreso tecnológico y de la poesía, por las cuales estábamos dispuestos a morir porque nos parecían gloriosamente opuestas a las feas ideas por las cuales se vivía y se vive. ¿Acaso no creemos todos en lo mismo en algún momento de la vida? ¿No lo cree usted también, «Linden» o como-se-llame?

Atilio Tessore. Florencia, 11 de marzo de 1978

No es verdad: algunos pensábamos en la deshumanización provocada por la tecnología como una forma de superar las limitaciones del sujeto individual, y nuestros libros hablaban precisamente de ello, de personas a las cuales el orden social destruía –así entiendo yo, por ejemplo, la obra de Franz Kafka, que, creo, ha sido malinterpretada como una manifestación de piedad humanista o alguna estupidez semejante—, fortaleciéndose. Una segunda posibilidad, es decir, una segunda línea, era la de documentar la deshumanización en nosotros, volcándonos en la destrucción de la subjetividad propia y dando cuenta de las pérdidas que se afrontan cuando uno se destruye a sí mismo: a veces creo que todos fingimos adoptar la primera alternativa ante los tiempos que nos tocaron vivir pero exploramos efectivamente la segunda; y en ocasiones, a veces, también creo que el único que llegó al final de esa vía dificultosa fue él, el escritor por el que usted pregunta, que fue el más extremista de todos.

Oreste Calosso. Roma, 16 de marzo de 1978

También invitamos a Carlo Olgiati, que había publicado en 1931 una obra en tres volúmenes titulada *El metabolismo histórico* que todos habíamos tenido la precaución de no leer, aunque después de su publicación se corrió la voz de que se trataba de una especie de intento de explicación de una teoría social, biológica y económica, lo que a todos nos pareció bien futurista. Ni siquiera cuando nos enteramos de que la editorial que había publicado su magna obra, y que se llamaba «La Redentina», no era sino el propio Olgiati, que se había inventado una empresa editora para la cual había utilizado el nombre de la fábrica de golosinas que tenía en Novara, desistimos de invitarlo. Al parecer, la teoría de Olgiati era que la Historia está gobernada por unas leyes bioquímicas cuya consecución acarrearía una fusión de todos los componentes de la vida en una sola sustancia o naturaleza denominada «olgiato»; cuando eso sucediera, ya no habría Estado, ley, dinero, caza, sexo, policía, sueldo o transformación de la energía en calor y trabajo mecánico, así que supongo que ya no habría Historia. No recuerdo bien, pero creo que a algunos de nosotros la idea nos hacía gracia, y por esa razón invitamos a Olgiati, que vino Dios sabe cómo desde Novara, sólo para recibir al llegar un telegrama que convirtió al gran profeta del final de la Historia en un señor de mediana edad poco menos que desesperado: durante un bombardeo habían destruido su fábrica de golosinas. La fusión de todo lo que existe en una sola cosa, en una esfera magnífica, no le sirvió en esas circunstancias de consuelo alguno, y Olgiati regresó a Novara al día siguiente, supongo que a reunir los caramelos que encontrara entre los escombros, como un niño mexicano que se enfrenta a una piñata monstruosa. Se colgó poco después, en su casa, creo.

Atilio Tessore. Florencia, 11 de marzo de 1978

Una visión de las clases sociales que no las condenaba a luchar permanentemente entre sí sino más bien a establecer acuerdos desde posiciones alternativas; la aspiración al pleno empleo; la garantía de la propiedad sólo si ésta no se convertía en un insulto para los más desfavorecidos; la protección de los trabajadores, de los ancianos y de los inválidos, de las mujeres y de los niños; una cierta idea de moralidad, tan necesaria siempre en Italia; la lucha contra la ignorancia y el servilismo mediante la educación; el socialismo, la independencia económica, la exaltación del orgullo de ser italiano: en eso creíamos, en primer lugar; la literatura venía a continuación, pero no como creencia sino como instrumento.

Oreste Calosso. Roma, 16 de marzo de 1978

Marinetti había muerto ese año, y pensamos en invitar a su viuda, la pintora Benedetta Cappa, pero su estilo nos pareció demasiado decorativo, funcional en algún sentido a una forma de vida que considerábamos todavía por entonces extremadamente burguesa. Además era mujer, lo que —como siempre ha sucedido— no impedía nada, pero tampoco lo facilitaba.

Oreste Calosso. Roma, 16 de marzo de 1978

Nuestro interlocutor en Saló era Fernando Mezzasoma, el ministro de la Cultura Popular al que fusilaron el 28 de abril en la pasarela de Dongo, frente al lago Di Como: el ministerio estaba en la Villa Amadei, donde también trabajaban Giorgio Almirante y Nicola Bombacci, el encargado de la propaganda que había sido un importante dirigente comunista antes de adherir al fascismo. Ambos eran accesibles, pero nuestro interlocutor era Mezzasoma.

Atilio Tessore. Florencia, 11 de marzo de 1978

Tenía poco cabello, que se peinaba hacia atrás haciendo que su frente, que conformaba un contraste raro, singular, con la quijada, que era aguda y exhibía el típico pliegue de los pusilánimes y de quienes carecen de capacidad de decisión, pareciera todavía más grande; siempre tenía las gafas sucias, y solía quitárselas para limpiarlas mientras conversaba con su interlocutor, lo que tal vez no fuera más que un truco, una argucia, para observarlo mejor, con el otro creyendo que no podía verlo con claridad; pese a lo cual, no llevaba las gafas cuando los partisanos lo fusilaron en Dongo, el 28 de abril de ese año.

Michele Garassino. Génova, 13 de marzo de 1978

Ah, sí, Mezzasoma: solía decir que la literatura es mejor cuando es resultado de una conspiración de personas comunicándose e incitándose unas a otras, y, por consiguiente, solía alentar las rencillas y los enfrentamientos entre escritores, que le parecían más convenientes para que la escena literaria estuviera viva que el consenso y el respeto, lo cual supongo que es cierto en buena medida. Solía hacer girar las palabras en la boca antes de hablar, como si estuviera degustándolas, y movía mucho los labios cuando hablaba, lo cual le daba la impresión de una filmación en la que sonido e imagen estuvieran ligeramente fuera de sincronía. Toda su existencia invitaba a la calamidad, y un día, simplemente, la invitación fue aceptada.

Espartaco Boyano. Ravena, 10 de marzo de 1978

Queríamos ruinas nuevas, ruinas a las que cantarles como se canta al Partenón y a los otros monumentos del pasado glorioso. Pero pronto tuvimos demasiadas a las que dedicarles nuestros poemas y nosotros mismos nos convertimos en ruinas. Y luego se acabó.

Oreste Calosso. Roma, 16 de marzo de 1978

Además, la princesa Amélie Rives Troubetzkoy, novelista y dramaturga de casi ochenta años de edad y de origen americano que estaba casada con un ruso. Troubetzkoy publicó veinticuatro libros, además de cientos de poemas y un drama en verso, pero yo soy incapaz de recordar siquiera una línea de su obra. Murió en junio de 1945, en Roma, donde vivía porque era algo así como una fascista convencida y donde, además, el pescado es mejor, incluso en tiempos de guerra. También invitamos a James «Giacomo» Strachey Barnes, que se llamaba a sí mismo el «cronista y profeta de la Revolución fascista» y escribió varios libros en inglés acerca del fascismo antes de desaparecer después de la guerra para, a continuación, vivir una vida poco fascista pero mucho más cómoda. Strachey Barnes, por supuesto, no respondió a nuestra invitación, y es posible que por entonces ya hubiera comprendido lo que otros comprendimos tardíamente, el final de todo aquello en lo que habíamos creído, con mayor o menor convencimiento.

Atilio Tessore. Florencia, 11 de marzo de 1978

Al parecer, los preparativos para el Congreso habían comenzado en octubre de 1944, en torno a la fecha en que habían sido nacionalizadas las empresas editoriales y los periódicos, y las sedes propuestas habían ido cambiando a medida que el país se encogía; por entonces los Aliados estaban ya al sur de Bolonia, y Milán, Turín y Génova estaban siendo bombardeadas regularmente: es decir, lo que quedaba de Milán, Turín y Génova estaba siendo bombardeado regularmente, ya que los bombardeos habían comenzado algo más de un año antes, en agosto de 1943; pero casi toda ciudad italiana de la República Social había sido ya objeto de incursiones, de ataques aéreos: Taranto, Cosenza, Terni, Novara, Foggia, Salerno, Crotone, Viterbo, Avellino, Lecce, Bari, Orte, Cagliari, Carbonia, Civitavecchia, Benevento; a partir de febrero de 1945 también tendrían lugar en Trieste y Pola. Casi todos los días bombardeaban alguna ciudad; casi todos los días había muertos y heridos de cuyas cifras nadie se molestaba ya de informar porque habían dejado de ser noticia para convertirse en una forma alternativa de la normalidad; una forma más, pero la más italiana, de normalidad.

Oreste Calosso. Roma, 16 de marzo de 1978

Aunque la elección más natural hubiese sido Milán o Turín, fue precisamente ese hecho, el que fuese una elección natural, el que, sumado a los bombardeos, nos hizo pensar en otro lugar para celebrar el acto. En febrero de 1945 ya habíamos escogido un lugar, lo suficientemente cerca de ambas ciudades para que el viaje no constituyese un obstáculo y lo bastante lejos de Saló como para que fuese evidente para la prensa extranjera que la adhesión a la República Social que esperábamos obtener por parte de los autores que participaran del Congreso, que de algún modo ya estaban prestando al aceptar nuestra invitación, no era el resultado de coacción de ningún tipo. Escogimos Pinerolo, una ciudad pequeña a unos cuarenta kilómetros al suroeste de Turín, junto al río Chisone.

Oreste Calosso. Roma, 16 de marzo de 1978

«Pinareul» en piamontés, «Pineiròl» en occitano, «Pignerol» en francés; contra la cortina –blanca durante buena parte del año, y el resto del tiempo, de un verde inusual– de los Alpes Cocios y el Monviso, en el valle Chisone. Antes de designar a Giorgio Almirante como su representante en el Congreso, Mezzasoma dio las órdenes correspondientes para que se nos cediera la sala principal del consistorio, en el primer piso del Palazzo Comunale, para las deliberaciones, y el Palazzo Vittone para alojar a los autores alemanes; los demás se quedarían en San Germano Chisone, una localidad cercana.

Espartaco Boyano. Ravena, 10 de marzo de 1978

¿El Palazzo Comunale? Una enorme vela que alguien hubiese clavado con saña en el pastel de un niño deficiente mental que sólo viese formas cúbicas.

Oreste Calosso. Roma, 16 de marzo de 1978

Nuestra lista, pensamos Zuliani y yo tan pronto como comenzamos a trabajar en ella, no debía ser una lista de nuestras preferencias; o, mejor dicho, no debía estar conformada únicamente por autores afines al régimen, que eran, por fuerza, nuestros autores favoritos, sino también por escritores que, no habiéndose expresado jamás al respecto, podían, potencialmente, inclinarse por nuestra causa. Zuliani y yo pensamos primeramente en establecer un criterio de admisión puramente literario, vinculado con la calidad de las obras, pero luego comprendimos que ese criterio ya no valía, puesto que estaba asociado con una idea moral, como lo está siempre toda forma de crítica literaria y de opinión sobre ese tema, que estaba hundiéndose bajo el peso de la derrota militar y de los enemigos que caían sobre la República Social; pienso que en ciertos momentos históricos debe haber una especie de interludio, largo o corto, poco importa, en el que una moralidad es reemplazada por otra y, por consiguiente, lo que era «bueno» es transformado en «malo», y viceversa: puesto que esto sucede en el ámbito de la política, no veo por qué no debería suceder también en el de la literatura, que es la disciplina artística que más se le parece y a la que más necesita la política. Así que debe haber un momento en toda catástrofe en el que ya no existe juicio moral, o es inapropiado, o accesorio, o inútil para juzgar lo nuevo de la forma en que se enjuiciaba lo viejo, y en ese momento, breve o extenso –poco importa, repito–, los «buenos» textos literarios deben ser iguales que los «malos» ante los ojos de quienes los observan, y *La Ilíada* debe valer lo que el programa de una representación teatral mediocre o la *Comedia* de Dante lo que el manual de instrucciones de un tren eléctrico para niños. En ese momento, pienso, ya no se debe saber cuál es la normalidad y quiénes son los monstruos, y qué hace posible la grandeza de una obra y qué la impide. En ese momento, pienso, nos encontrábamos nosotros, y por esa razón invitamos a Flavia Morlacchi, una poetisa romana que emitía una especie de cacareo de gallina ponedora pero honesta cuando leía sus poemas, y a Cosimo Zago, el poeta cojo y raquítico de Venecia que había perdido la pierna en la Primera Guerra, según él, con un manuscrito en la bota, que no pudo reconstruir después. Nos parecían ridículos, ambos, pero no era imposible que los nuevos tiempos que se cernían sobre nosotros fuesen a encumbrarlos a lo más alto, lo que iba a ser una catástrofe para todo aquello que, en contrapartida, nos parecía digno de lectura y de respeto, pero, aun así, algo con lo que debíamos contar. Recuerdo un fragmento de un poema suyo, de la Morlacchi, Dios sabe por qué, en el que comparaba las ruinas del Palatino con «ojos ciegos / ojos de sombra / del espectro romano feroz y glorioso / en vano abiertos aún allí / en la colina / al espectáculo de la / verde vida fascinante / en este abril de unos tiempos lejanos». Unos tiempos que convirtiesen estos versos en respetables no merecían otra cosa que el desprecio, pero vivíamos tiempos despreciables, y, quién sabe, quizá ésos fuesen los versos que mejor los reflejaban.

Atilio Tessore. Florencia, 11 de marzo de 1978

Zago había sido pobre toda su vida excepto durante el breve período en que había ejercido la representación diplomática del país, posiblemente por un error de las autoridades, aunque hacía tiempo que ya no se lo enviaba a ninguna parte cuando Zuliani fue a visitarlo a Venecia; desde hacía días no abandonaba su vivienda en la Lista Bari, y le confesó que no podía asistir al Congreso, no podía ir, porque no tenía pantalones adecuados. Zuliani salió a la calle y le compró unos, que, al regresar, hizo que se probase frente a él, así que Zago se levantó de la cama y se los puso con dificultad dando pequeños saltos sobre la única pierna de la que disponía: según Zuliani, los pantalones le quedaban perfectamente, pero aun así, llegado el momento, Zago no asistió al Congreso, no compareció, y ni siquiera envió un telegrama.

Michele Garassino. Génova, 13 de marzo de 1978

No es lo más extraño que he escuchado sobre él, sin embargo: creía saber hablar todos los idiomas, a pesar de que no había estudiado ninguno de ellos. Una vez lo pusimos a prueba. «¿Qué significa "Blume", Zago?», le preguntamos. Él infló los carrillos, como si la palabra fuese un vino que estuviera catando, y finalmente respondió: «Algo acuático». Algunos se rieron abiertamente; estábamos terminando de cenar y habíamos bebido. «"Blume" significa "flor"», le corregimos, pero Zago pensó un instante y respondió: «Así es: flor acuática, como el lirio».

Atilio Tessore. Florencia, 11 de marzo de 1978

Naturalmente, Cosimo Zago trabajaba para la policía secreta, como muchos otros.

Atilio Tessore. Florencia, 11 de marzo de 1978

La línea que va de Pisa a Rímini, y que conocíamos como línea gótica o línea verde, fue la frontera al sur de la República Social hasta el primero de abril de 1945, como antes lo había sido la Línea del Arno y, antes incluso, la del Trasimene, que llamábamos «Línea Albert» por el mariscal de campo Albert Kesselring, conocido a su vez como «Albert el sonriente». Más tarde no tendríamos tiempo para ponerles apodos a las fronteras, excepto por la Línea Gengis Kan y por la del Po, debido al rápido avance de los Aliados; el 27 de abril ya había terminado todo, cuando la línea estaba a la altura de la Garfagnana, pero para entonces, también, todos nos habíamos puesto a salvo en la medida de nuestras posibilidades, asustados pero tal vez también advertidos por una muerte, una sola muerte entre tantas otras. Nuestro congreso se había celebrado antes, del 20 al 21 de abril, a pesar de que debía durar hasta el 23.

Oreste Calosso. Roma, 16 de marzo de 1978

La idea era romper el aislamiento que se cernía sobre las formas artísticas, y en particular la literatura, de la República

Social; pero esto, que hubiese sido posible en, pongamos, septiembre u octubre de 1944, ya no lo era en abril de 1945, entre otras cosas porque los barcos ya no se dirigían a los puertos del norte y los desplazamientos por tierra eran peligrosos y, en buena medida, descabellados. Un puñado de escritores nos dijo que no podría asistir, con otros no dimos nunca, puesto que habían abandonado sus últimas direcciones y estaban escondidos o vagaban por Europa; algunos no encontraron jamás pasaje: con todos ellos se podría hacer una lista de lo mejor de la literatura mundial, que usted, posiblemente, llamará «literatura fascista», aunque ese término no sea exacto o, al menos, no lo sea con las connotaciones que posiblemente alguien de su edad, y de las que, imagino, son sus ideas políticas, le otorga. Quienes no pudieron asistir al Congreso fueron el estadounidense Arthur Maddow; Justo Jiménez Martínez de Ostos, escritor brasileño muy amante de las bromas que había escrito una «Oda a los rebuznos de Franklin D. Roosevelt» que consistía únicamente en los sonidos de un asno y debía ser interpretada en inglés americano, según Ostos, que no pudo conseguir que ninguna compañía marítima lo embarcase en el puerto de Río de Janeiro con dirección a Europa: Ostos desapareció en Lisboa en 1956 y había nacido en 1897 en el sur de Brasil, en una finca en la que había mandado construir una estatua gigantesca de Mussolini que, según me dicen, fue devorada por la selva después de su desaparición; Knut Hamsun, cuyo entusiasmo por los alemanes no parecía equiparable al que sentía por nosotros, los italianos, y prefirió declinar la invitación para permanecer en su hogar en Nørholm, donde fue detenido bajo acusación de alta traición y murió en 1952, siete años después de haber escrito un elogio de Adolf Hitler y nueve después de haberle enviado a Joseph Goebbels su medalla del Premio Nobel; Juan Antonio Tiben, el suizo que había pasado su juventud en Florencia y después en Roma, donde dirigió varias revistas literarias en la década de 1930 después de haber perdido su dinero a manos de una actriz cinematográfica italiana, y que no escribió ningún libro pero del que todavía recuerdo el fragmento de un poema: «Mirarás por el ojo del buey / las dos casas de Dios / y nada contará / sino la mirada perdida / con que te estará buscando / desde sus dos casas, Dios»; Louis-Ferdinand Céline, que había huido de París y estaba en el castillo de Sigmaringen con su esposa, un gato llamado Bébert y el mariscal Philippe Pétain, y por esa razón no pudimos localizar; Robert Brasillach había sido asesinado ya el 6 de febrero en Montrouge, pero su convencimiento y su coraje personal nos habían dejado una carta que pretendíamos leer al final del Congreso y que nadie escuchó; Pierre Drieu La Rochelle se había suicidado ya, aunque eso no lo sabíamos por entonces, como tampoco conocíamos todavía sus últimas palabras, que son terribles y certeras, y de las que sus rivales demostraron no estar a la altura: «Sean fieles al espíritu de la Resistencia como yo lo soy al de la Colaboración»; también había muerto Jacques Boulenger, que había escrito en 1943 un libro sobre la sangre francesa que podría haber sido suscrito, palabra por palabra, por un italiano, en particular por uno del norte; Abel Bonnard ya había huido o estaba por huir a España, donde tenía pensado ocultarse hasta que se revisase su condena a muerte por colaboracionista o hasta que encontrase al hombre de sus sueños, que creo que es lo que finalmente sucedió y que era, por cierto, lo más factible; Paul Morand, quien por entonces era representante del gobierno de Vichy en Berna, aunque el gobierno de Vichy ya no existía, y, aunque intentó llegar al Congreso, al que se había comprometido a venir, finalmente no pudo cruzar la frontera suiza, que en esas semanas parecía cerrada en ambos sentidos, pero especialmente si se deseaba ingresar al país.

Atilio Tessore. Florencia, 11 de marzo de 1978

¿Paul Claudel? Una enorme vaca católica, como Georges Bernanos, que era una vaca católica y bigotuda; y como Charles Maurras, que era una vaca católica y monárquica y ya había sido detenido en septiembre de 1944. Qué curiosidad, Maurras era una vaca con barba de chivo. Henri Massis no, y por esa razón estuvo en el Congreso; como Lucien Rebatet, que escribió más tarde unas *Memorias de un fascista* que deberíamos haber escrito nosotros y firmado con nuestro nombre y nuestro apellido; es decir, con nuestro nombre y nuestro apellido italianos.

Oreste Calosso. Roma, 16 de marzo de 1978

Además asistió al Congreso una delegación importante de españoles. No César González-Ruano, a quien nuestros amigos alemanes consideraban sospechoso de haber facilitado la huida de algunos judíos adinerados de París, aunque lo más probable es que no los haya ayudado en absoluto, sino más bien estafado, pero que también puede que haya sido un espía de los alemanes, quién sabe; tampoco Ernesto Giménez Caballero, que en aquel momento ocupaba la agregaduría cultural en la embajada española en Paraguay pero era, también, el más cercano a nosotros: había invitado a Marinetti a España en 1928, había escrito sobre el casticismo de Italia —esto último nos parecía un insulto, por supuesto, pero solíamos disculpárselo—, tenía una contribución importante a una teoría general del fascismo en Europa y era vanguardista y sin embargo no pudo asistir. Tampoco pudieron hacerlo José María Pemán, a quien conocíamos de una visita que había hecho a Roma en 1938 junto con un general tuerto, ni Rafael García Serrano, a quien le enviamos el dinero del pasaje en tren pero se lo quedó y no asistió, ni Agustín de Foxá, que había sido expulsado de Roma en 1940 acusado de espionaje —aunque, por supuesto, ¿qué otra cosa le corresponde hacer a un diplomático?—, a pesar de lo cual escribió unos bellos *Poemas a Italia*. Pero sí estuvieron Luys Santa Marina, Rafael Sánchez Mazas —que nos conocía bien, que había vivido siete años en Italia y era feo, de una fealdad espantosa y terrible, posiblemente moral–, Eugenio d'Ors y Juan Ramón Masoliver, quien había sido secretario de Pound en Rapallo y nos conocía bien. También Eugenio Montes, que un par de años atrás había escrito una *Melodía italiana* y había visitado el país en varias ocasiones, con el general tuerto o con cualquier otro.

Michele Garassino. Génova, 13 de marzo de 1978

Los escritores españoles eran contemplativos: estaban con los curas y los labradores, y pretendían ser como ellos, de alguna oscura manera. A nosotros los curas y los labradores nos daban igual, y éste era nuestro problema con ellos, pero ellos estaban con nosotros, de modo que su amistad era, como sucede en tantas ocasiones, inevitable. Ninguno de ellos sabía lo que era el futurismo, sin embargo: si lo hubieran sabido, se hubieran cuidado mucho de asistir al Congreso.

Espartaco Boyano. Ravena, 10 de marzo de 1978

Escribían coplas, tengo entendido. Versos a un heroísmo del que ellos, por supuesto, carecían y a una vida rural de la que posiblemente lo desconocieran todo. Afortunadamente, Dios me otorgó el don de no poder aprender español, lo que –según me dicen algunos– me ha ahorrado tener que leer un montón de basura.

Oreste Calosso. Roma, 16 de marzo de 1978

Fani Popowa-Mutafowa, la novelista búlgara de nombre inverosímil, el danés Svend Fleuron, los neerlandeses Rintsje Piter Sybesma y Henri Bruning –premiado por las SS holandesas en septiembre de 1944 por su obra literaria y su tarea como censor, y que al regresar a su país después del Congre-

so fue detenido y encarcelado por dos años y tres meses–
vinieron; los rumanos Ion Sân-Giorgiu y Niculae I. Herescu
se comprometieron a venir los dos pero, en realidad, sólo lo
hizo el primero. No vinieron el noruego Kåre Immanuel
Bjørgen, que estaba escondido, lo que nos impidió dar con él
–aunque sí dieron con él los Aliados, que lo condenaron a tres
años de trabajos forzosos–, ni Lars Hansen, el otro noruego
que había participado en los encuentros de Weimar, que había
muerto en julio de 1944, ni el húngaro József Nyírö: no podía
asistir, respondió, porque se encontraba cumpliendo tareas de
gobierno, pero al mes siguiente huía con todo el gabinete
húngaro a Alemania.

Oreste Calosso. Roma, 16 de marzo de 1978

Verá, los Aliados eran nuestros enemigos, pero los alemanes, a
los que el Rey había traicionado y querían hacernos pagar esa
traición, también eran nuestros enemigos; todo lo que caía en
el medio era nuestro enemigo, pero todo lo que caía en el
medio era todo, no había nada que no cayera en el medio en
ese momento, y organizamos ese congreso porque sabíamos
que todo estaba perdido y que caeríamos en breve, pero queríamos caer con honor y siendo fieles a unas ideas que se-
guían pareciéndonos correctas, o menos erróneas que otras,
que las libertades que los Estados Unidos ofrecían sobre la
base del dinero y de la usura, que históricamente fue ejercida
por los judíos, aunque, en ese sentido, siempre he pensado que
nuestra visión de los judíos es resultado de la usura, más que la
usura resultado de los judíos, y, por consiguiente, no creo que
fuese necesario asesinarlos, en particular a los judíos pobres,
una idea por la que discutí con Pound, y que Pound acabó
aceptando al final de su vida; y también queríamos naciona-
lizar las fábricas, garantizar la propiedad y eliminar a la burguesía, así como evitar la disgregación de Italia, todo lo cual
no se fomentaba precisamente trayendo a escritores extranje-

ros a hablar a favor de nuestra idea, es cierto; pero nuestra idea, pienso ahora, era una utopía estética, y esas utopías no deberían trascender jamás el ámbito de los libros, puede que ni siquiera deban salir de las cabezas de sus autores: ya habían salido de nuestras cabezas, sin embargo. Así que no podíamos hacer otra cosa que organizar el Congreso de Escritores Fascistas.

Oreste Calosso. Roma, 16 de marzo de 1978

A poco de ser nombrado por Mezzasoma como su representante en el Congreso, Giorgio Almirante se arrogó la potestad de invitar a Julius Evola, pero Evola nos respondió, tal como yo esperaba, que nosotros no éramos lo suficientemente reaccionarios para poder beneficiarnos de su presencia, cosa que, en realidad, era cierta: sólo estábamos llevando a cabo el experimento político más revolucionario que alguien fuese a ver jamás. Por lo demás, Pierre Gaxotte fue tachado de nuestra lista por nuestros amigos alemanes debido a que era contrario al Tercer Reich y al mexicano Alfonso Junco lo rechazamos nosotros, en este caso por estar contra el fascismo italiano; en su lugar asistió el escritor Pobre México. Al historiador Charles Petrie lo esperamos hasta último momento, pero no fue autorizado a abandonar Reino Unido y, según tengo entendido, protestó arrancándole la gorra a un policía en el puerto de Bristol, lo que supuso su detención por algunas horas. Pablo Antonio Cuadra, el nicaragüense, no quiso asistir al Congreso porque consideraba que los problemas estéticos y políticos americanos debían ser resueltos con los elementos propios de la cultura de ese continente, cosa que nos comunicó por carta en la lengua europea con la que los americanos rechazan habitualmente todo lo europeo.

Oreste Calosso. Roma, 16 de marzo de 1978

Almirante me recogió en un coche oficial en Turín el día 19. Mezzasoma no venía con él pese a ser esto lo que había prometido, así que el primero iba a ser toda la representación oficial con la que contaríamos. No era demasiado, y Almirante, que lo sabía, se disculpaba continuamente por ello. El coche se desplazaba lentamente en dirección a Pinerolo a través de una carretera devastada por los bombardeos, con restos de coches y animales muertos a ambos lados de la vía, y a la altura de Volvera tuvimos un extraño encuentro con un grupo de soldados de la Wehrmacht que nos detuvo para solicitarnos que nos identificásemos; cuando les mostramos nuestros documentos, uno de ellos nos indicó que el día anterior habían visto pasar un tren por allí y que el tren estaba construido en cemento y era inmune a las bombas, lo cual nos pareció una exageración y un disparate, entre otras cosas porque resultaba difícil imaginar con qué locomotora hubiese sido posible transportar semejante tren y porque no podíamos concebir que alguien desease viajar en una especie de mausoleo ambulante por el norte de Italia; pero Almirante, que se atusaba insistentemente el bigote, como intentando mantener sus labios, y lo que podía salir de ellos, lejos de mi vista, me dijo más tarde que había escuchado hablar de un proyecto semejante y que también había oído de unas armas secretas que Alemania estaba a punto de utilizar para cambiar el rumbo de la guerra, que nos resultaba claramente desfavorable −aunque esto último no era necesario que me lo dijera−, y añadió que él sabía de ello porque recientemente se había entrevistado con un dramaturgo siciliano −su nombre no significaba mucho para mí, que jamás he tenido demasiado interés en el teatro, y bastante menos en el que se practica en el norte de África− que acababa de regresar de Alemania: el dramaturgo había sido detenido por los alemanes a raíz de un problema con su identificación en 1943, poco antes de la invasión de los Aliados, y había sido enviado a construir unos refugios antiaéreos en Salerno y más tarde un cuartel en las afueras de Ancona y después había sido desplazado a Alemania para trabajar en las fábricas de armamento de la Wehrmacht sin que ninguno de sus intentos de aclarar su situación fuese debidamente atendido; en Alemania, en una fábrica de las afueras de Bochum, había sabido acerca de las nuevas armas y se había enterado de un plan que tenían los alemanes: iban a hacer caer dos aviones de pasajeros en Nueva York, en el centro de la ciudad, de tal manera que no fueran exactamente las pérdidas materiales y humanas el resultado de la acción, sino sumir a los Estados Unidos en una parálisis y en una confusión que durase décadas, y que en esa parálisis y en esa confusión los estadounidenses iban a cometer errores políticos sucesivos y terribles y a continuación el país se iba a extender hasta deshilacharse, crispándose sobre su cáscara vacía, como había sucedido con el Imperio romano y con todos los otros imperios de la Historia. Un día, pocas semanas atrás, el dramaturgo había logrado identificarse ante su responsable, y había sido gracias al, digámoslo así, azar: había escuchado a su responsable hablar con otro acerca de una representación que había visto en el teatro la noche anterior y ponderar el nombre de su autor. «El autor soy yo, soy yo», había balbuceado el dramaturgo. Los alemanes habían recurrido a sus archivos, habían confirmado lo que el dramaturgo había dicho, lo habían enviado a continuación en un tren de transporte de tropas a Italia, a Saló, habían escrito una carta recomendándolo, como una especie de desagravio.

Oreste Calosso. Roma, 16 de marzo de 1978

«¿Qué armas son ésas?», le pregunté yo. Almirante me miró, y luego apartó la vista, como si le avergonzara decírmelo: «Están dentro de nosotros. Ellos ya las han puesto allí, y ahora sólo tienen que activarlas», me respondió.

Michele Garassino. Génova, 13 de marzo de 1978

Su nombre era Emilio Carduccio y tuvo cierto prestigio en el área del estrecho de Mesina y en Reggio Calabria, no tanto en Palermo, donde era considerado un autor regionalista; yo lo conocí brevemente en una excursión que hizo a Génova en acompañamiento de unas autoridades locales del Partido. Aquella vez fue representada una de sus obras en una excursión de confraternización entre autoridades en la Spianata dell'Acquasola, al este de la ciudad. Quizá los intérpretes estuvieran borrachos ya, o simplemente exhaustos después del largo viaje que habían llevado a cabo, o tal vez el exhausto fuera yo, que no había viajado en absoluto, pero tengo el recuerdo de que la representación fue catastrófica: los actores gritaban consignas contrarias al régimen, uno de ellos imitaba los manierismos del Duce y se cortaba el rostro y la frente con una cuchilla, después se nos ordenaba que cantásemos «La Internacional», alguien comía excrementos; sólo Carduccio reía, como afiebrado, mientras el sol caía entre los árboles del parque y las mujeres de las autoridades locales del Partido trataban de arrear a sus hijos y a sus maridos aturdidos de regreso a sus casas. Después de la guerra supe que Carduccio era, secretamente, miembro del Partido Comunista siciliano y que había concebido aquella representación como un acto de venganza y tal vez como un suicidio; antes supe, por Giorgio Almirante, que había sido capturado por los alemanes y que había pasado los últimos meses de la guerra en una fábrica subterránea de armamento en la cuenca del Ruhr, y también que había conseguido escapar de allí. Naturalmente, por entonces todos los que lo habíamos conocido creíamos que había muerto, y alrededor del estrecho de Mesina, donde sus obras se habían representado con mayor regularidad, aunque sin ningún éxito, se había creado una especie de culto local a su figura que el Partido se había cuidado de cultivar como la de un mártir, si bien de forma clandestina: uno de los grupos de insurgentes que resistían la ocupación aliada en el interior de la isla, entre Caltavuturo y Polizzi Generosa, había bautizado con su nombre un batallón, y la sección local del Partido había anunciado ya, desde su refugio –provisorio, se decía– en Saló, que el teatro principal de Reggio Calabria llevaría su nombre después de la recuperación del sur de la península. Naturalmente, una vez más, jamás recuperamos el sur de la península, pero todos estos gestos, la celebración de Carduccio como un mártir de la causa fascista, y su retorno a Italia por cortesía de los alemanes, fueron suficiente para los Aliados: cuando consiguieron ponerle las manos encima, lo condenaron a dos años y tres meses de prisión por ser un beneficiario del fascismo. Murió en la cárcel, en 1946 o 1947.

Oreste Calosso. Roma, 16 de marzo de 1978

Pinerolo había conseguido permanecer al margen de la guerra aferrándose a lo que parecía una indiferencia inalterable ante todo lo que no fuese la naturaleza que lo rodeaba. A la entrada del pueblo nos recibieron las autoridades y un montón de niños que hacían ondear banderas de la República Social y fotografías del Duce, como si estuviésemos en 1926 o en 1934. A Almirante la recepción lo desconcertó tanto como a mí, y al verla estuvo a punto de pedirle al chófer que acelerara y pasase de largo; los saludos protocolarios, por supuesto, duraron horas, lo que puso de manifiesto, por si las banderas y los retratos de Mussolini no hubieran sido suficiente, que nos encontrábamos entre italianos orgullosos de ser italiano y sin ninguna intención de ser otra cosa que italianos, ni suizos ni alemanes ni estadounidenses. Finalmente, cuando conseguimos ser conducidos a la sala del Ayuntamiento donde se celebraría el Congreso en un par de días, que ya estaba preparada para la ocasión, había comenzado a anochecer. Fuera, el pueblo parecía disolverse en la oscuridad que venía de las montañas.

Oreste Calosso. Roma, 16 de marzo de 1978

Al día siguiente comenzaron a llegar los invitados al Congreso a través de carreteras y vías férreas; de hecho, los visitantes habían comenzado a gotear sobre la ciudad la noche anterior, cuando habían arribado Carlo Olgiati en su vehículo particular, Henri Massis y Lucien Rebatet; de los franceses, el primero tenía una frente amplia y un bigotillo que le dibujaba un triángulo negro debajo de la nariz: el segundo estaba afeitado y llevaba una pajarita arrugada. Me dio la impresión, en el momento de las presentaciones, de que Massis despreciaba suavemente a Rebatet; pero, siendo esto habitual entre escritores, no le otorgué demasiada importancia. Naturalmente, nunca les pregunté por qué habían decidido viajar juntos desde Francia, si lo habían hecho, cómo habían llegado a Pinerolo y por qué lo habían hecho dos días antes del comienzo del Congreso: los vi pasear juntos por la Piazza San Donato y fue el alcalde fascista del pueblo, que me los señaló, el que hizo las presentaciones. Rebatet llevaba consigo una pequeña guía de frases habituales y vocabulario italianos y trataba de utilizarlos con los que le rodeaban. «Piacere», decía una y otra vez; había algo bondadoso en él, a pesar de que su antisemitismo, que era feroz, nunca hubiese hecho reparar en ello a quien lo conociera. Un día después, por la mañana, no parecían haber abandonado jamás la Piazza; cuando me acerqué a ellos y Massis elogió por cortesía el campanario de la catedral, Rebatet se quedó en silencio mientras hojeaba su guía, hasta que finalmente encontró lo que buscaba y exclamó, con orgullo: «Torre». Ninguno de nosotros se molestó en aclararle que la palabra correcta para ello es *campanile*. En el momento en que el alcalde iba a objetar, alzando la mano derecha como si quisiese espantarse una mosca, el griterío que provenía de una de las calles laterales de la plaza nos hizo voltearnos, y lo que vimos fue una caravana de coches negros que se detenía frente a nosotros y a dos oficiales de las SS que se apeaban del primero de los vehículos y abrían las puertas traseras. Nuestros amigos alemanes habían planeado una entrada triunfal, como todas las suyas —las retiradas suelen ser bastante distintas, por lo que sé—, pero ésta tuvo poco de magnífica porque la negrura de los coches había dejado paso al gris que suele tener el polvo de los caminos de la región, porque los SS estaban sudorosos y porque también Hanns Johst, el hombre más importante de la literatura del país que pretendía dominar el mundo, también estaba sudado y cubierto de polvo, como una paloma obesa.

Oreste Calosso. Roma, 16 de marzo de 1978

Algunos de los alemanes llevaban uniforme, pero la impresión que provocaban no era exactamente bélica. Eberhard Möller llevaba unos anteojos enormes que se limpiaba en la manga todo el tiempo y Heinrich Zillich, con su uniforme de la Wehrmacht, no parecía particularmente impresionante a su lado. Mientras hablaba, la quijada prominente de Hans Blunck siempre apuntaba en dirección a Johst, el hombre que lo había desplazado parcial o totalmente de los puestos de relevancia en la literatura alemana, pero Johst sólo parecía prestar atención a sí mismo, como si estuviese en un salón forrado de espejos. En algún sentido, su presencia fue un alivio para mí, ya que desde su llegada se hizo cargo por completo de la situación: asignó tareas a quienes lo acompañaban, dispuso los horarios del almuerzo y de la cena, despachó a sus alojamientos a los autores de la delegación alemana que no parecían ser de su agrado, echó una mirada al Duomo, abarcándolo con la que debía ser, para él, una grandeza sólo comparable a la de aquel a quien la catedral estaba dedicada, montó en el primero de los coches de la fila, lo perdimos de vista.

Oreste Calosso. Roma, 16 de marzo de 1978

Ion Sân-Giorgiu llegó por la tarde, en un momento en que Almirante y yo discutíamos con el alcalde acerca de la decoración del salón destinado a las deliberaciones del Congreso, que el alcalde insistía que debía tener una impronta alpina, para lo que había hecho colocar unos esquíes cruzados presidiendo la sala; lo reconocimos porque llevaba un uniforme negro con esvásticas de fantasía, y porque caminaba como suelen hacerlo los rumanos, levemente inclinados hacia la izquierda. Al saludarlo, le dijimos que esperábamos a Niculae I. Herescu, su compatriota, y nos dijo que no creía que ese golfo fuese a venir. Estaba en lo cierto, pero no lo supimos hasta el día siguiente, cuando un policía francés del pueblo de Ferrals-les-Corbières no completamente exento de piedad —es decir, un policía francés por completo heterodoxo e incapacitado para ejercer su oficio— envió un telegrama al ministro Mezzasoma en el que decía que tenía a su lado a un rumano apellidado Herescu que afirmaba haber sido invitado por él a un congreso de escritores y que exigía que se lo recogiese en Francia porque carecía de los medios para cruzar la frontera. No era necesario que el policía agregara que, a esos medios, Herescu se los había bebido en el tren.

Oreste Calosso. Roma, 16 de marzo de 1978

En el tren, o más bien en el aeroplano, parecían haber estado bebiendo también los españoles, que llegaron por la noche, mientras ocupábamos una larga mesa presidida por Hanns Johst en uno de los restaurantes locales; discúlpeme por ratificar el lugar común, pero la verdad es que los españoles trajeron algo de alegría a una cena que había devenido lúgubre nada más comenzar, un poco por el hecho de que los alemanes no se desempeñan precisamente con brillantez en los eventos sociales —ni siquiera en las guerras, por el caso—, y otro poco debido a las palabras de Johst, que no nos había permitido abalanzarnos sobre la comida sin antes beber de sus labios una panoplia de reflexiones acerca del «sacrificio», la «sangre derramada», el «necesario esfuerzo que todos debemos hacer» y la «finalidad del arte más elevado». A diferencia de lo que les es propio, los españoles esta vez llegaron, digámoslo así, a tiempo, pero su entusiasmo se desvaneció de inmediato ante la contemplación de sus colegas alemanes; sólo las viandas consiguieron levantar algo el ánimo general, en particular las alcohólicas, y, aprovechando una de las inevitables pausas entre el segundo y el tercer plato principal, o entre el tercero y el cuarto –en Pinerolo no parecían estar en guerra, y los platos caían sobre nosotros como si rodasen por las laderas de las montañas que nos rodeaban, lo cual, de alguna forma, era efectivamente así–, Eugenio d'Ors se puso de pie para infligir a los presentes un discurso acerca de la Antigüedad clásica –que veía reflejada en el rostro de sus amigos italianos, decía, aunque, de momento, sus amigos italianos éramos sólo Giorgio Almirante, el alcalde de Pinerolo y yo, que, como ve, no tengo el rostro de un Policleto y, en ese sentido, sólo puedo servir a modo de demostración de lo horrible que fue la Antigüedad clásica–, de la necesidad de mantener sus cánones estéticos, de la importancia de que de la preservación de esos cánones se derivase una idea de autoridad, de la trascendencia de que esa autoridad garantizase un acceso a una sexualidad que era cosa de caballeros y en particular de caballeros católicos –no sé por qué dijo esto; quizá nos estaba invitando al prostíbulo y no nos dimos cuenta–, del carácter imperioso de un estilo de vida que fuese clásico, razonable y autoritario: cuando se sentó nuevamente, hubo algunos aplausos tímidos, que no fueron secundados por Luys Santa Marina, que se acariciaba distraídamente un bordado que llevaba sobre la pechera de la camisa: tres calaveras con sus tibias cruzadas y una inscripción; más tarde le pregunté qué significaba esa inscripción y me dijo: «Significa "no importa"»; se refería a las tres condenas a muerte que había recibido en las cárceles republicanas durante la Guerra Civil española. Rafael Sánchez Mazas tampoco aplaudió, parapetado detrás de sus gafas observándolo todo como un búho que hubiese sido herido y sólo por esa razón no pudiera emprender la fuga. Naturalmente, no tengo muchos recuerdos de cómo terminó aquella noche, pero sí recuerdo el bordado en la camisa azul de Santa Marina, la mirada de Sánchez Mazas, la forma en que todos los escritores alemanes se levantaron al tiempo y se despidieron de nosotros con una múltiple inclinación de cabeza y una sucesión de brazos en alto, cómo a continuación Eugenio Montes y yo nos quedamos conversando en voz baja, con Montes haciéndome preguntas acerca de la situación de las fronteras de la República Social Italiana. También recuerdo que, mientras regresábamos a nuestro alojamiento a través de las calles ya definitivamente vacías de Pinerolo, Montes me contó la historia de san Ginés de Roma: según el escritor español, Ginés era un actor romano que estaba burlándose del bautismo durante una representación teatral cuando tuvo una revelación y pidió ser bautizado y a continuación fue preso y deportado, y creo que asesinado también, y que en las representaciones usuales de su figura es el único santo católico que lleva máscara. No recuerdo por qué Montes comenzó a hablarme de Ginés, pero sí recuerdo que le pregunté cómo habían sabido los asistentes a la representación que la demanda de ser bautizado no era también parte del espectáculo; es decir, que la obra que representaba Ginés no era sobre un actor romano que se burla del bautismo durante una representación teatral cuando tiene una revelación y pide ser bautizado: también le pregunté si acaso la deportación y el asesinato no eran parte de la obra, su consecuencia natural o tal vez un accidente, ya que era improbable que Ginés deseara realmente morir; pero Montes, lo recuerdo, sólo me miró con extrañeza.

Espartaco Boyano. Ravena, 10 de marzo de 1978

¿Por qué todo lo que podemos decir de aquellos años no parece verdadero, y, si es verdadero, no parece que realmente haya sucedido? No lo comprendo, todavía hoy sigo sin entenderlo realmente.

Oreste Calosso. Roma, 16 de marzo de 1978

Al día siguiente llegaron Ottavio Zuliani y algunos funcionarios de escaso rango del Ministerio que acompañaban a los escritores italianos, quienes, una vez más, y para ratificar el lugar común —ya ve que este relato está lleno de ellos—, llegaban tarde, en coches que el Ministerio había puesto a su disposición en Génova, Bolonia, Saló, Venecia y Milán. Nuestros amigos alemanes habían ocupado sus asientos en la sala del Ayuntamiento destinada a las deliberaciones a primera hora de la mañana, mucho antes de la llegada de los italianos, y antes de la de los españoles, quienes, cuando llegaron, insistieron en la conformación de comisiones de trabajo cuya función no nos parecía clara ni a los franceses, ni a los alemanes ni a mí; se impusieron, sin embargo, y, al menos nominalmente, el Congreso contó con cinco comisiones denominadas respectivamente «Orientaciones Básicas y Lineamientos», «Traducción», «Problemas de estética», «Estudios Clásicos» y «Propaganda»: dejamos abierta la cuestión de quiénes las conformarían hasta que hubiesen llegado todos los presentes, pero cuando éstos llegaron —me refiero específicamente a los italianos, encabezados por un Zuliani que llevaba del brazo a la octogenaria Amélie Rives Troubetzkoy, que parecía arrastrarlo consigo hacia atrás, como si ambos caminaran de espaldas—, todos fingimos que habíamos olvidado las comisiones de trabajo.

Atilio Tessore. Florencia, 11 de marzo de 1978

No hubo tiempo para presentaciones pese a que muchos de nosotros no conocíamos personalmente a nuestros colegas extranjeros: poniéndose de pie, Hanns Johst comenzó a cantar la «Horst Wessel Lied» y a continuación nosotros cantamos nuestra canción «Giovinezza», después de lo cual hubo una cierta polémica, una cierta discusión, cuando los españoles exigieron cantar la suya y Johst y los alemanes se negaron aduciendo que no teníamos tiempo para eso: algunos italianos apoyaron a los españoles y Lucien Rebatet se unió a ellos, pero la propuesta fue dejada de lado entre protestas, entre murmullos, para proceder a la elección del presidente y de los secretarios del Congreso. Naturalmente, Johst fue escogido para el primero de los puestos: los italianos ocupamos algunos puestos del secretariado en nuestra condición de anfitriones, y los restantes fueron ocupados por los españoles, que aún insistían en denunciar el desaire que se les había hecho al impedirles cantar su «Cara al sol», claro que con menos insistencia, pacificados como estaban por la concesión de los secretariados y por la presencia de los SS de Johst, que se habían situado al fondo del salón, teóricamente garantizando la seguridad de los escritores alemanes; al girarme para verlos, en los primeros instantes del Congreso, reconocí entre los rostros de los escritores uno que venía del pasado, que yo había conocido bien y que desde hacía algunos años no veía, que creía uno más entre los rostros de los muertos de esa guerra y que era el rostro de alguien, pensé yo, que venía a cometer un crimen.

Espartaco Boyano. Ravena, 10 de marzo de 1978

Nos condujeron a Pinerolo en unos automóviles que debían haber estado anteriormente al servicio de los matarifes de Saló porque olían a animales y a muerte. Viajé junto a Filippo

Gentilli, con el que la conversación comenzó de forma vacilante y murió antes incluso de dejar atrás Milán, adonde llegamos exhaustos. Al acercarnos a Pinerolo, Gentilli extrajo de su equipaje uno de sus libros y garabateó algo en él. Cuando me lo entregó, descubrí que me lo había dedicado. En la dedicatoria decía: «Al poeta de Ravena Espartaco Boyano, de su afectísimo y humilde maestro Filippo Gentilli».

Espartaco Boyano. Ravena, 10 de marzo de 1978

Llevaba, me acuerdo bien, un anillo en el dedo medio de la mano derecha, para recordar con el roce, si uno le daba la mano, que ése no era el saludo que prefería. La mano se debía extender siempre, también en la intimidad, en el saludo fascista, decía con ese roce.

Atilio Tessore. Florencia, 11 de marzo de 1978

Acerca de Filippo Gentilli existía una historia que él mismo, por alguna razón, se había encargado de hacer correr, posiblemente a modo de advertencia. Unos años atrás, Gentilli, que vivía en L'Aquila, donde tenía unas propiedades familiares y se esforzaba por ser visto como un escritor monárquico y tradicional —es decir, como un escritor inofensivo, si ser monárquico y tradicional no es una ofensa de algún tipo, por ejemplo a la inteligencia de los demás—, había sido confrontado por un puñado de escritores deseosos de renovar la escena literaria local, que yo imagino reducida y posiblemente inexistente. Gentilli escogió al más talentoso de ellos, al más prometedor, y firmó con su nombre un puñado de poemas que envió a un periódico romano en el que tenía amigos: los poemas eran, clara, transparentemente, plagios de obras de Gabriele D'Annunzio, que él fue el primero en denunciar unos días después en las páginas del periódico que los había publicado, de modo que el cabecilla de los jóvenes que deseaban renovar la escena literaria de la localidad –una escena reducida y posiblemente inexistente, insisto–, el más talentoso de ellos, fue ridiculizado en la prensa y en los círculos literarios durante meses: sólo pudo publicar una obra propia cuando el escándalo había sido olvidado, siete u ocho años después, y tan sólo en una editorial minúscula de Pescara; pero para entonces ya era tarde, para él y para sus lectores. Mientras tanto, la figura de Gentilli y sus libros dominaban, presidían, la escena literaria de L'Aquila y lo seguirían haciendo durante algún tiempo, aunque, como he dicho, esa escena posiblemente sea mínima y puede incluso que en realidad ni siquiera exista.

Michele Garassino. Génova, 13 de marzo de 1978

Aquel joven se llamaba Giovanni Rossi; yo lo conocí brevemente y me contó su versión de esa historia. En ella, en su versión, él y otros leen a Gentilli, descubren decenas de plagios malamente disimulados –«Como muertos en el campo de batalla, enterrados rápidamente y a ras del suelo, antes de que regresen las tropas enemigas», me dijo–, los denuncian en L'Aquila con los escasos medios de los que disponen y contra la opinión mayoritaria de la localidad, que considera que Gentilli es, de algún modo, un producto local, como un queso –a menudo, supongo que ya lo sabe, los escritores somos sólo una denominación de origen, debido a la idea completamente errónea de que nosotros y nuestros libros pueden, y quizá deban, representar un país, una región, una identidad de alguna índole–; Gentilli, entonces, para continuar utilizando las metáforas militares, contraataca, y destruye a Rossi, pero no en L'Aquila sino en todo el país, y no por un tiempo –quienes leen acerca de los plagios de Gentilli lo olvidan pronto, entre otras cosas porque siempre es más fácil creer que ha plagiado un joven a que lo ha hecho un escritor mayor y de renombre, por más modesto que ese renombre sea–, sino por el resto de sus días. Cuando lo conocí, Rossi había publicado un segundo libro de poemas, muy delgado, que me regaló: la prensa, casi unánimemente, reconoció en él la influencia del poeta de L'Aquila Filippo Gentilli; para entonces las cosas habían cambiado, sin embargo, y esa atribución de influencias era una forma del desprecio.

Espartaco Boyano. Ravena, 10 de marzo de 1978

No creía que el Congreso fuese a tener lugar, y tampoco sabía que las autoridades literarias de la República consideraban que mi presencia podía aportar algo a la causa del fascismo europeo. Mis libros no parecían estar haciéndolo, por supuesto. La invitación me llegó en la forma de dos miembros de las Brigadas Negras que irrumpieron en mi domicilio aquí en Ravena y me exigieron que preparase rápidamente una maleta porque tenían órdenes de llevarme con ellos. Ninguno adujo razones para hacerlo y yo no las pregunté, ya que, en realidad, había estado esperando esa visita desde hacía tiempo. Unos días antes había enviado a mi mujer y a mis hijos al Lido di Dante, un pueblo en las afueras de la ciudad donde teníamos conocidos, para evitarles los inconvenientes que pudiesen tener lugar cuando vinieran a buscarme, como estaba sucediendo en ese momento. Mientras preparaba la maleta en el dormitorio, escuchaba a los brigadistas revolviendo la casa en busca de algo que pudiesen vender después de cumplir su encargo. No debía haber nada que les interesara porque me exigieron a gritos que me diese prisa. Yo pensé que la maleta era una simple argucia destinada a no asustar aún más a los vecinos, y que, en realidad, no la necesitaría allí donde me llevaban. Así que sólo metí en ella dos camisas y un libro que estaba leyendo en ese momento. ¿Cuál? Nada particularmente significativo: una novelita romántica de Flavia Morlacchi que pertenecía a mi mujer. Bajamos las escaleras en silencio, a sabiendas de que los vecinos nos observaban detrás de sus puertas y el gato de la mujer que ocupaba la portería se enredó en mis piernas cuando atravesábamos el portal. Cuando quiso hacerlo también en las piernas de uno de los brigadistas, éste intentó darle una patada, pero el gato lo esquivó y se dirigió altivamente hacia su dueña. Al salir descubrí que otro brigadista esperaba al volante de un coche negro que carecía de matrícula. Un momento antes de subir a él, miré otra vez el cielo y descubrí tres aviones que pasaban a baja altura sobre nuestras cabezas. No supe si eran aviones italianos, alemanes o estadounidenses y no recuerdo si me importó, pero recuerdo que en ese momento pensé en una pintura aérea de Ravena que Fedele Azari había realizado en 1927. No pude recordar la imagen, sin embargo, aunque sí su título, que su autor me había susurrado al oído en el transcurso de una inauguración y era *La voluntad de muerte besando a sus hijos.* Pensé que los pilotos de aquellos aviones veían en ese instante lo que había visto y pintado Azari y vivían de hecho en su pintura, sólo que no lo sabían, ni eran conscientes de que lo que antes había sido arte ahora era asesinato. Entré al coche. Azari se había suicidado catorce años atrás, por cierto. En febrero de 1930.

Atilio Tessore. Florencia, 11 de marzo de 1978

Sobre Gentilli se contaba también otra historia, de acuerdo con la cual, un día, años atrás, Gentilli había escrito en la prensa acerca de la «execrable» ausencia en las librerías de la obra literaria del sacerdote jesuita Pietro Cecchini, y de cómo ésta era buscada con ansiedad, con cierta desesperación incluso, por decenas de coleccionistas dispuestos a pagar cualquier precio por ella; un precio, preveía, anticipaba, Gentilli, que sólo podía aumentar. Naturalmente, nadie había escuchado hablar nunca de un sacerdote jesuita denominado Cecchini, pero el artículo en la prensa y la consiguiente ilusión de que se trataba de una obra deseada y de difícil acceso hicieron que el interés por su libro aumentase partiendo, realmente, de la nada: no hace falta que le diga que, si en realidad la economía es un cierto estado de ánimo, la economía de la literatura lo es en grado aún mayor: decenas de personas que consiguieron un ejemplar del libro del sacerdote Cecchini a través de relaciones y de contactos, es decir, de vías poco ortodoxas, pagaron mucho dinero por él; esas vías, claro, conducían todas a L'Aquila, donde Gentilli vendía los libros del padre Cecchini a través de terceros: los había comprado, los había adquirido, todos unas semanas antes de escribir su artículo, a una imprenta en Roma que acababa de quebrar.

Oreste Calosso. Roma, 16 de marzo de 1978

¿No se lo he dicho ya? Hrand Nazariantz, el poeta armenio que vivía en Bari; Paolo Buzzi, que vivía en Milán y, aunque su posición política era indescifrable, había publicado en 1940 un «Poema de las radioondas» del que éramos grandes admiradores; Enrico Cavacchioli, que era un cachivache útil, como el inmenso retrato de un antepasado que se usa para tapar una mancha en la pared; Alceo Folicaldi, el joven poeta futurista que había acompañado a Marinetti a la guerra, al África; Bruno Corra, quien en 1916 había dirigido el filme *Vida futurista*, que era un filme de dolor y de muerte y que por fortuna se ha perdido; Rosa Rosà, la escritora austríaca nacionalizada italiana que había escrito la novela *Una mujer con tres almas*; Luciano Folgore, Francesco Cangiullo, Arnaldo Ginna, Bruno Munari, Emilio Settimelli, Mino Somenzi y Filippo Gentilli. Escribimos a Corrado Govoni invitándolo, pero Govoni declinó la invitación porque su hijo, que era comunista, había sido asesinado en las Fosas Ardeatinas en marzo de 1944: Govoni, quien había compuesto alguna vez una loa al Duce, no salía de su asombro ni de su dolor, como si fuese el mismo Mussolini el que lo hubiese abofeteado.

Oreste Calosso. Roma, 16 de marzo de 1978

No invitamos a Enzo Benedetto: creíamos que había caído en Italia y no fuimos pocos los que le dedicamos obituarios y textos acerca de su pintura y de su poesía que, inevitablemente, lo consideraban un mártir del fascismo, o, más bien, uno de esos escritores, de los pocos entre nosotros, que había llevado sus ideales hasta el final. Pero Benedetto estaba vivo: había sido hecho prisionero por las tropas inglesas y regresó a Italia tras el final de la guerra. Lo vi poco después, leyendo los textos que le habíamos dedicado, perplejo. Nunca se recuperó de esa impresión, pienso ahora.

Oreste Calosso. Roma, 16 de marzo de 1978

Naturalmente también invitamos a los supervivientes del círculo de escritores futuristas de Perugia del que yo había formado parte: Espartaco Boyano, Atilio Tessore y Michele Garassino, sobre los que yo podría decir tanto —es decir, tanto— que quizá lo mejor sea que no diga nada.

Oreste Calosso. Roma, 16 de marzo de 1978

Ezra Pound, mientras tanto —y una vez más, ya que esto era habitual en él—, había desaparecido. Nunca conseguimos dar con su paradero y no asistió al Congreso.

Atilio Tessore. Florencia, 11 de marzo de 1978

Aquel rostro se había clavado en mí como una cuña negra, y no lo había hecho por entonces, sino muchos años atrás; volver a verlo era algo parecido a un alivio, a un consuelo; pero también, en realidad, equivalía a escarbar en una vieja herida; es decir, en la cuña negra que me abría en dos: tenía que desclavarla, pero no sabía cómo, y como ve, no he podido hacerlo; aunque, en realidad, en ese momento lo único que pensé fue en que Luca Borrello había venido a matar a Michele Garassino; que por fin, y después de tanto tiempo, lo iba a matar.

Espartaco Boyano. Ravena, 10 de marzo de 1978

¿Que por qué iban a detenerme? A saber: *a*) por mi amistad con Aldo Palazzeschi, que había devenido antifascista, y se esforzaba por no disimularlo; *b*) porque, a diferencia de mis colegas futuristas, yo había criticado el pacto con la Alemania nacionalsocialista y las leyes raciales, si bien lo había hecho en privado y no de forma pública; *c*) porque había apoyado a Marinetti en su esfuerzo por que se eximiese de su condena por actividades antifascistas a Ferruccio Parri, cosa que sí hice pública; *d*) porque me había opuesto a la campaña contra el «arte degenerado»; *e*) porque, finalmente, estaba vivo y era una época en la que estar vivo no gozaba de mucha popularidad. Recuerde que hablo del año 1945: para entonces nos lo habían quitado todo, excepto el miedo.

Oreste Calosso. Roma, 16 de marzo de 1978

El primero en dirigirnos la palabra fue Hanns Johst, quien parecía haberse adueñado de la situación por completo. Aquí, de alguna forma, la acción se detiene, como si lo que hubiésemos vivido formara parte de una novela que uno pudiese dejar a un lado; pero claro que, si esto fuera una novela, el discurso de Johst también formaría parte de ella, aunque una parte posiblemente menor y al mismo tiempo central, el tipo de cosas que uno tiende a dejar de lado –las descripciones, por ejemplo, cuya función en las novelas jamás he comprendido– o sólo leer en diagonal y que, sin embargo, son clave para la comprensión del libro; en este caso, para la comprensión de nuestras acciones antes y después de aquel discurso, y para comprender en qué creíamos, o al menos en qué creíamos algunos de nosotros, o queríamos creer, o nos era impuesto creer por la fuerza de las circunstancias; pese a ello, el discurso de Johst es imposible de reproducir, perdido como está en las circunvoluciones de una memoria que es como una cámara repleta de ecos que se superponen. No hay nada más inverosímil, pienso, que esas novelas en las cuales alguien es capaz de recordar, palabra por palabra, lo que se ha dicho hace cinco o uno o cincuenta años. A mí no me molesta la inverosimilitud en literatura, es cierto; sólo me preocupa cuando es resultado de un nacionalsocialista fanático que además es un mal escritor.

Michele Garassino. Génova, 13 de marzo de 1978

Johst, lo recuerdo, habló de la guerra y de la literatura, y dijo que la guerra no estaba provocando el hundimiento europeo, sino que era ese hundimiento el que había provocado la guerra, que venía a rescatar a nuestro mundo; según Johst, ese hundimiento no se había producido como resultado de nuestra desidia en cuanto escritores, sino más bien del hecho de que, aun habiendo batallado arduamente por que nuestra voz fuese escuchada, ésta había sido desatendida durante años: habían sido la prensa judía y los intereses económicos los que habían impedido que esa voz se oyera, dijo; sin embargo, ésta debía volver a oírse en aquel momento, en la hora más terrible de Europa, allí, en la República Social Italiana, donde se libraba la batalla entre la usura y la independencia económica, entre el embrutecimiento que se deseaba imponernos destruyendo nuestras ciudades y la educación, entre el pueblo y una visión enemiga de éste que sólo concebía la lucha de clases, entre la protección de los trabajadores, los ancianos y los inválidos, las mujeres y los niños, y un sistema económico que sumía en la miseria a quienes no podían producir su propio sustento. Éramos, afirmó Johst, hombres empeñados en una lucha mortal contra un enemigo mejor armado y sostenido por los poderes injustos de la usura y la explotación del prójimo, unos hombres abandonados por aquellos que deberían haber sido sus aliados y traicionados por los que afirmaban ser sus defensores, y era por esa razón por la que nuestra voz debía sonar más alto que nunca; se trataba del momento, decía, de dejar de lado lo puro, que en el fondo no podía satisfacernos por ser antihumano, y los débiles signos de un individualismo creativo que no era sino una usurpación, ya que nuestras palabras pertenecían a una comunidad a la que debíamos devolvérselas, revitalizadas, y adherir a una propaganda cuya necesidad social y cuya simpleza de contenido debían bastarnos. Johst dijo que aquélla era la oportunidad de vencer al bolchevismo y al imperio del dinero, que si ganábamos la guerra pero no esa batalla particular, la guerra y nuestras vidas no habrían tenido sentido, ya que en la contienda mundial lo que estaba en disputa era no sólo nuestro derecho a la existencia, el de los alemanes y el de los italianos, hermanados en la defensa de los valores europeos que nosotros mismos habíamos creado, sino también la lucha de la poesía contra las cifras esgrimidas por nuestros enemigos y los beneficiarios de la usura; se trataba, afirmó, de que los escritores participaran de la contienda, y que lo hicieran con sus metáforas, que sólo los derrotistas podían considerar poca cosa. Era cierto que las metáforas no ganan batallas; sin embargo, duran más que ellas, dijo.

Oreste Calosso. Roma, 16 de marzo de 1978

A mi lado, un hombre alto con el rostro torcido en una mueca de escepticismo me miró y a continuación pareció sonreír para sus adentros mientras el discurso de Johst era aplaudido por todos y se escuchaban los golpes que los tacones de las botas militares producían en el momento en que los alemanes se ponían de pie y se cuadraban y gritaban al unísono, varias veces, sus «Sieg Heil» y sus «Heil Hitler»; el hombre –luego supe que era un escritor neerlandés, Rintsje Piter Sybesma– murmuró algo como para sí mismo, pero yo, a pesar del fragor, pude comprenderlo con claridad. Era una cita de Pierre Gaxote que yo ya conocía: «La historia de Alemania es la de un pueblo desgraciado».

Atilio Tessore. Florencia, 11 de marzo de 1978

No escuché nada de lo que dijo Johst, y no creo haberme perdido mucho: éramos como aqueos encerrados en un caballo de Troya, pero el caballo de Troya no se movía y Troya seguía sin estar a la vista, y casi todos lo sabíamos aunque fingiéramos ignorarlo. A mis espaldas, junto a la entrada de la sala, oculto parcialmente por una columna, estaba un hombre que yo había conocido y que no había olvidado, a pesar de creerlo muerto desde hacía meses; supongo que no me miraba a mí –más tarde supe que ni siquiera me había reconocido–, pero yo imaginaba que lo hacía, que me miraba; y, mientras hablaba Johst, y luego lo hacía Paolo Buzzi, que se elevaba sobre sus talones con ese aspecto de actor de reparto que nunca había perdido, que conservaba incluso habiendo llegado a una edad en la que, o bien se alcanzan los papeles principales o se abandona la actuación por completo, y que, sin embargo, Buzzi parecía disfrutar, parecía celebrar como si supiera que sólo los actores secundarios atrapan a las coristas y a las cantantes de ópera entradas en carnes, yo pensaba en él, pensaba en Luca Borrello y en las cosas que habíamos hecho juntos y en cómo había terminado todo; también, se lo he dicho ya, pensaba que iba a matar a Garassino y me preguntaba cuándo lo haría, de qué manera y si alguien, yo por el caso, podría o querría impedírselo.

Oreste Calosso. Roma, 16 de marzo de 1978

«Nosotros queremos glorificar la guerra, única higiene del mundo, el militarismo, el patriotismo, el gesto destructor de los libertarios, las hermosas ideas por las cuales se muere y el desprecio a la mujer. Nosotros queremos destruir los museos, las bibliotecas, las academias de toda especie y combatir contra el moralismo, el feminismo y contra toda vileza oportunista o utilitaria», citó Buzzi. No supimos por qué lo hacía, ya que, por el caso, podría haber citado el texto «Patriotismo insecticida» de 1939 o el «Canto a los héroes y a las máquinas de la guerra mussoliniana» de 1942, en los que Marinetti decía aproximadamente lo mismo de una manera similar: lo suyo no era precisamente la variedad y siempre rechazó caer en lo que consideraba la bajeza de cambiar de idea. Mientras Buzzi hablaba, algunos de nosotros no pudimos dejar de pensar en él, no en Buzzi sino en Marinetti, que había muerto el 2 de diciembre del año anterior a consecuencia, posiblemente, de los padecimientos vividos durante el período en que acompañó a las tropas italianas en Rusia, entre 1942 y 1943, y a cuyo entierro en Milán yo había asistido con algunos otros miles, incapaz de imaginar siquiera por un instante que la vieja marioneta histérica que había conocido fuese abandonada una vez más, y definitivamente, en el fondo del baúl del titiritero. En esa evocación había algo parecido al reconocimiento de una derrota, ya que había pensado en ese congreso como la oportunidad de volver a presenciar en acción a Marinetti y a Pound y ninguno de los dos había podido asistir: Marinetti por estar muerto; Pound, por estar ilocalizable, perdido en algún lugar que posiblemente ni siquiera él, con toda su energía nerviosa, pudiese reconocer, con su masa vertical de cabello rojo ondeando al viento, sus vestimentas estrafalarias y esos ojos pequeños y enrojecidos que le daban el aspecto de un mono procaz y ágil. Nosotros, los futuristas, consi-

derábamos la guerra la «única higiene del mundo», recordó
Buzzi, pero los presentes, exhaustos ya de una contienda bélica que nos había dado más destrucción y aniquilamiento de
los que podíamos reflejar en nuestras obras, sólo pudimos
aplaudirle tibiamente. Aquella guerra era, y Marinetti lo dijo
en 1914, un inmenso cuadro futurista, es cierto; pero parecía
haber sido pintado por un idiota.

Espartaco Boyano. Ravena, 10 de marzo de 1978

En realidad, y no sólo en relación a la «higiene del mundo»,
lo más apropiado, pienso ahora, es el jabón. Pero éste escasea-
ba en 1945. Así que nos conformábamos con la guerra. Qué
otra cosa podíamos hacer.

Oreste Calosso. Roma, 16 de marzo de 1978

En los españoles también había lo que parecía un hartazgo de
la guerra; finalmente, ellos habían tenido ya una de considerable duración. Rafael Sánchez Mazas asentía en silencio en
un rincón de la sala, pero su actitud era más bien la de quien
escucha distraídamente la lección torpemente memorizada
por un niño. Eugenio d'Ors, a su lado, que había pedido la
palabra un momento antes, se desgañitaba en una imitación
de, posiblemente, Francisco Franco —quien, tal vez, imitara a
Adolf Hitler, cuyas habilidades retóricas eran como las de un
actor mudo que se descubriera en un filme sonoro—, para
decirnos que estaba de acuerdo, completamente de acuerdo,
con su «amigo» Paolo Buzzi y que eran «la intemperie, lo
exacto, máximo o inexorable, la milicia y lo imperial, la im-
pasibilidad, la claridad y el heroísmo» los que se enfrentaban
en aquel momento a «lo bárbaro, lo turbio, lo chillón y lo
estéril». La guerra, afirmó, era una «iluminación redentora»
que demostraba —¿una iluminación «demuestra»? No estoy

seguro– que los escritores debíamos seguir supeditando la literatura a una causa más alta que ella, que era la de una nación en guerra; el premio, dijo, era el paraíso perdido, la vida libre, auténtica, fuerte y con sentido que, puesto que todos los paraísos sólo lo son cuando se han perdido, únicamente puede realizarse en la muerte, en la que «sus muertos se quedan solos. Y los nuestros no. Forman guardia. Siguen en la hermandad caliente de cada corazón», dijo D'Ors, y agregó que era a eso precisamente a lo que debíamos cantar en nuestras obras.

Espartaco Boyano. Ravena, 10 de marzo de 1978

«Esta marea de insensateces, de injurias, de calumnias, de burlas impías, de sucias explosiones de resentimientos no es sino el síntoma de una mortal gana de disolución», estalló a continuación Fani Popowa-Mutafowa. La excusa, dijo, para hacer una literatura de trazos gruesos, una literatura de propaganda, cuando en realidad, afirmó, no hacía falta una literatura de trazos gruesos, sino una que obligase a cerrar los ojos a todo lo que no fuera literatura. Algunos asintieron, pero la voz de Rintsje Piter Sybesma se elevó entre los murmullos de rechazo que provenían del sector español y del alemán para afirmar que para un escritor no había tarea más alta –ésas fueron sus palabras, creo– que la de ser el propagandista de una nación que luchaba por su subsistencia, y que… Pero entonces se puso de pie Bruno Corra y dijo que él podía ser ilusionista, profesor de baile, buzo, paracaidista, jugador de rugby, cantante, croupier, jinete, equilibrista, estrella de la pantalla, locutor radial, *mâitre d'hôtel*, conductor, cazador furtivo o agente de Bolsa, pero nunca sería propagandista, puesto que se oponía a todo lo serio. Algunas risas acompañaron su intervención, pero entonces D'Ors afirmó que se trataba de una confusión de términos, o de pares enfrentados, ya que la diferencia entre nosotros y nuestros enemigos era que éstos decían «diputado, correligionario y descanso» y nosotros decíamos «capitán, camarada, maniobra». «Ellos dicen estúpido fanatismo –dijo– y nosotros fe. Ellos, yo: nosotros, nosotros. Nosotros bandera y ellos antorcha, nosotros guardia y ellos incomodidad, nosotros camisa y ellos levita. Ellos seriedad y nosotros responsabilidad.» Luys Santa Marina se puso de pie y aplaudió frenéticamente, pero Johst lo fulminó con una mirada y el español volvió a sentarse mientras Henri Bruning intervenía para decir que, incluso aunque fuese posible una literatura escrita al margen de la lucha de nuestras naciones contra la libertad de cambio, que no era la de conciencia, y contra el gobierno de todos a favor del gobierno de todos los aptos para gobernar, si aun así, dijo, se pudiese escribir literatura «pura», literatura escrita al margen de la época y de sus batallas, quién iba a publicarla, se preguntaba. Quién iba a tener interés en leerla. Bruning fue acusado de actuar como un bolchevique por Popowa-Mutafowa, pero Eugenio Montes y Hermann Burte le defendieron. A pesar de lo cual, y tras un momento de vacilación, ninguno de nosotros tuvo claro por qué razón se le defendió y en qué punto de la discusión nos encontrábamos. Fue Johst quien resolvió el problema poniéndose de pie, lo que significaba que el Congreso entraba en una pausa de duración indefinida. Al dirigirme hacia la salida, se me acercó Almirante, quien me pidió que radiase a la prensa las conclusiones de la primera sesión del Congreso. Las tengo por aquí. Decían: «Ante la guerra, ante la lucha de nuestros pueblos por mantener como enunciado primordial de su contenido sus independencias nacionales, todo cuanto no es contrario a ellas, todo cuanto no es traición malvendida al capitalismo sin patria, se siente hoy en Italia uno y lo mismo ante el hecho mismo de la situación esencial y objetiva que vive Europa, ante la que mantenemos nuestra fe inquebrantable en la victoria». Ninguno de nosotros había afirmado eso, objeté. Pero Almirante me hizo callar tomándome del brazo y llevándome a un rincón de la sala. «La declaración fue escrita por los alemanes; si no la radiamos, clausurarán el Congreso y nos matarán a todos», me dijo. De hecho, cuando me dirigí a hacerlo, descubrí que la declaración ya había sido radiada, por Johst o por cualquiera de sus empleados.

Espartaco Boyano. Ravena, 10 de marzo de 1978

¿En serio quiere usted saber estas cosas? ¿No le basta con lo poco que dicen al respecto los libros de Historia? ¿Ni los documentos de la época? Entonces se lo diré: no teníamos nada que decirnos, y estuvimos diciéndonoslo por dos interminables horas.

Atilio Tessore. Florencia, 11 de marzo de 1978

No había visto a Luca Borrello en cuatro años pero no tuve dificultades para reconocerlo; digo esto como si fuera un mérito personal porque en realidad lo es. Borrello había adelgazado muchísimo y llevaba el cabello cortado a cero, o, para ser más preciso, parecía haberse cortado el cabello él mismo, dejando zonas amplias de pelo gris y encrespado allí donde no había podido verse o no le molestaba; su cabello parecía seguir el patrón trazado por un peluquero que se hubiera vuelto loco, pero fue su mirada la que me hizo pensar que era él quien se había cortado el cabello y, por consiguiente, que el peluquero loco también era él: sus ojos tenían un brillo que no era de este mundo, pero su rostro, que siempre había sido afilado, ahora era como la huella de un hachazo en la madera de un árbol, y eso fue lo que más me asustó. «Soy yo, Luca», le dije, tomándolo del brazo, pero Borrello me miró un instante y luego comenzó a toser sin control y se deslizó hacia la puerta; quise creer que su silencio hacia mí, y el hecho de que no me hubiera atacado al verme, eran la prueba de que nuestro enfrentamiento había quedado atrás y que, de algún modo, Borrello había entendido –también, del hecho de que no iba a matar a Garassino después de todo–, pero al instante comprendí que Borrello estaba más allá de la comprensión o del perdón, en un territorio que sólo él conocía y habitaba, y que, por lo tanto, no había posibilidad alguna de aproximación entre nosotros; y eso, aunque no lo crea, me alegró y me llenó de un miedo paralizador, todo al mismo tiempo.

Oreste Calosso. Roma, 16 de marzo de 1978

El almuerzo transcurrió sin grandes novedades, excepto por el hecho de que los españoles monologaron durante toda su duración acerca del paisaje castellano, de su aridez y de su belleza, que yo no pude imaginar en combinación con la palabra «aridez». Alguien citó a Oswald Spengler, no recuerdo quién, y otro, imagino que un español, se refirió a José Ortega y Gasset, lo que demuestra que el almuerzo fue realmente muy pobre desde el punto de vista intelectual. Alguien se refirió a su visión de una Europa futura caracterizada por un «humanismo tocado de religiosidad» –por absurdo que parezca, creo que ésas fueron las palabras exactas, o unas muy aproximadas– y otro sostuvo que ese proyecto no se realizaría hasta que no se aceptase que la belleza a la que debía aspirar la obra literaria era la suma del sentido, la trascendencia y un cierto orden de tipo moral. Flavia Morlacchi se apresuró a darle la razón y escupió pequeñas, finísimas migas de pan untadas de saliva a su alrededor; a su derecha, la provecta Amélie Rives Troubetzkoy se había quedado dormida poco después del primer plato, con la cabeza echada hacia atrás sobre el respaldo de su asiento, y roncaba suavemente. A mi izquierda, Alceo Folicaldi, que había acompañado a Marinetti a la guerra, al África, hablaba de una visita a un burdel de niñas africanas en la que se había producido un incidente de una comicidad extraordinaria que nunca podía narrar porque su propia risa se lo impedía. Mino Somenzi, a mi derecha, aprovechaba el estruendo que provocaba Folicaldi para hablar de los bombardeos a las refinerías de petróleo de Ploesti y a los empalmes ferroviarios de Brasof y Potestí, en Rumania, procurando que no lo escuchara Ion Sân-Giorgiu ni los alemanes, que comían en silencio. Alguien rompió una jarra de agua, creo que fue Enrico Cavacchioli. La Morlacchi se pellizcaba disimuladamente las mejillas a mi lado para fingir que éstas tenían un color que, en realidad, habían perdido, desde el comienzo de la guerra o desde que ya no se conseguían cosméticos; tenía una cámara fotográfica con la que procuraba hacernos un retrato, pero nadie quería posar para ella por temor a que la fotografía resultante fuese usada como una evidencia en su contra en un futuro no muy lejano; yo sabía, porque la Morlacchi me lo había confesado en otra ocasión, pidiéndome una ayuda que no pude darle, que hacía meses que no conseguía película; cuando se cansó de llamar la atención de ese modo, la Morlacchi se llevó a la señora Troubetzkoy y a Cavacchioli de regreso al hotel en el que se hospedaban en medio de las protestas de ambos, a los que el alcohol había conferido una especie de infantil cabezonería. La autora de la inolvidable oda al monte Palatino, que comienza con el lánguido verso «Di questo Aprile d'un tempo lontano…» y que yo he olvidado casi por completo, afortunadamente, arrastraba a los dos vejestorios hacia la salida del restaurante mientras ambos protestaban y se daban la vuelta dando manotazos como si quisieran asirse a algún objeto para impedir su marcha; al verla, pensé que estaba gorda y me dije que nunca hay que confiar en alguien que ha engordado durante una guerra, en particular durante la segunda. A continuación sirvieron esa bebida que había reemplazado al café un par de años atrás en Italia y todos fingimos que era café y nos la bebimos; más tarde se cantó el «Cara al sol» y «Giovinezza», la primera dos o tres veces, debido al entusiasmo de los españoles y a modo de desagravio, que los alemanes aprobaron con una indiferencia que es lo mejor que se puede esperar de ellos, en particular si se habita en un país vecino al suyo.

Espartaco Boyano. Ravena, 10 de marzo de 1978

Al principio eran tres, Atilio Tessore, Oreste Calosso y Romano Cataldi. Se habían constituido, o al menos eso decían ellos, en la vanguardia de la literatura futurista, y por consiguiente fascista, en Umbría. Ninguno de ellos era de allí, pero todos habían ido a parar a Perugia por razones distintas, ninguna de las cuales tiene importancia. Quiero decir, esas razones tienen una importancia considerablemente menor que la razón por la que todos se marcharon de allí, sólo para acabar volviendo a encontrarse en Pinerolo y en el congreso interrumpido de los escritores fascistas.

Atilio Tessore. Florencia, 11 de marzo de 1978

No recuerdo haberle hablado todavía de Romano Cataldi y, en realidad, todo gira alrededor de él, de algún sentido. Algunas cosas que supimos años después de conocerlo, todo aquello que fue contándonos poco a poco y a menudo de forma parcial, incompleta, sin ningún orgullo ni entusiasmo por su parte, aunque era evidente que a nosotros sí nos entusiasmaban y despertaban en nosotros un cierto orgullo por ser sus amigos, merecen ser dichas antes de que le cuente de qué modo lo conocimos: había perdido a su madre cuando tenía doce años y poco después se había marchado de su casa para dormir en la calle, en sótanos y en balas de paja en la franja que va de Cantiano a Foligno, al este de Perugia; un día robó unos tomates, después unas patatas y en otra ocasión unas manzanas que aún no habían madurado; cuando creía haber perfeccionado sus métodos, intentó robar unos huevos y fue apresado por un campesino que le dio una paliza en la que perdió un ojo; siguió robando con la ayuda del que le quedaba y pasó quince días en la cárcel cuando volvió a ser descubierto. Al ser liberado se marchó a Sassoferrato y consiguió un puesto como figurante en una representación teatral que abandonó a las pocas horas de haber sido contratado, al parecer por una discusión con el dueño del teatro, que lo denunció poco después por hurto cuando Cataldi escapó del local con el traje de cazador de los Alpes que se le había entregado para la función; según decía, no tenía prendas mejores en ese momento y pensó que el uniforme garibaldino era una paga adecuada por los minutos en que había desempeñado su papel, por lo demás, afirmaba, con enorme solvencia. El dueño del teatro, la policía local, los espectadores, que vieron cómo la función era interrumpida cuando uno de los voluntarios de Giuseppe Garibaldi abandonaba la batalla de Bezzecca para escapar en dirección a las afueras del pueblo a través de la via Roma, no opinaron lo mismo, y Cataldi era reincidente: esa vez pasó un mes en la cárcel, y después fue liberado y a continuación pasó otros seis meses preso por mendigar en Fondiglie, desde donde pretendía regresar a Umbría. Al salir de la cárcel trabajó, se desempeñó durante cinco meses como aprendiz en un criadero de cerdos en las afueras de Gubbio y fue tratado como uno, según decía; y entonces desapareció el badajo de una de las iglesias locales y Cataldi fue condenado a tres años de cárcel a pesar de que no tenía inclinaciones religiosas y no se encontró ningún badajo en su poder. Según decía, durante esos tres años en la cárcel aprendió a leer y comenzó a escribir, primero sus recuerdos, que temía olvidar si no los ponía por escrito, en especial los de los años pasados con su madre, y más tarde unos relatos breves, teñidos de cierta violencia, que las autoridades de la cárcel destruyeron antes de que cumpliera su condena por considerarlos indecentes. Nada grave, en realidad, ya que su autor los reconstruyó de memoria poco después, y fue lo primero que nos leyó cuando lo conocimos, muchos años después de todo ello y en un momento en el cual Cataldi —que se había alistado en el ejército tras salir de la cárcel, había estado en África, había sido condenado a trabajos forzados, había trabajado en la vendimia, había pasado noventa días desnudo en una jaula de madera bajo el sol tunecino; había conseguido regresar a Italia tras desertar de nuevo y caminar cuarenta y nueve kilómetros con una pierna atravesada por un hierro infectado que sólo pudo hacerse quitar en el hospital de Sidi Bel Abbès, de donde escapó amenazando a las enfermeras con quitarse la vida con un cuchillo que sostuvo en su garganta, según decía, hasta que consiguió trepar a un barco que zarpaba del puerto de Orán— era uno de los jefes de los jóvenes fascistas de Perugia.

Espartaco Boyano. Ravena, 10 de marzo de 1978

Cataldi tenía una compulsión a contar el número de veces que la letra «a» aparecía en los libros que leía. Sus opiniones literarias solían consistir en una frase del tipo de *«El dueño de la fábrica* de Romano Bilenchi tiene 78.342 aes», sin que quedase claro de ninguna manera si esa opinión era positiva o negativa. De hecho, es muy factible que la enumeración de la vocal a lo largo del libro lo hubiese distraído por completo de su contenido, al punto de que fuera incapaz de afirmar si ese contenido había sido de su agrado o no. Por otra parte, creo recordar que Cataldi quería escribir como Bilenchi. Además tenía una gran habilidad para deletrear al revés frases completas, después de haberles echado una rápida mirada y sin equivocarse ni una sola vez. En su cabeza, la literatura estaba regida por la simetría, pero posiblemente también lo estuvieran las decisiones que tomaba, ya que éstas tendían a conformar pares, a veces extremadamente distantes en el tiempo. Un día, por ejemplo, ardió la casa de un campesino en las afueras de Foligno. En otra ocasión fue destruido durante la noche un criadero de cerdos en las afueras de Gubbio. Ambos hechos no conforman un par, aunque su autor —nunca descubierto, por lo demás— fue el mismo, sino con otros hechos en el pasado.

Atilio Tessore. Florencia, 11 de marzo de 1978

Michele Garassino y yo estudiábamos por entonces literatura italiana en la universidad, en Perugia. Mis antecedentes literarios, si tienen alguna relevancia, no interesan aquí; en realidad, son mucho menos interesantes que los de Garassino, ya que los suyos son delictivos, desafortunadamente. A Garassino un viaje a Argel de su padre, que tenía una tienda de importación en Arezzo, le permitió acceder al único libro de poemas que publicó Arthur Maddow, un estadounidense que renunció al dinero de su familia y vivió en Sicilia y en Túnez y que publicó ese libro, el único suyo, en 1931 y no en 1938, como se dice habitualmente; Garassino leyó los poemas de Maddow con la ayuda de un diccionario y pensó —o esto es lo que yo creo que pensó— que la fascinación, el entusiasmo que nos provocan ciertas obras supone una forma de transferencia, y que en el marco de esa transferencia la propiedad de las obras pasa de las manos de su creador a las del lector; en otras palabras, Garassino versionó los poemas en italiano, los aprendió de memoria, los publicó en las revistas que estaban a su alcance, las pequeñas revistas que proliferaban en sitios como Arezzo y Perugia, los leyó públicamente, nos los leyó a Borrello y a mí y a Oreste Calosso y a Romano Cataldi tantas veces que nosotros también acabamos creyendo que, siendo suyos, también nos pertenecían de algún modo. Eran poemas bellos y terribles, que hablaban de ciudades en Sicilia y en Túnez y en Estados Unidos que Garassino no había conocido jamás; en la ausencia de información de primera mano acerca de todos esos sitios, nosotros encontrábamos un mérito añadido a esos poemas, que nos hacía pensar que la literatura crea incluso cuando finge que imita. Garassino era nuestro mejor hombre, pensábamos por entonces, y es posible que Garassino también lo pensara, del mismo modo que es posible que lo piense aún hoy, años después de que un jovencito presuntuoso que se encontraba estudiando en Roma descubriese los libros de Maddow y de Garassino y le desenmascarase, tal vez en la ilusión de crear un escándalo que todo aquello que quienes fuimos escritores relevantes en la década de 1930 hagamos o digamos ya no provoca. Garassino le respondió, lo recuerdo, escribiendo un largo artículo en el *Corriere della Sera* en el que no se defendía exactamente de la acusación de plagio –que, por consiguiente, admitía– sino más bien sostenía que todo, absolutamente todo, es un plagio, una apropiación, comenzando por las palabras que empleamos, cosa que, aunque no estaba mal, tampoco era muy original: Garassino había copiado su discurso en mayor o menor medida del que Bruno Giordano Sanzin había pronunciado en 1931 para defenderse de las acusaciones de que su poema «Modernolatria», dedicado a Umberto Boccioni, era, en realidad, un plagio ligeramente engordado de unas líneas que Boccioni había escrito en uno de los márgenes de su pintura «La ciudad se levanta».

Oreste Calosso. Roma, 16 de marzo de 1978

En realidad, la historia es más compleja de lo que afirma. Algo después, en el mismo *Corriere della Sera*, Sanzin admitió, para sorpresa de todos, que el artículo de Garassino le había gustado mucho, y se preguntó si en realidad no sería porque se parecía demasiado al texto de Filippo Tommaso Marinetti, que él, sin ser descubierto, había plagiado unos años atrás a manera de experimento y con la anuencia del propio Marinetti. A nadie le gusta perder, y al parecer el del plagio es un juego en el que siempre se pierde, excepto que sus reglas no sean las que son sino unas muy distintas, que sólo unos pocos conocen. Quizá el único inocente en esta historia fuese Marinetti, en quien comienza la cadena de préstamos y de sustracciones, pero tal vez él también haya plagiado a alguien y su engaño esté aún por descubrirse; por mi parte, pienso que no hay robo hasta que echas de menos lo que te han sustraído, y eso casi nunca sucede con los textos. Al pla-

giar a Maddow, Garassino nos hizo creer que teníamos entre
nosotros a un genio, y eso llevó a que nos esforzásemos por
estar a su altura. ¿No fue un magnífico regalo? Además todos éramos unos niños por entonces, y eso es precisamente
lo que hacen los niños: se apropian de lo que les gusta, o lo
rompen.

Michele Garassino. Génova, 13 de marzo de 1978

Vale, en cuanto deje de reírme voy a decirle algo acerca de
Atilio Tessore que al parecer éste no le ha dicho: toda su obra,
todo él, son un antecedente literario; más específicamente, el
resultado de la publicación de las obras completas de su padre,
Filippo Castrofiori. A los cincuenta años de edad, en 1934,
Castrofiori, que hasta entonces había vivido de unas rentas de
origen impreciso −Castrofiori es un apellido judío, supongo
que sabe a qué me refiero−, publicó a su costa los seis gruesos
volúmenes de unas *Obras completas* que ninguno de sus alle-
gados sabía que había escrito, aunque sí sus familiares: el primero estaba dedicado a su poesía reunida; el segundo comprendía su obra en prosa, compuesta por dos novelas y un
ensayo acerca de una máquina de movimiento perpetuo de
su invención; el tercero, su dramaturgia; el cuarto reunía su
correspondencia con los principales intelectuales europeos
del siglo −Miguel de Unamuno, Hermann Graf Keyserling,
Max Scheler, Oswald Spengler, Rabindranath Tagore, Charles
Maurras, José Ortega y Gasset, éstos son los que recuerdo en
este momento−; el quinto consistía en el libreto de una ópera de su completa autoría acerca de la «antropogeografía» de
Friedrich Ratzel; el sexto reunía una selección de sus diarios
íntimos. Castrofiori fue insospechadamente popular en los
años posteriores a la publicación de sus obras, y Tessore −quien
adoptó su pseudónimo para fingir que no deseaba beneficiarse del éxito de su padre, cosa que hizo tanto como pudo−
aprovechó la circunstancia para dar a la imprenta un libro de

poemas algo prematuro. No se trata de que careciera de talento —en realidad, creo que lo tiene—, sino del hecho de que ese talento estaba lastrado por una gran ansiedad por beneficiarse de lo conseguido por su padre y, al mismo tiempo, ser juzgado por sus propios méritos, bastante inferiores a los de su prolífico y algo desconcertante progenitor; claro que esto es algo que el propio padre había previsto y deseado: después de la publicación de sus *Obras completas*, Castrofiori no volvió a publicar nada, y dedicó lo que le quedaba de vida a promover la obra de su hijo entre sus amistades y conocidos. No le pidió nada a cambio, hasta donde yo sé, pero lo aplastó con su generosidad y con su entusiasmo, que eran como el de alguien que, para garantizar el patrimonio familiar, regala a sus hijos una propiedad absolutamente desmesurada en relación con sus habilidades, que éstos tienen que administrar y multiplicar, lo deseen o no: creo haberle dicho ya que Castrofiori es un apellido judío. La representación del drama erótico de su hijo en un teatro de Roma en 1937, que tan malas críticas recibió, fue financiada por él; también la publicación de sus dos siguientes libros, que se empeñó en prologar —sin haberlos leído, supongo—, y unas postales con su rostro y la publicidad de sus obras en el reverso que solía hacer imprimir en grandes cantidades y de cuyo franqueo se ocupaba él mismo. Quizá para entonces había comprendido que su hijo carecía de un talento acorde con las ambiciones paternas y se propuso destruirlo mediante una exposición desmesurada antes de que éste echase por tierra el patrimonio familiar, o tal vez seguía creyendo en él y lo apoyaba de buena gana. No importa cuál de las respuestas sea la correcta; lo relevante aquí es que, si algo son la obra de Atilio Tessore y su persona, es, precisamente, un antecedente, aunque uno que lo arrolló sin saberlo; todo esto se lo contaré cuando deje de reírme acerca de su «rectitud», sin embargo; sólo deme un momento para que recupere el aire.

Espartaco Boyano. *Ravena, 10 de marzo de 1978*

Alto y muy delgado. Muy alto y muy delgado, es lo primero que yo diría de él. A continuación diría que lo conocí en la escuela de medicina, donde ambos estudiábamos, y que era una fuente inagotable de palabras, que un día, sin que yo supiese cómo, se secó, aunque eso fue más tarde. A modo de fecha probable de nuestro primer encuentro mencionaría marzo, y tal vez abril, de 1931. La famosa cena futurista en el restaurante Penna d'Oca había tenido lugar en noviembre del año anterior y Marinetti había publicado ya su «Manifiesto de la cocina futurista», que a mí me había interesado notablemente, por alguna razón que no recuerdo. Aunque, si me forzara usted a ello, le diría que sí la recuerdo, y que lo que me interesó de Marinetti y de los otros futuristas fueron su vitalidad y su sentido del humor. En aquel momento pensaba que ambas eran características de la juventud, pero ahora me parece evidente que la juventud tiende a tomarse terriblemente en serio a sí misma y tampoco es muy vital que digamos. En aquella época había una revista en Perugia llamada *Lo Scarabeo d'Oro*, cuya entrada en las historias de la literatura me desconcierta porque la revista era mala, pésima posiblemente. La dirigía un escritor perusino llamado Abelardo Castellani que había tenido un cierto éxito, limitado pero aun así importante, algunas décadas atrás: desde entonces se había dedicado a la enseñanza de la literatura. No tenía mucho para enseñar, por supuesto, pero lo hacía con bastante obstinación, y su influencia, que creo que fue negativa, es visible en todos aquellos que fuimos sus alumnos. Esa influencia negativa es, por supuesto, el único fenómeno que tiene lugar en la enseñanza de la literatura, siempre. Castellani era un fanático de Edgar Allan Poe, lo que, según algunos, es un síntoma de inmadurez intelectual. Sus intereses literarios eran considerablemente más reducidos que los que hacían a las bebidas alcohólicas: sobre ellas tenía opiniones mayormente positivas y preferencias que, sin embargo, dejaba de lado cuando una de esas bebidas alcohólicas, cualquiera de ellas, entraba en su campo visual. Castellani llevaba además un bigote descuidado que daba la impresión en quien lo observaba de que lo había sorprendido comiéndose una rata, y cuando bebía, la rata se ahogaba debajo de su nariz. Explicarle cómo conocí a Borrello significa, también, tener que contarle estas cosas. Y agregar que, un día, y a pesar de que no tenía ningún interés en él, Castellani me pidió que entrevistase a Marinetti, que se alojaba en un hotel local, y que le pidiese una colaboración para nuestra revista. Yo lo había leído todo acerca de los futuristas, así como la mayor parte de sus libros, y todos los de Marinetti. De manera que, si tuviera que narrar con qué emociones –todas, por lo demás, bastante pueriles, y, por lo tanto, material idóneo para una novela, que es lo que creo entender que usted ha venido a buscar aquí: nerviosismo, expectativa, un sentido de la oportunidad, alegría, preocupación– fui a su encuentro, este relato se extendería demasiado. Sólo le diré que Marinetti me recibió en su habitación, que estaba a oscuras. La habitación, por supuesto, fue tornándose más y más oscura a medida que pasaban los minutos. Habíamos concertado la entrevista para las diecinueve horas, poco antes de la cena con la que los notables de la ciudad iban a homenajearlo, propósito al que Marinetti se prestaba con evidente satisfacción. Mientras hablábamos acerca de su trabajo, o más bien hablaba él, mi pulso se había ido serenando, pero me resultaba todavía más difícil escribir en mi libreta debido a que prácticamente no podía verla. Por su parte, Marinetti no parecía tener problemas con la falta de luz. Caminaba de un lado a otro de la habitación, a menudo deteniéndose en el cono de luz que yacía sobre la alfombra, junto a la ventana, de tal manera que ésta iluminaba sus zapatos y sus pantalones hasta las rodillas. Tenía unos zapatos magníficos. Quiero decir: unos zapatos italianos magníficos, o sólo italianos, si lo prefiere. No recuerdo mucho de lo que me dijo, aunque, por supuesto, todo ello debe de estar en algún lugar de sus manifiestos. En algunas personas, el citarse a sí mismas de forma continua es una especie de coquetería. En Marinetti era algo así como una necesidad: por un lado, todas sus ideas estaban contenidas en sus manifiestos, de los que había escrito decenas; por otro, le resultaba difícil imaginar que alguien pudiera tener ideas mejores. Era una especie de empresario teatral a quien el elenco a su servicio había abandonado hacía tiempo, de modo que él había decidido interpretar todos los papeles de una obra cuya dramaturgia, por supuesto, le pertenecía. Cuando acabó de hablar se me quedó mirando, como si yo tuviera que aplaudirlo o atacarlo —a menudo el público hacía esto último, especialmente con huevos—, así que yo aparté la libreta y le pedí una colaboración para *Lo Scarabeo d'Oro*. Si tuviera que decir qué sintió Marinetti en ese momento, diría, por sus gestos, que sintió alivio. Se sentó en su cama y escribió unas palabras sobre un papel que había apoyado en la mesilla de noche. Lo hizo con la misma rapidez con la que había hablado, y luego dijo que su mujer lo esperaba y se puso de pie. Nos dimos la mano en la puerta de su habitación, con lo que yo creí que era la extraña emanación provocada por una transferencia de alguna índole, posiblemente de talento, pero que era sólo mi nerviosismo, la percepción de mi propia importancia, que era completamente imaginaria. Al llegar a la recepción del hotel extraje del bolsillo la colaboración de Marinetti. Las líneas se superponían unas a otras y las palabras conformaban un amasijo de tinta. Al doblarlo, la tinta todavía fresca había impregnado el papel y ya no era posible comprender nada de lo que el gran hombre había escrito. Me di la vuelta, dispuesto a pedirle otra colaboración, o a que me leyera la que había escrito anteriormente, pero en ese momento vi que el escritor y su esposa eran arrastrados fuera del hotel por los notables locales. Un instante después, era imposible saber adónde habían ido.

Espartaco Boyano. Ravena, 10 de marzo de 1978

Unos jóvenes de mi edad me detuvieron cuando salía del hotel. Parecían estar allí desde hacía algún tiempo, fumando unos cigarrillos cuyos restos yacían a sus pies como conformando una especie de mancha de un contorno indefinible. No conocía a ninguno de ellos, pero se dirigieron a mí con familiaridad. «¿Ha visto usted salir del hotel a ese payaso de Marinetti?», me preguntó uno. Asentí. «Ese monigote espantoso ridiculiza a la literatura italiana», dijo otro, a su lado. «Ha hecho que la juventud deje de lado a los grandes nombres de nuestra literatura, como Enrico Cavacchioli», agregó un tercero. «No olvide usted a Flavia Morlacchi», le apuntó otro. «¿Cómo podría hacerlo? ¿Podría usted olvidar a la autora de aquellos versos inmortales en los que se comparan las ruinas del Palatino con "ojos ciegos / ojos de sombra / del espectro romano feroz y glorioso"?» «¿No será usted un simpatizante de Marinetti?», lo interrumpió el primero que me había dirigido la palabra, mirándome. Sólo en ese momento reparé en el hecho de que llevaba un parche en un ojo. No creo que pudiese recordar qué pensé exactamente en ese momento ni siquiera aunque me esforzara. Respondí lo primero que me pasó por la cabeza: «Admiro profundamente al señor Marinetti y considero el futurismo uno de los más importantes movimientos artísticos de nuestra época». Por un momento, los cuatro nos quedamos en silencio, sorprendidos de mi audacia posiblemente, y recuerdo que pensé que tenía que agarrarme a ese momento y tratar de recordarlo porque el que le sucedería iba a ser terrible. Pero en ese instante uno de ellos se rió y el del parche me extendió la mano. «Mi nombre es Romano Cataldi —me dijo— y aquí todos somos futuristas.»

Espartaco Boyano. Ravena, 10 de marzo de 1978

Nos dedicamos a sembrar el descontento en la literatura italiana durante algún tiempo, los cuatro. Una ventaja nuestra: a diferencia de nuestros opositores y rivales, nosotros contábamos también con la prensa generalista y no sólo con las revistas literarias, y eso nos daba un poder de persuasión mayor.

Por entonces, claro, la prensa generalista, y específicamente la que ha venido a ser llamada «la prensa cultural», no era lo que es ahora: necrológicas y novedades, pero todo lo demás ya estaba inventado. Y todo lo demás es escribir sobre literatura para que se formen una opinión sobre ella todas aquellas personas que no quieren leer literatura, pero sí tener «opiniones». A poco de conocerlos y de unirme a su grupo, abandoné a Castellani, pero antes le entregué la entrevista que había hecho a Marinetti y su colaboración. No la que el propio Marinetti escribió para mí en la oscuridad de su habitación de hotel, que me siguió resultando ilegible días después de haberla recibido y pese a todos mis esfuerzos, sino la que escribimos Atilio Tessore, Oreste Calosso, Romano Cataldi y yo, una tarde, en un café, extrayendo frases de los manifiestos futuristas y disponiéndolas caprichosamente sobre la página, lo que nos hizo reír a carcajadas. Por supuesto, *Lo Scarabeo d'Oro* publicó nuestra colaboración de Marinetti en su siguiente número, lo que nos hizo reír más aún. Mi incorporación al grupo de Tessore, Calosso y Cataldi —quien, debido a su edad y a sus experiencias en África y en otros sitios, era nuestro líder— había sido rápida, y la falsificación no hizo sino unirnos todavía más, aunque en la actualidad me avergüenza un poco admitirlo. Al año siguiente, en 1932, Marinetti la publicó en uno de sus libros, no sé si porque no recordaba la que había escrito para la revista en su hotel o porque, recordándola, había identificado su tono y su elección de palabras en nuestro texto y le había parecido que ambos eran suficientes para que éste fuese reconocido como un texto «de» Marinetti. Si tuviera que escoger entre ambas posibilidades, no podría hacerlo porque, en realidad, existe una tercera: la de que Marinetti hubiese comprendido que, en última instancia, la obra de un escritor es todo aquello que se publica bajo su nombre, incluso aunque no haya sido escrito por él. Quiero decir que la obra de un escritor es él mismo, y que todo el resto —digo, los textos literarios— es apenas un apéndice de esa obra y carece de importancia. Esta última visión me parece muy moderna, y no sé si Marinetti la ratificaría. Pero pienso que es la visión de buena parte de los escritores y de todos los editores que existen y que han existido en los últimos años. Por lo tanto, también es la manifestación de un triunfo algo secreto de quienes fuimos futuristas: queríamos devolver el arte a la vida, y lo hicimos hasta el punto de que ambos acabaron confundiéndose, de tal forma que la vida de los escritores es ahora lo único que parece tener relevancia en la literatura.

Oreste Calosso. Roma, 16 de marzo de 1978

Atilio Tessore y yo conocimos a Cataldi en una reunión fascista en un local próximo a la universidad, en Perugia. Espartaco Boyano se sumó más tarde, y sólo algo después lo hizo Luca Borrello. Nos considerábamos la vanguardia literaria futurista y fascista de Umbría y es posible que lo fuéramos pese a que los habitantes de la región no estaban al corriente; nosotros nos esforzábamos por creer que éramos escritores y que formábamos parte de una sociedad medianamente secreta que debía concebir todos los días un plan y no ejecutarlo. Una de nuestras muchas contradicciones era que negábamos el arte, o por lo menos el arte convencional, es decir, el que no escribíamos nosotros ni los escritores que admirábamos, que eran principalmente futuristas, pero también negábamos la vida y a menudo también la negación. Alguien proponía: «Vayamos a romperle los dientes a Abelardo Castellani», que era un escritor perusino cuya obra, afortunadamente para ella, le ha sido sustraída a la posteridad; todos votábamos y, si la moción era aprobada —siempre sucedía—, apuntábamos en nuestras actas la acción y no la realizábamos. Entre las que no llevamos a cabo, deliberadamente: como ya he dicho, romperle los dientes a Abelardo Castellani, que ni siquiera era fascista; visitar Venecia, irrumpir en la vivienda de Cosimo Zago, el poeta cojo, y robarle la pierna ortopédica: a continuación, hundirla en las aguas del Gran Canal; sodomizar a Flavia Morlacchi mientras un puñado de ciegos recita sus poemas a gritos, en especial ese en el que se comparan las ruinas del Palatino con «ojos ciegos» y con «ojos de sombra»; visitar todas las librerías de Perugia y, disimuladamente, arrancar las diez páginas finales de todos los ejemplares de la obra de Enrico Cavacchioli; conseguir que algún musicólogo famoso aborde en público la obra de «Giacomo Porcini» pronunciando defectuosamente el supuesto apellido de manera que él entienda «Puccini» y montar un escándalo; apostarnos frente a una librería, detener a cada uno de los compradores al salir, inquiriéndoles acerca de la obra que han adquirido, y contarles el final de la misma, inventándonoslo por completo y sólo para que no la lean; escribir con aviones la receta del *risotto* de la madre de Tessore, explicándoles a los espectadores que hay mucha más literatura en ella que en buena parte de las obras que se comercializan como tal; etcétera.

Atilio Tessore. Florencia, 11 de marzo de 1978

Una acción que sí realizábamos, entre todas las que no llevábamos a cabo, es la siguiente: nos situábamos en las proximidades de las librerías y de los locales en los que se celebraba algún tipo de evento relacionado con la literatura y fingíamos estar discutiendo; cuando alguien que nos parecía conveniente para ser objeto de la acción pasaba a nuestro lado, consultábamos su opinión sobre el tema, generalmente el futurismo, la pintura aérea o las nuevas corrientes, con las que fingíamos estar en desacuerdo. Así conocimos a Oreste Calosso, una oportunidad en que la acción no salió bien, aunque por lo general lo hacía; es decir, salía bien: cuando habíamos enredado a la persona en nuestra conversación –por lo general era un hombre, y mayor, que habíamos escogido por su aspecto conservador–, cuando parecía que todos estábamos de acuerdo, comenzábamos a gritar vivas al futurismo y a Marinetti y, a una orden, normalmente de Cataldi, golpeábamos a nuestra víctima hasta dejarla inconsciente y después salíamos corriendo. Aunque Perugia es una ciudad pequeña, y en una ocasión o dos nos encontramos con alguna de nuestras víctimas en la calle, ninguna nos denunció nunca, quizá por temor a tener que admitir en comisaría que había perdido uno o dos dientes en una disputa literaria y a manos de unos jóvenes. A esto, creo, lo comprendí más tarde: por entonces pensábamos que habíamos operado en ellos una transustanciación, una transformación de alguna índole, y que ahora eran futuristas como nosotros, aunque unos futuristas reacios a hacer pública su conversión. Al menos en una oportunidad, y para animarle, ya que el futurismo fue principalmente una actitud vital, y no sólo un ideal estético –aunque también fue uno–, nos dirigimos a uno de aquellos hombres gritando consignas a favor del futurismo y del Duce: el hombre estaba tan aterrado que se quedó mudo por un instante, y luego alzó tímidamente el brazo en un remedo del saludo fascista y gritó las consignas con nosotros, aunque a media voz. Después hicimos que nos prestara algo de dinero para tomarnos unos cafés en un bar próximo al que preferimos que no nos acompañase; nunca le devolvimos su préstamo, en realidad, así que –pienso ahora– tal vez a aquel préstamo haya que llamarlo de otro modo; pero, ya sabe, los futuristas solíamos apoyarnos unos a otros y no ser particularmente escrupulosos con el dinero. Quienes se cruzaban con nosotros aprendían por lo menos esto acerca del gran movimiento creado por Marinetti.

Oreste Calosso. Roma, 16 de marzo de 1978

Uno de esos planes era, por cierto, crear un museo de arte «malo»; es decir, un museo en el que las piezas no hubieran sido seleccionadas por su calidad artística sino por su falta absoluta de ella, por la torpeza de su ejecución, por su adhesión a ideas que considerábamos «malas» –la «sagrada concepción» de María nos lo parecía especialmente; pero había otras, como la perspectiva, el hieratismo, la aparición de ángeles, el paisajismo y los bodegones– y otras razones por completo misteriosas, que el visitante debía descubrir por sí mismo; la lista de obras y de autores que compondrían el museo era muy extensa, y de ella sólo recuerdo a Rosso Fiorentino, el inquietante pintor del erotismo religioso cuya obra está llena de erecciones, masturbaciones y desvanecimientos.

Oreste Calosso. Roma, 16 de marzo de 1978

A continuación, después del almuerzo, regresamos al Ayuntamiento y discutimos si el arte tiene que crear o imitar. No recuerdo si concluimos que debe hacer lo primero o lo segundo, pero sí recuerdo que todos nos opusimos firmemente al arte soviético y que en un momento todos enmudecimos al escuchar una escuadrilla de bombarderos que pasó sobre nuestras cabezas: venía del otro lado de las montañas, de Francia posiblemente, y se dirigía a bombardear alguna ciudad del norte italiano, tal vez Milán; en el silencio que siguió a su paso pude escuchar, por primera vez, la tos de Luca Borrello, que permanecía de pie en el fondo de la sala. Algunos fingieron indignación, y otros, cierta inquietud frente al paso de los bombarderos, pero estoy convencido de que lo único que sentimos todos realmente fue alivio por no ser el objetivo de la excursión aérea. Alguien habló del jazz estadounidense y lo rechazamos firmemente y después alguien aludió a la tarantela y también, por error, y por culpa de nuestro nerviosismo, la repudiamos también.

Espartaco Boyano. Ravena, 10 de marzo de 1978

Luca Borrello era apenas un adolescente cuando leyó acerca del último escándalo de los futuristas en un periódico y se sintió atraído por ellos. Durante algún tiempo trató incluso de impresionar a los otros habitantes de su pueblo diciendo que él también era futurista. Pero, en realidad, no sabía nada de ellos, excepto que organizaban escándalos y que estaban a favor de un arte nuevo. Viviendo en Sansepolcro –que debe su fama a Piero della Francesca, al Perugino y a Santi di Tito, pero sobre todo a Piero della Francesca, que nació en Sansepolcro y murió allí también, según creo recordar–, esto debe de haber parecido raro, aunque también indispensable. Quizá Borrello ni siquiera necesitase saber qué era un futurista para ser uno, ya que las cosas que nos interesan son siempre aquellas de las que menos sabemos y hay algo de triunfo, pero también de claudicación, por lo menos de claudicación del interés, en su conocimiento. Quiero decir: si éste no claudicó, fue porque Borrello no tenía en Sansepolcro ninguna forma de saber qué era un futurista, aunque iba a tenerla muy pronto.

Atilio Tessore. Florencia, 11 de marzo de 1978

Recuerdo bien la historia, aunque debo decir que sólo tengo de ella la versión de Borrello, que nos la contó algunos años después de haberlo conocido, como si no se hubiese atrevido a contárnosla antes o la hubiese inventado para nosotros, para explicarnos algo a nosotros. Un día se anunció, nos contó Borrello, la celebración de una velada futurista en Sansepolcro, en el restaurante La Taverna Toscana, a cargo del poeta florentino Aldo Palazzeschi; Borrello asistió, y lo que vio, en algún sentido, no puede ser contado, o al menos no puede ser contado sin tener en cuenta las emociones que produjo en Borrello, y éstas se han perdido ya con él. ¿Qué vio? La alternancia de provocación y complacencia, de seriedad y humorismo –no olvide que el futurismo fue el único movimiento artístico que tuvo entre sus filas a un payaso–, de proselitismo y de desafío insensato, que era habitual en las veladas futuristas, pero todo ello degradado, de alguna manera, como si se tratase de la mímica de una velada futurista y no realmente de una. Años después, cuando nos contó acerca de ella, Borrello admitió que por aquel entonces estaba incapacitado para decir qué era lo que estaba viendo y en qué sentido el espectáculo de Palazzeschi era una degradación, o un eco desafortunadamente incompleto o mutilado, de otra cosa, pero que la intuición de esa otra cosa, y lo que había de ella en la velada de Palazzeschi, le interesaron profundamente. Al menos en lo que se refiere a su finalización, la de Palazzeschi fue exactamente igual que otras veladas futuristas, ya que culminó con el lanzamiento al poeta de huevos y de tomates, todos ellos de excelente calidad en Sansepolcro, como es bien sabido. Borrello —no hace falta decirlo— no estaba entre los atacantes: tan pronto como éstos se hubieron calmado, se coló en la cocina del restaurante y encontró al poeta fumando en silencio, sentado junto a una olla enorme en la que hervían unas espinacas. Palazzeschi le preguntó al verlo: «¿Viene usted también a abofetear en el rostro al arte nuevo?». Borrello negó, pero no supo qué responder; finalmente le preguntó en qué hotel se alojaba. «En ninguno —respondió Palazzeschi—. El propietario del hotel en el que me encontraba estaba entre el público y me ha dicho que no desea alojarme más en su establecimiento; ha mandado a alguien a que me traiga mis cosas.» Borrello y Palazzeschi se quedaron en silencio un instante, mirando la olla con las espinacas. «¿Es usted futurista?», le preguntó finalmente el poeta florentino. Borrello asintió y le pidió que lo siguiera, que él sabía de un lugar donde podían alojarlo.

Atilio Tessore. Florencia, 11 de marzo de 1978

Palazzeschi vivió en la casa de los padres de Borrello durante algunas semanas, en la buhardilla que el padre, que era médico, le cedió a regañadientes a pedido de su hijo. Nunca simpatizó con él, nos contó Borrello, aunque es posible que su antipatía se redujese, al menos ligeramente, cuando Palazzeschi demostró un conocimiento íntimo y desconcertante de la confección de arcos de ladrillo y reparó con sus propias manos el que se había derrumbado parcialmente a la entrada de la casa. Borrello y él solían dar largos paseos por las afueras de Sansepolcro evitando todo contacto con las pinturas de Piero della Francesca y con quienes visitaban el pueblo para admirarlas, que les parecían unos imbéciles vociferantes; si hablaban de algo, Borrello nunca nos lo contó, excepto por la siguiente historia, que nos relató en otro contexto y en relación con otro asunto: según él, Palazzeschi había conocido a Marinetti en una ocasión en la que éste le había pedido que firmara un manifiesto contra la publicación por parte de Filippo Gentilli de unas cartas apócrifas de Alessandro Manzoni. Marinetti le había demostrado mediante un análisis de estilo que las cartas no eran de Manzoni, y que, más aun, tampoco eran de Gentilli, quien debía de habérselas encargado a un tercero, y le había mostrado las originales, de las que se habían calcado las firmas: a esta evidencia, de importancia vital para la determinación de la falsedad de las cartas, Marinetti se la había entregado a un empresario veneciano a quien había afiliado a su causa a cambio de una suma de dinero que no era por completo irrelevante. Más tarde, sin embargo, Palazzeschi había descubierto quién le había vendido las cartas al inocente Gentilli: había sido el propio Marinetti, quien lo había convencido para que las publicara tan sólo para denunciarlo de inmediato, quedándose así con una cierta cantidad de dinero y con el placer, la satisfacción moral de haberse opuesto públicamente a una falsificación de esa índole, que tanto daño hubiera hecho a la literatura italiana y a una de sus máximas figuras, el inmortal autor de *Los novios*. Gentilli no había vuelto a dirigirle la palabra desde entonces, le contó Palazzeschi, lo que para Marinetti parecía ser una tercera causa de satisfacción, no menos importante que las anteriores.

Michele Garassino. Génova, 13 de marzo de 1978

Ah, sí. Borrello solía decir que todo lo que sabía sobre el futurismo lo había aprendido de Palazzeschi, pero es posible que estuviera bromeando y que esto sólo lo pensara realmente cuando comenzó a alejarse del movimiento, cuando la fuente que era empezó a secarse, ya que Palazzeschi, en su opinión, tampoco parecía saber mucho acerca del movimiento creado por Marinetti; se contradecía, desconocía las fechas de publicación de ciertos textos o las confundía junto con su autoría y con buena parte de su contenido: a menudo no parecía recordar siquiera quiénes eran futuristas y quiénes no lo eran. Borrello sentía una cierta confusión cuando sucedían estas cosas, y algo parecido a una inquietud que no tenía forma de expresar; pero la inquietud y la confusión se disipaban siempre cuando Palazzeschi le mostraba un poema suyo que acababa de ser publicado en la prensa, una referencia a su obra en el artículo de otro escritor, o, más a menudo, las cartas dirigidas a él y escritas por Marinetti, por Ardengo Soffici o por Giovanni Papini, que Palazzeschi solía recoger en la oficina central del correo en Sansepolcro, en largas excursiones que prefería realizar solo, para, decía, poder dar rienda suelta libremente a las profundas emociones que lo acometían cuando leía por primera vez su contenido.

Atilio Tessore. Florencia, 11 de marzo de 1978

Aquel arco, el arco de la puerta principal de la casa de los padres de Borrello que Palazzeschi había restaurado, se derrumbó a las pocas semanas de su marcha matando al perro de la familia, que solía echarse debajo de él a observar el tráfico, por lo demás, escaso en Sansepolcro. Antes incluso de ello sucedió lo siguiente: un día Borrello leyó en el periódico que se había celebrado en Roma con un banquete en su homenaje el retorno a la ciudad del poeta florentino Aldo Palazzeschi, que había pasado los últimos meses en París; en el periódico aparecía una fotografía de Palazzeschi; es decir, la de una persona que Borrello no había visto jamás en su vida; tal vez, en realidad, tampoco lo hubiese hecho «su» Palazzeschi, quien se negó a dar explicación alguna y escapó, huyó, de la ciudad en cuanto le fue posible, no sin antes insultar a sus antiguos huéspedes y a su hijo y maldecir al perro de la casa, que, alarmado por los gritos y por la discusión a su alrededor, despertó de su habitual somnolencia para morderle una pantorrilla, destrozándole de paso los pantalones.

Oreste Calosso. Roma, 16 de marzo de 1978

Quizá «Palazzeschi» había intentado explicarle todo esto a Borrello cuando le había contado la falsificación de las cartas de Alessandro Manzoni; tal vez había entendido que no existe demasiada diferencia entre falsificar unos textos y falsificar a su autor y quiso, de alguna forma, decírselo. Quizá él también había cedido a la fascinación por el futurismo −como Borrello, como todos nosotros− y había decidido vivir esa fascinación a su manera, del único modo en que le resultaba posible; tal vez estaba loco, aunque, por lo general, los locos prefieren vivir su propia locura y no la de los otros, y esto es lo único que permite diferenciarlos de los, así llamados, cuerdos. Quizá sencillamente estaba dándole una lección a Borrello, una lección sin conclusiones definitivas y de la que se podía aprender mucho y, al mismo tiempo, casi nada. En algún sentido, el «falso» Palazzeschi sigue siendo un misterio; durante algún tiempo hubo un número sospechosamente alto de veladas futuristas a cargo del poeta florentino Aldo Palazzeschi en las pequeñas ciudades del Véneto, y después se celebraron con inusual frecuencia en las proximidades de Pescara, para dejar de producirse poco más tarde.

Espartaco Boyano. Ravena, 10 de marzo de 1978

Así lo conocimos: un día, el poeta florentino Aldo Palazzeschi visitó Perugia. Entre el público que asistió a la velada, desperdigados entre quienes insultaban y le arrojaban verduras descompuestas al poeta, había algunos que lo defendían. Las discusiones estallaban a cada momento en un punto u otro de la sala. Eran sofocadas con dificultad por los partidarios de que las cosas no pasaran a mayores, impedidos como eran éstos por quienes preferían el escándalo y por los que deseaban asistir a una buena pelea. Nosotros estábamos allí, por supuesto, y éramos partidarios de Palazzeschi pero también del escándalo. En un momento, uno de los espectadores se enfrentó a Atilio Tessore, que era bajo y llevaba anteojos, y era, digámoslo así, un blanco fácil. En un extremo de la sala, Romano Cataldi se puso de pie y se dirigió hacia él con dos de sus amigos. Pero se detuvo a mitad de trayecto: un puño había cruzado el aire y el hombre que había intentado golpear a Tessore estaba en el suelo. A su lado seguía de pie un joven alto y delgado, muy alto y muy delgado, que después supimos que se llamaba Luca Borrello y que venía de Sansepolcro. Así lo conocimos y se convirtió en uno de nosotros. Su apasionamiento por el futurismo lo convirtió en nuestro amigo, y la facilidad con la que acababa imponiéndose en las peleas y en los enfrentamientos, la energía salvaje que surgía de él en esas situaciones, lo convirtieron en el mejor amigo de Cataldi.

Atilio Tessore. Florencia, 11 de marzo de 1978

Aquella vez, como en ocasiones anteriores y como sucedería muchas otras veces, fuimos defendidos por los obreros que había en la sala, que no comprendían el futurismo pero entendían su potencial revolucionario y simpatizaban con él; hacia el final de la noche —tengo que repetirme: como muchas otras veces–, la policía irrumpió y se llevó a Palazzeschi entre abucheos de una parte del público y aplausos de la otra; al día siguiente, la prensa nos daba una publicidad del todo gratuita, a él, al futurismo y a la vanguardia de la literatura fascista en Umbría; y aunque aquélla fue una ocasión especial para nosotros, ya que en ella conocimos a Borrello, que tan importante sería para nosotros años después –cuando, en algún sentido, y como es evidente, nos salvase la vida–, no es improbable que también lo haya sido también para el propio Luca Borrello, no sólo por haber trabado conocimiento con nosotros, si es que no nos conocía antes, al menos de oídas, sino también porque en aquella oportunidad vio por primera vez a Aldo Palazzeschi, con el que, en realidad, y en algún sentido, había vivido durante varias semanas en Sansepolcro algunos años atrás.

Oreste Calosso. *Roma, 16 de marzo de 1978*

Uno de nuestros amigos alemanes, creo que fue Hans Blunck, tomó la palabra para referirse a cierta «teoría de la discontinuidad» elaborada por el profesor Hans Jürgen Hollenbach –creo recordar bien el nombre–, la cual, en su opinión, ponía de manifiesto que el arte no creaba ni imitaba, sino que existía como una fuerza en el seno de la Historia que le daba forma y le otorgaba sentido; para comprenderlo, sólo había que ver en los intersticios entre las series de acontecimientos, más que en las series de acontecimientos en sí mismas, sostuvo Blunck. Hrand Nazariantz se puso de pie y trató de llamar nuestra atención acerca de cómo, en su opinión, la teoría de Hollenbach, de la que nunca había escuchado hablar antes, se correspondía con las representaciones de la Historia que podían encontrarse en las iglesias armenias; intentó explicárnoslas, pero su explicación tropezaba constantemente con las limitaciones de su vocabulario y con el fuerte acento de Bari que había adquirido. En algún sentido, lo que nos salvó de seguir padeciéndolo fue un telegrama de adhesión que Ezra

Pound había enviado desde Sant'Ambrogio; su lectura, sobre la que se produjo una cierta discusión, corrió a cargo de Juan Ramón Masoliver, que había sido su secretario. Recuerdo el texto del telegrama porque, cuando terminó, le pedí a Masoliver que me lo diera; decía: «He aquí sus losas sepulcrales. / ¿Glorificaban la mordaza y la estaca? / Ahora caben en una pequeña CAJA NEGRA. / A ti también te llegará el turno, / malparido oscurantista, / enemigo jurado de las buenas letras, de la palabra libre, / podredumbre, interminable gangrena. / Venga, al nuevo orden, ahora, / para acabar con alcahuetes y rufianes. / Escupamos sobre aquellos que halagan las barrigas por interés. / Salgamos un poco y tomemos el fresco. / ¿O realmente a los treinta años estoy muerto?».

Atilio Tessore. Florencia, 11 de marzo de 1978

Quizá ni el mismo Ezra Pound supiera qué significaba todo ello, pero lo repitió literalmente, palabra por palabra, en el juicio que se le celebró en Washington algunos años después; es decir, después de haber sido detenido, encerrado como un animal en una jaula en el campo de internamiento de Coltano, en el de Padula o en el de Laterina, ya no recuerdo; después de haberse arrojado sobre el tendido eléctrico de la valla de protección, según me han contado; después de haber sido privado de la posibilidad de escribir, trasladado a los Estados Unidos contra su voluntad, encerrado en un hospital psiquiátrico, donde, esta vez sí, casi se vuelve loco, y donde toda la poesía del siglo XX casi se vuelve loca junto con él.

Espartaco Boyano. Ravena, 10 de marzo de 1978

Marinetti nos mandó un telegrama poco después de nuestra intervención en la velada futurista de Palazzeschi. «El arte, antes de vosotros, fue recuerdo, evocación angustiosa de un

Objeto perdido (felicidad, amor, paisaje) y por lo tanto, nostalgia, éxtasis, dolor, lejanía. Por el contrario, con el futurismo, el arte se convierte en arte-acción, es decir, voluntad, optimismo, agresión, posesión, penetración, alegría, realidad brutal en el arte», decía.

Atilio Tessore. Florencia, 11 de marzo de 1978

Quizá el telegrama de Ezra Pound era una especie de reprimenda, ya que continuaba diciendo: «Vuestra tarea es libraros de los buenos escritores: / les volvéis locos o ponéis cara de asombro / cuando ellos se suicidan / o les perdonáis sus drogas / en nombre de la enfermedad mental o del genio. / Pero no me volveré loco para deleite de vuestros ojos. / No os complaceré con mi muerte prematura. / Oh, no. Me aferraré / con vuestros odios reptando bajo mis pies, / inocuas cosquillas / que sólo merecen una sonrisa irónica, / aunque exaspere a más de uno / que no osa confesar su odio. / ¿El sabor de mi zapato? / Degustad pues mi zapato. / Acariciadlo bien. / Lamed bien mi suela». Años después sigo pensando que hay mucha verdad en todo esto, y bastante poca locura; aunque, en realidad, quién puede saberlo.

Michele Garassino. Génova, 13 de marzo de 1978

A Pound lo detuvieron dos partisanos el 3 de mayo de 1945, poco después de nuestro congreso —o, mejor dicho, del final precipitado de nuestro congreso días antes de su clausura prevista— en su casa de Sant'Ambrogio, en Rapallo, no muy lejos de Génova: traducía a Mencio, filósofo chino, discípulo de un discípulo de un nieto de Confucio. «Aquí las Cenizas de Europa, la Voz de Europa en Cenizas» fue el título del programa de radio que ofreció hacer a sus captores; ya había hecho unos ciento veinte, de diez o quince minutos de duración cada uno, de diciembre de 1941 a julio de 1943, pero Pound, para quien presumir era una actividad vital, solía decir que habían sido trescientos y que a ellos había que sumar los artículos en la prensa: de ser esto cierto, al autor de los *Cantos* se le debería conceder el dudoso honor de ser la persona que más escribió acerca del fascismo; más incluso que el propio Mussolini, quien tal vez no lo conociera tan de cerca a pesar de haberlo creado. Para Pound, la guerra era contra los bancos, la usura, la venta de armas y el capital internacional, una actividad llevada a cabo, sostenía, por judíos. «Esta guerra es parte de una guerra milenaria entre usureros y campesinos, entre Usurocracia y cualquiera que haga un trabajo diario y honrado con sus manos o su cerebro. […] El campesino nos alimenta y el usurero nos mata cuando no puede desangrarnos lentamente», decía. Quizá fue un espía, o un doble agente, o tal vez adhirió a cualquiera de las otras modalidades de la literatura; me consta que, al menos desde 1943, Pound estuvo tratando de escapar de Italia. A los extranjeros, durante la guerra, se los hacía comparecer periódicamente en comisaría y se les retiraba la cartilla de racionamiento ante el menor síntoma de desafección al régimen; también se les bloqueaban las cuentas bancarias y su salida del país, no necesariamente impedida por las autoridades, era dificultosa y mayormente imposible: según cálculos de Pound, eran necesarios algo así como mil ochocientos dólares para escapar de Italia en 1943; el poeta no los tenía, sin embargo, lo que puede que fuera culpa de los judíos, aunque lo más factible es que no fuera así. Admiraba a Walt Disney, y vio varias veces *Blancanieves y los siete enanitos* en 1938, en un cine en Roma, con su hija, y yo prefiero recordarlo de esa manera, sonriendo en un cine a oscuras.

Atilio Tessore. Florencia, 11 de marzo de 1978

Quizá fue la influencia de las palabras de Pound, o tal vez fuese producto del agotamiento tras un día de deliberaciones; o, más probablemente aún, del hecho de que todos nos estábamos volviendo locos, como se había vuelto loco el autor de los *Cantos*; pero el hecho es que en ese momento, por primera vez, tuve conciencia de la ridiculez del modo en que estábamos todos vestidos, que no desdeñaba la elegancia, al menos de manera superficial, pero que, si se profundizaba en esa elegancia, revelaba que todos éramos unos supervivientes, y las circunstancias en las que nos encontrábamos: las corbatas anudadas perfectamente sobre camisas sucias pero todavía almidonadas, con un borde de suciedad y desesperación a la altura del cuello, estaban arrugadas; uno, creo que Lucien Rebatet, llevaba unos anteojos de niño remendados en el puente y luego embardunados de betún para disimular el remiendo: le apretaban las sienes, dibujándole una especie de cicatriz a cada lado del rostro; Luciano Folgore, que tomó la palabra a continuación, llevaba una chaqueta arrugada con las solapas anchas engrasadas por el uso en las que flotaba, solitaria, una insignia fascista, menos útil a esa altura de la guerra que el pañuelo que asomaba ligeramente en el bolsillo superior de esa chaqueta, pero todo suspendido, en el tiempo y en el espacio, igual que él, con los puños arremangados, el gesto severo, o, mejor dicho, más allá de cualquier observancia de una actitud moral, en su propio mundo minúsculo o enorme, no lo sé. No es que todo esto fuera sorprendente: en realidad, era lo único que habíamos visto en el último año, era lo único que se veía al costado de los caminos del norte de Italia, donde se apretujaban los coches abandonados al quedarse sin gasolina, los caballos destripados que se descomponían rápidamente, las familias que trataban de escapar Dios sabe dónde arrastrando carros en los que llevaban niños y colchones y, en ocasiones, sólo con pequeñas maletas; lo que era sorprendente era la aparición de todo eso allí y en esas circunstancias, en el Congreso, que había sido concebido para negar todo ello y a modo de demostración de la posibilidad de una victoria que, si se examinaban los rostros y las vestimentas de los presentes, de todos nosotros, parecía, por primera vez, imposible incluso aunque se padeciese la mayor de las cegueras.

Oreste Calosso. Roma, 16 de marzo de 1978

Volví a verlo años después, durante el Congreso de Escritores Fascistas de Pinerolo, en abril de 1945; aunque, en lo sustancial, no había cambiado en absoluto, tuve dificultades para reconocerlo, y sólo lo hice cuando me lo señaló Michele Garassino durante la sesión de la tarde; si lo hice fue únicamente por su mirada febril detrás de unas gafas de montura metálica cuyas patas parecían haber sido retorcidas una y otra vez, como si fueran el juguete de un niño: yo conocía esa mirada, que había visto por última vez cuando Borrello le disparó a Garassino y creyó haberlo matado. Tenía cicatrices en la frente y en las comisuras, y su rostro, cuyas características parecían haber sido concentradas por el sol y el frío y tal vez por el hambre, parecía un campo arado.

Espartaco Boyano. Ravena, 10 de marzo de 1978

Unos cinco años, desde 1931 a 1936. Éste fue el tiempo que duró nuestra amistad y también el tiempo en el que fuimos la vanguardia de la literatura fascista italiana en Umbría, si algo así puede decirse. Éramos seis: Atilio Tessore, Michele Garassino, Oreste Calosso, Romano Cataldi, Luca Borrello y yo. Al igual que todas las otras secciones futuristas de Italia, estábamos organizados como un partido político pero rehuíamos los aspectos más significados de ese tipo de instituciones. No existía la obediencia a ultranza, la seriedad, la lucha por el poder interno. Nuestra estructura, por lo demás, era compleja, y nunca acabé de entenderla por completo. El líder era Cataldi, por supuesto, que era mayor que nosotros, que había estado en África y había vuelto, que desdeñaba la publicación.

Luego venían Tessore y Garassino, que habían publicado ya sus primeros libros y eran, a todos los efectos, «nuestros» escritores. A continuación, creo, veníamos Calosso y yo. Borrello estaba siempre con nosotros —decir que estudiaba sería, en su caso, mentir todavía más que en el nuestro—, pero su situación era más compleja. Era el más cercano a Cataldi, quien lo había introducido en su grupo fascista, pero, también, era el más futurista de todos nosotros, lo que, tácitamente, lo enfrentaba a Tessore y a Calosso, que eran algo conservadores, en términos estéticos y también políticos, aunque esto último lo supimos más tarde. Garassino era el más próximo a Borrello en términos estéticos, pero ahora sabemos que esto era así sólo en apariencia, ya que los poemas que publicó con su nombre durante aquella época no eran suyos, y los que publicó después tampoco. Garassino era el más fascista de nosotros, junto con Cataldi, y, por consiguiente, también era próximo a Borrello en ese sentido. Pero la verdad es que Borrello parecía flotar al margen de nuestra estructura, y eso, que debió habernos resultado obvio desde el principio, y una señal de alarma, sólo lo comprendimos tiempo después.

Michele Garassino. Génova, 13 de marzo de 1978

¿Que qué escribía Borrello? Nada, todo, el horror después del horror, supongo, el miedo.

Atilio Tessore. Florencia, 11 de marzo de 1978

La invasión de Etiopía, también conocida como «segunda guerra ítalo-etíope», y que en mi opinión no fue exactamente una invasión y, posiblemente, tampoco una guerra, sino una campaña de recuperación de un territorio tradicionalmente reclamado por Italia, y, por consiguiente, parte ya del territorio italiano, al menos en términos simbólicos —sin que, al decir esto, se me ocurra ninguna otra forma de que un territorio pertenezca a un Estado que no sea simbólicamente, pese a lo cual resulta evidente que existen diferentes grados de posesión simbólica, y que los territorios en los que ésta opera de forma más visible, hundiéndose en el territorio, por decirlo así, son aquellos en los que, existiendo una posesión de tipo simbólico, no se dispone sobre ellos de la soberanía política, lo que les otorga, nuevamente, en términos simbólicos, una significación mayor que la que tienen aquellos en los que la soberanía política está garantizada, y, por consiguiente, no debe ser recuperada, como sucedió en Etiopía cuando comenzó la recuperación a la que algunos llamaron guerra–, comenzó el 3 de octubre de 1935. Voy a ahorrarle los detalles, ya que, si usted ha estado alguna vez en algún sitio en el que haya estallado una guerra de recuperación, una guerra patriótica en algún sentido, en el que el objeto no haya sido la expansión del territorio, su adquisición, sino su recuperación –es decir, la reparación de lo que sólo puede ser visto como una injusticia–, sabrá ya de primera mano acerca de las grandes declaraciones realizadas por todos, las adhesiones provenientes de todos los ámbitos, la reconciliación de quienes hasta días antes habían sido enemigos mortales, el entusiasmo de la prensa por lo que parece, por fin, una noticia, las manifestaciones populares de júbilo, todas más o menos espontáneas, y a menudo, principalmente, algo menos, las banderas, los cánticos, la euforia de quienes se alistan voluntariamente para contribuir al esfuerzo bélico. Luca Borrello fue uno de esos voluntarios, pero fue rechazado debido a sus problemas de visión; con un ojo menos y un expediente abundante en sanciones disciplinarias y que concluía con una deserción, Cataldi, paradójicamente, sí fue aceptado. Aquella guerra era nuestra, nos correspondía en algún sentido por tratarse de la guerra para la que nos habíamos preparado en tantas escaramuzas, en tantos enfrentamientos no sólo, pero también, literarios; es posible que, de haber tenido tiempo para ello, Borrello y Cataldi hubieran acabado enemistándose por el hecho de que el segundo había podido llevar a cabo lo que al primero se le había negado, pero eso no sucedió nunca: en lugar de ese enfrentamiento, lo que se produjo fue una especie de desplazamiento, en el marco del cual a Cataldi le correspondió participar del esfuerzo bélico de la forma en que a Borrello le había sido negada, al tiempo que Borrello debía, por decirlo de algún modo, permanecer en Italia y encargarse de que la obra del primero llegara a los lectores; este desplazamiento no era, en ningún sentido, metafórico: cuando partió hacia África, arrastrando consigo a buena parte de los jóvenes fascistas de Perugia —aunque arrastrar tal vez sea una palabra, en realidad, excesiva, ya que, aunque su ascendente sobre aquellos jóvenes era grande, éstos se habrían alistado voluntariamente de todos modos—, Cataldi entregó a Borrello una caja que contenía todo lo que había escrito hasta la fecha y Borrello prometió cuidarla pero no cumplió esa promesa, que tal vez le quedaba grande. Lo siguiente que supe fue que irrumpió con una pistola en la cena en la que celebrábamos la publicación del nuevo libro de Michele Garassino y le disparó al rostro.

Oreste Calosso. Roma, 16 de marzo de 1978

Entre octubre y diciembre de 1935 sólo recibí una carta de Cataldi, desde Aksum, la antigua capital abisinia; en ella me hablaba de la iglesia de Nuestra Señora de Sion, en la que, según decía, se encontraba el Arca de la Alianza, y de las mujeres etíopes que había visto en la ciudad y le habían parecido muy bellas, en oposición a los hombres, que decía que eran cruzas de monos y de ratas: no comprendía cómo una raza podía tener exponentes tan distintos, pese a ser el producto de la unión de ambos. Al final de su carta, Cataldi proponía someter a votación una idea que se le había ocurrido para nuestro archivo de acciones artísticas nunca llevadas a cabo; la idea era la siguiente: para esclarecer las razones por las que Arthur Rimbaud había deseado desaparecer en África, y el tipo de experiencias que había tenido allí, debíamos viajar a París y, en lo posible, aburrirnos mucho; a continuación, por supuesto, teníamos que viajar a África, donde nos aburriríamos también, pero al menos estaríamos juntos. Quizá era su manera de decir que deseaba que estuviéramos allí, aunque, en condiciones normales, Cataldi jamás hubiese dicho, o siquiera insinuado, algo de ese tipo; claro que, por supuesto, una guerra no es una situación normal, aunque me consta que acaba pareciéndolo después de algún tiempo, y Cataldi era huérfano, lo que tal vez tenga cierta importancia con relación a nosotros y al grupo que conformamos, la vanguardia de la literatura fascista en Umbría, en el centro de Italia. La idea no era buena, por cierto, pero tampoco la pusimos en práctica, de modo que debe de haber sido incluida en nuestras actas y todavía se debe de poder leer en ellas, si éstas existen, o aún existen: una más de las ventajas de nuestros métodos.

Espartaco Boyano. Ravena, 10 de marzo de 1978

Nunca recibí carta de Cataldi después de que se marchara a Etiopía, a la guerra. Pero creo que Calosso recibió una, y es probable que Luca Borrello haya recibido una también, o tal vez dos: era la persona más próxima a él en el grupo, así como el guardián de su obra literaria durante el tiempo que estuviera fuera. En contrapartida, Cataldi iba a vivir la guerra que Borrello hubiese deseado experimentar y se la iba a contar a su regreso y, quizá, de forma anticipada, en su correspondencia. Claro que no hubo regreso, como tal vez sepa.

Michele Garassino. Génova, 13 de marzo de 1978

Muy posiblemente, y sin que ninguno de nosotros lo hubiera sabido hasta aquel momento, lo que nos unía era la admiración por Cataldi, también por su obra. Entre octubre y diciembre de 1935 sólo nos reunimos formalmente en una ocasión, y la reunión fue breve. Calosso nos leyó una carta que Cataldi le había escrito y de la que no recuerdo nada, supongo. Alguien dijo que Marinetti se había unido a las tropas africanas, lo que nos pareció una ratificación de la determinación de Borrello en primer lugar y de Cataldi a continuación, pero también un reproche a los que, como yo, y a pesar de ser futurista y haberle cantado a la guerra y a su higiene y a las máquinas que la hacían posible, no habíamos hecho un solo intento de experimentarla de primera mano, ni siquiera uno.

Oreste Calosso. Roma, 16 de marzo de 1978

Borrello y Garassino comenzaron a verse poco después, creo; casi siempre en la habitación que el primero ocupaba en la casa de una familia perusina que vivía de la venta a los turistas de postales de la catedral; eran muy religiosos, pero sobre todo eran pobres.

Espartaco Boyano. Ravena, 10 de marzo de 1978

Quizá sus familiares en Sansepolcro recibieran algún tipo de comunicación oficial al respecto. Nosotros sólo supimos que Cataldi había muerto cuando se hizo pública la lista de las bajas italianas, al final de la guerra. Puesto que la ganamos, es decir, que se produjo la recuperación de Abisinia por parte italiana, no muchos lloraron a los muertos, y puede que incluso alguien los haya envidiado. La siguiente echaría por tierra todas estas ilusiones, pero en 1936 las guerras todavía eran bastante populares. Muy posiblemente, Borrello también los haya envidiado. La noticia de la muerte de Cataldi nos tomó a todos por sorpresa a pesar de que no habíamos recibido correspondencia suya desde octubre o noviembre de 1935. Es probable que Borrello, que, si no me equivoco —es decir, si puedo decir que alguna vez comprendí qué pensaba Borrello–, pensaba que Cataldi había ido a África en su lugar, haya sabido de antemano cómo terminarían las cosas, sin embargo. Pero me consta que no sabía lo que sucedería a continuación.

Atilio Tessore. Florencia, 11 de marzo de 1978

Michele Garassino debía publicar un nuevo libro porque al anterior lo había dado a la imprenta en 1934, es decir, casi tres años atrás; por lo demás, los poemas que había publicado en las revistas futuristas durante ese período, y que nos había leído a nosotros en sus primeras versiones, y había pulido y en los que había trabajado durante meses, no habían sido bien recibidos: muchos de ellos repetían las visiones de su primer libro, y casi todos tenían la misma estructura y daban cuenta de las mismas influencias. Algunos sostienen que existen dos tipos de escritores: los que producen libros distintos, o que pretenden ser distintos, de vez en vez, y aquellos que tratan de escribir siempre el mismo libro; es decir, el mismo libro y, al mismo tiempo, uno mejor, que se acerque más a la visión que desean hacer pública y que permanece íntima hasta que la exhiben: los primeros parten de la concepción errónea de que una sola existencia individual –y más aún, una como la que solemos tener los escritores, que tiende a ser breve y, por lo general, decepcionante– puede producir más de una visión acerca de esa existencia, y que al escritor le resultaría posible cambiar total o parcialmente de ideas, de intereses, de esas bagatelas que llamamos «estilo»; los otros parten de la concepción errónea de que en la vida de un escritor habría un repositorio que alojaría un único libro, platónico, que podría ser extraído de él, y que ese libro no cambiaría con las peripecias de la existencia individual, que tienden a producir, al menos en aquellos que no son escritores, cambios visibles de intereses y de ideas. Quienes éramos sus amigos asumíamos simplemente que Garassino pertenecía a este segundo grupo de escritores y nunca, ni en un solo momento, tuvimos siquiera la menor intención de pensar lo contrario.

Michele Garassino. Génova, 13 de marzo de 1978

Borrello intentó sumarse al destacamento italiano que marchaba a combatir en el bando nacionalista, en la Guerra Civil española, ese mismo año, en 1936; sin embargo, volvió a ser rechazado por sus problemas de visión.

Oreste Calosso. Roma, 16 de marzo de 1978

Tal vez sintiera cierto alivio al ver que se le permitía una vez más exhibir su voluntad de conocer la guerra de primera mano y al mismo tiempo se lo eximía de la obligación de hacerlo, o tal vez ya hubiera en él esa voluntad de perderse a sí mismo, de desaparecer, que íbamos a conocer algo más tarde, y realmente quería ir a la guerra. Aunque la voluntad de desaparecer es incuestionable, la otra, la de ir a la guerra, parece dudosa, en particular si se considera el hecho de que, a partir del anuncio oficial de la muerte de Cataldi, y tal vez desde antes, Borrello sólo tenía un propósito, que era organizar la obra del primero y darla a la imprenta con ayuda de Garassino, que se convirtió en su confidente y en una presencia familiar en la casa que Borrello ocupaba, la de los vendedores de postales: ir a la guerra hubiese sido perfectamente razonable en el marco de la confusión de vida y obra a la que aspirábamos todos; hubiese sido, por decirlo así, lo que había que hacer, pero en aquel momento pareció que, en lugar de ello, Borrello escogía la obra, aunque no la suya sino la de su amigo; más tarde, claro, comprendimos que no había escogido la obra sino la vida, aunque en este último caso tampoco la suya propia sino la de los demás. Eso, sin embargo, no lo sabíamos todavía, y tardaríamos algunos años en saberlo.

Atilio Tessore. Florencia, 11 de marzo de 1978

¿Sabe lo que es un monstruo? ¿Ha visto usted alguno, alguna vez? ¿Sabe usted lo que sucede con ellos, y con los que se cruzan con ellos? Ver un monstruo es tan peligroso como ser uno mismo un monstruo porque ver uno y convertirse uno mismo en un monstruo son una y la misma cosa, puedo asegurárselo.

Oreste Calosso. Roma, 16 de marzo de 1978

Quizá era algo que le debíamos a Cataldi; es decir, algo que Borrello le debía, y tal vez Garassino también, aunque, según entiendo, su deuda todavía no la había contraído. Quizá Borrello y Garassino hubiesen comprendido que necesitaban un mártir pero no supiesen todavía que los mártires iban a ser ellos dos, o sólo uno de ellos, y quizá también todas estas interpretaciones sean falsas, o tal vez todas verdaderas cada una de forma distinta.

Oreste Calosso. Roma, 16 de marzo de 1978

Muy posiblemente hayan estado trabajando en la edición del libro de Cataldi entre mayo y agosto de 1936, quizá desde antes, desde marzo o abril; si no me equivoco, Garassino nos leyó algunos textos durante una cena, en junio. Los textos, lo recuerdo bien, eran magníficos, absolutamente extraordinarios: comenzaban tímidamente, pero a continuación se desplegaban y alcanzaban unas alturas de las que ninguno de nosotros, o al menos yo, nunca hubiese creído capaz a Cataldi; eran textos que trascendían el futurismo, que tomaban sus temas y los llevaban en otra dirección, inesperada; no eran estruendosos, pero sí sorprendentes, y recuerdo que el primer sorprendido por ellos, o más bien por la reacción que produjeron en nosotros, fue Garassino. Recuerdo que nos los leyó y luego se desplomó en su silla, como si estuviera decepcionado o exhausto, aunque más bien debía de tratarse de exactamente lo contrario. A continuación intentó encender un cigarrillo, pero las manos —yo estaba a su lado y lo vi con claridad— le temblaban; Borrello, al otro lado de la mesa, tomó los textos y los guardó en una caja de cartón. Quizá él también interpretó esos gestos como el producto de las emociones que resultaban de la obra de arte y de la desaparición del amigo porque, en cuanto pudo, y tras haber guardado cuidadosamente los textos, le puso una mano en el hombro a Garassino y la dejó allí durante un rato.

Atilio Tessore. Florencia, 11 de marzo de 1978

En julio y agosto estuve fuera de Perugia, en la casa de mis padres en Florencia, sobre lo cual es poco lo que puedo decir excepto que mi padre fue también escritor, no sé si usted estaba al corriente de ello. A finales de agosto volví a Perugia y en septiembre Borrello intentó asesinar a Garassino; en julio lo que sucedió fue que la caja en la que Borrello guardaba los poemas, posiblemente debajo de su cama, en la casa de los muy católicos vendedores de estampillas que solían ubicarse a las puertas del Duomo, en Perugia, sencillamente, desapareció, y Borrello no volvió a encontrarla, o sí la encontró, en algún sentido, pero sólo en septiembre, y únicamente, si me permite decirlo así, cuando ya era tarde para casi todo, excepto para intentar cometer un crimen, si es que el crimen no había sido cometido antes, con efectos más duraderos, permanentes, y por otra persona que no era Borrello.

Atilio Tessore. *Florencia, 11 de marzo de 1978*

A continuación nos dirigimos al comedor donde estaba previsto que se celebraría la primera cena del Congreso; estaba en el centro de la ciudad, en un subterráneo sombrío que el propietario, que, si no recuerdo mal, era un véneto, había acondicionado con una larga mesa que parecía el mástil de un barco y unas lámparas de petróleo: la precariedad del escenario contradecía la de la mesa, que me hizo creer, una vez más, que no había una guerra allí fuera y que los meses de racionamiento y de carestía habían sido una confusión que yo había padecido, nada más que eso. Antes de que llegara la comida, antes incluso de que tuviéramos algo para beber, Henri Massis se puso de pie y propuso un brindis por el estrechamiento de los vínculos entre Francia y el Reich; la propuesta pareció tomar por sorpresa a los alemanes, que se pusieron también de pie a pesar de tener sus copas vacías y fingieron participar del brindis imaginario, pero no a Johst, que asintió. Claro que los vínculos entre Alemania y Francia no se podían estrechar más, ya que la primera venía violando a la segunda desde hacía algún tiempo, así que el intento de brindis no causó demasiado entusiasmo en nadie, ni siquiera en Lucien Rebatet, quien debe de haber pensado que, si esas relaciones se estrechaban todavía más, Francia se quedaría sin aire. A continuación, Svend Fleuron intentó explicar algo acerca de la confección de los guantes que llevaba, y que eran relativamente inapropiados para el clima en el que nos encontrábamos; si recuerdo bien —y créame que la historia es difícil de olvidar—, los guantes habían sido confeccionados con un astracán ruso cuya peculiaridad era que no sólo se trataba de la piel de un cordero, sino que dicha piel había sido manipulada en el interior de la oveja antes incluso de que su vástago naciera, de tal modo que, macerado en los jugos de la placenta, el cuero del cordero adquiriese una suavidad que —sólo se puede decir de este modo— no era de este mundo; puesto que ambos cadáveres se descomponían con facilidad incluso en el rigor del invierno ruso, ambos tenían que ser manipulados con la mayor rapidez posible, y los guantes, confeccionados de tal manera que encajasen en la mano de su propietario tan pronto como fuesen extraídos del interior de la oveja: de no ser así, eran descartados, ya que sus creadores no contemplaban modificación alguna: por lo demás, eran tan buenos que esa modificación no era necesaria, y a sus creadores les bastaba tomar la medida de las manos del futuro propietario, asunto al que le prestaban una enorme atención, para confeccionar a continuación, a ciegas, y guiándose sólo por el tacto, apenas con unas herramientas minúsculas que introducían en el interior de la oveja a través del canal vaginal a menudo antes incluso de que ésta fuese sacrificada, y depositándolas en el interior del útero, donde ya se encontraba el ternero por completo formado, los guantes solicitados, por lo general de tal manera que la piel del cordero que se utilizaba en su confección se le extraía mediante estas herramientas cuando el cordero estaba todavía con vida, lo que, según los expertos en la materia, le daba un color particular, vibrante. «Pues bien —concluyó Fleuron—, algo parecido hacemos nosotros con nuestras ideas y pensamientos: somos sus fabricantes y sus asesinos al mismo tiempo», dijo, aunque para mí la conclusión de su historia era otra, y apuntaba más bien a la pureza de un arte que sólo podía ser conseguida a través del crimen. ¿Que cuál fue mi reacción a su historia? Le felicité por sus guantes, por supuesto.

Espartaco Boyano. Ravena, 10 de marzo de 1978

Una vez en la jauría, no ladres si no quieres. Pero, eso sí: mueve la cola.

Oreste Calosso. Roma, 16 de marzo de 1978

Me encontraba fuera de Perugia cuando recibí la noticia, que me transmitió por teléfono el portero de la casa que yo ocupaba allí, de que Borrello había estado en ella y había intentado entrar por la fuerza; el portero lo había despedido con cajas destempladas, según me explicó. En algún sentido, la noticia no fue una sorpresa: ese tipo de cosas eran habituales entre nosotros, en particular cuando bebíamos, y Borrello era el que menor resistencia al alcohol tenía; si el portero me hubiera dicho que había intentado entrar por la ventana, tampoco me hubiera sorprendido, pero luego supe, por los otros, que también había intentado entrar en sus casas: al parecer, se había pasado toda una noche deambulando por Perugia, soltando acusaciones incomprensibles, exaltado por lo que imaginamos que era el alcohol pero en realidad –y esto sólo lo supimos más tarde, cuando todos o casi todos regresamos a Perugia, a finales de agosto– era desesperación y urgencia, porque Borrello había perdido la caja que contenía los textos que le había entregado Cataldi, la había perdido o le había sido sustraída, imaginaba él, erróneamente, por mí o por algún otro de los que nos encontrábamos fuera de la ciudad. A finales de agosto, cuando volvimos a vernos, en algo así como una reunión parcial y secreta, sin Garassino, que todavía se encontraba fuera, y sin Borrello, con quien no pudimos dar a pesar de intentarlo de varias maneras, decidimos que haríamos algo por él, que uno a uno le abriríamos nuestras habitaciones para que pudiera comprobar que no teníamos lo que buscaba, y que lo haríamos consecutivamente y en el transcurso de una tarde, para que comprobara que no le ocultábamos nada, que confiábamos en él y esperábamos que él hiciera lo mismo con nosotros, y para que supiera que la pérdida de los textos de Cataldi era también una pérdida para nosotros.

Espartaco Boyano. Ravena, 10 de marzo de 1978

La idea fue de Atilio Tessore y todos estuvimos de acuerdo. Tuvimos que sobornar a los vendedores de postales para que nos permitiesen entrar a su habitación. No fue difícil en absoluto, debido a que éstos parecían muy habituados a prestar cierto tipo de servicios a cambio de una módica suma de dinero, cosa que comprobamos unos días después con consecuencias más graves para todos. Cuando entramos en la habitación, encontramos a Borrello echado en su cama, en un estado desastroso y vestido con ropa que parecía no haberse cambiado en varios días. Tessore debía de estar poco habituado a este tipo de cosas, y, quizá sorprendido él mismo por lo que hacía, pateó a Borrello en la espalda para saber si estaba vivo. Lo miramos con horror, pero en ese momento Borrello se dio la vuelta y nos preguntó qué hacíamos allí. Calosso se lo explicó todo, y a mí me pareció comprobar que Borrello sonreía, y que, en realidad, no lo hacía debido a la sorpresa que nuestro comportamiento, nuestra generosidad si lo prefiere, podría haber despertado en él, sino más bien debido a la falta absoluta de sorpresa que nuestra acción le había provocado. Porque Borrello, y esto lo pensé después, bastante después, de hecho, sabía que eso era lo que íbamos a hacer: permitirle entrar en nuestras habitaciones y revisarlas escrupulosamente, cosa a la que él, y esto también lo entendí después, iba a negarse. En algún momento nos vimos todos de pie allí, en su habitación, frente a cuya ventana, más bien un ventanuco, dos palomas habían excavado un nido en la cornisa del edificio de enfrente y ululaban con una suavidad, pero también con una regularidad, que me parecieron irritantes. Tessore, Borrello, Calosso y yo nos miramos. Mejor dicho, Borrello nos observó a los tres, y nos dijo que nos lo agradecía, pero que no era necesario. Que, de hecho, ya sabía quién había robado los textos de Cataldi, y que todo era su culpa, que lo había pensado y que ahora sabía que todo era culpa de él. A continuación se dio la vuelta y nos pidió que nos marchásemos y lo dejásemos solo.

Oreste Calosso. Roma, 16 de marzo de 1978

Garassino regresó a la ciudad, si no recuerdo mal, el 2 de septiembre; el día anterior nos envió una nota en la que decía que la editorial de la revista *Artecrazia* publicaría al mes siguiente su nuevo libro de poemas; agregó que la misma revista adelantaba algunos en su edición de esa semana y que nos había traído los primeros ejemplares que había conseguido reunir; nos pidió que nos encontrásemos en un restaurante llamado Il Letto Caldo, muy cerca del ingreso a las murallas de la ciudad, a las ocho de la noche del día siguiente.

Espartaco Boyano. *Ravena, 10 de marzo de 1978*

Il Letto Caldo era un restaurante pequeño pero bastante popular entre los estudiantes de la Universidad de Perugia. Por lo general, su atmósfera era alegre, pero no recuerdo nada alegre aquella noche. Cuando Calosso y yo llegamos al restaurante, Garassino ya estaba instalado en una mesa en el fondo del local y nos hizo una señal para que nos acercáramos. Al hacerlo, noté que temblaba ligeramente y que las revistas que sostenía entre las manos se sacudían como agitadas por el viento. En su mirada, en sus gestos, había cierta urgencia, que yo interpreté erróneamente como entusiasmo. «¿Dónde están los otros?», preguntó mirando por encima de nuestras cabezas. Cuando le explicamos que Tessore había anunciado que llegaría algo más tarde y que de Borrello no habíamos vuelto a saber nada desde el día de nuestra visita, pareció aliviado. A continuación nos extendió las revistas que llevaba. En ellas, sus poemas. Se puede decir.

Atilio Tessore. *Florencia, 11 de marzo de 1978*

Aquella noche yo tenía una clase que solía prolongarse más allá de su horario y que, una vez más, afortunadamente, se extendió; la daba un profesor calvo y terriblemente tímido cuyos ojos claros siempre estàban mirando hacia otro sitio, perdiéndose en el fondo de la clase, en la puerta de salida —que insistía en que fuera cerrada cada vez que comenzaba la clase—, en el suelo del salón, en el techo del mismo, con una pelusa insignificante debajo de la nariz que bailaba cada vez que se dirigía a nosotros, que era lo único que hacía, ya que no aceptaba preguntas ni las contestaba; pero donde algunos veían arrogancia sólo había timidez, en realidad, y las consecuencias de una tuberculosis de cierta importancia padecida durante la niñez que había perjudicado el desarrollo de su espina dorsal, por lo que aquel profesor, cuyo nombre, por cierto, era Luigi Bagiolini, padecía una conformación defectuosa por culpa de la que apenas podía erguirse en un ángulo de setenta y cinco grados, y era en esa posición, que muchos juzgaban artificial, una simple coquetería, y que era, sin embargo, la que le resultaba más natural y propia, en la que Bagiolini realizaba sus clases, inclinado hacia delante, mirando el techo o el fondo de la sala o la puerta de salida, de tal modo que, por lo demás, siempre parecía estar inclinándose ante su propio discurso, como si estuviese haciéndose una reverencia a sí mismo, o, mejor dicho, a lo que decía, que era siempre o casi siempre de una brillantez desconcertante y brutal que no admitía dudas, aunque, como le digo, de haberlas habido, éstas no hubieran podido ser planteadas, ya que Bagiolini no las aceptaba, lo que hacía posible, por lo demás, que éstas abundaran, si no acerca de las materias que enseñaba, sí acerca del propio Bagiolini, de quien se decían las siguientes cosas. En primer lugar, que había descubierto que buena parte de la poesía póstuma de Lucio Piccolo de Capo d'Orlando no era obra del poeta sino de un profesor de Messina que, habiendo descubierto que la obra de Piccolo no era lo suficientemente importante como para justificar la edición de las obras completas que pretendía llevar a cabo, había escrito poemas en su estilo para completar el volumen: Bagiolini, que lo había descubierto, había preferido no denunciarlo, y sólo lo mencionaba a modo de advertencia a sus alumnos cuando enseñaba la obra de Piccolo, cosa que hacía basándose en sus obras completas y deteniéndose especialmente en los poemas escri-

tos por el profesor de Messina, que le parecían los mejores de
la obra del poeta palermitano; en su opinión, la obra de Piccolo sólo podía ser tachada de mediocre, o de superficialmente mediocre, si se la consideraba en su totalidad, aunque también si se lo hacía prestando atención a cada uno de los poemas,
ya que ni la una ni la otra eran la forma en que Piccolo habría
deseado que su obra fuera leída; Bagiolini insistía en que la
obra del poeta de Palermo era el resultado del hecho de que
Piccolo había comprendido que la innovación en literatura
era, en el mejor de los casos, incomprensible para sus contemporáneos, y sólo se abría paso cuando era leída en tiempos
posteriores, por los lectores de la época que había anticipado
y en el contexto de las otras obras que habían surgido de ella;
para no enajenar a ninguno de sus públicos, ni el contempo-
ráneo ni el futuro, decía Bagiolini, Piccolo había decidido que
su proyecto literario debía consistir en una serie indetermina-
da en su número de poemas mediocres entre los cuales apare-
cerían, distantes unos de otros para evitar cualquier interpretación apresurada, y destacando por su extraordinaria calidad,
quince o dieciséis poemas que serían los mejores poemas escritos por un autor de su generación; poemas, por supuesto,
que él ya había escrito: su propósito era que alguien diese con
ellos entre todos los demás y reconstruyese con ellos el libro
concebido originalmente, que carecía de poemas mediocres
dispuestos a su alrededor a modo de cojín para que se recosta-
sen cómodamente sobre la obra los lectores perezosos o los
temerosos de la literatura visionaria, el libro que estaba publicado y sin embargo era invisible, y con el que, por supuesto,
sólo Bagiolini había podido dar en primera instancia, y para el
cual, por cierto, para los fines originales de Piccolo, los poemas
escritos por el profesor de Messina que había completado su
obra con los poemas de su propia autoría eran absolutamente
necesarios porque respondían al proyecto de obliterar, de esconder, los quince o dieciséis buenos poemas que había escrito para los lectores del futuro; los otros eran para el presente, y
éste siempre es breve, demasiado breve en casi todos los casos,

y no particularmente generoso con los escritores. En segundo lugar, se decía de Bagiolini que desde hacía años estaba dedicado a la reconstrucción, minuto a minuto, del día en que Giacomo Leopardi había compuesto su poema «Bruto, el menor», en 1821; Bagiolini había perdido ya toda esperanza de encontrar, entre todas las irrelevancias acerca de ese día que había podido hallar en la correspondencia de Leopardi, en sus diarios íntimos y en los testimonios de quienes lo conocieron, y en particular de quienes lo visitaron ese día, algún evento de alguna trascendencia que explicara y justificara la escritura del poema, que consideraba una obra maestra, una opinión que, en realidad, sólo él tenía entre los especialistas en el autor; pero únicamente había encontrado acontecimientos mínimos y banales, carentes de toda importancia, que posiblemente el propio Leopardi haya olvidado al día siguiente, lo que demostraría que la trivialidad de la vida cotidiana no afecta para nada a la escritura y tal vez la estimula o resulta su reverso necesario. En tercer lugar, se decía que Bagiolini padecía a una mujer autoritaria y extremadamente violenta con la que se había casado sólo por dinero y que lo obligaba a cantar en un coro a pesar de que el profesor odiaba la música y, lo que es todavía peor, carecía de todo talento musical.

Oreste Calosso. Roma, 16 de marzo de 1978

Los poemas eran extraordinarios, poseían una fuerza y, en algún sentido, un rigor de los que habían carecido los de tema africano del primer libro de Garassino; también conseguían lo que sólo consiguen los buenos poemas, que es instaurar un tiempo y un espacio por completo propios, un ensimismamiento, al margen del sitio y del lugar en el que se leen, que en nuestro caso era, lo recordará, un restaurante para estudiantes en Perugia, junto a las antiguas murallas de la ciudad, el sitio posiblemente menos apropiado para leer poesía y, por lo tanto, el más idóneo para probar algo que esos poemas hubieran podido poner de manifiesto en realidad en cualquier otro sitio, incluyendo un prostíbulo, una biblioteca pública o una iglesia. Su inmensa calidad, su fuerza –que los situaba, por decirlo así, fuera de este mundo–, eran extraordinarias; leer aquellos poemas nos pareció, en ese sentido, también halagador, ya que Garassino era uno de nosotros, y su triunfo personal era, o debía ser, también nuestro, o al menos algo que le pertenecía pero de lo que nosotros podríamos hacer uso, o tan siquiera reconocer como el producto de un tiempo y de un esfuerzo del que habíamos sido también parte, por lo menos en nuestra condición de testigos. Algún tiempo después yo comprendería que nuestra reacción fue la propia de todos aquellos que conocen y frecuentan a un escritor, para quienes sus logros se convierten también, por proximidad, en algo que les pertenece, que es precisamente aquello a lo que un escritor más se resiste, puesto que considera que sus logros le pertenecen por completo y a menudo no son más que el resultado de su esfuerzo –tedioso, como sabe cualquiera que alguna vez haya intentado escribir– por sobreponerse a sus circunstancias vitales, que al escritor mayormente le parecen irritantes y estúpidas, y que son, precisamente, aquellas de las que tan orgullosos se sienten los demás porque las conforman; un tiempo después comprendí que lo último que desea un escritor, y la razón por la que tantas amistades entre un escritor y quienes lo rodean concluyen tras la publicación de un libro, y precisamente a causa de él, es que sus logros sean compartidos y vistos por los demás como propios y algo de lo que enorgullecerse, ya que, piensa el escritor, si hubiesen entendido bien lo que he escrito, si se hubiesen tomado el trabajo de leer bien lo que he escrito, se avergonzarían, comprenderían que lo que he hecho ha sido para ofenderlos y ridiculizarlos, que escribí de espaldas a ellos, contra ellos y lo que ellos representan, de tal forma que nunca pudieran sentirse orgullosos de sí mismos, para que nunca se atreviesen a creer propio un logro personal conseguido a su pesar y para humillarlos. Eran buenos poemas, digo, y, mientras los leíamos, todos los que estábamos allí junto a Garassino —que nos miraba con cierta expectación ansiosa, y a veces ocultaba el rostro detrás de un vaso de vino, del que fingía beber— buscábamos las palabras que mejor expresaran nuestra admiración y nuestro asombro, hasta que en esa admiración se coló una cierta sorpresa y luego una perplejidad paralizante y más tarde una voluntad insistente, o más bien acuciante, de que lo que estábamos leyendo no fuese verdad. Fue como en esos desdoblamientos nocturnos que se producen en las pesadillas en los que uno es consciente de estar soñando pero, al mismo tiempo, cree todo lo que le sucede, inmerso como está en el miedo. Boyano fue el primero que levantó la vista de la página y le preguntó qué había hecho, y Garassino —que tal vez haya sentido en aquel momento cierto alivio ante el hecho de que por fin alguien le hiciera esa pregunta— respondió que había usado lo que ya no servía a otro, y que todo ello correspondía a la literatura; que en ésta y en sus poemas —puesto que ahora eran suyos— se perpetuaría el recuerdo del muerto, cuya obra sería leída, por fin, y como él posiblemente hubiese deseado, como algo que pertenecía al mundo de los vivos, sin el peso de un final prematuro que la perjudicase.

Atilio Tessore. Florencia, 11 de marzo de 1978

A raíz de la clase de Bagiolini, y como había previsto, no llegué a tiempo a la reunión en Il Letto Caldo; cuando finalmente lo hice, no había nadie allí y el escándalo ya había disminuido, aunque todavía se hablaba de él en las mesas, y un estudiante que yo conocía, y que sabía de mi amistad con los futuristas de Perugia, me contó todo y luego me mostró el lugar donde se había producido el incidente y los agujeros que las balas habían dejado en la pared del fondo del local, junto a una fotografía de un hombre de mirada penetrante que tal vez fuera el padre del propietario, un político local, un actor o alguna otra figura sin importancia.

Espartaco Boyano. Ravena, 10 de marzo de 1978

Garassino había tomado los textos de Romano Cataldi y los había partido en versos. Con algunos de ellos había conformado poemas literales, meras transcripciones de los textos originales a un lenguaje poético no exento de la evidencia de un gran talento para el ritmo. Pero en otros casos había «roto» los textos en unidades que había intercambiado, como si fuesen las piezas de un puzle que pudiera encajar de muchas maneras. Generando cada vez nuevas imágenes o simplemente las mismas, quiero decir. En cualquiera de los dos casos, había talento en ello, y yo debía admitir, y creo que esto debería admitirlo cualquiera —es decir, cualquiera que pudiese leer el libro al margen de su historia—, que los poemas, que eran brillantes, ahora eran los poemas de Garassino. Quizá fuese eso, más que el robo, que simplemente constituye una de las muchas prácticas literarias, lo que nos indignó y, digámoslo así, nos dolió. El hecho de que Garassino había mejorado los textos de Cataldi, a los que, nos contó, había conseguido acceder tras sobornar a los vendedores de postales en cuya casa vivía Borrello para que robaran la caja de su habitación y se la dieran. ¿Qué decir cuando algo así sucede? Algunas cosas posiblemente. Pero no pudimos decirlas, ni en ese momento ni, desafortunadamente, mucho después, que es cuando deberíamos haberlo hecho, porque en ese momento entró Borrello al restaurante. Siguiendo un reflejo condicionado, un hábito se puede decir, yo me puse de pie y me dirigí hacia él, pero él pareció no verme. Cuando llegó hasta la mesa donde nos encontrábamos, sacó una pistola que llevaba entre la camisa y el cinturón del pantalón, a su espalda, y disparó cuatro o cinco veces sobre Garassino, que permanecía sentado, recostado contra la pared del fondo del local. Digamos que lo que le salvó la vida fue lo que evitó que Borrello muriese por su parte en algún sitio en África o en alguna de las escaramuzas de la Guerra Civil española: su pésima vista. Después de vaciar la pistola, sin tiempo y quizá sin deseo alguno de comprobar si había matado o no al que había sido su mejor amigo y colaborador de los meses anteriores, Borrello arrojó sobre la mesa el último número de *Artecrazia* y salió por la puerta del restaurante antes de que alguien atinase a atraparlo. Cuando me puse de pie —digamos que todos nos habíamos echado al suelo, lo que, por supuesto, no es muy heroico, pero bastante sensato—, Borrello había desaparecido y yo no sabía todavía que no volvería a verlo en casi diez años. Ni que, cuando lo viera, él y yo seríamos otros, en algún sentido.

Michele Garassino. Génova, 13 de marzo de 1978

No voy a responderle, y no porque me sienta ofendido por su pregunta, que comprendo perfectamente, sino porque pienso que su pregunta está mal formulada. ¿Qué es lo que realmente importa en la literatura? ¿Los autores o los textos? Si usted cree que los primeros, no tiene usted ninguna razón para leer y, por consiguiente, nada para opinar sobre literatura: usted vive de espaldas a la literatura, en un mundo de sombras. Por el contrario, si cree que lo que importa son los textos —que es exactamente lo que la palabra «literatura» viene a significar, o venía a significar, ya que sólo Dios sabe qué creen los autores de su generación que eso significa, si es que se han tomado la molestia de pensarlo, cosa de la que me permito dudar, en particular desde que cometí el error de intentar leerlos—, en ese caso no tiene usted nada que reprocharme, ya que lo que yo hice fue otorgarle una nueva vida a esos textos, una vida que no estuviera lastrada por la muerte prematura de su autor y, por el contrario, se beneficiara de la existencia de un autor que los firmaba, que podía promoverlos y, eventualmente, y si esto era necesario, defenderlos: que ese autor tuviera mi nombre es lo que menos importa, aunque debería decir que el hecho de que efectivamente tuviera mi nombre los benefició tanto como a mí me benefició, o al menos no me perjudicó seriamente, el haberles dado ese nombre. Además, ¿no es así como hacemos las cosas? ¿No nos pasamos la vida fabricando libros como los boticarios fabrican recetas, limitándonos a echar cosas de una vasija en otra? ¿Acaso no la pasamos trenzando y destrenzando la misma cuerda?

Oreste Calosso. Roma, 16 de marzo de 1978

Más tarde conseguimos reconstruir las horas previas a su irrupción en Il Letto Caldo preguntando a algunas personas que lo habían visto y con ayuda de un mapa de la ciudad. Borrello salió de su casa a primera hora de la tarde –al parecer, poco después de despertar– y se dirigió a la estación de trenes: como el resto de nosotros, había recibido el anuncio de Garassino de la publicación en *Artecrazia* y de la celebración de esa noche; a diferencia de nosotros, no podía o no quería esperar a que Garassino le diese un ejemplar de la revista, y la compró él mismo cuando llegó el tren proveniente de Roma que traía los primeros ejemplares de la prensa del día, también de *Artecrazia*. Quizá leyó los poemas «de» Garassino en uno de los bares de la estación, pero lo más probable es que, no pudiendo contenerse, los hubiera leído todavía en el andén, puesto que, para cuando llegó al bar, Borrello ya estaba fuera de sí, según el camarero. Pidió un café y una grapa y leyó o volvió a leer los poemas; cuando el camarero llegó con la orden, pidió una segunda grapa. Qué pasó por su cabeza en ese momento es algo difícil de saber y, en general, tratándose de Borrello, imposible: pagó, regresó a su casa y allí se enfrentó a los vendedores de postales frente a la catedral; la dueña de la casa, que se encontraba en la cocina preparando unas judías para la cena –que era la comida principal en esa casa, insistió ella cuando la entrevistamos, como si ése fuese un rasgo de decencia–, lo negó todo, ante Borrello y por segunda vez cuando nosotros la interrogamos, pero el hijo mayor –tenía una cicatriz cubierta de ungüento que le recorría el omóplato izquierdo, posiblemente el resultado de una pelea entre los vendedores ante la puerta de la catedral, nada inusual en aquellos días– lo admitió. Es decir, admitió que la madre había vendido la caja con los textos de Cataldi a Garassino después de que éste se la describiera y por una suma relativamente baja. Nunca supimos por qué lo había hecho, si había reconocido el hecho para librarse de Borrello, para fastidiarlo o para fastidiar a su madre, o tal vez por alguna otra razón; a mí se me ocurre una ahora, que no consideramos en su momento: la de que lo hubiese hecho para perjudicar a Garassino, a quien conocía de sus visitas periódicas a la casa y al que podía no apreciar, por una razón o por otra. Sin embargo, es evidente que éste sólo pudo obtenerlos de Borrello, que nunca se los hubiera dado de forma voluntaria y al que, por cierto, vimos desesperado en esos días; por su parte, y hasta donde yo sé, Garassino jamás admitió que había pagado a aquella mujer para que retirase de la habitación la caja con los manuscritos de Cataldi y se la entregara, pero tampoco negó nunca, al menos en privado, el hecho de que esos poemas habían sido «originalmente» –creo que ésta es la expresión que utilizó– los textos que Cataldi había confiado a Borrello antes de irse a África ni ofreció explicación alguna acerca de cómo podría haber dado con ellos de otro modo que robándolos: su trabajo, del que yo fui testigo en alguna ocasión, incluía la discusión de los textos y su clasificación en vistas a una publicación futura, pero Borrello nunca le permitió copiar los textos ni se los cedió mientras éstos estuvieron en su poder; para él esos textos tenían un significado que trascendía su calidad literaria: constituían un recuerdo de su amigo muerto, pero también una especie de fetiche que le garantizaba algo, no sé si suerte o fortuna; más posiblemente, un propósito vital, la convicción de que tenía algo que hacer y estaba haciéndolo. No lo sé. Como sea, lo que sucedió, en palabras de aquel joven, fue que él admitió la venta a Garassino de los textos de Cataldi, que Bo-

rrello se puso furioso y pateó la olla en la que se cocía la cena
–judías blancas, insistió la mujer–, que el joven lo golpeó y
que pronto se le sumó un vecino, que ambos sacaron a Borrello de la casa a patadas y que después subieron a la habitación que éste ocupaba en la mansarda y tiraron por la ventana
sus cosas, que cuando tiraron las primeras Borrello ya no estaba y se había marchado sin esperar para recogerlas.

Espartaco Boyano. Ravena, 10 de marzo de 1978

No sé a usted, pero a mí me parece una desgracia que hayan
sido precisamente unos vendedores de postales los que hayan vendido a Garassino los textos de Cataldi. ¿Qué es una
postal, en cualquier caso? Un objeto que, al margen de lo que
representa, no significa nada hasta que ha sido recibido por su
destinatario. Quiero decir, un souvenir sin recuerdo detrás o
con un recuerdo provisional. En ese sentido, los textos de
Cataldi eran para nosotros lo opuesto de las postales con las
que, cuando no incurrían en el delito, se ganaban la vida aquellos miserables: el soporte de una memoria que ya habíamos
adquirido. Esa cosa tan rara, un souvenir con un auténtico
recuerdo detrás y no con uno potencial y todavía incompleto.

Atilio Tessore. Florencia, 11 de marzo de 1978

Al parecer estuvo bebiendo luego en algún sitio; para cuando
visitó a uno de sus camaradas del *fascio* y le pidió un revólver,
Borrello ya estaba completamente borracho, según el testimonio del hombre; según sus palabras, éste, por supuesto, le
entregó la pistola: así se hacían las cosas en esos tiempos, en
realidad; después Borrello se dirigió a nuestra reunión y le
disparó a Garassino; lo que hizo en los diez años siguientes lo
desconozco; por consiguiente, tendrá usted que imaginárselo,
pero quizá, para hacerlo, necesite saber lo siguiente: no volví

a verlo hasta el congreso interrumpido de los escritores fascistas, y para entonces, pensé yo, ya era tarde para todo, incluso para decirle, por el caso de que no lo supiera, sólo por si creía lo contrario, que yo no había participado en el robo de los textos de Cataldi y que ese robo era –para mí, pero creo que también para los demás, a excepción de Garassino– algo que hubiese preferido que no sucediera nunca, en nombre de nuestra amistad, en nombre de Cataldi, en nombre de nuestro papel como la vanguardia de la literatura fascista en Umbría, y también, por una cierta visión de lo que, a falta de un término más adecuado, menos pueril, podemos llamar la «justicia poética». Claro que después, en el Congreso, Borrello nos demostró que no era tarde, al menos no para rehacer lo que había sido hecho mal, lo que estaba torcido y nos parecía que ya no podía ser arreglado, así que todavía hoy me arrepiento de no haberle dicho en aquella ocasión que no era como pensaba, que al menos yo, entre todas las personas que había en ese Congreso, no era el que él posiblemente pensaba que yo era, aunque la verdad es que sí lo era, y que sólo dejé de serlo, si puede decirse algo así –es decir, mencionar la fecha en la que uno habría cambiado de opinión, o al menos habría percibido que lo había hecho–, después de aquel congreso; o, mejor dicho, en su segunda jornada, cuando el Congreso terminó, tácitamente y por la fuerza de las circunstancias, sin que nadie echase las cortinas que le habían servido de telón de fondo, o dijese unas palabras. De ese final, al igual que de mi cambio de opinión, tuvo la culpa Borrello, por supuesto.

Oreste Calosso. Roma, 16 de marzo de 1978

Alceo Folicaldi empujó desde la cocina del restaurante un piano vertical, que posiblemente el dueño hubiese escondido allí para evitar que fuera usado; debía saber dónde estaba desde el comienzo de la cena, o quizá lo había descubierto en alguna de sus incursiones a los baños, que estaban junto a la cocina. Varias personas se precipitaron sobre él tan pronto como el escritor entró con el piano y nuevamente se produjo una discusión acerca de a qué grupo le correspondía el derecho de interpretar sus canciones en primer lugar. Una vez más, por cierto, Johst resolvió el problema poniéndose de pie y exigiendo que esa noche sólo se interpretaran canciones que permitiesen olvidar a los presentes, al menos por unas horas, que nos encontrábamos en guerra, y ésa fue la razón por la que finalmente quien tocó fue Mencaroni.

Atilio Tessore. Florencia, 11 de marzo de 1978

No creo que lo sepa, pero Mencaroni, además de escritor, era cineasta; un cineasta atípico que solía componer las melodías para sus filmes y que, antes incluso de que éstos tuviesen sonido —es decir, en la época del cine mudo—, interpretaba al piano en los cines las melodías que había compuesto para sus creaciones, a menudo introduciendo comentarios y observaciones a lo que los espectadores veían o contando sus argumentos, como si éstos fuesen incomprensibles para los asistentes al espectáculo. La llegada del cine sonoro había terminado con esta práctica, que era, digámoslo así, y al menos en lo que hace a Mencaroni, una actividad tan extraordinaria, tan completa en su carácter inacabado, que ese cine sonoro, ya sin la interpretación musical y los comentarios de Mencaroni, a menudo me parece más pobre, menos satisfactorio, que el espectáculo que éste ofrecía, como si fuese una involución del arte que lo precedió. La guerra, además, había supuesto un final a las producciones cinematográficas italianas que no tuviesen un fin propagandístico, y él, que no había podido o no había querido adecuarse a este requerimiento, no había vuelto a filmar desde 1939; de modo que Mencaroni comenzó a tocar, pero no interpretó las melodías que había compuesto para sus filmes anteriores, que conocíamos, que podíamos recordar, sino las que había creado para los que no había rodado aún y que esperaba filmar algún día.

Michele Garassino. Génova, 13 de marzo de 1978

Borrello había tomado asiento en el extremo más apartado de la mesa y había permanecido en silencio durante toda la noche, comiendo lentamente con una mano mientras con la otra se cubría el cuello, como si le doliera o quisiera ocultarlo a los ojos de los demás. Arnaldo Ginna se había dirigido a él en un par de ocasiones, y también Rosa Rosà le había hablado, pero Borrello sólo había intercambiado con ellos algunas palabras interrumpidas por toses. Ninguno de nosotros se había atrevido a acercársele, sin embargo, y luego Mencaroni comenzó a tocar y yo lo olvidé. Únicamente tiempo después, cuando volví a pensar en ello, comprendí por qué Borrello se había pasado toda la noche tapándose el cuello: su camisa no lo tenía, era la camisa habitual de un trabajador italiano de aquellos días, y eso, al parecer, lo avergonzaba.

Espartaco Boyano. Ravena, 10 de marzo de 1978

Todo lo que puedo decir del filme de Mencaroni —es decir, de la música del filme que Mencaroni nos narró aquella noche— es que era como el dibujo de un ciego. ¿Vio usted alguno? La percepción de los ciegos es táctil y, por lo tanto, secuencial, en el sentido de que no están capacitados para aprehender un objeto en su totalidad, de un vistazo, por decirlo así. Imaginemos un cubo: usted y yo podemos ver la mayor parte de sus caras de forma simultánea, y por ello sabemos que es un cubo; los ciegos, por el contrario, sólo pueden sostenerlo en sus manos y palpar una tras otra sus caras. Su comprensión de que se trata de un cubo se deriva de la sucesión de estímulos táctiles, de la constatación de que las caras del cubo son regulares y son seis, y es así como lo representan si tienen que dibujarlo. Es decir, como un conjunto de seis cuadrados dispuestos uno después de otro, que es como lo han percibido. Algo similar sucedía con el filme de Mencaroni: la narración era lineal, pero el objeto al que hacía referencia, el filme hipotético, era algo que parecía estar en un sitio difícil de imaginar en el que el tiempo no existiera o en el que la descripción no fuese secuencial. Un lugar donde las palabras no se siguieran unas a otras sino que pudiesen ser pronunciadas todas de golpe. En algún sentido, lo que el relato del filme de Mencaroni venía a decir es que había una manera de escapar a la linealidad que afecta a la música, a la literatura, al ballet, al cine –no así a las artes plásticas, creo–, y que esa manera consistía en concebir el relato como una totalidad que se ha perdido, o como un objeto que no pudiésemos comprender. Que palpásemos y al que nos aproximásemos desde diferentes ángulos teniendo por fuerza que describirlos uno tras otro, pero a sabiendas de que conformaban un todo, aunque fuese un todo incomprensible. El arte particular de Mencaroni era un arte que se sucedía en el tiempo pero lo negaba. Un arte que nos hacía andar a tientas, como si los ciegos fuésemos nosotros. Y, por consiguiente, era un arte excepcional, sólo accesible mediante una multiplicidad de perspectivas simultáneas que, según dicen, sólo está al alcance del ojo de Dios, si éste existe. No soy Dios –creo que esto resulta bastante evidente–, así que sólo puedo imaginar ese arte, pero pienso que es el arte del futuro, si, nuevamente, ese futuro existe, cosa de la que también dudo. Aquí tiene mis dibujos de ciego, pues.

Atilio Tessore. Florencia, 11 de marzo de 1978

Una música de ruidos, creo recordar, una música que sólo habría podido tolerar una época sin ruidos, un tiempo sin bombas ni aeroplanos sobrevolando las ciudades ni alarmas antiaéreas ni explosiones.

Oreste Calosso. Roma, 16 de marzo de 1978

Naturalmente todos estábamos muy borrachos por entonces, también yo, y no recuerdo demasiado; si había alguien que no lo estuviera, sin embargo, ése era Borrello, que se acercó primero a Espartaco Boyano y después a Atilio Tessore, los sacó del restaurante y les habló en la calle, un monólogo que yo, por supuesto, no pude oír desde donde me encontraba, aunque sí pude ver que primero hablaba Borrello y ellos negaban con la cabeza y luego hablaban ellos y el que hacía gestos enfáticos de negación era él, allí, en el medio de la calle, como si hablara solo, como un loco, y después volvía a hablar él y los otros a negar y a continuación se marchaba; es decir, Borrello se dirigía hacia el final de la calle y los otros dos se quedaban un rato observándolo y luego volvían a entrar. A mí no me pidió que saliera con él a la calle, tampoco a Garassino, aunque las razones por las que prefería no hablar con este último me parecen evidentes; por qué no quiso hablar conmigo es algo que no comprendo. Aquélla fue la penúltima vez que lo vi; la siguiente fue un día después, pero, por supuesto, ya no pude preguntárselo.

PINEROLO / ABRIL DE 1945

Somos satélites habitados.
Un hombre que cae
es la creación
que se desmorona.
Pero seguimos girando
con el peso
de los que perecen.

«Muerte/Obrero»,
ARMAND GATTI

Oreste Calosso. Roma, 16 de marzo de 1978

El día 21 de abril de 1945 amaneció espléndido, como todos los otros días de ese mes terrible. Lo recuerdo perfectamente, y también recuerdo que, cuando encontramos el cadáver de Luca Borrello, éste tenía los ojos abiertos y miraba el cielo, como si un instante atrás también Borrello hubiera estado considerando que se trataba, efectivamente, de un día magnífico.

Atilio Tessore. Florencia, 11 de marzo de 1978

El día 21 de abril de 1945 llovió durante toda la mañana y luego salió el sol; irónicamente, para cuando lo hizo, ya todos habíamos encontrado refugio y nadie manifestó ninguna intención de salir a dar un paseo; de hecho, algunos ya habíamos comenzado a marcharnos.

Michele Garassino. Génova, 13 de marzo de 1978

No lo recuerdo. No tengo ni la más mínima idea de a qué se refiere y tampoco imagino por qué podría recordar yo una cosa semejante, qué tiempo hacía un día cualquiera de hace más de treinta años.

Espartaco Boyano. *Ravena, 10 de marzo de 1978*

El día 21 de abril de 1945 llovió todo el día y eso entorpeció la búsqueda. Ésta fue abandonada poco a poco por casi todos los participantes, a excepción de algunos que, como yo, siguieron buscando pese a las malas condiciones climáticas. Quién sabe si movidos por la curiosidad, por el convencimiento de que el desaparecido podría haber sido cualquiera de ellos, o por la especulación —nada desencaminada, por supuesto— de que participar de la búsqueda los eximiría de encontrarse entre los sospechosos. Eso si finalmente se descubría que Borrello no se había marchado subrepticiamente sino que había tenido un accidente o había sido asesinado.

Oreste Calosso. *Roma, 16 de marzo de 1978*

Giorgio Almirante se dirigió a mí durante el desayuno y me susurró que Borrello había desaparecido. «¿A qué te refieres?», le pregunté. Almirante me dijo que la mujer que llevaba el hotel le había informado de que Borrello no había vuelto de la cena. «Al parecer, tomó una habitación antes de dirigirse al Ayuntamiento —me dijo—, pero no ha regresado.» Almirante y yo permanecimos en silencio por un momento; al volver a hablar, como sucede habitualmente, lo hicimos los dos al mismo tiempo. «Lo más importante es que esto no trascienda —dije—, que lo resolvamos, digámoslo así, entre nosotros, entre los responsables del Congreso.» Almirante respondió: «No es posible, o ya no es posible, porque la mujer ha informado a la policía; está obligada a ello, me ha dicho». «¿A qué policía?», le pregunté. Almirante se encogió de hombros; por entonces había decenas de policías más o menos secretas, con objetivos contradictorios y nunca muy claros, ni siquiera para sus miembros, que operaban movidos principalmente por lo que imagino que era una cierta lealtad a su jefe más inmediato, además de la conveniencia. ¿No fue del mismo modo como se

comportaron las legiones y más tarde las tropas de los condo-
tieros? Tal vez sea la única forma de organización social que
los italianos estemos dispuestos a aceptar y la que mejor con-
cuerde con nuestra naturaleza, puesto que todas las otras han
fracasado. «No creo que tengamos que preocuparnos –dije–.
Posiblemente Borrello se haya entretenido por allí. Volverá.»
Almirante no me respondió; se levantó y pidió que lo comu-
nicasen con Saló.

Oreste Calosso. Roma, 16 de marzo de 1978

Más tarde subí a mi habitación y me eché en la cama a pensar qué hacer; la segunda jornada del Congreso empezaría
en una hora y yo seguía pensando que Borrello estaría bien
dondequiera que se encontrara. Quizá sencillamente había
abandonado el Congreso, enfadado con algo o con alguien, y
había regresado al sitio donde había estado viviendo antes de
él, posiblemente en las proximidades de Perugia, en Sansepolcro o dondequiera que estuviese pasando esos meses, que
sabíamos todos –incluso aquellos que, en algún sentido, hubiésemos preferido que no fuese así– que eran los últimos de
la guerra. Era extraño percibir que su ausencia, que hasta ese
momento había constituido, por decirlo así, la normalidad –al
menos en la vida de quien, como yo, lo había conocido y lo
había frecuentado y luego había dejado de verlo durante
años–, de pronto conformaba una excepción, una anorma-
lidad, y se convertía en un problema; como si esa ausencia,
por primera vez, estuviera presidida por un presagio ominoso-
so. Ahora sé que en la situación no había tal cosa, pero que
ésta era lo ominoso mismo, y me pregunto si esa situación, si
la desaparición y la aparición y la nueva desaparición de Borrello no habían sido planeadas por él para que en nuestras
vidas, por completo insensibilizadas ante el dolor de los demás, e incluso ante el nuestro propio, después de años de
guerra, entrase eso ominoso y nos obligase a huir de él, nos

obligase a romper la inmovilidad en la que nos encontrábamos, y de la que el Congreso era apenas una manifestación, para buscar refugio, para ponernos a salvo —nosotros, que podíamos hacerlo— de lo que nosotros mismos habíamos creado.

Espartaco Boyano. Ravena, 10 de marzo de 1978

Aunque se dice que tras la muerte de una persona cercana no se sueña tan pronto con ella como se desea, yo creo haber soñado días después con Borrello, aunque es probable que lo haya hecho semanas e incluso meses más tarde. Esta precisión no es tan importante para mí como el hecho de que en el sueño yo estaba irracionalmente convencido de que éste tenía lugar el día antes de la muerte de Borrello. Quiero decir: sabía que lo que veía y lo que hacía formaba todo parte de un sueño y creía que ese sueño estaba teniéndolo el día previo a la desaparición y no meses o años después, como quizá fuera el caso. No importa. El sueño es el que sigue: yo caminaba a través de un parque. Era otoño, un día claro. Entonces veía a Borrello. Estaba sentado en un banco y me hacía señas. Al acercarme, se levantaba y se iba rápidamente a un banco más distante, donde tomaba asiento y me hacía señas nuevamente. Yo volvía a acercarme y él se ponía de pie y se dirigía a otro asiento, más apartado, desde el cual me hacía señas una vez más para que me acercara. Esto se repetía unas cuantas veces, con una creciente sensación de impotencia por mi parte. Finalmente, cuando no había más bancos en las cercanías, y Borrello ya no podía continuar huyendo, se quedaba sentado donde se encontraba pero se llevaba ambas manos a la cara. Yo le preguntaba por qué lo hacía. Me han robado el rostro, me decía a través de los dedos. Y entonces se esfumaba.

Oreste Calosso. Roma, 16 de marzo de 1978

Al bajar de mi habitación encontré el origen del ruido que me había despertado: algunos miembros de las Brigadas Negras habían llegado al hotel y pretendían entrevistar a los participantes del Congreso, que se negaban rotundamente a responder o afirmaban, con mayor o menor razón dependiendo de cada caso particular, que no comprendían el italiano. Al parecer, la Troubetzkoy se había desmayado o había tenido un vahído minutos antes al ser interrogada por la policía y la Morlacchi y Hrand Nazariantz se afanaban por devolverla a una vida a la que, por lo demás, y si de mí dependía, podía no volver si lo deseaba. Ante la situación, yo me había quedado de pie en la escalera, sin atreverme a bajar por completo, y fue en ese momento cuando vi a Almirante, que trataba de mediar entre los brigadistas y los asistentes al Congreso, en particular los franceses, que vociferaban y se negaban a responder preguntas, y Almirante, en ese momento también, me vio y negó con la cabeza. Años después, y como quizá sepa, Almirante ha sido un político de cierta importancia, con una carrera que, al margen de lo que se diga al respecto, se ha sostenido en su inteligencia y en su talento para la oportunidad; también, en una cierta lealtad que algunos considerarán inútil y que no está tanto dirigida al fascismo, sino a aquellos pensamientos y, digámoslo así, ideales que hicieron posible el fascismo, y que son los pensamientos y los ideales de nuestra juventud, a los que, en algún sentido, el fascismo traicionó posteriormente ya que sólo podía traicionarlos; la carrera política de Almirante se ha sostenido hasta el momento más en esa lealtad insensata que debe de ser parte de su naturaleza que en los votos, al menos lejos del sur italiano, que parece ser su feudo. Aquella vez, con ese gesto, Almirante también fue leal, aunque en esa ocasión a algo que él tal vez ni siquiera comprendiese: me dio la espalda, y dibujó un uno y un cuatro con las manos, y yo comprendí a qué se refería y subí las escaleras.

Oreste Calosso. Roma, 16 de marzo de 1978

Naturalmente, la cama no había sido tocada y tampoco había ropa u otros objetos personales en la habitación, a excepción de una especie de arcón que tenía que haber sido arrastrado por alguien mucho más fuerte que Borrello, o al menos eso pensé en ese momento. Al igual que la puerta de la habitación, la ventana estaba abierta, y yo me asomé por ella; daba al patio interior del hotel, que lindaba con algunas casas en cuyas ventanas la gente había colgado una ropa que debía llevar allí toda la noche. Me pregunté si Borrello habría mirado a través de ella, al menos por curiosidad, y me dije que tenía que haberlo hecho para abrirla, aunque las razones por las que la abrió no parecían claras y siguen sin estarlo hasta ahora, al menos para mí. Una mujer se asomó en uno de los balcones que daban al patio y yo me eché hacia atrás de forma instintiva. Pensé que no tenía mucho tiempo: tomé el arcón y, con un gran esfuerzo, puesto que el arcón era más pesado aún de lo que yo había imaginado —lo que me hizo pensar nuevamente que Borrello no podía haberlo arrastrado hasta el centro de la estancia, cosa que posiblemente hubiera hecho de todas maneras—, lo saqué de la habitación y salí al pasillo. Escuché voces familiares en las escaleras, entre ellas la de Almirante, que chillaba y crepitaba tratando de imponerse a las voces de los otros, participando de la discusión pero dirigiéndose exclusivamente a mí, a modo de advertencia. Forcejeé con los picaportes de varias puertas hasta que di con una que estaba abierta: era un trastero en el que se acumulaban varias escobas, trapos, algunas herramientas y, lo que me asombró —aunque, por supuesto, no había ninguna razón para manifestar ninguna sorpresa—, una botella de grapa abierta y a medio beber. La habitación tenía llave: metí el arcón dentro y la cerré. Almirante iba a la cabeza de los brigadistas, que subían la escale-

ra en ese momento: tenía una mirada llena de terror que yo
no le había visto nunca.

Michele Garassino. Génova, 13 de marzo de 1978

Bajé tarde de mi habitación: cuando lo hice, ya se hablaba sólo
de la desaparición de Borrello, de la que a mí me informó
Bruno Corra o Arnaldo Ginna, no recuerdo; más posiblemente, Bruno Munari o Alceo Folicaldi; o, tal vez, Paolo Buzzi
o Luciano Folgore.

Michele Garassino. Génova, 13 de marzo de 1978

Muy pronto se conformaron dos grupos, el primero de los
cuales estaba compuesto principalmente por italianos y españoles: discutíamos acerca de las razones por las que Borrello
podría haber desaparecido, rebatíamos los argumentos ajenos
y defendíamos los propios en una confusión en la que unos y
otros eran similares o exactamente iguales, sin que nosotros
lo notáramos o sin que esto nos preocupara en absoluto; de
este grupo surgió la idea de que Borrello podría haber sido
secuestrado por partisanos, es decir, por criminales al margen de la ley de Saló, una idea que todos aceptamos a pesar
de que nos parecía relativamente improbable, en el sentido de
que los malhechores que más tarde crearían el mito de la
Resistencia podrían haber escogido a un representante más
destacado de la literatura fascista europea para su secuestro, si
es que era un secuestro lo que habían llevado a cabo: a Henri Bruning, Ion Sân-Giorgiu, Paolo Buzzi o Hans Blunck.
Además, los secuestros no eran comunes en esos días, en los
que se imponía la disyuntiva entre la indiferencia hacia alguien o su asesinato, sin términos medios. Por alguna razón,
sin embargo, éste fue el argumento que se impuso a todos los
otros, incluso al de que, en realidad, Borrello podría haberse

marchado simplemente, que es lo que yo pensé en primer término. En el segundo grupo, por otra parte, no se discutía por qué y de qué forma podría haber desaparecido: Rintsje Piter Sybesma había obtenido de los dueños del hotel un mapa detallado de la zona de Pinerolo y estaba estudiándolo, rodeado de los alemanes, que trazaban posibles itinerarios de búsqueda. Nadie hablaba, o sólo lo hacía en voz baja, no había discusiones acerca de las razones de la desaparición, sino la envidiable practicidad de quienes ven en los hechos trágicos —por alguna razón, también, existía una especie de unanimidad en torno al hecho de que, fuese lo que fuese lo que le había sucedido a Borrello, debíamos esperarnos lo peor, no volver a verlo con vida— una oportunidad para ejercitar una capacidad o un talento, en este caso los de la lectura de mapas y la búsqueda de personas. Los europeos del sur, por nuestra parte, también veíamos la desaparición de Borrello como una oportunidad, aunque sólo para ejercer los únicos talentos de los que disponíamos, que eran, y son, los de la polémica, el rechazo inmotivado de los argumentos del otro y el escándalo. No creo necesario decirle que, también en el ejercicio de uno de nuestros talentos, tal vez el más importante, tan pronto como los alemanes hubieron dividido el territorio y establecido rutas de búsqueda, todos dejamos de lado nuestras discusiones y les obedecimos, como si obedecer fuera lo único que sabemos hacer.

Espartaco Boyano. Ravena, 10 de marzo de 1978

En los mapas las cosas siempre parecen distintas, más grandes o más pequeñas; y, sobre todo, en perspectiva. ¿No ha notado que ciertas personas nos parecen más grandes cuanto más alejadas de nosotros se encuentran? En los mapas, y en su relación con lo que representan, sucede exactamente lo contrario. Las cosas siempre son más grandes de lo que parecen en ellos, y más complicadas.

Atilio Tessore. Florencia, 11 de marzo de 1978

¿Que por qué no me uní a las tareas de búsqueda? No me pareció necesario; volví a Florencia ese día, en un coche que puso a nuestra disposición Hanns Johst y en el que viajamos Ion Sân-Giorgiu, Henri Massis, Erwin Kolbenheyer y yo, a quienes, por cierto, no volví a ver nunca más: parecía evidente que el Congreso había terminado.

Espartaco Boyano. Ravena, 10 de marzo de 1978

No sé si ha visto usted alguna vez un mapa orográfico de la región en la que se encuentra Pinerolo. Al oeste se extiende una llanura que no presenta complicaciones, pero al este sólo hay montañas elevadas que se distribuyen sobre el terreno dibujando pasos intrincados y hondonadas que interrumpen dos arroyos, el Chisone y el Pellice. Si Borrello había sido secuestrado, pensábamos, no lo encontraríamos jamás debido a la complejidad del terreno, que sólo los rebeldes, que se hacían llamar partisanos, conocían y por el que podían desplazarse sin ser vistos en el caso de que nos aproximáramos a donde se hallaban. Si, por el contrario, había sido asesinado ya, lo más probable era que los «partisanos» lo hubiesen arrojado en el perímetro de alguna de las ciudades de la región, en Pinasca, Bricherasio, Luserna San Giovanni, Torre Pellice o el propio Pinerolo. Si, finalmente, se encontraba herido, podía estar en cualquier lugar, muy probablemente al este. Así que se conformaron cuatro grupos: uno que se dirigió hacia el norte, en dirección a San Pietro Val Lemina; otro que debía seguir la Via Nazionale hasta San Germano Chisone; un tercero que iría en dirección sur siguiendo el cauce del Chisone, y un cuarto que se dirigió hacia el sureste a través de Miradolo y San Sebastiano. Los grupos estaban conformados por miembros de las Brigadas Negras que habían sido enviados desde las localidades de los alrededores por orden del Ministerio en Saló y aumentados por algunos de los participantes del Congreso, cuyas razones para contribuir a la búsqueda debían de ser todas diferentes. Yo formé parte del tercer grupo, el que siguió el Chisone. No sé por qué lo hice. Quizá por miedo a que se me acusara de pasividad y aun de complicidad. Tal vez por temor a quedarme solo en Pinerolo, donde la ausencia de Borrello era, por decirlo así, omnipresente. Y posiblemente también por mala conciencia, ya que la noche anterior yo había rechazado sus argumentos y lo había acusado de ser un derrotista. Se lo había dicho a él y después había regresado a la mesa y lo había repetido. Borrello es un derrotista, cree que la República está acabada, había dicho yo. Al día siguiente había desaparecido y la lluvia entorpecía su búsqueda.

Atilio Tessore. Florencia, 11 de marzo de 1978

¿Por qué iba yo a temer estar entre los sospechosos? ¿No había defendido el día anterior la opinión de Borrello, según la cual debíamos considerar que se produciría un cambio de régimen y participar de él como una forma de que nuestro proyecto no acabase por completo? ¿No le han contado ya a usted, que es tan joven, que Borrello fue acusado de ser un derrotista, que se afirmaba que era un infiltrado, que se insinuó que se había vuelto loco? ¿Es decir, que se había vuelto loco de soledad y posiblemente de hartazgo y que su último proyecto –del que sólo existían rumores, aunque se trataba de rumores persistentes y curiosamente unánimes, como si todos aquellos que los reproducían hubieran visto ellos mismos trabajar a Borrello en su proyecto, o como si, más verosímilmente, hubieran aceptado el rumor por considerar que la obra de Borrello, que se había ido dispersando y transformando y adquiriendo formas más y más singulares y extrañas, como si *L'anguria lirica* no fuese, también, singular y extraña y no señalase un rumbo de alguna índole, que sólo Borrello pareció desear seguir, que nosotros decíamos querer seguir pero no seguimos— era como un sueño, como una pesadilla de esas en las que uno es víctima y victimario, arma y herida, al mismo tiempo?

Oreste Calosso. Roma, 16 de marzo de 1978

Parecía evidente que los brigadistas no sabían qué buscaban ni cómo hacerlo. Me interrogaron un largo rato, primero en el pasillo y más tarde en la habitación de Borrello, que Almirante hizo abrir por la mujer que dirigía el hotel, aunque estaba claro para mí que ambos sabíamos que la habitación estaba abierta. La mujer lloraba todo el tiempo tapándose la boca con un pañuelo sucio, como si el desaparecido fuese uno de sus familiares y no un completo desconocido que se había alojado en su establecimiento por algo menos de veinticuatro horas. Los brigadistas parecían ansiosos por abofetearla, y se contenían sólo por la presencia de Almirante y por las órdenes que habían recibido desde Saló de tratar el caso con la mayor rapidez, discreción y eficacia; tanto para ellos como para nosotros estaba claro que las autoridades no querían la desaparición de nadie en un congreso cuya función, si tenía alguna, era generar solidaridades hacia la causa de la República Social Italiana en vez de sabotearla. El jefe de los brigadistas era un hombre hirsuto llamado, apropiadamente, Macellari, quien parecía extraer un cierto placer del temor que despertaba entre sus subordinados, a los que envió pronto a organizar una búsqueda que, como comprobamos de inmediato, había sido ya organizada por los alemanes, a cuyas órdenes Macellari puso a los suyos. No me dejó unirme a ellos, sin embargo: cuando todos se marcharon, respiró profundamente, como si hubiese estado conteniendo el aire hasta ese momento, convencido de que un aire respirado por los escritores es, necesariamente, un aire viciado —cosa que por supuesto es—, y nos exigió que nos sentásemos con él. Almirante y yo tomamos asiento y él pidió a la mujer del hotel que nos trajera tres vasos y una botella de vino; le dije que yo prefería no beber, pero el hombre fingió que no me había escuchado: cuando la mujer llegó con los vasos y con la botella, le exigió que dejase de llorar y la mujer comenzó a llorar con más insistencia. Macellari sonrió y escanció en los vasos. Nos obligó a acompañarlo con un gesto, y Almirante y yo bebimos a disgusto de nuestras copas. A continuación, el hombre se quedó en silencio: parecía disfrutar de que nosotros no supiésemos qué decir, y entre los tres se instaló una especie de tensa calma que nos hizo conscientes, creo que por primera vez en el día, del momento presente y del lugar donde nos encontrábamos, del vino que estábamos bebiendo, de la lluvia que caía al otro lado de la ventana, en una ciudad que fingía indiferencia ante la desaparición de Borrello a pesar de que la agitación que ésta había generado en el hotel no debía de serle desconocida; con la calma que había instalado el silencio de Macellari también había aparecido una cierta resignación en nosotros, como si la búsqueda de Borrello hubiese quedado atrás ya y estuviésemos evocando sus momentos previos; me pregunté si no se trataría de la forma que Macellari tenía de restar dramatismo a sus investigaciones, generando la impresión en quienes más interés podían tener en que el caso se esclareciese cuanto antes de que éste ya estaba resuelto. Cuando lo creyó necesario, y sin ninguna señal previa, Macellari dijo: «Buen vino». Volvió a escanciar en los tres vasos que había sobre la mesa y nos ordenó con un gesto que bebiéramos. «¿Qué tengo que saber sobre el desaparecido?», nos preguntó por fin. Almirante improvisó una respuesta, pero el otro no lo escuchaba; lo interrumpió con un gesto y se puso de pie dificultosamente antes de que Almirante hubiese podido completar su relato. «Vamos», dijo, y lo seguimos.

Oreste Calosso. Roma, 16 de marzo de 1978

Ahora todo me parece un sueño, un sueño de habitaciones más o menos iguales que la mujer del hotel nos franqueaba para luego retroceder y permanecer encogida en el pasillo hasta que nosotros hubiésemos terminado. No había nada que terminar, sin embargo. Macellari hacía un gesto, la mujer abría la puerta de una habitación y el brigadista, Almirante y yo entrábamos en ella; después nosotros nos quedábamos observándolo mientras el brigadista la estudiaba, inclinándose a veces para captar algún detalle, la silueta que había dejado un cuerpo en la cama, los papeles que se acumulasen sobre una mesa, la ropa dispuesta en algún mueble, la superposición de objetos personales o la ausencia de ellos en el cuarto; su investigación carecía de toda sistematicidad, de todo carácter científico y de toda intensidad, y daba la impresión de no detenerse nunca en nada. Macellari no parecía interesado tanto en los objetos como en las relaciones de esos objetos entre sí, como si éstas constituyesen algún tipo de indicio que evidentemente nos pasaba por alto a nosotros pero no a él: cuando creía haber captado ya ese indicio, o la carencia de él, salía de la habitación y nosotros lo seguíamos, la mujer del hotel cerraba la puerta a nuestras espaldas y abría otra cuando el brigadista le hacía una seña. Macellari no era conocido por adherir a los protocolos policiacos establecidos pero tampoco por haber desarrollado unos nuevos, que dieran más resultado; de hecho, parecía haber optado por carecer de método, y esa carencia creaba en los demás una compulsión a hablar, a contarlo todo: si yo hubiese sido culpable de la desaparición de Borrello lo hubiese admitido ante el brigadista en la primera oportunidad que hubiera tenido, para romper el silencio y para dejar de estar en sus manos y, por decirlo así, caer en las del Estado, cuyas leyes me resultarían al menos conocidas. Pero por entonces yo no sabía que el brigadista carecía de método y que, en ese sentido, estaba en mejores condiciones de comprender una vida que carece de él que quienes se esfuerzan por hacer que la vida, que los hechos de la vida, que siempre son contradictorios y mayormente absurdos, se adecuen a un procedimiento y a unas hipótesis que le son previos y no adhieren a su naturaleza. Macellari sabía, por supuesto, que todo aquello que está vacío en circunstancias en que debería estar lleno es llenado por otros para que lo parezca, puesto que el esfuerzo de insuflarle sentido a algo es siempre menor —y más tranquilizador, no importa lo que se diga al respecto— que el de aceptar la carencia de sentido en lo que debería poseerlo: yo, allí, durante la sucesión de habitaciones por las que el brigadista paseaba la mirada, obligándonos a Almirante y a mí a ser testigos de algo que no comprendíamos, no pude hacer otra cosa que atribuirle una inteligencia y unos métodos investigativos excepcionales, cuya clave era, o debía de ser, fingir indiferencia en todas las ocasiones, incluso cuando, al intentar abrir una puerta, la número catorce, la mujer del hotel se retiró y dijo, con cierta sorpresa, «Está abierta», tras lo cual nos dejó entrar a una habitación que yo veía por segunda vez en pocas horas y que Almirante tal vez también hubiese visto ya, aunque no me dijo nada al respecto, y que el brigadista veía por primera vez, y que, tratándose de la habitación de una persona desaparecida y posiblemente muerta debería haberle interesado particularmente pero no pareció interesarle en absoluto. Macellari era conocido entre sus pares por su afición al vino, por liderar una de las bandas más brutales de las Brigadas Negras y, como le decía, por carecer de método; es decir, por prescindir de las formalidades que en esa época pretendían morigerar, pero tan sólo encubrían, la extorsión, la tortura y el asesinato. Al parecer, cuando los partisanos entraron en Turín, se dirigió a los bosques que se encuentran detrás de La Venaria Reale, al este de la ciudad, y se descerrajó un tiro en la boca. Quizá se anticipaba así a una venganza que, en su caso, debía de ser inevitable, y que tal vez también lo fuera en el caso de Almirante, aunque éste fue más inteligente, o menos valiente y más hábil que el brigadista, y pasó a la clandestinidad durante algunos meses hasta que las cosas se hubieron calmado, cosa que Almirante sabía que sucedería tarde o temprano, y que posiblemente también supiera Macellari, independientemente de lo cual se suicidó en el bosque, tal vez con la misma desaprensión con la que parecía haber desdeñado todo método; aunque esto que le digo, debo decir, es falso, ya que Macellari sí tenía un método, que podríamos denominar dilatorio, y que empleó en ocasión de la desaparición de Borrello, aunque esto sólo se me ocurrió cuando sonó el teléfono en la recepción del hotel y alguien, el hijo mayor de la mujer que nos abría las puertas de las habitaciones –y que rompía en breves accesos de llanto sin fundamento como si recordase repentinamente que en su establecimiento se había producido lo que ella, a falta de un nombre mejor, hubiese denominado una desgracia–, respondió y después subió las escaleras de dos en dos y se plantó frente a nosotros y nos dijo lo que posiblemente Macellari ya supiese, o cuya probabilidad él considerase alta, de modo que no se requería mucho más que esperar, que era, en realidad, su método, el único que poseía y el que, me parece evidente, mejor resultado le daba, y que en aquella ocasión, como digo, se reveló ante mis ojos en toda su, se puede decir, astucia, que sólo puedo comparar con la astucia del campesino, cosa que Macellari posiblemente hubiese sido antes de unirse a las Brigadas Negras, y que debía de conservar todavía entonces, ya que, dándole la razón, ratificando su método, pero sin ninguna simplificación de los hechos de la vida, que ya he dicho que siempre son contradictorios y absurdos, que es también lo que le diría Atilio Tessore y que yo le digo aquí con sus mismas sintaxis y manierismos sólo por ver si usted reconoce a mi antiguo amigo en mí, cosa que, en realidad, espero que no suceda, le dijo, en cuanto recuperó el aliento, que habían encontrado un cuerpo al suroeste de Pinerolo, en el límite de una aldea llamada Rorà.

Espartaco Boyano. *Ravena, 10 de marzo de 1978*

El Chisone nace en los Alpes Cocios, más precisamente en un monte llamado Barifreddo, y muere en el río Po, del que es un afluente. Aunque suele ser bastante profundo en ciertos pasajes y en algunas épocas del año, específicamente en mayo y en junio, su característica más saliente es la rapidez de sus aguas y el rumor que éstas producen. A nosotros el rumor nos ensordecía, y por esa razón, pero también por el carácter de nuestra búsqueda, no hablamos demasiado. En algún momento, sin embargo, nos refugiamos de la lluvia debajo del saledizo de una casa abandonada junto al torrente. La casa parecía haber alojado un molino en alguna época, pero sus ruedas ya habían sido desmontadas y arrastradas por el arroyo, y de ello sólo daba testimonio el pilar donde debía de haberse asentado su eje. Entre el pilar y la casa había una hendidura, un vacío que era como el de una dentadura incompleta cuyo dueño estuviese riéndose de nosotros y de nuestro propósito. A la búsqueda de Borrello por el arroyo nos habíamos sumado Eberhard Möller, Hrand Nazariantz, Alceo Folicaldi y Luys Santa Marina. Entre estos dos últimos y los brigadistas se había establecido una especie de complicidad de hombres de armas, que se manifestaba en pequeños gestos. Al refugiarnos en aquella casa, Folicaldi y Santa Marina se sentaron con los brigadistas y les dieron cigarrillos. Los brigadistas dejaron sus fusiles contra una pared y los encendieron. Más tarde se quitaron el chubasquero, permitiendo ver que sus uniformes les quedaban grandes y estaban remendados, como si anteriormente hubieran pertenecido a otros hombres, ya muertos. Hablaban en voz baja, como complotados, y yo sólo escuché las expresiones «África», «Dos meses» y «Sangre». Aunque el significado de la primera y de la tercera me parecía evidente, no supe si la segunda se refería al tiempo que quien había hablado llevaba desempeñándose como brigadista o al tiempo en que lo haría aún. En el segundo caso, naturalmente, estaba refiriéndose al final de la guerra. No pude distinguir si había formulado la frase con decepción o con alegría. Cuando hubieron terminado de fumar, los brigadistas se pusieron de pie y Nazariantz se acercó a ellos para pedirles que interrumpiésemos la búsqueda: había comenzado a llover con más fuerza y resultaba prácticamente imposible distinguir algo bajo la densa cortina de agua. Los brigadistas se miraron entre sí, indecisos, pero sólo durante un instante. Folicaldi asintió y los brigadistas comenzaron a seguirlo de regreso a Pinerolo. En el sitio en el que nos habíamos detenido no había nada que permitiese creer que habíamos absuelto alguna etapa. Nada que hiciese pensar en una cesura después de la cual debía haber una segunda etapa, o una tercera, y, por esa razón, por el hecho de que, en realidad, parecía que no habíamos terminado nada, yo tuve una percepción clara y demoledora de la inutilidad de nuestra búsqueda.

Michele Garassino. Génova, 13 de marzo de 1978

No supe que Tessore se había marchado sino hasta que regresé a Pinerolo aquella tarde, junto con los otros que habíamos seguido la Via Nazionale hasta San Germano Chisone: el calor había sido abrasador aquel día, y estábamos exhaustos y sucios. A la altura de Porte habíamos escuchado disparos en las montañas, y en San Martino unos niños nos habían tirado piedras desde lo alto de un tejado: Bruno Munari había tenido que regresar a Pinerolo acompañado por un brigadista con una herida en la cabeza, que, supongo, se esforzó por exagerar. ¿Que si la marcha apresurada de Tessore de Pinerolo me parece sospechosa hoy en día? No, no realmente. ¿Que si me lo pareció por entonces? No, tampoco. Al llegar al hotel recibimos la noticia de que el cadáver de Borrello había sido encontrado a algo menos de cinco horas de Pinerolo, lo que hacía inviable que Tessore hubiese ido hasta el lugar del crimen y regresado en tan corto tiempo. En mi opinión, no existe ninguna razón para alimentar esa sospecha.

Oreste Calosso. Roma, 16 de marzo de 1978

El cadáver estaba al pie de un acantilado y junto a un manantial que discurría entre unas rocas grandes; las rocas debían de haberse desprendido recientemente, lo que explicaba que el invierno y la nieve no las hubiesen triturado aún hasta convertirlas en guijarros como los que se extendían en el lecho del manantial hasta donde éste se perdía de vista, en un sitio donde la montaña parecía girar sobre sí misma como una bailarina. No teníamos tiempo para mucho: un automóvil nos había conducido hasta Luserna San Giovanni y desde allí habíamos tenido que ascender por nuestra cuenta a través de unos senderos abiertos por las cabras y por lo que parecía el transporte de objetos pesados con esquíes, que habían dejado dos huellas profundas a cada lado del sendero. Almirante y yo sudábamos profusamente, pero también Macellari y los brigadistas lo hacían, aunque en su caso no era la ascensión la que los hacía sudar, como en nuestro caso, sino la certeza de encontrarse en territorio partisano, detrás de unas líneas enemigas que habían sido trazadas claramente en esa región prácticamente desde el comienzo de la guerra: italianos fascistas y alemanes gobernaban las ciudades y los pueblos, pero las montañas pertenecían a los insurgentes. A sabiendas de esto, el apicultor que había encontrado el cadáver esa mañana se había negado a colaborar con su búsqueda y había huido a las montañas dejando tras de sí, solamente, el croquis con el que debíamos orientarnos en ese territorio, que nos resultaba desconocido a todos, también a los brigadistas, que se aferraban a sus fusiles y a sus ametralladoras como si éstos fueran imágenes sagradas y rosarios. No sabría decirle qué esperaba yo exactamente: la idea de que Borrello estuviese muerto me parecía absurda por primera vez en muchos años, puesto que lo había dado por muerto desde aquella noche en Il Letto Caldo. Quizá lo único que no esperaba era lo que me encontré cuando finalmente llegamos al sitio aquel, el manantial a cuyo pie se encontraba el cadáver de Borrello. Estaba recostado sobre una gran roca que había quedado impregnada de sangre y de pequeños coágulos de materia gris, en una postura en la que sencillamente parecía estar durmiendo, a pesar de tener los ojos abiertos.

Michele Garassino. Génova, 13 de marzo de 1978

Nunca vi el cadáver de Borrello. Me dijeron que quedó en las montañas, unos metros más allá de donde había sido encontrado.

Atilio Tessore. Florencia, 11 de marzo de 1978

Alguien me dijo que lo encontraron con los ojos muy abiertos, como si estuviera contemplando a quienes lo observaban y tratase de desentrañar algún misterio, aunque a todos les pareció evidente que el misterio era él o estaba en él y que ya no podría ser resuelto.

Oreste Calosso. Roma, 16 de marzo de 1978

Macellari se detuvo a mi lado, en el interior del círculo que los brigadistas habían dibujado a nuestro alrededor. «¿Es él?», preguntó. Asentí; pero, aunque, desde luego, era evidente que el cadáver era el de Borrello, yo no hubiese sabido decir por entonces, ni tampoco hoy, si se trataba de él; es decir, si era el Borrello que yo había conocido años antes, en Perugia. En algún sentido no lo era, por supuesto, como tampoco yo era el mismo que él había conocido, pero comprender en qué sentido podía Borrello haber cambiado, y bajo qué influencias, me parecía tan difícil como lo era entender en qué modo podía haber cambiado yo y, nuevamente, bajo qué influencias. Macellari levantó la cabeza. «Cayó desde allí», dijo el brigadista señalando el extremo superior de la pared de roca. «¿Pudo haber resbalado?», le pregunté. «No —respondió—. No arrastró nada consigo, ni piedras ni vegetación.» «¿Pudo haber sido empujado o arrojado?», preguntó Almirante. Macellari no respondió. Uno de los brigadistas se le acercó y le susurró algo: el bosque a nuestro alrededor era denso y oscuro y los brigadistas, que le apuntaban con sus armas, parecían inquietos. La luz había empezado a declinar y ya prácticamente no penetraba a través de las copas de los árboles. Aunque por entonces no lo pensé, ahora creo que estábamos siendo vigilados por los partisanos, y me pregunto por qué no nos atacaron, en la débil posición en la que nos encontrábamos en ese momento. ¿Existía un pacto de no agresión entre los contendientes cuando éstos recogían los cadáveres de los suyos? Nunca escuché nada semejante; y, en ese caso, me parece evidente que ese pacto no era respetado a menudo por el bando fascista, de modo que ¿por qué iba a respetarlo el de los partisanos? No me parece fácil responder a esta pregunta; es decir, no me parece fácil responderla con las convicciones de 1945 y las anteriores, pero tal vez en eso consista todo.

Oreste Calosso. Roma, 16 de marzo de 1978

Macellari se dirigió a Almirante para preguntarle qué debían hacer con el cuerpo. «Que sus hombres lo entierren a un costado del camino —respondió Almirante—. Nosotros debemos regresar a Pinerolo.»

Oreste Calosso. Roma, 16 de marzo de 1978

La policía más terrible era la llamada «Reparto Especial de la Policía Republicana», también denominada «Banda Koch» por el nombre de su jefe, Pietro Koch; había tenido su primera sede en Florencia, en un edificio que era llamado «Villa Triste», pero para entonces se encontraba en la calle Paolo Uccello, en Milán. Koch se hizo capturar poco después, en Florencia, el primero de junio de 1945: el 4 lo condenaron a muerte y lo fusilaron en el Forte Bravetta el día siguiente, a las catorce horas y veintiún minutos; el cineasta Luchino Visconti —un aristócrata, por cierto— filmó su fusilamiento, lo que supongo que algunos considerarían un honor. La Banda Koch estaba vinculada con la así llamada «Legión Autónoma Móvil Ettore Muti», que pasaba por las armas a los rebeldes, y con la Milicia Voluntaria por la Seguridad Nacional, o Banda Carità —por el nombre de su líder, Mario Carità—, que no sólo pretendía eliminar a los enemigos del fascismo, sino que también se proponía limpiarlo de sus elementos moderados, incluyendo a los intelectuales; pero, en realidad, todos estos grupos actuaban de forma autónoma y perseguían intereses políticos y delictivos distintos y a menudo contrapuestos. Al bajar a Luserna San Giovanni, Almirante envió un telegrama a Saló informando acerca del hallazgo del cuerpo de Borrello, pero las autoridades de Saló ya habían mandado a un puñado de los hombres de Pietro Koch a Pinerolo; cuando regresamos al hotel, éstos habían amedrentado a los asistentes al Congreso para que no hablasen acerca de lo sucedido; por esa razón, o por otras, nadie lo hizo y todos nos olvidamos de ella, o fingimos hacerlo. La guerra terminó unos diez días después, el primero de mayo de 1945, y después comenzó otra cosa, que se extiende hasta hoy y sobre la que supongo que no merece la pena hablar; de hecho, es posible, incluso, que usted, que no vivió el período previo a esta nueva normalidad, la considere tan nefasta, tan irremediablemente fallida, que la desprecie tanto como yo, que contribuí con otros a un proyecto que posiblemente también repudie. Me atrevería a decir que ésta es, digámoslo así, su desventaja y la de su generación en relación con la mía, ya que nosotros conocimos y contribuimos a una alternativa que para usted y los de su generación es absolutamente incomprensible, no importa cuánto se esfuerce por comprenderla. Y no importa tampoco cuánto se esfuercen usted y los otros miembros de su generación por crear otra alternativa, incluso si cree que esa alternativa se impondrá por medios violentos. ¿Acaso cree que no he visto la pistola que lleva debajo de la chaqueta, muy mal disimuladamente, por cierto? ¿Cree usted que uno sobrevive a una guerra sin desarrollar una cierta capacidad para juzgar a las personas a simple vista, para determinar su peligrosidad y, en la medida de lo posible, contrarrestarle algo, cualquier cosa que sea? ¿Por qué cree que le he contado todo esto? Le diré por qué. Por la deuda que he contraído con mis muertos, de cualquier bando que fueran; también con Borrello, que nos enseñó algo que estuvo a punto de costarnos la vida, y que a él se la costó, de un modo o de otro.

Michele Garassino. Génova, 13 de marzo de 1978

Mi opinión es que Borrello intentó escapar a través de las montañas, a Francia o tal vez a Suiza, y sólo tuvo un accidente. Muchos intentaron hacer lo mismo y murieron de formas semejantes, en especial aquellos que se desplazaban de noche para evitar las patrullas de partisanos y de tropas regulares, fuesen éstas italianas o de nuestros amigos alemanes, particularmente visibles y muy violentas en aquellos últimos días de la guerra. Las montañas de esa región son intrincadas y difíciles de recorrer durante el día; durante la noche su peligrosidad es mayor, sin embargo, en especial para quien no se ha criado en ellas. En algún sentido, esa geografía irregular de las montañas alpinas es una buena metáfora de aquellos tiempos en los que todo era irregular y carecíamos de orientación alguna, excepto aquella que podía extraerse del contraste entre nuestras convicciones íntimas y la forma en que éstas eran limitadas por los hechos, que les daban la espalda. La República Social Italiana duró seiscientos días; su existencia fue puesta en cuestión desde el día posterior a su creación, sin embargo. Quizá Borrello tampoco haya creído en ella; de hecho, ni siquiera pienso que haya sido un fascista hasta el último momento de su vida. Un futurista sí, tal vez, pero no un fascista; su huida sería una prueba de ello, y es incluso posible que haya intentado llevarla a cabo con la ayuda de los criminales que se refugiaban en las montañas: pudo haber entrado en contacto con ellos, pudo haber pagado para que lo cruzasen al otro lado de la frontera, pudo haber sido abandonado por los partisanos o empujado al precipicio, pudo haber caído por su propio pie, mientras huía de ellos.

Espartaco Boyano. Ravena, 10 de marzo de 1978

No creo que haya huido. En Borrello había algo puro, que se parecía a la decencia y a una especie de barbarie atemperada. También un cierto hermetismo. Un hábito de volcarse sobre sí mismo que puede ser visto como una tendencia a dar cuenta del tipo de dramas interiores que los futuristas no escribimos: por una parte, porque se oponían al tipo de literatura de intervención y en primera persona del plural en el que creíamos; por otra, porque muy pronto tuvimos suficiente con los dramas exteriores, que nos fueron dados de antemano pero a los que contribuimos en gran medida. No sé si Borrello escribió el drama interior al que su naturaleza parecía proclive, y supongo que ya no lo sabremos nunca porque, hasta donde yo sé, no dejó obra escrita. Pero su repliegue sobre sí mismo, que parece haber completado durante los años previos a su visita al Congreso y a su muerte, que pasó en algún lugar del centro de Italia, es prueba suficiente de que parecía dotado para ello. También parece la prueba de que en él algo se había roto. A eso que se había roto en su interior es posible que ni el propio Borrello pudiera ponerle nombre, pero era evidente para todo aquel que, como yo, lo había conocido y volvió a verlo en Pinerolo, durante el Congreso. No era solamente un cambio físico, aunque el cambio físico era notable, sino también uno de índole, digamos, moral, como si su incapacidad para proteger la obra de Cataldi —se piense de ella lo que se piense, y se diga de lo sucedido con ella lo que se diga— hubiese endurecido una especie de vara que le había servido de columna vertebral durante años. La vara se había secado y se había endurecido, y al verlo en Pinerolo tuve la impresión de que esa vara ya sólo podía quebrarse, bajo el peso de lo que parecían los estándares morales que Borrello había escogido para sí mismo. Aunque debían de ser los mismos de todos aquellos que nos decíamos futuristas y fascistas, ahora me parece evidente que sólo Borrello vivió con ellos hasta el final, y también bajo el peso de la decepción y el odio. Un odio hacia sí mismo y posiblemente también hacia los demás, aunque ese odio no se expresase nunca de forma violenta. Quizá esto fuese una manifestación de su pureza, que ya no era la pureza de la violencia.

Oreste Calosso. Roma, 16 de marzo de 1978

¿Qué va a hacer ahora? ¿Matarme? Quizá no sea una mala idea, en particular considerando que yo lo hubiese hecho, a su edad y en su situación; pero antes tengo que preguntarle: ¿Qué sabe usted acerca de Luca Borrello? ¿Qué puede usted decirme acerca de él a mí, que he descubierto que no sé nada de él, que prácticamente nunca lo conocí, que sólo creí saber quién era y en qué creía?

Michele Garassino. Génova, 13 de marzo de 1978

¿Que por qué no se investigó lo sucedido? No es difícil imaginarlo para quien, como yo, vivió el estado de descomposición de un régimen y de un país de aquellos días. Borrello desapareció en la noche del 20 al 21 de abril: ese día hallaron su cuerpo en las montañas; junto a un manantial, si no me equivoco. También el 21 de abril el gobierno de la República Social Italiana intentó reorganizar sus fuerzas en Como; no pudo lograrlo, sin embargo. Unos tres días después, el 24, cayeron Bolonia y Ferrara, y el 25, Génova. El 25, también, los insurrectos partisanos se levantaron contra los alemanes y comenzaron a bajar de las montañas en dirección a las ciudades del norte del país: desde hacía días, éstas estaban cubiertas de humo, pero, por primera vez, después de mucho tiempo, ese humo no provenía de los bombardeos y de la destrucción de esas ciudades, sino de las calderas de calefacción, las chimeneas y los fregaderos de las casas: lo que se quemaba allí eran expedientes, documentación, carnets del partido. Todo aquello que pudiese incriminar a sus dueños era destruido, como si el fascismo tuviese que morir dos veces, la primera, arrollado por las fuerzas militares que se repartían el país; la segunda, a manos de sus propios seguidores: de las dos derrotas, la segunda fue la peor, y es la única que avergüenza a quienes fuimos fascistas, aunque hubiésemos preferido no tener que vivir la primera tampoco. La muerte de Borrello no fue investigada por diferentes razones, todas ellas vinculadas con las particularidades del momento del que le hablo y con las especificidades de esa muerte: si se trataba de un suicidio, una hipótesis en la que no creo, no había lugar a la investigación, ya que la República Social Italiana rechazaba la idea de que se suicidasen personas en su territorio y atribuía esas muertes a accidentes domésticos o de otra índole; si se trataba de un asesinato perpetrado por los insurrectos partisanos —ya debido a que hubiese sido tomado por un espía, se hubiese introducido por error en su territorio debido a que deseaba dirigirse a Francia o sencillamente por un error de cálculo; porque Borrello fue traicionado por quienes le habían ofrecido pasarlo al otro lado de la frontera; porque, habiendo aceptado pasarlo, los rebeldes hubiesen descubierto de un modo u otro que era un escritor fascista, o por cualquier otra razón, naturalmente—, la investigación del crimen presentaba algunas dificultades relacionadas con la imposibilidad de dar con los responsables de la muerte, que tuvo lugar en la noche y en el bosque, con el hecho de que es dificultoso y, desde luego, inconveniente juzgar a quienes, en un rápido juego de manos, están a punto de hacer justicia en vez de someterse a la justicia de otros, y porque, si hubiese sido ultimado por órdenes del gobierno de Saló o por alguno de los asistentes al Congreso que tuviera la facultad de matar o de mandar a matar a alguno de sus colegas –lo cual me parece relativamente improbable–, iba en beneficio del primero o del segundo que la muerte no se esclareciese nunca. Existen algunas razones más, sin embargo, y me gustaría mencionarlas. En primer lugar, Saló había sido abandonada ya y existía una acusada percepción entre los diferentes órganos de seguridad de la República de que su autoridad sólo emanaba ya de la fuerza de las armas, y que, por consiguiente, era transitoria; sus servicios, los de la así llamada «Banda Koch», por ejemplo, eran los últimos que prestaban a una idea antes de disgregarse, de desaparecer, de buscar algún tipo de refugio frente a la venganza de los triunfadores, la cual, naturalmente, los libros de Historia siempre denominan «justicia», no sé por qué razón. En segundo lugar, debido a que una muerte más carecía de toda importancia en un momento en que su multiplicación, en las ciudades y en los frentes de batalla, cuando no eran lo mismo, la había devaluado, por decirlo así. En tercer lugar, finalmente, porque su muerte, y esto es algo muy llamativo, supongo, produjo entre los asistentes al Congreso una cierta sensación de final: del Congreso mismo, pero también de la idea de la supervivencia de una literatura fascista, o al menos, de la idea de que esa literatura podía auxiliar de algún modo a gobiernos que ya no podían auxiliarse a sí mismos y habían dejado de hacerlo. El Congreso de Escritores Fascistas –o «Congreso de Escritores Idealistas», escritores autistas, o imbéciles, o locos, o como usted quiera llamarlo– había llegado tarde, lo que, por alguna razón, ninguno de nosotros había sido capaz de comprender, posiblemente debido a que, en líneas generales, la literatura siempre llega tarde, incluso aquella que pretende anticiparse a los hechos. En algún sentido —diría, si la comparación no fuese un poco ridícula—, el Congreso fue la última isla deshabitada para un puñado de náufragos de una idea de la política y de una idea de la forma en que la literatura y el poder se alimentan mutuamente. La muerte de Borrello puso esto en evidencia, y supongo que esta evidencia nos pareció clara a todos de inmediato. Nadie cerró oficialmente el Congreso: los asistentes nos fuimos dispersando, primero en automóviles que puso a nuestra disposición el gobierno y que llevaron a la mayor parte de los asistentes a Milán, que era tan lejos como podían llegar, y después a través de vías secundarias, como los caminos entre las montañas en los que Borrello buscó su salvación sin encontrarla, encontrando la muerte a cambio.

Espartaco Boyano. Ravena, 10 de marzo de 1978

Un par de años atrás alguien insistió en verme. Alguien como usted que dijo saberlo todo acerca del Congreso de Pinerolo. No lo recibí, por supuesto, pero lo que me dijo reverberó en mí durante algún tiempo. Aquella persona me dijo que había documentación acerca de lo que había sucedido en Pinerolo y que esa documentación estaba disponible en el archivo local de Saló. Un día, meses después de su llamada, visité el archivo y descubrí que tenía razón y que buena parte de las conversaciones que tuvieron lugar durante aquellos días fueron registradas de forma confidencial. No sólo aquellas de carácter oficial cuyo protocolo debía ser empleado por la prensa y por las autoridades de la política cultural de la República Social Italiana y, en menor medida, por el resto de los gobiernos fascistas europeos, sino también las que habían tenido lugar en la intimidad, durante la cena y en los pasillos de los hoteles durante las escasas horas que duró el Congreso. Aunque los informes estaban firmados con pseudónimos y con nombres en clave que, imagino, eran los que los asistentes utilizaban en su papel de informantes de la policía secreta, creí reconocer algunos estilos, ciertas entonaciones y la elección de algunas palabras. No me reconocí en mis propios parlamentos, que me parecieron formulados por otro, sin embargo, aunque de ello no culpé a los informantes, sino a mi propia memoria, que evidentemente modificó, alteró u obliteró hechos. Las horas que pasé en ese archivo fueron de una intensidad inusual que no debía tener correlato exterior. Que debía ser invisible a quien se tomase la molestia de dirigir sus ojos hacia mí, un hombre sentado en una silla en un rincón de la sala de lectura. Cuando la luz de los ventanales dejó de incidir de forma directa, me quedé en la oscuridad, sentado con las piernas enroscadas en las patas de la silla porque desde que tengo conciencia de mí mismo siempre me he sentado de ese modo. Leyendo una versión de mi vida más verosímil, y por consiguiente, más real, que la versión que yo podía recordar, aprendiendo algo acerca del pasado y de la forma en que lo recordamos. No menciono esto para que usted saque ninguna conclusión respecto de mí, ya que yo no soy el centro de esta historia, pero sí para que comprenda el tipo de atención vigilante que las autoridades le prestaron al Congreso. Aunque también para que sepa algo que yo desconocía y que descubrí en esos informes. Que Borrello se había opuesto al gobierno unos años antes, en otras circunstancias, en el marco de uno más de los intentos de las autoridades de la República de disciplinar a los escritores que les eran afines.

Atilio Tessore. Florencia, 11 de marzo de 1978

Una posibilidad añadida es que Borrello haya sido asesinado para minar el frente interno de los escritores fascistas; es decir, para sembrar una desconfianza que nos arrastrase a la disensión, al enfrentamiento. No me parece probable, pero, a esta altura, casi nada de aquella época me lo parece.

Espartaco Boyano. Ravena, 10 de marzo de 1978

Es decir, cualquiera de ellos, cualquiera de los informantes de la policía secreta o sus brazos ejecutores, cualquiera de las muchas bandas y organizaciones más o menos vinculadas con las autoridades de la República, pudo haberlo matado: cualquiera que haya creído que había traicionado a algo o a alguien. Más aún, puede que haya sido asesinado para consumar una venganza o hacerse con algo que poseyera, aunque es evidente que Borrello no tenía nada que pudiese ser del interés de nadie, absolutamente nadie.

Espartaco Boyano. Ravena, 10 de marzo de 1978

Borrello se negó a suscribir una denuncia contra un puñado de escritores umbríos que semanas antes había pretendido –de hecho, había exigido– que se les permitiese a sus integrantes continuar perteneciendo al fascismo sin adherir a su programa estético. No sabremos nunca por qué lo hizo. Quizá debido a vínculos personales, aunque se trataba de autores más jóvenes que nosotros, autores a los que no conocíamos –yo no los conocía, al menos– y que carecían de obra publicada: su texto acerca de la adhesión al fascismo pero no a su estética era su primera publicación. Fue también la última, porque el rechazo a la estética fascista los perjudicó mientras el fascismo estuvo en el poder y la adhesión al fascismo los condenó después de su caída, todo lo cual debe de haber sido previsible para Borrello, y quizá –pienso ahora en las tendencias autodestructivas que tan habituales son entre los escritores– también para ellos, que desaparecieron poco después de su denuncia. De los nombres de los escritores a los que se acusaba allí de desviacionismo sólo recuerdo el de Corrado Govoni, posiblemente por todas las razones equivocadas. Hay algo en lo que no puedo dejar de pensar, sin embargo, y es en lo que Borrello nos dijo aquella vez fuera del restaurante, en Pinerolo, durante el Congreso, cuando nos pidió a Atilio Tessore y a mí que saliésemos fuera con él por un momento. Nos dijo –y esto sucedió, como quizá recuerde, pocas horas antes de morir– que habíamos convertido la literatura en política y la política en crimen, y que era nuestra culpa.

Oreste Calosso. Roma, 16 de marzo de 1978

¿Por qué se dirigió hacia el suroeste en vez de desplazarse hacia el sureste, es decir, de regreso a Umbría, donde posiblemente todavía viviera, o al norte, hacia la frontera con Suiza? ¿Fue un error? En el norte estaban la libertad y algo parecido a la salvación, la misma salvación que buscaron para sí Benito Mussolini y buena parte de los cargos de la República, que fueron detenidos por las fuerzas irregulares cuando se dirigían en esa dirección; hacia el suroeste sólo estaban las tropas aliadas y, por lo tanto, la detención y la más que posible ejecución. ¿Por qué entonces caminó esos veinte o veintiún kilómetros que separan Pinerolo del sitio donde fue encontrado su cuerpo? ¿Cuántas horas empleó? ¿Cuatro? ¿Cinco? ¿Por qué recorrió durante la noche unos caminos que ya resultan dificultosos de día y que descienden y suben dibujando la silueta de las montañas? ¿Quería entregarse? Lo dudo. Borrello era quien, entre nosotros, mejor había comprendido el hecho de que el futurismo no era sencillamente una estética, una toma de posición en la escena literaria o la incorporación a una camarilla, sino una actitud combativa de la vida entera: renunciar a esa actitud y a la idea de que la vida puede ser, digámoslo así, «usada» como una herramienta de transformación, como un arma en algún sentido, lo hubiese llevado a cuestionárselo todo, incluyendo su propia identidad. No lo sé. Quizá sea algo que no comprenda nunca.

Espartaco Boyano. Ravena, 10 de marzo de 1978

No necesito hacer ningún esfuerzo para recordar aquel diálogo. De hecho, volví a encontrármelo reproducido con exactitud en los papeles que leí en aquel archivo, en Saló. El informe estaba firmado con una sigla, que se correspondía, por otra parte, con la que aparecía en la mayor parte de los informes que la policía secreta había hecho confeccionar en relación con el Congreso y que sus funcionarios no habían llegado a quemar, posiblemente por falta de tiempo. Pero averiguar quién lo había escrito no fue difícil y, de haber dependido de mí, podría haber sido firmado con el nombre real de su autor, ya que en aquella conversación, en la conversación que sostuvimos en el exterior de aquel restaurante de Pinerolo, a pedido de Borrello, sólo participamos Borrello, Tessore y yo.

Atilio Tessore. Florencia, 11 de marzo de 1978

¿Por qué nos fascinan los monstruos? ¿Debido a que comprendemos que, puesto que no tienen nada que perder, habiendo quedado excluidos ya de la humanidad y del tipo de compromisos y lealtades que ésta exige, los monstruos nos dirán la verdad? ¿Es la convicción intuitiva de que los monstruos nos revelan nuestra propia monstruosidad y de esta forma nos protegen de un mal mayor? ¿Y cuál sería ese mal mayor? ¿El de convertirnos en ellos? ¿No sería ésa, precisamente, la liberación que los monstruos prometen y la razón por la que nos fascinan? Luca Borrello fue un monstruo, pero ¿qué es un monstruo, en cualquier caso?

Espartaco Boyano. Ravena, 10 de marzo de 1978

A esta altura no recuerdo tanto aquel diálogo como su reproducción, que lo resumía, y yo también me veo obligado a resumir. No quería discutir el pasado con nosotros, dijo Borrello, sino el futuro inmediato y el tipo de problemas que éste plantearía a los escritores futuristas. Nos había llevado junto a una farola de la que emanaba una luz mortecina, que caía sobre nosotros como una fina lluvia. Cuando terminara la guerra, dijo, y cuando ésta lo hiciera con la derrota italiana –es decir, con la derrota de los dos bandos que participaban de la guerra que se había abierto entre los insurrectos partisanos y las autoridades italianas, dijo, lo cual me sorprendió–, el futurismo estaría acabado junto con el régimen que lo había hecho suyo y se había identificado con él hasta el punto de que el régimen y su estética se habían vuelto inseparables uno de la otra. En contrapartida, sostuvo sin dejar de toser –una tos que lo estremecía todo, recuerdo– que el futurismo siempre había sido demasiado revolucionario y anárquico para representar el arte del fascismo en el poder y que nosotros no lo habíamos comprendido. Su final, añadió, arrancándonos unas protestas suaves, puramente formales, no tenía por qué ser el del futurismo. Pero para ello era necesario que éste se distanciase del fascismo, que lo viese como su inflación y su perversión, la perversión de la convicción absoluta en el arte a la que los futuristas nos obligamos. Era necesario salvarnos y salvar las ideas de compasión y solidaridad que nos habían animado, y también salvar las ideas de individualismo y libertad que, contradictoriamente, también habíamos alentado y daban sentido al futurismo, y hacerlo antes de que la caída del fascismo nos arrastrase con ella. «Al fascismo lo hacemos todos los que somos fascistas, no sólo Mussolini –objetó Tessore–, y todos lo hacemos a nuestra manera. Sobrevivirá», agregó. Borrello lo miró como si no lo comprendiera. «Pero ¿sobreviviremos nosotros? –le preguntó–. ¿Y sobrevivirá aquello en lo que creímos, o volverá a imponerse el arte individualista?» Si no queríamos el retorno de ese arte, agregó, teníamos que urdir una conspiración pública y pacífica que salvase lo que podía ser salvado. Teníamos que asistir al derrumbe de la Historia sin derrumbarnos con ella. «¿Qué quieres salvar?», le pregunté. «A nosotros», respondió en un acceso incontrolado de tos. «No hay nosotros», respondió Tessore dándole la espalda. «Aquello en lo que nosotros creímos», insistió. «¿Tienes miedo de morir?», le preguntó Tessore. De pronto, me pareció que él era el que tenía miedo, y yo también lo tuve. Borrello cerró los ojos, como si la luz lo hubiera encandilado, y luego sonrió. «No es mi muerte lo que me preocupa, sino los muertos que llevamos dentro y los huecos que han dejado en nosotros —respondió—. Nosotros convertimos la literatura en política y después convertimos la política en crimen —dijo—, y hay que salvar lo que pueda ser salvado, nuestras ideas antes de su transformación en terror», agregó. Luego se movió un poco y cayó fuera del cono de luz de la farola, y cuando volví a mirar ya no estaba allí, ya se había ido.

Atilio Tessore. Florencia, 11 de marzo de 1978

Un monstruo, me parece evidente, es alguien que ha nacido antes de su época, alguien que nos obliga a mirar nuestra época, que no es la suya, de frente, aunque ésta nos encandile, aunque ésta nos ciegue de forma permanente.

Oreste Calosso. Roma, 16 de marzo de 1978

«No lo ve —le dijo Macellari a Almirante cuando estuvimos por fin en el interior del automóvil—. Si hubiese sido empujado habría procurado aferrarse a las rocas y habría caído de pie. Si lo hubiesen atado de pies y de manos para que no escapase, o para que no intentase aferrarse a las rocas y caer de pie, habríamos encontrado las sogas y marcas en las muñecas y en los tobillos. Si le hubiesen disparado, habríamos hallado agujeros de bala en su cuerpo.» «¿Qué cree que sucedió entonces?», le preguntó Almirante, pero Macellari no le respondió: no le oyó o fingió no oírle.

Espartaco Boyano. Ravena, 10 de marzo de 1978

Después de la muerte de Borrello, cuando el Congreso se disolvió —por decirlo así, de manera espontánea—, cada uno de nosotros buscó lo que consideró mejor para sí mismo. Pero pienso que algo en esa búsqueda cambió tras la muerte de Borrello y que ese cambio tuvo que ver con ella. Lo que cambió fue la naturaleza de esa búsqueda, que a partir de ese momento no fue de la muerte y de la finalización. El Congreso de Escritores Fascistas, concebido como apoyo pero también como manifestación y conclusión de un proyecto que consistió en unir arte y vida, literatura y política, estaba presidido por ambas, pienso ahora. Nuestras búsquedas posteriores surgieron de ellas, así como del cambio de planes y de la desesperación. Pero también de la voluntad de salvar algo, no sólo a nosotros mismos. A ese algo se le pueden dar nombres distintos, pero para mí son Borrello y Cataldi y aquello en lo que ambos creyeron y en lo que yo también creí y, para serle completamente franco, todavía creo: la idea de que la literatura es la vida mejorada y que debe ir hacia ella.

Atilio Tessore. Florencia, 11 de marzo de 1978

Así que creo que Luca Borrello fue un monstruo. ¿Qué sucede con los monstruos cuando han sido acorralados, cuando ya no pueden distraernos de nuestra propia monstruosidad con la suya?

FLORENCIA / MARZO DE 1978

Las leyes están contra la excepción, y a mí
sólo me atrae la excepción.

FRANCIS PICABIA

Pietro o Peter Linden se sobresalta cuando la grabadora se detiene: Oreste Calosso está en silencio desde hace algunos minutos y Linden vuelve la vista hacia él. «¿Qué va a hacer ahora?», le pregunta el hombre. Linden no responde; de hecho, no sabe qué hará a continuación, perdido como se encuentra, todavía, en el pasado y en la historia de Borrello. No ignora el hecho de que ha sido él mismo quien se ha empeñado en involucrarse en esa historia pese a haber sostenido en el pasado, y seguir sosteniendo, que no es del pasado sino del futuro —y de la reparación del pasado en el futuro, así como de la tarea de evitar que el pasado, por decirlo así, se repita en el futuro— del que deben ocuparse él y los otros integrantes de su generación, aunque es evidente que el pasado nunca se repite y que aquellos hechos del pasado de los que se dice habitualmente que, de no mediar una tarea política de alguna índole, van a repetirse nunca lo hacen de la forma en que se espera que lo hagan, de tal modo que los totalitarismos políticos regresan a menudo en forma de imperativos económicos y las formas sociales de opresión regresan mediante una invitación, que, por su naturaleza, no puede ser rechazada, al consumo y quizá al intercambio. Linden no puede pensarlo en este momento, en que trata de decidir qué le responderá a Tessore, pero en el instante siguiente pensará que la preocupación por el pasado se le impuso, de alguna forma, en el momento en que, contraviniendo toda medida de seguridad y las directivas de su organización —aunque ésta no estuvo al tanto del procedimiento y es posible que no vaya a estarlo nunca—, regresó a aquella librería en la esquina de las calles Reggio y Pisa para averiguar qué había encargado el profesor y se llevó los libros que éste había solicitado y en ellos leyó, entre otros, un nombre que creía recordar y después visitó a algunos de los escritores que aparecían en aquel libro y cuyos nombres aparecían en las guías telefónicas italianas, y tan sólo a aquéllos, puesto que algunos de ellos no lo hacían, posiblemente debido a que habían muerto ya o preferían no aparecer en ellas o vivían en el extranjero, aunque las dos últimas cosas le parecen ahora improbables, ya que, al visitarlos, siguiendo el hilo de una investigación personal pero también los hilos y las recomendaciones y los contactos que los propios escritores le han ofrecido, dejándose conducir a Ravena, Florencia, Génova y Roma, como si aquellos escritores fueran sus lazarillos, piensa —pese a que es evidente, o al menos esto es lo que quiere creer Linden, que no es él el ciego de esta historia—, ha descubierto que todos ellos querían hablar, lo que puede interpretarse como una determinación de contribuir al esclarecimiento de la historia, a la convicción de que, contándole todo lo que saben, o todo lo que dicen saber, están haciendo justicia a Borrello y a su determinación de ser un escritor y posiblemente a su deseo de salvar a quienes habían sido sus amigos y sus colegas mucho después de que éstos hubiesen dejado de ser una y otra cosa, o a una resolución cuya finalidad es no ser considerados sospechosos en el marco de una historia que incluye una muerte o un suicidio. Una posibilidad más, piensa Linden, es que, sencillamente, los escritores a los que ha entrevistado, y cuyo testimonio constituye una historia, que Linden podría recomponer más tarde, insuflarle una vida narrativa para la que no se requiere ningún tipo de talento, ya que unos hechos tienden a converger en otros y, por consiguiente, no hay nada más simple que componer un relato ordenado —aunque tampoco nada más alejado de la realidad esencial de los hechos que se pretende narrar, que son así traicionados por una lógica que se les impone y los fuerza—, es decir, que los escritores con los que ha hablado deseasen precisamente eso, hablar de sí mismos, y hayan aceptado su propuesta de hacerlo incluso pese a no ser ellos el asunto principal de la conversación, piensa Linden, aunque es posible que, sin embargo, ellos sí hayan sido el tema principal de la conversación, en algún sentido, y que todas las entrevistas que ha sostenido hayan consistido en el enfrentamiento resultante entre el deseo de hablar de la muerte de Borrello que Linden manifestase y su determinación de no hacerlo, o de hacerlo sólo si, a cambio, éste les permitía hablar de sí mismos, en un movimiento que debía alcanzar la satisfacción mutua partiendo de la desconfianza y de la decepción iniciales ante el hecho de que, después de años de escritura, se los interrogase finalmente no acerca de sí mismos sino respecto de otro, poco importaba qué pensaran de ese otro, poniendo de manifiesto la inutilidad del tipo de esfuerzo del que le ha hablado Michele Garassino unos días atrás, cuando le contó −en lo que a Linden le parece ahora un exceso de honestidad, posiblemente pensado para disimular una deshonestidad mayor y más importante− que día tras día se sentaba en la silla en la que estaba sentado en ese momento e imaginaba que por fin alguien lo visitaba para entrevistarlo acerca de su obra y ensayaba sus respuestas para la entrevista, lo que significaba que también tenía que ensayar preguntas que, como decía, por un prurito de honestidad, trataba de que fuesen tan malas como las que suelen hacer los periodistas cuando entrevistan a escritores. «La suya también es mala, pero al menos es inesperada −le dijo, y agregó−, a pesar de ello, prefiero no responderla, aunque lo invito a que me haga otras: yo voy a fingir que usted no existe y que sus preguntas me las estoy inventando. De ese modo no interrumpiré mi rutina: tarde tras tarde, año tras año, en esta misma silla, frente a esta ventana. ¿Ve esa ventana allí? Yo he visto morir a dos personas en esa casa, dos ancianos; vi cómo sus hijos eliminaban los restos de las que habían sido las vidas de sus padres, pintaban las paredes y ponían la casa en alquiler; y luego he visto cómo la casa era alquilada y allí también moría alguien y los hijos de ese alguien eliminaban sus restos y pintaban la casa y la casa volvía a estar en alquiler y en todo este tiempo no me he quedado sin preguntas.» Pietro o Peter Linden no sabe qué hacer con todo ello pero tiene la impresión de que, en algún sentido, la historia que ha escuchado de boca de Garassino y de los otros escritores, que encarnan el tipo de pensamiento que siempre ha odiado, desde que ha trabado conocimiento de algo que había desconocido hasta el momento y era el significado de la palabra «fascista», la cual, por otra parte, había escuchado cientos de veces antes en boca de su padre y de sus amistades, mayormente con un tono despreciativo, aunque a veces también había visto a su padre sostener delante de sus amistades que era innecesario y pernicioso juzgar a todos los fascistas por igual, en un gesto de moderación que no casaba con él, piensa Linden, que lo escuchaba con cierto extrañamiento, al igual que las amistades de su padre, las que había forjado después de la guerra, cuando intentó establecer una carpintería en un barrio de las afueras de Milán, y antes, en los años en los que combatió a los fascistas en las montañas del Piamonte, que esa historia ha provocado una serie de escisiones en su forma de ver las cosas cuyas consecuencias no puede predecir, aunque le resulta evidente que afectan a su concepción de la historia y a la idea de que los límites entre quienes fueron o son fascistas y un «nosotros» diverso y no necesariamente resumible en el que él se encuentra, situado, posiblemente, en el extremo más a la izquierda del espectro, su organización y él, no están claros y no lo estarán jamás; si está en lo cierto, y la escisión existe realmente, ésta se manifiesta en varios ámbitos: en el de la literatura, donde ahora le parece evidente que la forma de pensar en los libros y de organizarlos en torno a los ejes presumibles de sus concepciones políticas, y en algunos casos, de su carencia de ellas, es erróneo; también en el de la idea de que los fascistas, incluso los escritores fascistas, habrían constituido un frente homogéneo, así como en la de que lo conformasen ahora. En Ravena, en Florencia y en Génova, Linden se ha preguntado si no correspondía a un revolucionario como él acabar con aquellos fascistas, lo que no le hubiese resultado difícil, ya que estaba armado; sin embargo, todas las veces algo le ha impedido hacerlo, y Linden piensa en este momento que pudo haberse tratado de la constatación de que él no es un asesino, que carece de las habilidades, aunque no de las motivaciones, de quienes llevan a cabo este tipo de tareas en su organización, aunque también es posible –pero esto Linden desea no considerarlo siquiera– que se trate de un cobarde. Una posibilidad más, sin embargo, es que la razón por la que Linden no ha sido capaz de matar a las personas a las que se ha encontrado –matar a Oreste Calosso, por ejemplo, que lo contempla en este momento al otro extremo de la mesa baja que los separa, sin haber manifestado ningún arrepentimiento por haber sido alguna vez, y, de hecho, seguir siendo, un escritor fascista– es que una de las escisiones que la historia ha realizado en su vida y en sus ideas separe ahora una cierta idea de justicia y la convicción de que esa justicia no puede ser realizada por el individuo y, tal vez, ni siquiera por la organización. ¿A qué llamamos «justicia»? ¿A la venganza?, se pregunta Linden, pero esta pregunta, que ha estado haciéndose desde el asesinato del viejo profesor, le resulta imposible de responder. Algún tiempo después, en la cárcel y tras ser liberado, Linden leerá a algunos arrepintiéndose de haber pretendido hacer justicia con las armas, y reconocerá un rostro o dos de sus años en Turín, pero no sabrá si de lo que se arrepienten es de haber recurrido a las armas o de haber creído que la agitación política mediante ellas podía provocar un cambio de alguna índole; es decir, si de lo que se arrepienten es de haber matado o de haber creído en las potencias transformadoras de una muerte; para entonces, Linden no habrá matado, pero habrá pagado el costo de haberlo hecho y, lo que será más importante, recordará la historia de Borrello, cuya muerte sí tuvo, en algún sentido, un potencial transformador, el carácter de una acción política, haya sido voluntaria o involuntaria; para entonces, Linden habrá reunido todos los fragmentos de la historia y habrá imaginado aquellos que faltan y concebirá, por fin, la historia como un crimen, una visión que, por lo demás, no le ofrecerá ningún consuelo: habrá pensado en todo ello durante algunos años en la cárcel, sobre los que no le dirá nada, o dirá muy poco, a su hijo, cuando lo tenga; para cuando esto haya sucedido, Linden tendrá la impresión de que todo ha sucedido en un pasado lejano, muy lejano, y en algún sentido así será, puesto que habrán pasado algo más de treinta años desde el momento en que se encuentra ahora, frente a Calosso, en lo que cree que es el final de su investigación. Al otro lado de la mesa, el escritor carraspea y Linden piensa que va a decir algo, pero permanece en silencio. Linden recuerda lo que Calosso le ha preguntado hace un momento, pero prefiere no responderle; le gustaría reconducir la situación, en algún sentido, y que Calosso fuese, si no lo ha sido ya, el asunto central de la conversación, precisamente en este momento en que cree que ya no hay nada más que decir, pero no puede evitar preguntarle, aunque la pregunta le parezca del todo superflua: «Entonces ¿cree que Borrello se suicidó?». Calosso tiene una cabeza grande que sostienen un cuello fuerte y unos hombros anchos; cuando habla, parece que la voz surgiese del pecho, o de más abajo, de algún lugar cercano al plexo, del que emanase una fuerza que, sin embargo, a Linden no le ha parecido agresiva hasta el momento, pero que en este instante, cuando Calosso inclina la cabeza, contemplándolo, en un gesto que en otro podría parecer de sumisión y de entrega, le hace pensar que es más fuerte que su envoltorio y que puede destruirlo. A pesar de ello, lo que Calosso dice a continuación no es violento, no incluye atisbo de violencia alguna. «Verá —dice—. Borrello sabía cómo hacer que las personas actuasen de una determinada manera. En ese sentido, y si prefiere usted verlo así, sabía manipular a las personas; pero "manipular" no es exactamente la palabra, o no lo es si se repara en sus connotaciones, casi todas negativas. Borrello había aprendido a escribir con los hechos, y al hacerlo había alcanzado la fusión más auténtica e importante entre arte y vida que hayan producido las vanguardias. Su muerte puede ser interpretada como un cierto texto a descifrar, es cierto, pero sólo por haber sido parte de una vida que aspiraba a ser leída como tal. Esto lo sabíamos antes y lo comprobamos con su muerte, después, cuando todos nos vimos obligados a "leer" esa muerte de alguna manera. Quizá tuvo un accidente cuando intentaba llegar a Francia, es imposible saberlo con certeza, y el hecho es que importa bastante menos que el estado de desconcierto en el que nos sumió su muerte y la sensación de que terminaba una época y era necesario hacer algo al respecto para ponernos a salvo de ese final: si Borrello no hubiese sabido hacer que las personas actuasen de una forma o de otra, su muerte no habría tenido demasiadas consecuencias; como era evidente que lo sabía, las tuvo, porque nos pareció que esa muerte formaba parte de una obra, fuese esto verdad o no. A poco de conocerlo, Borrello se presentó un día con dos versiones de una conferencia acerca de la literatura como falsificación que Marinetti había dado unos días antes en Rímini; ambas transcripciones presentaban problemas, sin embargo: el primer y el cuarto párrafo no coincidían y su contenido era problemático, ya que en la primera versión la falsificación era considerada una práctica literaria y en la segunda se pensaba en ella como una actividad execrable por excesivamente política, por contraria a la literatura. Determinar cuál de las dos versiones era la correcta, la que no había sido corrompida durante la transcripción, suponía analizar el estilo de ambas y confrontar su contenido con nuestras propias visiones; las que teníamos acerca de lo que Marinetti podía haber dicho sobre el tema y, de forma indirecta, lo que nosotros mismos pensábamos acerca de él, y discutir, sobre todo discutir. Así que no hicimos otra cosa durante semanas, hasta que el tema fue reemplazado por otro, quizá más relevante. Al regresar a Pinerolo, se nos indicó que debíamos volver a Milán de inmediato; la orden, en realidad, no venía sino a ratificar el final anticipado del Congreso de Escritores Fascistas, que todos intuíamos de diferentes formas. Los alemanes habían dispuesto un cierto número de coches para el traslado, y los coches esperaban ya fuera del hotel, bloqueando el tráfico en la calle principal de Pinerolo, que todavía no se había visto embargada por la angustia del final de la guerra, que llegaría ese mismo día a la ciudad con las noticias de que las operaciones en Como habían fracasado; cuando llegasen, la urgencia y la angustia expectante frente a la llegada de los estadounidenses iban a alterar la calma que todavía se respiraba en la ciudad y que contrastaba con lo que sucedía en el interior del hotel, donde todos nos apresurábamos a recoger nuestras cosas, también yo. Alguien en las plantas inferiores había empezado a quemar papeles, posiblemente documentos, y el humo se había difundido por los pasillos, en particular por los de las plantas superiores, en las que se encontraba mi habitación; frente a ella, Almirante había puesto a un joven brigadista para que me ayudase a trasladar mis cosas a un automóvil. En el rostro del brigadista había miedo, un miedo hierático que él posiblemente desease que fuera visto como rigor marcial pero era evidentemente miedo, a lo que sucedía en ese hotel, a los gritos en los pasillos, a las maniobras que la mujer que lo regenteaba hacía en ese momento para esconder los objetos de valor —de un valor ínfimo, presumiblemente— que había en el hotel, a los escritores que se precipitaban escaleras abajo con sus maletas sin hacer un solo gesto de despedida, ansiosos por abandonar aquel congreso y regresar a Milán y luego a sus países de origen, en el caso de aquellos que no eran italianos, antes de que Milán y esos países se derrumbasen sobre ellos. El brigadista era muy bello y parecía esculpido en piedra, como una de las muchas esculturas que abundaban en aquellos días y que oscilaban entre la reproducción del ideal clásico y su abstracción geométrica y pretendían representar una masculinidad vigorosa, valiente, profundamente italiana; pero en su rostro había miedo, algo que en aquellas estatuas nunca era representado, y la impresión que ese miedo provocaba era la de que la escultura podía derrumbarse en cualquier momento. Yo no le di tiempo a hacerlo, sin embargo, y le ordené que me siguiera. "¿Ve esa caja?", le pregunté abriendo el trastero en el que desembocaba uno de los pasillos. "Bájela", le ordené, y el estremecimiento de terror que esbozó el brigadista me hizo comprender algo en lo que yo no había reparado, y que era el hecho de que la caja parecía un féretro, que tenía la forma de uno.» «¿Qué fue de ella, de la caja con los manuscritos de Borrello?», pregunta Linden. «Está a sus pies —señala Calosso, sonriendo por primera vez desde que la entrevista ha comenzado—. Puede que la haya confundido con una pequeña mesa.» Linden se inclina para acariciarla; cree reconocer que es de fresno: los años han oscurecido la madera, y el rosa pálido, que debe de haber sido su color original, ha virado al rojo; por lo demás, la madera está en buen estado. A Linden le parece significativo que la caja haya estado siempre allí, sobre la alfombra, entre la silla en la que se sienta Calosso y la suya; querría decir algo más, o hacerlo con un tono que no delate una especie de ansiedad infantil, pero todo lo que puede hacer es preguntarle al otro si le permite abrirla. Calosso hace un gesto con la mano, como si estuviese apartándose un insecto que revoloteara frente a su rostro. «Antes de hacerlo, quiero que sepa algo más —le responde—. Usted encontrará allí todo lo que Borrello produjo desde su ruptura con el grupo de escritores fascistas de Perugia hasta su muerte, en Pinerolo. A excepción de un índice comentado que yo elaboré con las obras poco después de la guerra (en abril o mayo de 1947, ya no lo recuerdo con precisión), todo ha sido escrito por él y le pertenece. Me gustaría pensar que el estudio de esas obras permite resolver el misterio de Borrello, pero me temo que sólo profundiza en él y lo aumenta. En la caja encontrará, entre otras cosas, unas diez o doce hojas de papel escritas a mano, a lápiz, por ambas caras; se trata de un cuento, uno de los pocos que escribió Borrello; su argumento es el siguiente: alguien tropieza con dos versiones de una conferencia acerca de la literatura como falsificación; en la primera se defiende la práctica y en la segunda se la cuestiona por ser inconsistente con la vida; existen otras divergencias entre ambos textos, que son sometidos a estudio por un puñado de jóvenes escritores; los escritores son jóvenes, viven la literatura apasionadamente, cada uno de ellos está, digámoslo así, dispuesto a dar la vida por los demás; el retrato que se nos ofrece de ellos es conmovedor, hace pensar que el descubrimiento de la literatura y el de la amistad, o de una cierta idea de amistad, siempre van juntos; hace pensar que esos descubrimientos se producen de la misma forma todas las veces, no importa que quienes los hagan se imaginen únicos y piensen que todo sucede por primera vez con ellos; en algún momento del relato, la acción se interrumpe, debido a que es imposible determinar fehacientemente cuál de las versiones es la correcta; uno de los supervivientes de aquel grupo de jóvenes, años después, conoce a su autor en una situación social, es decir, banalmente; conversan acerca de decenas de cosas, descubren afinidades insospechadas en virtud de la diferencia de edad que los separa; en algún momento, el joven, que ya no lo es tanto, le pregunta al otro acerca de su texto sobre la falsificación y el otro admite no saber de qué está hablando. "Nunca he escrito un texto sobre la falsificación", le dice, de manera que el joven, que, como he dicho, ya no es tan joven, le cuenta la historia de los dos textos y de sus divergencias, y entonces su presunto autor (que no lo es, como hemos visto) reflexiona y le dice que las diferencias entre las dos posturas defendidas en los dos textos, que a él y a sus amigos les parecieron abrumadoras, son, en realidad, inexistentes, vistas bajo la perspectiva de lo sucedido y del hecho de que la falsificación es literatura lanzada contra la vida, completamente en y contra la vida, como sostienen ambas versiones de formas diferentes, y también bajo la perspectiva de que la historia en la que su amigo lo involucró no tenía la falsificación como tema sino como procedimiento y que ese procedimiento demostraba que aquel amigo suyo entendió cómo escribir la literatura en la vida, cómo hacer de ambas, una. No me hace falta decirle, pienso, que el cuento de Borrello es una justificación tardía de su falsificación de la supuesta conferencia de Marinetti en Rímini acerca de ese tema, y que, como hace decir al trasunto literario del inventor del futurismo, en él el tema no es tan importante como el procedimiento, el engaño que lo sostiene; supongo que tampoco hace falta decirle que las discusiones del puñado de jóvenes que protagonizan el relato son las que nosotros tuvimos cuando Borrello nos trajo los supuestos textos de Marinetti. Quizá aquí haya un cuento dentro de otro cuento o un cuento reflejado en otro cuento, pero eso no tiene importancia, excepto en relación con el hecho de que, como dice uno de sus personajes, se trataba de escribir la literatura en la vida, y que Borrello aprendió cómo hacerlo. ¿Por qué no pensar que su muerte fue, por decirlo de alguna manera, la última oración de su libro? ¿Por un instinto de supervivencia? Borrello parece sólo haber estado interesado en la supervivencia de las ideas y en su proyección en un mundo que supuestamente debería haberles sido hostil por tratarse de "literatura"; es decir, de aquello que supuestamente nunca forma parte de la vida; pero lo que su vida y su muerte demostraron es que, sin embargo, no hay vida fuera de la literatura.» Cuando Calosso se queda en silencio, Linden observa dos cosas, en las que no ha reparado antes: que se ha hecho de noche, que ya no hay luz en la habitación, y que los ruidos del ascensor, a los que no había prestado atención hasta el momento, se escuchan con una nitidez inusitada, como si el ascensor bajase o subiera en el centro de la habitación en la que se encuentran; le parece ver que Calosso se ha encogido, como si se hubiese vaciado de un aire que ha estado conteniendo todo el tiempo, y que la energía algo amenazadora que emanaba de él lo ha abandonado. Linden tiene una intuición, o más bien una constatación que prefiere disfrazar de intuición pero que lo tiene paralizado desde que ha visto la caja por primera vez; Calosso se pone de pie y camina hasta una pared, donde acciona el interruptor de la luz, y Linden se inclina hacia delante y la ve: la firma tan habitual, tan reconocible para él, de su padre grabada con delicadeza en uno de los ángulos de la caja. Calosso no vuelve a sentarse, y Linden comprende que la entrevista ha terminado: sabe que todo lo demás tendrá que imaginárselo, pero desconoce que tendrá tiempo para ello, una cantidad impensable de él cuando, en la cárcel, piense en todo ello y en quién pudo haberlo entregado a las autoridades, diciéndose todas las veces, durante algún tiempo, que debió haber sido el hombre que está frente a él en este momento. «¿Puedo abrirla?», le pregunta. Calosso le responde: «Usted sabe bien que es suya: lo ha sido desde el primer momento en que entró a esta habitación. Ahora llévesela».

VALSESIA / OCTUBRE DE 1944

Antes de abrir los ojos nota el dolor; sabe que tiene que escapar, pero está como embriagado por el dolor, que le recorre todo el cuerpo: tiene el costado derecho paralizado; no ignora que debe abrir los ojos y localizar la herida, practicarse una curación, de ser posible; pero la constatación del origen del dolor lo aterra, así que permanece quieto, con el rostro contra el suelo, que empieza a percibir húmedo, no sabe si debido a la humedad propia del terreno o a otra razón; tampoco sabe desde qué altura ha caído; sigue embriagándose del dolor, escuchando las últimas órdenes dadas en alemán y, en menor medida, lejanas ya, las órdenes en italiano; al abrir finalmente los ojos, sólo percibe oscuridad a su alrededor y se dice que tiene que haber perdido la conciencia sólo unos instantes; pero luego ve el cielo a través de las hojas de los arbustos y las ramas que ha arrastrado en su caída y que lo cubren parcialmente, y comprueba que ya ha empezado a amanecer.

Alguien desciende por una de las paredes del barranco en dirección a él; sus jadeos impacientes, los insultos musitados con cada paso dado en falso, que arrastra consigo polvo, rocas, restos de arbustos y de ramas, le hacen pensar que la tarea le resulta ingrata y dificultosa; los pasos se detienen varios metros por encima de su cabeza, y entonces oye un grito que no comprende en la boca del barranco y, más cercana aún, encima de su cabeza, otra voz, que responde «Tot», y agrega en un susurro: «Bald». La primera palabra, el hombre lo sabe bien, significa «muerto»; la segunda, «pronto». Los pasos se alejan con dificultad barranco arriba; al volver a abrir los ojos, minutos o quizá horas después, el hombre descubre que ya ha amanecido y que está solo; después de batallar con la idea, embriagado como está por el dolor, que le parece el equivalente a un alcohol muy fuerte, que no ha probado hasta ese momento por su juventud y por cierta ignorancia, y tal vez sencillamente porque ha tenido suerte, vuelve los ojos sobre su cuerpo, que no se atreve todavía a mover: lo único que ve es su pierna derecha, torcida en una postura grotesca; la pernera del pantalón está manchada de sangre y desgarrada; a la altura de la tibia se asoma algo que parece, y es, un trozo de hueso: al verlo, vuelve a perder el conocimiento.

Antes de abrir los ojos nota el dolor, pero ese dolor es ya parte de un relato y, por consiguiente, tiene sentido; a lo lejos escucha disparos, una sucesión breve que le hace comprender que los alemanes están fusilando a los partisanos que han capturado; le sorprende que lo hagan allí, en el bosque; lo habitual es que los fusilen en las plazas principales de las ciudades y los pueblos, para disuadir a la población y aterrorizarla; no escucha gritos, pero sí un rebuzno, relativamente cercano con relación a los disparos; quizá sea La Petacci, una de las mulas que el grupo utilizaba para el transporte de las armas y de los suministros, que disfruta, por fin, de la libertad que debe de haber añorado siempre, en especial durante las marchas forzadas a través de las montañas y en el bosque: si pudiese atraerla sin llamar la atención de los alemanes que todavía permanecen en la zona podría hacerse cargar por ella; pero a continuación tendría que pensar adónde ir, y no puede hacerlo; al abrir los ojos, antes incluso de volver a observar la pierna partida, escoge entre las ramas a su alrededor las más apropiadas para entablillarse y fabricar algo parecido a una muleta si no encuentra el fusil; para hacerlo le es de utilidad un conocimiento previo a la guerra y a su ingreso a lo que, como sabe bien, los fascistas llaman «la delincuencia insurgente»: antes de todo ello, y después, aunque esto no lo sabe todavía, ni siquiera lo imagina, es, y será, un carpintero.

Al ponerse de pie, el dolor le resulta insoportable, y vuelve a echarse, como vio una vez que hacía un potrillo que acababa de nacer.

Acepta el hecho de que no va a poder escalar las paredes del barranco; en las últimas horas la pierna derecha se le ha hinchado pese al torniquete y, aunque ya no sangra, le es imposible apoyarse en ella: el dolor es tan intenso que le induce algo parecido a visiones, ramalazos de situaciones y de conversaciones previas a la guerra, y también a su guerra personal, a lo que él ha visto de ella, un año en total, no mucho pero tampoco algo que se pueda desestimar fácilmente, que le hacen creer por un momento que se encuentra en otro lugar y en otro momento. Quizá ha comenzado a tener fiebre, pero la decisión que toma no carece de sentido, o no es producto de ella: seguirá el barranco. No puede anticipar adónde lo llevará, excepto, de forma general, que lo hará hacia abajo, en dirección al valle: allí hay médicos y hospitales, pero también se encuentran las autoridades alemanas y sus aliados italianos, y él sólo espera caer en las manos de los primeros o en las de los segundos. En los momentos de lucidez sus preferencias le parecen obvias; en los otros, el deseo de estar en otro sitio es todo lo que necesita para continuar, por momentos arrastrándose y de a ratos, cada vez menos a medida que transcurren las horas, de pie, apoyado en su pie izquierdo, utilizando el fusil como muleta.

A veces se despierta a sí mismo cuando, creyendo responder a una pregunta que se le ha formulado, musita una respuesta a un interlocutor inexistente.

Al mediodía se echa debajo de un manzano que crece en el cauce seco de un río; quién puede haberlos traicionado, se pregunta, cómo los han hallado los alemanes, en esas montañas intrincadas en las que ellos mismos, que las conocen como pocos, se pierden en ocasiones; quién puede haberlos traicionado precisamente cuando creían que habían eliminado al infiltrado y se habían desplazado a un sitio que éste no conocía, más arriba en las montañas; cómo ha comenzado todo para él, antes de saber que la traición y la muerte serían parte también de todo ello.

La primera acción consiste en asaltar un cuartel de los carabineros para apropiarse de armas y municiones antes de dirigirse a las montañas; lo hacen con una pequeña pistola que le han comprado a un judío que intentaba cruzar a Suiza con su familia en el otoño de 1943; todo ha sucedido tan rápidamente que no recuerda nada del incidente, excepto el miedo: el que se ha impreso en el rostro de los carabineros y el que ha sentido él, aunque este último hubiese sido mayor, hubiese carecido de todo freno y hubiese impedido por completo posiblemente que llevasen a cabo la acción de haber sabido que, como descubre más tarde, durante unas prácticas de tiro en un molino abandonado al pie de un arroyuelo, el torrente Pellice, la pistola tiene rota la palanca del fiador que debe transmitir la presión sobre el disparador al martillo, por lo que el arma no funciona, está estropeada.

Quizá siempre ha fallado, y ha circulado entre los miembros de la familia como una broma privada hasta que su carácter de broma se ha perdido y sólo ha quedado el de la entrega del objeto como expresión de buenos deseos por parte de quien lo ha dado y de la ilusión de poder proteger al otro; o la palanca del fiador se ha roto en virtud del uso, aunque parece evidente que el arma prácticamente no ha sido usada hasta ese momento; o el judío la ha inutilizado por precaución, para evitar ser asesinado o robado con el arma después de venderla; o la palanca se ha desenganchado de alguna otra forma: todo es posible, en ese y en otros casos.

Además del dolor, el problema más importante es la sed, que le pega la lengua al paladar, y el calor; y también los pájaros, que en esa parte del bosque son singularmente numerosos y emiten sonidos que a él le parecen de alerta o de condena.

Las risas de los partisanos durante las prácticas de tiro, las suyas propias, histéricas; desde entonces ha llevado el arma siempre consigo como una especie de amuleto, pero ya no la tiene: debe de haberla perdido en la caída por el barranco o en la huida previa, al escuchar los primeros gritos.

Recuerda las risas y las bromas y el arma que el responsable político de su brigada le puso en las manos a continuación, un fusil de la Primera Guerra que alguien se llevó consigo al desertar del ejército; después tuvo una Beretta del calibre nueve y más tarde un Máuser, pero en la madrugada del asalto sólo pudo apropiarse de un fusil que alguien había abandonado en su huida.

Mastica unas raíces de genciana que ha visto emplear alguna vez a sus camaradas para bajar la fiebre; más tarde se lleva un puñado de arándanos a la boca, pero éstos no han madurado aún y su acidez es difícil de tolerar; calma su sed por unas horas, sin embargo.

A la población la ve primero; sus luces rebotan contra el techo de nubes que se ha formado sobre el valle durante el atardecer; podría tratarse de Borgosesia, de Quarona o Varallo, no lo sabe; a la casa la ve algo más tarde, a su derecha y más próxima que la ciudad: una construcción de ladrillos encalados, un cobertizo de madera próximo a ella, hierbajos invadiéndolo todo, también una parcela de tierra que ha pertenecido a un huerto; todo parece abandonado; da un paso en su dirección, y entonces siente que lo empujan o que resbala y vuelve a caer, sobre rocas y guijarros y polvo y ramas que no puede contar ni discernir unos de otros, hasta el pie del barranco; y allí, por fin, pierde una vez más el conocimiento.

Antes de abrir los ojos percibe un profundo olor a encierro que lo sorprende: abre, o cree abrir, rápidamente los ojos y descubre que está en una habitación oscura, posiblemente subterránea; pero, cuando sus ojos se habitúan a la oscuridad, ve que un hilo de luz se cuela bajo la puerta de entrada y otros entre las tablas de madera de la pared, lo que le hace comprender que no está bajo tierra. Está echado sobre una manta de lana, en un ángulo de la construcción; a su derecha sólo se encuentra la pared desnuda, a su izquierda hay una mesa de madera estrecha pero inusualmente larga: desde donde se halla, le resulta imposible determinar si hay algo sobre ella, y pronto pierde el interés en hacerlo. Alguien lo ha descalzado y le ha cortado la pernera derecha del pantalón a la altura de la rodilla. Ve un vendaje limpio y un entablillamiento y piensa que alguien ha debido de colocarle el hueso en su sitio mientras él se encontraba inconsciente; por un instante contiene el aliento preguntándose si volverá el dolor, pero no siente demasiado: la embriaguez del dolor ha pasado ya. El hombre se dice que, por el ángulo de incidencia de la luz que atraviesa las tablas de madera de una de las paredes, debe de ser el atardecer, pero no puede saber de qué día y cuánto tiempo ha transcurrido desde su caída en el barranco durante el asalto; debe salir a averiguarlo, piensa: averiguar quién lo ha curado y, eventualmente, determinar si se trata de alguien confiable, que pueda indicarle cómo regresar a las montañas para reunirse con el grupo de partisanos al que pertenece. Quizá el grupo ya no exista, sin embargo, se dice, y siente que lo recorre una sensación de miedo y de odio que lo deja exhausto; no son lo mismo, se dice, mientras trata de calmarse, aunque sabe que miedo y odio sí lo son. Mira a su alrededor pero no ve su fusil, sabe que lo necesita o que va a necesitarlo en un futuro inmediato; intenta ponerse de pie, pero vuelve a derrumbarse sobre la manta: no ha llegado a apoyarse en la pierna herida, se lo ha impedido la cadena con la que alguien, posiblemente quien le ha hecho las curaciones, ha decidido retenerlo.

No percibe signos de vida a su alrededor en ningún momento de la noche, excepto los habituales de pequeños roedores y de pájaros nocturnos a los que se ha acostumbrado en las últimas semanas; no ha podido librarse de la cadena, que lo retiene por la muñeca derecha a un cepo metálico para animales bien clavado en el suelo de madera; si tuviera las herramientas adecuadas podría desclavar el cepo, pero las herramientas, que descubre en un extremo de lo que evidentemente es un cobertizo, se encuentran más allá de su alcance.

Escucha el tren, que no pasa a gran distancia de donde se encuentra; posiblemente sea un tren de armamento, se dice en algún momento de la noche: hace tiempo que no escuchaba un tren.

Debe de haberse quedado dormido, porque siente que despierta cuando escucha los ruidos en la puerta del cobertizo; cuando ésta se abre, la luz que entra por ella lo enceguece por un momento, pese a que es evidente que todavía el sol no está alto. Un hombre se acerca a él y deposita un plato de sopa a sus pies; es alto y lleva unas gafas de montura metálica cuyas patas parecen haber sido retorcidas una y otra vez; al incorporarse, tose y lo observa desde la altura que le otorga el hecho de estar de pie frente a él, que sigue yaciendo sobre la manta. «Gracias —musita cuando se lleva el plato de sopa a los labios—, por esto y por lo de mi pierna», dice. El otro no responde; cuando el hombre sobre la manta acaba con la sopa, le quita el plato y se dirige hacia la puerta. «¿Habla italiano? *Sprechen Sie italienisch?*», pregunta el herido; pero el otro ya se ha marchado.

Procura no pensar. Evita hacerlo. Aprende una vez más el significado de la expresión «horas muertas». Básicamente duerme, pero no recuerda en ningún momento qué ha soñado, si es que ha soñado algo.

El otro regresa al atardecer con más sopa y un trozo de pan, que deja a su lado; al hacerlo, esta vez, se inclina para observar la pierna del herido y después un vendaje en la cabeza que el otro no ha notado previamente: asiente en los dos casos, y el hombre que yace tiene la oportunidad de observarlo mejor. «Me llamo Francesco Linden —dice—. ¿Habla italiano?» El otro no responde. «Wie heißen Sie?», pregunta Linden. El otro niega con la cabeza, sin mirarlo. «Mi nombre es Luca Borrello», responde finalmente. Linden comienza a interrogarlo: «¿Dónde estoy? ¿Por qué estoy encadenado? ¿Dónde están mis pertenencias?», pregunta, pero Borrello ya ha abandonado el cobertizo. Al hablar de sus pertenencias se refiere, naturalmente, al fusil que ha utilizado a modo de muleta durante su descenso por el barranco y que llevaba consigo cuando perdió el conocimiento, pero no cree necesario explicarle esto último al otro.

El cepo ha sido clavado decididamente sobre el suelo de madera y es imposible arrancarlo: si dispusiera de un elemento metálico Linden podría intentar roer la madera que lo rodea para aflojarlo, pero no hay ninguno a su alcance. La noche es particularmente fría, y Linden escucha a Borrello ir y venir fuera del cobertizo, arrastrando objetos y a veces interrumpiéndose para toser con violencia. También escucha el tren, pero esto lo inquieta menos.

A lo largo del día siguiente no escucha nada, y piensa que Borrello lo ha abandonado; siente un hambre y una sed atroces, y miedo cuando un animal –un jabalí o un perro, no puede saberlo con precisión– merodea el cobertizo e intenta colarse en él destrozando una de las tablas de la puerta: cuando está a punto de conseguirlo, por alguna razón, el animal desiste y se aleja a paso rápido.

Borrello regresa por la noche. Al entrar no repara en el destrozo provocado en los bajos de la puerta y se dirige directamente a Linden; viene con las manos vacías excepto por un objeto metálico, que el otro no puede ver, y lo rodea: un momento después, Linden escucha caer las cadenas sobre el suelo de madera. «Podría morir por congelamiento si lo dejo aquí. La noche va a ser muy fría», le dice Borrello, y luego le pregunta si cree que puede ponerse de pie. Linden asiente y el otro lo ayuda a incorporarse. Atraviesan la puerta del cobertizo con Borrello abrazando a Linden para que éste no pierda el equilibrio y salen a la intemperie, donde los recibe una bocanada de aire helado: en él flotan unas estrellas que Linden conoce pero que lo sorprenden como si las observara por primera vez. Ninguno de los dos se detiene a contemplarlas, sin embargo: entran rápidamente en la construcción situada a unos metros del cobertizo que Linden vio desde la elevación del barranco unos días atrás. En su interior, Linden sólo distingue una cama, una alacena y una pequeña mesa con dos sillas en la que yacen algunos papeles. Alguien ha improvisado un lecho con mantas junto a la cama y a su lado hay una estufa de leña. «Va a dormir aquí», le ordena Borrello, señalándole el lecho; cuando Linden se recuesta en él, Borrello toma una soga y le ata las manos. Linden lo interroga con la vista, pero el otro no parece darse cuenta. Linden nota que Borrello siempre mira al suelo cuando se encuentra en su presencia; al terminar, le entrega una cuchara y un plato de harina de maíz o polenta con trozos de castañas y unas hebras de carne. «Lamento no poder ofrecerle algo mejor», le dice.

Borrello echa al fuego algo más de leña y apaga la luz de la lámpara de queroseno antes de quitarse los zapatos y meterse en la cama con la ropa puesta, incluida la chaqueta. Linden ha observado un momento antes que el otro le ha proporcionado todas las mantas de las que disponía y duerme apenas cubierto por una sábana: aunque está habituado a dormir con otros hombres, en los refugios improvisados por los resistentes o en las construcciones que encuentran en su camino, esa noche Linden no puede hacerlo. Borrello tampoco, inquietado por la virulencia de la tos y la proximidad del otro. No ha transcurrido mucho rato cuando Linden comprende que las cadenas del cobertizo las noches anteriores y las sogas con las que le ha atado las manos esa noche demuestran que Borrello le teme, y se pregunta por qué hasta ese momento había creído que era al revés. «Las tablas de la puerta del cobertizo están flojas, puedo arreglarlas si quiere: soy carpintero», le dice finalmente, rompiendo el silencio. Pero Borrello no le responde.

Al despertar lo ve cortando un trozo de pan con una navaja que se guarda en el bolsillo: el aire de la habitación huele a café, aunque sólo tenuemente; también el café que el otro le sirve a continuación le parece tenue, pero a Linden, que no lo ha bebido en semanas, le resulta delicioso. «¿Cuál es su trabajo?», pregunta, pero Borrello no le responde. «¿Qué necesita para reparar la puerta?», le pregunta en cambio. Linden reflexiona un instante. «Un martillo, clavos, algo de alambre, unas tablas», dice. Borrello asiente: cuando Linden ha acabado, vuelve a llenarle la taza de café y sale, cerrando con llave la puerta tras él.

Linden se incorpora con dificultad y abre la alacena. Espera encontrar algún objeto que pueda utilizar como un arma o, al menos, algo que le permita deshacerse de las sogas con las que sigue atado, pero sólo encuentra un par de tazas de peltre y libros, muchos libros. Algunos de ellos pertenecen a escritores fascistas que Linden nunca ha leído pero sobre los que ha escuchado hablar o ha leído en la prensa, autores que él y sus compañeros matarían, si tuvieran la oportunidad, como a sus lectores.

Borrello abre la puerta y lo ayuda a incorporarse; cuando están fuera, Linden ve que el otro ha sacado la puerta del cobertizo y la ha colocado en el exterior sobre dos caballetes que ha puesto frente a la entrada de la construcción, donde el sol ilumina de forma directa pero aún tibiamente: sobre la puerta ha colocado unos clavos y algo de alambre; recostadas contra la pared exterior de la construcción hay algunas tablas de madera nueva; durante la noche ha helado. Borrello le dice: «Trabajará mejor al sol», y se aleja unos pasos, pero Linden lo llama y le señala las muñecas. Borrello regresa y se las desata; entonces Linden se inclina y huele largamente la madera, como si el suyo fuese un aroma que pudiera transportarlo, por un breve instante, de regreso a casa.

Antes vio algo que lo sorprendió y sobre lo que vuelve en ese momento, un pañuelo cubierto de mucosidad y de sangre sobre la cama de Borrello.

A pesar de que el sol no está alto todavía, Linden comienza a sudar poco después de haber comenzado; algo más tarde siente que el esfuerzo de permanecer de pie y el trabajo sobre la puerta van a hacerle perder el sentido: suelta el martillo y se recuesta contra la pared del cobertizo; al minuto siguiente se nota resbalar hacia el suelo.

Borrello sale de la casa cuando deja de escuchar ruidos y lo ve echado, se acerca a él y lo recoge. Linden se recuesta sobre su hombro y entran juntos al cobertizo, donde Borrello lo hace recostarse sobre la manta: estudia un instante los vendajes de la cabeza y a continuación el de la pierna, que se ha ensuciado de barro. «¿Va a cambiarlo?», le pregunta Linden. Borrello niega con un gesto. «No nos sobran las vendas», responde. Al ponerse de pie, Linden lo observa desde la manta en la que yace como lo hizo la primera vez. Borrello se da la vuelta y mira el hueco que ha dejado la puerta. «¿Qué pudo romperla?», le pregunta. «No lo sé. Un animal, tal vez», responde Linden. Borrello sale del cobertizo y el otro lo escucha trabajar en la puerta interrumpiéndose de a ratos para toser con violencia; y en algún momento se queda dormido.

Despierta cuando lo escucha tratando de encajar la puerta del cobertizo sobre sus goznes; se levanta con dificultad y lo ayuda a colocarla. A continuación los dos se quedan contemplándola, uno a cada lado de la puerta. Fuera, Borrello dice: «No se esfuerce. En su situación los mareos son normales». Linden asiente, pero sólo después comprende que Borrello no ha podido ver su gesto.

En el cobertizo hay algunas herramientas. Linden las sopesa y decide que las utilizará cuando esté más fuerte, si el otro no lo denuncia antes: ha escuchado historias de personas que compran la protección de las autoridades entregando a un miembro de la Resistencia, generalmente un familiar; en los valles, media Italia está denunciando a la otra mitad, y las cosas, supone Linden, sólo irán a peor en la medida en que se exija a los italianos que adopten una posición u otra. Un punzón le parece especialmente idóneo para lo que se propone: sólo tiene que afilarlo a escondidas, sin que el otro se entere; y después debe arreglárselas para reunirse con su grupo en las montañas, si el grupo sigue existiendo y si él consigue dar con ellos. No puede ser difícil, se dice: los alemanes lo consiguieron sin dificultad, por ejemplo.

Borrello le ayuda a salir del cobertizo; lo lleva detrás de la casa, donde ha colocado dos sillas enfrentadas: lo sienta en una y coloca la pierna rota sobre la otra; a continuación se aleja y regresa con dos platos en los que flota una sopa de col hervida y patatas; le entrega una cuchara y se sienta a comer a su derecha, en cuclillas contra una de las paredes. Comen en silencio durante un rato, con el otro sólo tosiendo suavemente y sin ahogarse, y después Borrello se pone de pie, recoge los platos y las cucharas y regresa a la casa a por café; cuando le entrega la taza de peltre, Linden le observa las manos. «¿Desde cuándo vive aquí? –le pregunta–. Usted no es campesino.» Borrello, que ha vuelto a ponerse en cuclillas a su derecha, tarda un rato en responder. «Vivo aquí desde hace algunos años. Encontré la propiedad abandonada y he estado tratando de recuperarla desde entonces.» Linden nota o cree notar que el otro le miente, pero no se imagina en qué puede estar haciéndolo. «¿Qué son esos papeles en el cobertizo?», vuelve a preguntar. La respuesta de Borrello tarda más en llegar en esta ocasión. «Alguna vez fui escritor», responde finalmente. A Linden el asunto lo intriga de inmediato. «Lo que hay en el cobertizo no se parece a la obra de un escritor», dice. Borrello lo mira por primera vez con curiosidad. «¿A qué se parece entonces?», le pregunta. «No lo sé –balbucea Linden–. A objetos de papel. A borradores. A planos para la construcción de edificios. A pesadillas. A nada que yo haya visto antes.» Borrello asiente. «Pesadillas», musita para sí mismo, y a Linden no le parece que lo haga con desprecio hacia su comentario sino con una cierta satisfacción en la voz, con algo parecido al orgullo.

Esa tarde ven al perro por primera vez: tiene unos mechones de pelo blanco que lo hacen particularmente visible detrás de los manojos de malas hierbas en los que pretende ocultarse, pero su pelaje es casi exclusivamente gris; tiene unas patas largas que terminan en grupas que alguna vez deben de haber sido fuertes, aunque ahora el animal está escuálido. Borrello y Linden lo contemplan un buen rato; cuando la brisa cambia de orientación y deja de soplar a sus espaldas, pueden escuchar desde el extremo de la propiedad los gemidos del animal, que, de a ratos, permanece echado y, de a ratos también, se pasea a lo ancho de una línea que divide la propiedad de Borrello y las otras y que sólo el animal puede reconocer todavía. El perro parece vacilar entre el deseo de aproximarse y el temor a hacerlo, y Linden está a punto de observarlo en voz alta, pero luego piensa que, tal vez, el otro pensará que no es correcto atribuir a un animal deseos y temores, y se calla. Él es el escritor, piensa; él sabe cómo poner estas cosas en palabras, se dice, pero también piensa que el escritor no dispone de todas las palabras: por ejemplo, no sabe qué palabras han utilizado ellos para comunicarse arriba, en las montañas, ni las palabras que se han empleado en el juicio que ha tenido lugar días atrás y que le ha costado la vida a un hombre y a ellos una decepción acerca de las obligaciones de lo que se llama la Resistencia y después, a ellos también, cuando los alemanes cayeron sobre ellos, en el medio de la noche, la vida: si el otro conociera esas palabras, piensa Linden, sería, como él, esclavo de ellas. Al atardecer el perro se aleja trotando en dirección a las montañas.

Por la noche se entretienen contemplando la estela de chispas que deja el tren en el valle; va dejando un rastro que se apaga de inmediato a su paso pero permanece en la retina un rato más, impreso: si Linden cierra los ojos, ve el tren en un extremo de la oscuridad que se aprecia detrás de los párpados; cuando los abre, el tren se ha desplazado unos milímetros. «Adecuaron los motores de gasolina para que funcionen con leña», observa Borrello, llevándose el pañuelo a los labios. «Quizá transporte armamento», dice Linden después de un momento, pero Borrello niega con la cabeza. «Va demasiado rápido. Posiblemente transporte a refugiados. Del sur, o quizá de Roma. Muchos intentarán cruzar a Suiza», dice. «¿Por qué no se organizan? —La pregunta brota naturalmente de los labios de Linden, sin que éste pueda evitarlo—. Hay un nuevo gobierno en Saló. ¿No es eso lo que querían ustedes y sus aliados alemanes?» Borrello no responde de inmediato. «¿Cómo es allí arriba, en las montañas?», pregunta finalmente, pero Linden no dice nada.

Borrello lo ayuda a entrar a la casa, pero le ata las manos antes de apagar la lámpara. En la oscuridad, Linden vuelve a dejar vagar sus pensamientos; inevitablemente, se pregunta una vez más quién pudo haberlos traicionado, y repasa las instancias del juicio —que fue muy breve, por lo demás—, quiénes intervinieron en él y los testimonios de quienes más decididamente sostuvieron la culpabilidad del imputado, un panadero de Aosta que se les había unido hacía pocas semanas. Quizá alguno de ellos lo hiciera para ocultar su responsabilidad, o tal vez a sabiendas de que culpar a un recién llegado sería más fácil y provocaría menos inconvenientes que hacerlo con alguno de los otros quince que conformaban el grupo y que, más o menos por la misma época, habían abandonado Milán y Turín para confluir en las montañas, todos por razones muy distintas que la Historia va a volver similares en algunos años. La respiración de Borrello, y la tos repentina y violenta que la interrumpe una y otra vez, ponen esos pensamientos en suspenso, sin embargo.

Al día siguiente Borrello lo encierra en el cobertizo con algo de café y un poco de pan y le dice que regresará por la tarde. Linden lo escucha alejarse y a continuación se pone de pie con dificultad y se dirige al lugar donde ha escondido el punzón el día anterior: comienza a afilarlo contra el borde de una pala que sostiene entre las rodillas; al poco rato se nota exhausto y para; deja vagar la vista por el cobertizo, deteniéndose a observar las circunvoluciones que el polvo describe en el aire allí donde algo de luz se cuela entre las tablas de las paredes. A pesar de que se encuentran en octubre, según calcula Linden, el frío sólo resulta insoportable por las noches; de día, el aire es agradable y la luz calienta hasta que el sol cae detrás de las montañas, que, por encontrarse al pie del barranco, dan la impresión, vistas desde la casa, de conformar una pared perfectamente vertical. En algún sitio se escuchan disparos, muy lejanos todavía. Linden se dirige a la mesa y, casi distraídamente, como si fuera inevitable, comienza a leer.

Puedo destruirlo todo, piensa; las hojas escritas con una caligrafía apretada y torpe que parecen transmitir urgencia, las construcciones de papel que el otro ha acumulado allí y que, por consiguiente, deben significar algo para él, un motivo de añoranza o de orgullo. Linden piensa que le infligiría un daño del que el otro no se recuperaría nunca destruyendo su obra, pero luego comprende que, en algún sentido, el otro le ha ganado de mano.

El animal merodea el cobertizo durante buena parte del día y Linden comprende que se trata del perro que han visto el día anterior; al ver que rasguña la puerta que Borrello y él han reparado, también comprende que es él quien la rompió el primer día. Esta vez las tablas de la puerta son nuevas y el animal no puede romperlas; después de intentarlo, comienza a escarbar bajo su dintel, echando a un costado tierra y astillas para abrirse paso. Linden puede escuchar sus bufidos cada vez que apoya el morro contra el suelo, y algo parecido a la tos de Borrello. El perro tiene una urgencia por entrar que a Linden le parece incomprensible: no puede deberse al hambre, puesto que —aunque es evidente que el perro está famélico, y es posible que haya sido abandonado y esté hambriento desde hace días— en el cobertizo no hay nada para comer. El animal lo ha escogido a él, piensa, pero esto no le provoca ninguna alegría, ya que durante los primeros días en las montañas tuvieron un perro, que se les unió espontáneamente cuando asaltaron el cuartel de los carabineros en Ivrea; tuvieron que matarlo porque temían que sus ladridos denunciaran su ubicación: por votación general, lo tuvo que hacer él, procurando que el animal sufriese lo menos posible; pero sufrió, porque él no pudo romperle el cuello con un solo golpe. A él, la decisión de matar al perro le había parecido un exceso de celo y, en general, un error; recuerda los ojos del animal y le duele haberlo matado más que haber matado a personas: en los enfrentamientos que se producían cuando bajaban al valle o en el bosque sus contrincantes estaban armados, por lo que, en algún sentido, su muerte adquiría un carácter de necesidad, y además siempre se producía a la distancia, sin que quedase claro quién había matado o herido a quién, lo cual permitía fanfarronear a los que lo deseaban y eludir toda responsabilidad directa a los que lo preferían, él entre ellos. Pero el perro, por supuesto, no estaba armado, no se encontraba a una cierta distancia, no había sido abatido en ninguna acción específica, en ningún acto de justicia o de vandalismo que alguien pudiese reivindicar más tarde como un acto de liberación; había muerto en sus manos, mirándolo a los ojos, y eso sólo tras un largo rato en el que había intentado defenderse sin hacerle daño a él, con lo que parecía la conciencia de que su supervivencia no dependía de la eliminación de su agresor. La muerte del perro es uno de los muchos errores que cometieron pero es el único que Linden lamenta, aunque también –y de forma diferente– lamenta no saber quién los ha traicionado y haber condenado, en una votación clandestina, y que ahora le parece completamente carente de asidero, a un inocente: posiblemente todos están muertos ya y nadie es responsable por los errores cometidos, excepto él y el infiltrado en el grupo, si todavía está vivo. Linden arroja la taza de peltre contra la puerta y el perro se aleja entre gemidos, y Linden cierra los ojos.

Borrello regresa por la tarde; su tos lo delata mientras sube por el camino que conduce a la casa: cuando sale de ella, abre la puerta del cobertizo, lo ayuda a salir cojeando y después se sienta a su lado en el mismo sitio del día anterior. «Estuve en Borgosesia –le dice–. Los Aliados han bombardeado otra vez Milán; doscientos niños han muerto en el ataque a un colegio en Gorla.» Linden no dice nada; tiene la impresión de que el otro prefiere que no lo haga. «Los Aliados han tomado Aquisgrán, pero siguen sin romper la Línea Gótica entre Florencia y Bolonia, de modo que todavía no han llegado a la llanura padana –continúa–. En Borgosesia sólo hay refugiados, pero el Gobierno parece firme todavía y hay rumores de que pagará una cierta cantidad de dinero por cabeza a quienes denuncien a los partisanos», dice. «¿Va a denunciarme?», le pregunta Linden sin mirarlo. Borrello no responde: el perro ha regresado y recorre otra vez la línea que imaginariamente separa la propiedad de las que la rodean. Al verlo, Borrello se pone de pie y se dirige a la casa. Linden se dice que no quiere ver lo que sucederá a continuación, pero lo ve anticipadamente, mientras repasa mentalmente la muerte lenta del otro perro, en sus manos. Cuando Borrello vuelve a salir, trae, sin embargo, un cuchillo y un trozo de tocino; se sienta, corta un pedazo y lo arroja lejos, en dirección al perro. El animal baja la testuz, se dirige con precaución hacia donde el trozo ha caído y lo engulle. Borrello ríe para sus adentros; es la primera vez que Linden lo ve hacerlo; luego corta otro pedazo de tocino y lo arroja algo más cerca. El animal suelta un bufido y traga el segundo trozo: ha levantado la testuz y en este momento olfatea el aire moviendo la cabeza de derecha a izquierda, tratando de adivinar dónde caerá el siguiente trozo. Borrello lo arroja prácticamente a sus pies y el animal vacila un instante; después se arrastra por la hierba y lo engulle sin dejar de mirarlo; entonces Borrello extiende la mano y el perro se acerca y, con suma delicadeza, toma el trozo de su mano: comienza a comerlo mientras mira alternativamente a cada uno de los hombres. Linden puede observar que es un animal joven, poco más que un cachorro; debe de haber pertenecido a alguna de las familias de los alrededores que se han marchado en previsión de la llegada de la guerra o por alguna otra razón que él no conoce. Cuando Borrello le pasa la mano engrasada por el lomo, el animal suelta un hilillo de orina.

Borrello saca de su mochila un pantalón de pana oscura y se lo extiende. «Aquí tiene —le dice apartando la vista—. Es todo lo que he podido conseguir.» Linden lo sopesa un momento y a continuación comienza a quitarse el pantalón que lleva, que el otro ha cortado a la altura de una de las rodillas para entablillarlo; al hacerlo, se le cae el punzón. Borrello escucha el ruido que produce el objeto al rebotar contra el suelo y se gira: mira a Linden como si lo hiciera por primera vez. El objeto yace en el suelo a igual distancia de los dos, inerte por completo y carente de sentido, comprende Linden. Borrello da un paso hacia él, lo toma y lo arroja fuera, en dirección a la montaña. Esa noche vuelve a encerrar a Linden en el cobertizo mientras él permanece en la casa.

Al cuartel de carabineros lo asaltaron un joven que trabajaba en la Fiat y él cuando se dirigían a las montañas; ambos habían sido presentados por un ingeniero soltero que vivía en las mismas habitaciones que él, en el norte de Turín: el hombre nunca había ocultado su antifascismo, pero lo había revestido de un carácter jocoso que lo había mantenido a salvo de las represalias, como si el ingeniero soltero −que efectivamente era soltero y solía cortejar a las jóvenes que habitaban el edificio, a las que a veces regalaba perfumes− tuviera la capacidad de hacer pasar su antifascismo como un pequeño descargo entre personas que, en realidad, están de acuerdo en lo que realmente importa; es decir, como si cada manifestación de descontento por su parte fuese una de contento y todo rechazo, un apoyo. Linden nunca escuchó que tuviera éxito alguno con las jóvenes del edificio, pero, en algún sentido, sí lo tuvo con él, que realmente lo creía un fascista; su invitación a subir a las montañas fue, por esa razón, una sorpresa. La mejor palabra para describirlo tal vez fuese «meticuloso»; llevaba siempre el cabello y el bigote perfectamente recortados, y solía afeitarse dos veces al día, por la mañana y por la noche, lo que enfadaba mucho a las jóvenes que debían compartir el aseo con él y se preparaban a su vez para sus citas, nunca, por cierto, con aquel ingeniero soltero que efectivamente era soltero y trataba de mantenerse joven: la última vez que Linden lo vio, le pareció, sin embargo, sorprendentemente envejecido.

El joven obrero de la Fiat murió seis días después durante un asalto a un camión que subía a las canteras de Luserna San Giovanni transportando explosivos: el camión estaba custodiado, y la custodia abrió fuego.

Un día antes de morir, el muchacho le había confesado que había sido él quien había estado recorriendo la periferia de Turín por la noche para arrancar las fasces que encontraba en las fachadas de las casas construidas por el gobierno y destruyendo los símbolos del fascismo. La policía lo había buscado durante semanas, sin resultado; la prensa había hablado de él también, en una ocasión.

Le dijo que había que hacer algo. Nunca le dijo qué y él tampoco se lo preguntó nunca. Ni al ingeniero ni a sí mismo. Nunca.

Una mañana, dos días después, descubren que el perro ha escarbado bajo el dintel de la puerta del cobertizo y se ha colado dentro por la noche; se ha acurrucado entre las mantas que pertenecieron a Linden y desde allí los observa sin sorpresa cuando abren la puerta. Borrello volvió a bajar al pueblo el día anterior para informarse de la situación; también compró un periódico y lo estuvo leyendo en silencio en la casa, con un gesto de preocupación impreso en el rostro: antes de entregárselo a Linden, recortó cuidadosamente una noticia, sin hacer comentarios; al perro le ha comprado unos huesos de cordero que ha colgado en una red de uno de los salientes de la vivienda para que el frío nocturno los conserve y el perro no pueda comérselos; el animal se ha pasado el día rondándolos y observándolos desde abajo con un gesto de preocupación que a Linden le recuerda el de Borrello y le hace pensar en la afirmación, que suelen repetir algunos miembros de la Resistencia, de que las milicias voluntarias del régimen de Saló, y los informantes y colaboradores, sólo luchan por dinero. Quizá esto sea cierto, piensa Linden, pero Borrello, que es evidentemente un fascista, o lo ha sido, desmiente lo dicho por sus compañeros de armas, puesto que no parece recibir remuneración alguna por sus ideas; de hecho, parece haber renunciado a toda remuneración y a todo lo superfluo para quedarse con algo esencial que Linden ni siquiera comprende. En esa renuncia parece haber un castigo que se inflige a sí mismo, pero, para comprenderlo, Linden tendría que saber a qué ha renunciado Borrello y cuánto significan para él aquello a lo que ha renunciado y la renuncia en sí misma; pero no sabe nada de la vida del otro, excepto que ha escrito libros que Linden ha estudiado los últimos días sin comprender nada y objetos que ni siquiera se parecen a libros pero que quizá también puedan ser leídos de alguna manera; y también sabe Linden que el otro ha estudiado medicina algún tiempo: Borrello se lo ha contado para distraerlo y tal vez para distraerse él mismo mientras le cambiaba las vendas el día anterior. «La herida de la cabeza ya está prácticamente curada», le dijo: la de la pierna, en cambio, seguía abierta, aunque ya no se veía el hueso y él sentía menos dolor. Borrello había comenzado a toser más de lo habitual, y en ocasiones se ahogaba. Mientras lo curaba, el perro se mantuvo todo el tiempo a distancia, como si temiese que la herida de uno de los hombres o la tos violenta y profunda del otro fuesen a contagiársele.

Borrello vuelve a encerrarlo en el cobertizo esa noche, pero se marcha sin echar el candado de la puerta, y Linden cree reconocer en ello un mensaje: puede escapar, si quiere, puede marcharse cuando lo desee y pueda hacerlo. Borrello ha estado más ausente de lo habitual a lo largo del día: ha desenterrado algunas patatas y unas espinacas que habían sido prácticamente cubiertas por las malas hierbas y después se ha lavado detrás de la casa con el agua que extraía de una bomba; Linden ha podido observarlo el resto del día, absorto en sus pensamientos: en un par de ocasiones, extrayendo del bolsillo de la chaqueta un recorte del periódico y leyéndolo, una y otra vez, como si estuviese escrito en un lenguaje incomprensible. Esa noche le ha dejado unas mantas más, las que había utilizado para improvisar un lecho en la casa, pero la principal fuente de calor durante la noche proviene del perro, que duerme a sus pies hecho un ovillo y en un par de ocasiones bufa y gruñe, como si se enfrentase en sus sueños a enemigos que a veces le resultan desconocidos y a veces familiares.

Qué podían saber ellos acerca de las motivaciones de alguien como Borrello, se ha preguntado un par de veces. Qué podían saber de acontecimientos que tienen lugar en Roma y en sitios así, ellos, que nunca los han visitado, que permanecían aislados en las montañas en un estado de permanente tensión, todos ellos llegados a las montañas por razones distintas y luchando contra enemigos distintos, a veces desconocidos y a veces familiares: un superior que les faltó el respeto en el sitio donde trabajaban antes de subir a las montañas y era fascista, un vecino que los denunció para quedarse con su pequeña propiedad, alguien que ha tenido más suerte que ellos y se ha elevado por encima del nivel de la irrelevancia en la que transcurrían todas las vidas y ha obtenido un cargo político o de cualquier otra índole. Las órdenes que recibían provenían de la jefatura política en Turín y llegaban a ellos a través de un sistema de correos en el que se desdibujaba su justificación, si ésta alguna vez había existido, y ellos carecían de la capacidad para hacer cualquier otra cosa que no fuera actuar en consecuencia. Ninguno de ellos tenía prácticamente estudios, lo que los llenaba de una mezcla de embarazo y de orgullo, este último por encontrarse haciendo la Historia, ellos, que son sus excluidos. A él le gusta recordar los nombres de guerra de los integrantes de la brigada a la que se había integrado y sus profesiones; a los primeros los olvidará con el tiempo, pero no a las segundas: en la brigada actuaban un molinero; un tipógrafo comunista; un antiguo comandante de carabineros que había desertado del Ejército Real cuando la situación se había vuelto insostenible; un tornero; dos albañiles; un contador turinés; dos hermanos de la región de los que se solía decir que el primero hablaba poco y el segundo un poco menos; el responsable político de la brigada, que había trabajado en la fábrica Olivetti; un huérfano de catorce años que se encargaba del avituallamiento y era el responsable de las mulas, también de La Petacci; cinco trabajadores de las canteras que se les habían unido después de un asalto y eran los especialistas en explosivos; un paracaidista inglés al que habían liberado de una comisaría; un carpintero: él.

Uno de ellos los ha traicionado, sin embargo. Linden no tiene ninguna duda al respecto.

Despierta al escuchar los gritos; vienen de la montaña, pero rebotan en ella y parecen más próximos de lo que están realmente. Linden no comprende todavía el significado de las palabras que alguien grita a otros, pero reconoce el sonido y la violencia de las órdenes en alemán, que le resultan familiares. Las voces se acercan lo suficiente para poder escuchar junto con ellas los pasos de media docena de botas que se aproximan por un camino de rocas y guijarros y algunas palabras en italiano, y alguien abre la puerta del cobertizo con un golpe. Borrello se le acerca. «No importa lo que suceda, no salga», le ordena asustado.

Los seis hombres pertenecen a las Waffen-SS, por lo que Linden imagina que serán en su mayoría italianos, pero sólo dos de ellos lo son; cuando se acercan, rodeando el barranco, y entran dentro del campo visual que ofrecen las rendijas de las paredes del cobertizo, a través de las cuales los observa, ve que los SS traen a un hombre: viste como un campesino, pero Linden comprende de inmediato que es otro partisano. Cuando los SS llegan a la propiedad, el perro escapa: se queda observándolo todo desde la linde del terreno, olfateando el aire con la testuz levantada y moviéndose inquietamente de un sitio a otro, a la expectativa. Borrello sale de la casa y se acerca a ellos; no habla. El que lo hace es el sargento, alemán, y uno de los italianos se apresura a traducir; a Linden, sin embargo, la traducción le resulta innecesaria. El sargento solicita ver la documentación de Borrello, que éste le entrega; cuando comprueba que está en orden, exige que le diga si ha visto algo inusual en los últimos días. Borrello niega. Los hombres observan a su alrededor y sus miradas se detienen en el cobertizo. Linden contiene el aliento y se retira instintivamente de su puesto de observación como si los otros pudiesen verlo, pero vuelve a él de inmediato. El italiano sugiere al sargento alemán que lleven a cabo una requisa, pero su superior parece no escucharlo. «¿Vive solo?», le pregunta finalmente a través del intérprete. Borrello no responde. «Vive con el perro», dice uno de los soldados alemanes, señalando la bolsa de huesos que cuelga en el exterior de la casa. Todos ríen y la situación parece distenderse por un instante. Linden susurra para sí que acabarán marchándose, y el calor de su aliento le sorprende cuando rebota en las tablas de la pared y le golpea en el rostro: le parece un aliento pesado, enturbiado por las horas de sueño y la falta de comida, pero también por el miedo. Los soldados han dibujado un semicírculo alrededor de la bolsa de huesos y se la señalan unos a otros, sonriendo, cuando uno de ellos se desprende del grupo y avanza en dirección a Borrello: cuando Linden lo ve, está a punto de gritar. «No me recuerdas, pero yo sí me acuerdo de ti», le dice. Borrello lo observa un momento. «Quítate el casco», le ordena: el otro lo hace, mientras el italiano restante les traduce a los alemanes, cuyo interés se desvía de la bolsa de huesos para dirigirse a los dos hombres. «Tenías el cabello negro y tupido —dice Borrello finalmente—, por eso todos te llamábamos "El Rubio". Estabas con nosotros cuando expulsamos al rector de la universidad y pusimos en su sitio a uno de los nuestros. Una vez golpeaste a un joven comunista y éste regresó con sus camaradas: se corrió la voz y fuimos en tu ayuda. Fue en la plaza, frente a la catedral. Ellos traían palos, pero nosotros teníamos pistolas. Y éramos más. Tú ibas siempre con uno al que llamaban "El Romano", que murió en otro enfrentamiento, en la Porta Trasimena», dice. (Te hacías pasar por un antiguo comandante de carabineros que había desertado, piensa Linden a su vez, para sí mismo. Decías que eras comunista y que tu nombre era «Monaci Luigi», pero preferías que te llamáramos por tu nombre de guerra, «Zósimo», que habías escogido porque eras el mayor de la brigada y el más experimentado. Nos dabas formación militar, eras el responsable de las prácticas y del armamento.) El otro asiente. «Es uno de los nuestros, le conozco», dice volviendo al círculo donde están los otros hombres. «¿Es de los nuestros?», pregunta con sorna el sargento; cuando se quita la pistola del cinto, el perro, que ha permanecido expectante, en silencio en la linde del terreno, comienza a ladrar, como si desease advertir a alguien acerca del peligro, pero Borrello no se mueve. El sargento le pone la pistola en la mano y ordena al intérprete que le traduzca; entonces dice, señalando al prisionero: «Mátelo; si es de los nuestros no va a costarle esfuerzo. Es un bandido insurgente. Lo hemos capturado anoche. O mate al perro, si cree que la vida de este hombre vale más. Usted decide».

Borrello observa la pistola. Quizá recuerda la vez anterior que ha tenido una en las manos, aunque esto es algo que Linden no puede saber; levanta la cabeza y mira primero al perro, que gime y ladra al borde del terreno, y después al prisionero: es un hombre joven, casi un adolescente. Linden se ha preguntado muchas veces cómo se comportará en su lugar, si algún día es capturado por los fascistas o por los alemanes; la respuesta, desde luego, era hipotética: esperaba no ser capturado, esperaba morir en alguna acción o no morir en absoluto; pero, si a pesar de ello es capturado, ha pensado siempre, tratará de morir como ha tratado de vivir, con cierta dignidad;

pero a partir de ese momento Linden comprende que ya no podrá hacerlo; que, si un día es capturado, va a morir como lo hace el adolescente en ese momento, llorando en silencio, temblando, a punto de perder el sentido, a manos de alguien que no sabe nada de él y ni siquiera lo recordará dentro de un momento; que nunca va a conocer su nombre.

Borrello vuelve a observar la pistola en su mano y a continuación, rápida, inesperadamente, se la lleva a la sien. Uno de los italianos se abalanza sobre él y se la quita en el instante en que Borrello va a gatillar, después de un breve forcejeo. Los hombres, también el prisionero, lo miran aterrorizados: uno de ellos suelta una risa histérica, pero la risa se disuelve en el aire de inmediato cuando el sargento alemán le arrebata la pistola a uno de los italianos y vuelve a guardarla en su sitio. «Está loco, este hombre está loco», murmura, y hace una seña a los hombres, que empiezan a bajar por la colina arrastrando al prisionero detrás de él. Borrello va a verlo al día siguiente, colgado de uno de los balcones que dan a la plaza principal de Borgosesia: lo habrán fusilado en la plaza, poco después de llegar al pueblo, sin juicio alguno.

Al retomar la marcha, el hombre al que Borrello conocía como «El Rubio» y Linden como «Zósimo» se ha rezagado y se ha vuelto hacia el primero para decirle: «Me has humillado. Eres una vergüenza para el fascismo. Si vuelvo a verte, te pegaré un tiro». Después se ha alejado con los otros.

Cuando abre la puerta del cobertizo, Borrello encuentra a Linden acurrucado entre las mantas. El perro se cuela entre las piernas del primero y comienza a lamer el rostro de Linden, que lo deja hacer. Borrello cierra la puerta lentamente y con delicadeza.

Tiene un ataque de tos, el peor que Linden ha presenciado nunca.

Esa tarde Borrello comienza a hablar: le dice que no ha encontrado por azar la casa, sino que ésta perteneció alguna vez a la familia de su padre; él sólo había escuchado hablar de ella durante su infancia, pues ésta no tuvo lugar allí sino en Sansepolcro, en la región de Umbría, adonde su padre se trasladó por alguna razón que desconoce. Borrello dio con ella unos años atrás gracias a las indicaciones de un pariente lejano; la casa había sido saqueada por los vecinos y se encontraba en ruinas: él echó abajo lo que quedaba y sólo dejó en pie una habitación que había sido el leñero de la casa, y se desembarazó de todo lo que encontró en ella porque le pareció demasiado cargado de sentido, dice misteriosamente: sólo ha conservado lo que le parecía carente de él, aquello que esperaba que se le otorgara uno. Su padre era ceramista; confeccionaba pequeñas vírgenes que vendía a las mujeres que visitaban la Madonna del Parto para pedir una concepción plácida. Borrello no ha heredado ninguna de sus habilidades: fue escritor, dice. En Perugia. Allí conoció al mejor escritor de su generación, pero ese escritor ha muerto y él ha fracasado en su propósito de proteger y divulgar su obra: la ha perdido, dice, y ahora esa obra le pertenece a otro, a alguien que fue su amigo pero ya no lo es, evidentemente.

Algo parece haberse roto en Borrello y sus palabras surgen a borbotones, sin necesidad de que se le pregunte nada, como si toda pregunta, piensa Linden, resultase inoportuna. El perro yace a sus pies, absorto en sueños que en ocasiones lo hacen estremecerse. Mientras Borrello habla, el sol abandona el cenit y deja de transmitir calor. Los días han comenzado a ser más y más breves y fríos, y hay una cierta urgencia en el aire, relacionada con la guerra pero también con los cambios físicos que Borrello está experimentando bajo la mirada del otro, que lo ve adelgazar y consumirse. Borrello le ha dicho el día anterior que va a viajar, pero no le ha dicho cuándo ni adónde, y Linden no se lo ha preguntado.

Voló un puente, atacó un convoy de alemanes que se dirigía de Novara a Biella, le cuenta Linden; saboteó la línea telefónica que conecta el interior del Piamonte con Turín; también se ha enfrentado a italianos, pero los enfrentamientos fueron breves y caóticos y nunca ha sabido con certeza si debe atribuirse algunas de las muertes que se han producido en ellos. Linden subió al monte en octubre de 1943 pese a la oposición de su padre, un ebanista suizo del cantón de Berna que llegó a Turín unos treinta años antes siguiendo a un hermano y sus promesas de trabajo en la industria italiana. No hay que inmiscuirse en los asuntos de los italianos, le dijo, a pesar de que su esposa y su hijo lo son, y a pesar también de que las leyes raciales, los linchamientos de los opositores, las levas forzosas y el colaboracionismo no son necesariamente asuntos italianos sino que conciernen a una idea de justicia que su hijo es incapaz de ver limitada a una jurisdicción nacional. Naturalmente, Linden no ha podido formular sus pensamientos de esta manera desde el comienzo, pero toda objeción que pudiese realizar se ha visto superada por la necesidad imperiosa de hacer, no importaba qué. Borrello puede entenderlo. Más tarde ha podido explicárselo a sí mismo porque se lo han explicado sus compañeros de armas, aquellos que tenían algún tipo de formación política. Ha combatido en Issime; en el valle del Gressoney; en Torrazzo; en Ribordone; en Cuorgnè, en el enfrentamiento en el que murió Italo Rossi, al que su grupo estaba dando apoyo, y en Valperga: ha pasado hambre y frío, y cree haber entendido algo. Nunca han tenido mucho, y Linden puede recordar todavía el último inventario que llevaron a cabo, cuatro días antes del ataque: once capotes militares, seis metralletas, ocho fusiles, cinco bombas de mano, una máquina de escribir, una calculadora —ambos artefactos, completamente inútiles en esa situación—, munición, catorce pistolas, una de ellas inutilizada, llevada por su propietario sólo a modo de protección.

La munición se vio reducida considerablemente la noche anterior al asalto, cuando «Zósimo» anunció sorpresivamente que llevarían a cabo unas prácticas de tiro; también ordenó arrojar las granadas de mano para comprobar su eficacia, afirmando que al día siguiente les llegarían más desde la frontera francesa. Ahora Linden sabe que no había nuevas granadas, y que la razón por la que «Zósimo» ordenó las prácticas de tiro fue que deseaba reducir los recursos y limitar la capacidad de respuesta del grupo al ataque del día siguiente: el uso de las granadas permitió a los rastreadores localizarlos con mayor facilidad en la montaña, también. A la madrugada, cuando los alemanes cayeron sobre ellos, los partisanos estaban exhaustos y la munición había desaparecido, le cuenta Linden a Borrello. Acerca del fusilamiento del supuesto traidor el día previo al ataque prefiere no decirle nada, sin embargo, por lo que el otro pueda pensar, pero también porque él mismo prefiere no recordarlo: el juicio secreto, celebrado en ausencia del acusado, la sentencia, la marcha a través de un claro del bosque y el fusilamiento por la espalda, en lo que los partisanos llamaban, por alguna razón, «el método soviético». El supuesto traidor había sido uno de ellos casi desde el principio; era un mecánico de Aosta, se había echado al monte para eludir el reclutamiento forzoso, así que debía de tener dieciocho o diecinueve años. «Zósimo», recuerda Linden, fue el principal instigador del ajusticiamiento, pero la ejecución se sorteó entre ellos y le tocó al tipógrafo comunista, que vomitó antes de hacerlo. «Zósimo» se acercó después al cadáver del joven mecánico y le dio el tiro de gracia, y, poco a poco, los otros integrantes de la brigada fueron acercándosele también. Uno de ellos, el responsable político del grupo, ordenó enterrarlo debajo de un pino retorcido que crecía en una hondonada y dar cuenta de la ejecución en el diario que la brigada llevaba a petición de la jefatura política en Turín, pero también ordenó que no se identificase la tumba, que debía ser sólo conocida por ellos de modo que no hubiese posibilidad de homenaje póstumo al traidor.

Linden intenta alejar un pensamiento que lo asalta cada vez que recuerda que Borrello estuvo a punto de suicidarse: que en el último año ha descubierto que los cadáveres son todos iguales, no importa en qué hayan creído sus propietarios antes de morir; por ello, cada muerte es igual a cualquier otra y puede ser, y de hecho es, la suya propia.

Unos años después verá una fotografía del joven mecánico de Aosta en un periódico; en él se lo recordará como un caído de la lucha antifascista, pero también se dirá que murió durante el ataque alemán a su brigada, unos días después de su verdadera muerte y en circunstancias por completo distintas. Linden redactará una carta al periódico, lenta y dificultosamente, vaciándose en ella, para contar cómo fueron los hechos en realidad, pero no la enviará nunca.

Al día siguiente comienza a construir el arcón con unas maderas de fresno que ha encontrado en el cobertizo; la mayor parte del tiempo trabaja sentado para no cargar en exceso la pierna rota. El perro se echa a su lado, y a veces juguetea con las virutas de madera que caen al suelo, se las traga y después las escupe con un mohín. Borrello ha bajado a Borgosesia y Linden puede trabajar a su aire: clava las tablas y pasa el cepillo por ellas siguiendo el ritmo lento y regular de sus pensamientos; puede verse a sí mismo haciéndolo y pensar, con sorpresa, que la recuperación de los viejos hábitos lo hace feliz. No trabajaba como carpintero desde hace un año y volver a hacerlo le agrada, restituye un sentido a sus acciones que él sólo puede calificar de auténtico, como si el año transcurrido en las montañas hubiese sido un paréntesis no necesariamente falso, pero sí alejado de su verdadera naturaleza; un paréntesis en el que Linden ha interpretado un papel, un poco a disgusto, o con un disgusto cada vez mayor en la medida en que los muertos se acumulaban en su conciencia, pesando más y más de forma colectiva pero desdibujándose grotescamente en términos individuales: al final sólo recordará un rostro, piensa, hecho con retazos de todos los rostros de los muertos de la guerra, y no sabrá si ese rostro es el de un enemigo o el de uno de los suyos.

Lo único que no puede comprender es por qué razón Borrello ha querido quitarse la vida y qué tiene esto que ver con el viaje que piensa realizar. ¿Acaso intenta suicidarse alguien que tiene delante de sí una tarea de cualquier tipo, un viaje por ejemplo?, se pregunta Linden, contemplando la caja de fresno; aún tiene que colocar la tapa, piensa, pero el tamaño es o le parece el adecuado.

Borrello regresa casi al anochecer; el perro es el primero en descubrirlo acercándose y corre a su encuentro: al llegar a su lado, da un brinco, y Borrello le pasa la mano por la cabeza. El animal lo sigue, olfateando las huellas que el hombre deja en el camino y, a veces, echando la vista hacia atrás, en dirección al valle; le ladra a las casas que se ven en la distancia, en una señal de suficiencia y de algo que quizá sea felicidad. Borrello parece exhausto: tose una o dos veces con fuerza antes de poder hablar; cuando finalmente parece poder hacerlo, permanece en silencio, sin embargo. Linden ha bombeado algo de agua un momento atrás y se la ofrece, pero el otro niega con la cabeza; han entrado en la casa y el perro permanece en el dintel, gimiendo, sin atreverse a seguirlos. Al verlo, Borrello extrae de su mochila un papel empapado de sangre; contiene los pulmones de un cerdo, y el hombre lo deposita en el suelo fuera de la casa: el perro se abalanza sobre él. Fuera, en el valle, pasa un tren: el ruido les resulta familiar, pero aun así les provoca a los dos un estremecimiento.

Borrello ha traído una hogaza de pan y algo de carne en salazón, y los dos hombres comen en silencio; después le indica a Linden cómo calentar agua en unos cazos y se echa en la cama: cuando el agua está lista, Borrello se incorpora y le pide a Linden que se acerque y traiga la lámpara y los cazos; deposita todo sobre la mesa, a continuación retira lentamente el vendaje de la cabeza de Linden y estudia la herida, de pie a su lado. «La brecha en la frente ya se ha cerrado –le dice–, pero puede que vuelva a abrirse si no es cuidadoso.» Borrello extrae de su mochila un trozo de venda y un cuarto de una pastilla de jabón de color morado: moja la venda en el agua caliente y luego la frota con la pastilla, haciendo espuma; pasa todo por la frente de Linden con movimientos rápidos y cortos y después toma otro trozo de venda y lo empapa en el segundo recipiente de agua caliente: enjuaga y seca la herida y le pasa una tintura de yodo que extrae de sus pertenencias; a continuación le hace extender la pierna sobre su regazo y extrae el vendaje: la herida sigue abierta, pero una pequeña capa de grasa y de piel ha empezado a formarse en ella impidiendo ver el hueso. Borrello repite el procedimiento anterior y le enseña a Linden cómo efectuarse él mismo las curaciones. «No hay necrosis ni infección –dice, con cierto orgullo–, y el hueso está en su sitio. Va a sentir dolor durante algún tiempo, pero curará; sin embargo, es importante que mantenga la pierna inmovilizada durante un mes más, por lo menos. Voy a enseñarle cómo hacerlo», le dice antes de limpiar la herida y volver a entablillarla. A Linden le parece que la escena tiene un significado religioso, pero no sabe cuál exactamente: cuando Borrello termina, los dos hombres se quedan en silencio. Linden se pone de pie para dirigirse al cobertizo, pero el otro le indica que puede quedarse a dormir allí, donde estará menos expuesto al frío de la noche; se pone de pie, abre la puerta y arroja fuera el agua que ha empleado en las curaciones; luego echa algo de leña al fuego y apaga la lámpara, se quita la chaqueta, los zapatos y las gafas y se mete en la cama. Linden lo escucha toser todavía un par de veces y luego aclararse la voz. «Voy a marcharme pasado mañana —comienza a decir Borrello—. Al alba, de ser posible.» Linden quiere preguntarle adónde, pero no lo hace porque cree que el otro prefiere no decírselo; en cambio, le pregunta por cuánto tiempo. Borrello no le responde. «No tiene ningún sentido. —Borrello parece discutir consigo mismo, como si estuviera alucinando, entre toses—. Quieren defender con ello la idea de que las cosas no se derrumban; pero las cosas se derrumban.» Linden no sabe de qué está hablando. «Un impulso noble, algo que era puro. —Borrello ha vuelto el rostro y en ese momento le habla directamente a Linden, pero éste no sabe qué responderle—. Quizá se pueda salvar eso, y exista un modo de reconstruirlo más tarde, para los otros: lo que hicimos, pero sin nosotros, que no estuvimos a su altura y lo arruinamos.» Linden espera que el otro continúe, pero no lo hace; le pregunta nuevamente cuándo espera regresar, pero esa noche Borrello ya no vuelve a hablar.

Al día siguiente reúne sus cosas; el perro, que parece saber que se producirá un cambio en la situación, está inquieto. Linden ha terminado la caja de fresno y se la ha entregado después de grabar sus iniciales en ella y colocar cuidadosamente en su interior todos los papeles que ha encontrado en el cobertizo. «No sé si sigue siendo escritor o no, pero así podrá conservar lo que ha escrito», le dice. Borrello se queda pensativo un instante y luego le agradece: parece halagarlo que el otro piense que su obra merece ser conservada, pero también parece agobiado, como si Linden hubiese añadido un peso más a la impedimenta de la que él ha estado tratando de desembarazarse durante todo ese tiempo, sin lograrlo.

Borrello extrae del cobertizo el carro de mano que utiliza en ocasiones para recoger la leña y se entretiene aceitándole las ruedas; al día siguiente, le dice, bajará al valle para abordar el tren, si pasa: irá a Turín, le dice, y, si eso no es posible, a Milán: desde allí se las arreglará para llegar a Pinerolo, lo que le tomará dos o tal vez tres días. Linden asiente en silencio: sobre un mapa de la región le indica en la medida de sus posibilidades qué zonas debe evitar si no desea encontrarse con partisanos y le otorga el salvoconducto que le han dado a él en alguna ocasión. Borrello le agradece y luego sale fuera de la casa. Un rato después, Linden lo encuentra sentado frente al camino que conduce al valle, observándolo y jugueteando con el perro, que le muerde amistosamente los zapatos. «¿Va a cuidarlo?», le pregunta. Linden asiente. «¿Qué hará cuando se haya recuperado? ¿Volverá a las montañas?», pregunta. «No lo sé», responde Linden; la idea de volver a matar le provoca rechazo, pero piensa que, si no vuelve a la lucha partisana, los sacrificios del último año y las muertes de sus compañeros de armas no habrán tenido sentido. Quizá, piensa, la guerra consiste sólo en eso, en la inercia provocada por una serie de venganzas que se solapan inevitablemente unas a otras hasta que el origen de todo, la primera humillación, ha sido olvidado. Matar exige matar, piensa Linden, pero también exige no conocer a quien se elimina, y quizá por eso sean necesarias las ideologías, palabras y palabras destinadas a confundir a quienes las escuchan de tal forma que éstos olviden el conocimiento íntimo que tienen de su enemigo y éste les parezca un extraño y un peligro; para olvidar, piensa, que el rostro del enemigo es el propio, desfigurado por un detalle o por dos, nada muy relevante. Él ha cruzado un límite al conocer a Borrello, se dice; cree comprender que no debería haber cruzado ese límite jamás, y que ya no podrá matar a los que fueron fascistas como él; o a quienes no fueron fascistas como él pero pudieron haberlo sido. Muy pronto, cuando la guerra haya terminado, los italianos acabarán encontrando el modo de continuar viviendo todos juntos, no se necesita ser un experto en Historia para comprenderlo, piensa; cuando eso suceda, fascistas y antifascistas acabarán fingiendo que nada ha sucedido, y es posible que realmente nada haya pasado, nada relevante en relación con los largos períodos en los que se escribe la Historia, que exceden la existencia individual de los hombres y probablemente también su comprensión. Un día, el contador turinés le confesó que tenía miedo, y que lo que temía no era la captura o la muerte, sino la llegada de un tiempo en el que la lucha partisana fuese traicionada por sus jefes y por su propia naturaleza, violenta y anárquica. Aquella vez Linden le dijo que no lo creía posible, y que la diferencia que existía entre ellos, y aquello en lo que creían, y los fascistas era tan grande que ni siquiera la Historia podría ignorarla, cuando fuese escrita muchos años más tarde; pero el contador le respondió que la única diferencia entre los hombres que él podía reconocer era la que había entre aquellos que llevaban a cabo malas acciones de forma voluntaria y aquellos que lo hacían sin saberlo, y que partisanos y fascistas caían en ambas categorías; a él, le dijo, la diferencia entre unos y otros le parecía evidente, pero sólo a título personal: nunca iba a poder explicar a nadie esa diferencia y viviría hasta el final de sus días con esa convicción inexpresable. Linden lo ha visto caer durante el ataque a su brigada, unos días atrás, y desde entonces ha pensado en un par de ocasiones que, a diferencia de él, el contador turinés no va a desdecirse, no va a dudar ni va a ver traicionada a la Resistencia, pero que aun así prefiere no estar en sus zapatos. Algo en la lucha partisana es de una pureza incuestionable, irreductible, se dice; y esa pureza simplemente no es de este mundo.

«Quizá le espere aquí –dice Linden finalmente–. Mantendré la propiedad en orden, y tal vez arregle el huerto para cuando regrese. En la primavera podremos plantar patatas y tal vez cebollas y guisantes; tal vez calabazas también», agrega. Borrello se dirige a él con fatiga, como si acusase el esfuerzo de tener que decir algo que creía ya suficientemente dicho, aunque, desde luego, jamás se lo ha dicho así. «Es que yo no voy a regresar», le responde por fin y luego vuelve a quedarse en silencio, observando el valle.

Linden lo ve partir desde la puerta al día siguiente; le hubiese gustado acompañarlo al menos hasta el camino principal, pero todavía tiene dificultades para caminar y, además, es preferible que no lo vean. Borrello le ha entregado su cartilla de racionamiento y le ha indicado cómo usarla haciéndose pasar por él; naturalmente, no podrá hacerlo en Borgosesia, donde lo conocen, pero sí, cuando se recupere, en Coggiola, en Serravalle Sesia o en Biella, si cree que puede ir allí sin ser reconocido: en la primera de esas ciudades ha obtenido un nuevo documento que Linden podrá utilizar como si fuese suyo, y ha comprado un saco de arroz, patatas y carne en conserva para que sobreviva hasta que pueda volver a caminar con cierta facilidad y hacer uso de la cartilla. Antes de marcharse, Borrello levanta una tabla del suelo de la casa y extrae de debajo de ella el fusil de Linden: lo ha escondido allí unos once días atrás, la noche en que lo encontró herido y sin conocimiento al borde del barranco; también extrae una pistola y se la entrega: le cuenta que una vez quiso matar a alguien con ella, pero no lo consiguió, y que ya no la necesita. Linden asiente; después tiene que atar al perro en el cobertizo para que no siga a Borrello. Cuando termina de hacerlo, y sale, el otro ya se ha marchado: arrastra el carro de mano con la caja de fresno por el camino, con cierta dificultad, deteniéndose a veces para toser. No se ha despedido, y a Linden le parece mejor así si es que el otro lo prefiere. Quizá Borrello le ha enseñado algo, y Linden no va a poder olvidarlo, ni a él ni al contenido de su enseñanza. Los ladridos alarmados del perro se oyen con claridad fuera del cobertizo y tal vez Borrello pueda escucharlos también, amplificados por el eco de las montañas; si es así, él también podría gritarle algo, agradecerle o disuadirlo de alejarse, pero no lo hace. Borrello no mira hacia atrás ni una sola vez.

Al mediodía, cuando ya ha desatado al perro y le ha dado de comer, Linden y el animal pueden escuchar el ruido del tren atravesando el valle. El perro no abandona su actitud soñadora, echado como está a los pies del hombre, pero Linden, sin darse cuenta, sonríe.

FLORENCIA / ABRIL O MAYO DE 1947

Vivimos como niños perdidos nuestras aventuras incompletas.

Aullidos a favor de Sade,
GUY DEBORD

La transcripción mecanográfica de una conferencia; el conferenciante y la fecha y lugar en los que su intervención tuvo lugar no aparecen consignados en el texto.

El manuscrito de lo que, a pesar de su naturaleza fragmentaria y algo caótica, parece ser una novela. Ésta alterna dos líneas argumentales: en la primera un puñado de personajes de los que lo desconocemos todo, excepto sus apodos, casi todos inverosímiles, comparten reclusión en lo que tal vez sea un hospital o, más posiblemente, una cárcel; en ella, de alguna manera, la circulación de una cierta droga entre los internos permite a las autoridades extraer y de algún modo rentabilizar su dolor y tal vez su memoria, aunque en ningún momento se indica de qué forma sucede esto. En la segunda línea argumental, un hombre recorre en automóvil las carreteras de un país sobre el que no se dice nada; en algún momento recoge a una violinista o violonchelista —el autor alterna ambos términos, como si desconociese las diferencias de timbre y, especialmente, de dimensiones entre un instrumento y otro; o, más posiblemente, debido a que la novela nunca fue revisada— a la que encuentra en el camino: previsiblemente, entabla una relación amorosa con la joven, de la que nunca sabemos nada, ni siquiera su nombre: al protagonista, al menos, se lo llama «P». En el transcurso de lo que parecen días o semanas, la joven cuenta a «P» una historia que resulta falsa, aunque tal vez no lo sea. No queda clara cuál es la relación entre la primera línea argumental de la novela y la segunda: puede que no exista ninguna, o puede ser que «P» sea uno de los personajes que aparecen en el hospital o institución penal —más apropiado sería caracterizarlo como un campo de concentración, aunque, en virtud de la que parece la antigüedad del manuscrito, posiblemente escrito en la primera mitad de la década de 1930, esto sería un anacronismo, o una asombrosa y terrible capacidad anticipatoria de su autor— poco después de los hechos de la segunda línea argumental, con su identidad ya completamente disgregada por la locura o las drogas que se le administran o por la naturaleza del confinamiento al que se lo somete. Quizá ha sido denunciado por la joven violinista o violonchelista por alguna razón, o quizá «P» ha matado a la joven y ha sido descubierto y condenado; tal vez la segunda línea argumental es un delirio o una ensoñación de alguno de los personajes de la primera, posiblemente del que es conocido como «El Oxidado». Nada de esto es explicado en ningún lugar de la novela, por lo demás, breve: unas ciento cuarenta páginas mecanografiadas a doble espacio, con márgenes amplios. El manuscrito está presidido por la frase «Máquina Shakespeare» y la frase, muy ambigua, «¿Qué has hecho con el perro de William Shakespeare?, gritó ella»: cualquiera de las dos frases puede ser el título de la obra, posiblemente —por su brevedad, más apropiada para un título— la primera.

Una pieza teatral de unas seis cuartillas de extensión titulada «Pájaro carpintero». La acción transcurre en el comedor de un hogar burgués decorado con la exuberancia y el mal gusto propios de los hogares acomodados de las primeras décadas del siglo xx. La escena es banal: el padre lee el periódico, la madre cose, los hijos del matrimonio —ella mayor que él, casi una joven adulta ya— contemplan un álbum de fotografías. Unos y otros parecen compartir comentarios breves, formulados casualmente y al hilo de lo que las actividades de cada uno de ellos —la lectura del periódico, el bordado o la contemplación de las fotografías familiares, decenas de veces vistas ya– les inducen; pero la particularidad es que, a pesar de que los actores hablan y se mueven, de sus bocas no sale ningún sonido: después de algunos minutos, termina el primer acto. En el segundo acto, la acción tiene lugar nuevamente en el comedor familiar, pero su naturaleza es completamente distinta: el hombre golpea a la mujer, le escupe en el rostro, la arroja al suelo y la arrastra de los cabellos, deteniéndose a patearla; los hijos también se arrastran por el suelo, besándose, la joven masturbando al hermano para procurarle una erección. Aunque todos ellos parecen gritar y gemir, nada de esto se escucha: en su lugar, y gracias a una grabación, los espectadores escuchan los intercambios corteses y algo pueriles del primer acto, que contrastan notablemente con la acción en el escenario. Cuando ésta acaba, dando lugar al tercer acto, la situación se ha recompuesto, los personajes se encuentran en la situación inicial y un quinto actor irrumpe en la escena para ser recibido con muestras de reconocimiento y afecto por parte del padre y, en menor medida, de los niños: su visita parece turbar notablemente a la mujer, sin embargo. Nada de lo que dicen puede ser escuchado por el espectador: en su reemplazo –y mediante una grabación– escuchamos los insultos, los gritos y gemidos que correspondían al acto precedente. El último acto encuentra la escena a oscuras y ya sin actores; en ella se escuchan los diálogos correspondientes al acto anterior, con la visita de un amigo de la familia que resulta, y esto lo pone de manifiesto la turbación de la mujer ante su llegada, el querido de la esposa. El espectador debe comprender, se dice en una didascalia al final del texto, que el segundo acto ha sido el tercero y el segundo, el primero, y que los diálogos del segundo son los correspondientes al primero y los del segundo, al tercero. El autor sugiere la posibilidad de que se le otorgue a la pieza un carácter circular, reproduciendo en el primer acto, que en su versión es mudo, los diálogos correspondientes al tercero; también propone agregar un cuarto acto en el que el espectador «escuche» los pensamientos de los personajes. En una nota manuscrita agregada posteriormente, el autor da cuenta de otra forma posible de interpretar su obra, según la cual, ésta sería una ensoñación de la esposa, quien se encontraría barajando la posibilidad de introducir a su querido en el hogar familiar, con las consecuencias previsibles para todos: en ese sentido, la pieza constituiría una denuncia acerca de la situación de la mujer italiana en la primera mitad del siglo xx. En la misma nota manuscrita, el autor agrega que el título de la pieza proviene del poema anónimo «Pájaro carpintero / Triste industrial / Funebrero», leído en un muro de la localidad de Sansepolcro en 1923.

«Kaidmorto», pieza cómica para un actor; extensión, once páginas. En las notas para su representación el autor indica que la pieza ha sido concebida especialmente para Emilio Ghione y que sólo el actor italiano tiene derecho a representarla; una adenda fechada el 10 de enero de 1930 da cuenta del fallecimiento del actor días atrás, sin embargo, y manifiesta por consiguiente la voluntad del autor de que la obra no sea representada nunca. La nota resulta particularmente desconcertante: en efecto, Ghione, que fue un actor y director cinematográfico, así como novelista, excepcionalmente popular en la década de 1920, falleció en enero de 1930; pero la concepción original de la obra la volvía irrepresentable de todos modos, con Ghione vivo o no, ya que consiste en dos discursos simultáneos y contradictorios, uno en inglés y otro en italiano, que deben ser pronunciados «al mismo tiempo» por un único actor. Ambos textos discurren a lo largo de varias páginas en dos columnas sin prácticamente indicaciones escénicas. La imposibilidad material de que un actor realice los dos monólogos simultáneamente, por no mencionar la de los espectadores de comprender ambos al mismo tiempo, no es puesta de manifiesto en ningún pasaje de la obra, aunque está implícita en su título, que hace referencia al ser del mismo nombre descrito por Diodoro de Sicilia que «tenía la lengua hendida en dos mitades desde su raíz hasta la punta, de modo que podía a un tiempo hablar a dos personas en conversación diferente y en distintos idiomas». Los textos de la obra difieren, y consisten en la descripción de dos sueños en los que hace su aparición el «kaidmorto». La vinculación con Emilio Ghione y la descripción de la obra como «pieza cómica» es, por fuerza, una referencia irónica a la apariencia adusta y en ocasiones aterradora del actor, incluso en las escasas comedias en las que actuó: nuevamente, hay una referencia en esto a Diodoro de Sicilia, quien escribió que el «kaidmorto» «mordía riendo».

Las piezas teatrales de Luca Borrello parecen seguir los lineamientos –por lo demás, relativamente borrosos– del manifiesto «El teatro futurista sintético» (1915) de Filippo Tommaso Marinetti, Emilio Settimelli y Bruno Corra, con su seguidilla de restricciones y de desdenes –«*es estúpido* no rebelarse ante el prejuicio de la teatralidad cuando la vida misma […] es en gran parte antiteatral», «*es estúpido* satisfacer lo primitivo de la multitud», «*es estúpido* querer explicar con una lógica minuciosa todo aquello que se representa, cuando tampoco en la vida podemos aferrar un acontecimiento enteramente», «*es estúpido* someterse a las imposiciones del crescendo, de la preparación y del máximo efecto al final», «*es estúpido* dejar que se imponga a la propia genialidad el peso de una técnica que todos (también los imbéciles) pueden adquirir a fuerza de estudio, de práctica y de paciencia», etcétera: las cursivas histéricas son de los autores–. Un ejemplo de la adhesión, no exenta de contradicciones, de B. a la estética teatral futurista se encuentra en su obra «Depressa» [*sic*]: en ella, dos personajes de gran parecido físico discuten en una habitación de hotel; uno de ellos es la sombra del primero, que se ha desprendido cuando su «propietario» fue atropellado por un tranvía, lo que parece haber sucedido unos minutos antes; la sombra agoniza, pero nunca queda claro por qué es la sombra la que lo hace y no el sujeto atropellado. El interés de la pieza, si posee alguno, no está en su mimetismo de una realidad en la que B. posiblemente ni siquiera creyera, y tampoco en su adhesión a sus propios lineamientos —confusos como inevitablemente son—, sino en la confrontación entre la sombra y su antiguo dueño, en el transcurso de la cual ésta le reprocha decisiones de una u otra naturaleza que el hombre habría tomado en el pasado y habrían producido un gran descontento en la imagen: entre ellas se cuentan el rechazo a una mujer, la elección inapropiada de una profesión y algo «confuso y terrible» sucedido en la perusina Piazza del Duomo sobre lo que no se dice más. En las notas de la pieza —unas sesenta y dos páginas mecanografiadas a doble cara, lo que constituye una anomalía en el marco del teatro futurista, que tendía a ser breve y aun brevísimo—, el autor afirma que la similitud entre ambos personajes sólo se puede garantizar si se escoge para su escenificación a dos actores gemelos, algo naturalmente difícil o imposible de encontrar en la escena teatral italiana de la época y, en general, de todas las épocas y países, pese a lo cual —y como especifica el autor—, no se trata de un aspecto de la obra sujeto a negociación: la pieza debe ser representada por dos gemelos o no representada en absoluto. Por lo demás, su título proviene, como indica el autor en una didascalia quizá superflua, del poema de M. S. Oliver del mismo título, que reza: «Depressa fugen les hores / depressa y no tornan més. / Aprofita l'hora / dels encants primers, / aprofita l'hora que no torna més». No ha sido posible obtener ninguna información sobre el mencionado M. S. Oliver, por lo que tal vez sea ficticio; más allá de esto, y hasta donde ha sido posible saber, el autor no hablaba catalán y carecía de conocimientos sobre su literatura.

A pesar de la ya mencionada dificultad para encontrar en la escena teatral italiana una pareja de hermanos gemelos, las siguientes dos piezas teatrales de Borrello exigen una vez más que sus intérpretes lo sean. La primera, titulada «Rojos globos rojos» [*sic*], consiste en una serie de diálogos carente por completo de sentido que debe ser llevada a cabo por los actores mientras éstos se descuelgan en una estructura de hierro: por la descripción ofrecida en la larga nota previa a la obra, la estructura es similar a la de un andamio de los que habitualmente se utilizan en la construcción y en la reparación de edificios y a ella han sido atados decenas o cientos de globos —el autor exagera al respecto, a pesar de que no da cifras exactas—, que los actores deben desatar y dejar subir hacia el techo del escenario: puesto que representan la obra colgados boca abajo, el ascenso de los globos es percibido por los actores como una caída, lo que los desconcierta, dando lugar a situaciones que deberían ser cómicas y, sin embargo, no lo son, o no lo son en exceso. En su lugar, al espectador posiblemente lo asalte el tedio, lo que tal vez fuese un efecto deseado por el autor.

Una pieza similar, de características por completo diferentes, ofrece un mayor desarrollo narrativo y profundiza en el estado de ánimo anteriormente mencionado. La obra, titulada «Abel, Caín, Seth», tan sólo ofrece media docena de páginas de diálogo, y esos diálogos son esquemáticos. La mayor parte del manuscrito consiste en las notas para la representación; éstas, en contraste con los fragmentos de diálogos, son singularmente precisas: de acuerdo con ellas, la pieza debe ser representada en un escenario de grandes dimensiones sobre el que deben disponerse una cama de tipo matrimonial colocada sobre un plano inclinado, una máquina de coser con su silla respectiva, un paragüero repleto de paraguas, una mesa de disección con su material quirúrgico, etcétera. Todos estos objetos deben ser dispuestos de tal forma que conformen a su alrededor espacios diferentes y claramente definidos mediante el uso de luces que los iluminen cuando la acción tenga lugar en ellos y los oculte cuando ésta se produzca en otro lugar de la escena. Ésta debe comenzar en la cama, donde, al inicio de la acción, una mujer debe encontrarse manteniendo relaciones sexuales con un hombre. Ahora bien, el hombre, designado nueva y simplemente con la letra P, debe ser interpretado por tres actores, en lo posible —insiste el autor— hermanos; es decir, trillizos. Toda la pieza gira en torno a ello, de allí la insistencia del autor, ya que su argumento es el siguiente: tres hermanos que han nacido unidos por la cintura —y rechazados por esa razón por sus padres, quienes los han entregado a los habitantes del circo del que, por una serie de acontecimientos que el autor insinúa en las notas pero se niega a precisar, son ahora los propietarios— se enamoran en su adolescencia de una mujer, una de las enanas del circo; a pesar de todo, o en virtud precisamente de las posibilidades principalmente sexuales que ofrece el sujeto conformado de tal forma —tres cabezas, cuatro brazos, seis piernas, tres penes, tres lenguas, etcétera—, la enana acepta en su lecho al o a los enamorados; pero cada uno de ellos ansía poseer a la mujer de forma exclusiva, lo cual resulta —en este y, por supuesto, en casos similares, o no— anatómicamente imposible. La llegada al circo de un cirujano que se ofrece a llevar a cabo la separación de los tres hermanos pese a los riesgos evidentes que esto conlleva lo altera todo; los hermanos discuten: uno de ellos se niega a participar del experimento en nombre de todo lo que han vivido juntos en el pasado; otro, en nombre de lo que todavía les queda por vivir. (El espectador comprende, o debe comprender, que cada uno de ellos «encarna» un tiempo verbal, afirma el autor: pasado, presente y futuro.) Sólo uno de los hermanos, el tercero, se aferra a la idea de separarse de los otros: los emborracha, con ayuda de la mujer y del cirujano, y a continuación éste los opera; pero el hermano que se aferraba al pasado muere. La situación inicial —la mujer y su amante, doble en este caso, están en la cama, etcétera— se repite; cuando acaban, y como en el primer acto, la mujer cose. Poco después, los hermanos discuten: la eliminación de uno de ellos no supone la posesión en exclusiva de la mujer, ni siquiera el disfrute de una parte mayor de la misma según la regla de que ésta debería ahora dividirse por dos, en vez de por tres. Uno de los hermanos, el más alto, afirma que teme las consecuencias que la operación pueda tener en el futuro; para el otro –por supuesto–, el futuro es inconcebible. Una vez más, el segundo convence a, o es convencido por, el cirujano para llevar a cabo una nueva intervención, y el segundo acto termina cuando los dos hermanos yacen en la mesa de disección, uno de ellos drogado por el otro. En el tercer acto la división ya se ha producido, y la mujer retoza con uno de los hermanos en la cama: su actitud es de apatía, sin embargo; cuando el coito termina y los dos se dirigen a extremos opuestos del escenario –la mujer vuelve a coser–, irrumpe en la escena el otro hermano, que ha sobrevivido a la separación pero parece no comprender qué ha sucedido; en una de las escenas más cómicas de la obra, intenta volver a unirse a su hermano tratando de introducirse debajo de su ropa, subiéndosele a la espalda, etcétera. El otro, que carece de brazos por ser el que se encontraba en el centro, se resiste, forcejean, lo patea una y otra vez cuando el hermano yace en el suelo: su preocupación por el futuro, se insiste, no tenía ningún sentido, ya que el joven carecía por completo de él. El hermano asesino descubre, comprende, lamenta: cuando se dirige a la enana para que ésta lo consuele, es rechazado. A su lado se encuentra el cirujano, desnudo y, por primera vez, completamente calvo, como los hermanos. La enana ha terminado de coser el traje: es un traje de látex azul, similar al que los hermanos vestían: el cirujano se introduce en él por una abertura; a ambos lados hay dos monigotes, que representan a los otros hermanos. La enana mata al superviviente y se va con el cirujano, que ocupa el lugar de los gemelos en la jerarquía del circo. Cae el telón.

Bocetos para la construcción de un edificio en cada una de cuyas caras se lea, en letras gigantes, «Ardita», «Antisocialista», «Anticlerical», «Antimonárquica» y carta de rechazo correspondiente enviada al autor por el Instituto Fascista de Cultura el 4 de septiembre de 1938; es decir, un día antes de la promulgación de las primeras leyes raciales. La propuesta recuerda el hecho de que los textos, y específicamente los textos de los futuristas, invadieron durante algún período los edificios del régimen —en contrapartida, también nuestros textos se volvieron más arquitectónicos, cabe decir—, por ejemplo en el Foro Itálico; tardíamente, la obra también parece inspirada por, o ironizar acerca de, el Pabellón Tipográfico/Casa del Libro diseñado por Fortunato Depero para los editores Bestetti, Tumminelli y Treves en 1927, cuya fachada estaba conformada sólo por letras mayúsculas, unas letras habitables que, a su vez, quizá también fuesen una ironía de Depero acerca del exceso de texto que afectaba a la sociedad italiana de la época, ya que el coautor de la «Reconstrucción futurista del universo» sabía bien lo que es un chiste.

Una pieza teatral —ésta sí completada— para dos actores, titulada «La competición / La mar». No es necesario que los actores sean hermanos, se dice en las notas para su representación. A diferencia de las mencionadas anteriormente en este catálogo, la pieza no pone de manifiesto el rechazo a la familia y al aburguesamiento; tampoco resulta el «drama fruto de la fugacidad y la simultaneidad de acontecimientos» que Marinetti describió como el drama futurista por excelencia, a pesar de lo cual el autor la define, siguiendo a M., como una «hilaridad dialogada»: «La competición / La mar» deposita el énfasis en la diversidad de las interpretaciones de un acontecimiento y el modo en que esa diversidad es, en sí misma, el drama. La pieza está encuadernada de tal manera que, entre la portadilla y la portada, se despliega una bañera o bañadera, por lo general —se han encontrado setenta y dos ejemplares numerados y firmados por el autor— en medio de un paisaje desierto.

Una adenda a «Abel, Caín, Seth», posiblemente escrita con posterioridad a la pieza, en la que B. sostiene que –contra lo que podría pensarse– la pieza no es un drama sino una pantomima y lo que el autor denomina, siguiendo una vez más a Marinetti, una «deformación sintética». En la nota se ofrece una minuciosa descripción del modo en que los actores deben moverse y actuar, para lo que resulta esencial la confección de los dos trajes, el que visten los tres actores que interpretan a los hermanos y el que cose la mujer a lo largo de la obra. Éste, se dice, debe haber sido confeccionado en látex o alguna tela similar de color azul, y debe ser realizado de tal forma que permita cierta libertad de movimiento a los actores: éstos, por ejemplo, deben poder ponerse uno a hombros de otro para, durante el coito con el que se abre la pieza, simular que el hombre que se encuentra en la cama es inusualmente alto, etcétera. Es imprescindible, sostiene el autor, que el traje sea lo suficientemente elástico para que cada uno de los actores pueda alejarse de los otros sin abandonar el traje para realizar el «aparte» ante el público. Las posibilidades interpretativas dependen directamente de este aspecto, afirma Borrello. La adenda a la pieza incluye varios dibujos, del escenario, de la disposición en él de la cama y de los otros objetos, del traje y de las posibilidades de movimiento de los actores en él, etcétera: los tres actores subidos unos a hombros de los otros, extendidos en el suelo con la cabeza del que ocupa la posición central bajo los pies del primero y con sus pies rozando la cabeza del tercero, etcétera.

Un largo poema narrativo titulado «La sonámbula», tres copias mecanografiadas. La primera no presenta alteraciones, consistiendo sencillamente en el texto; la segunda, en cambio, está llena de notas manuscritas en los márgenes: las notas explican, corrigen o completan los versos del poema; la tercera copia, por fin, reproduce las notas, pero el texto central ha sido borrado, por lo que, en algún sentido, las notas flotan en el aire de la página. Acerca del poema en sí mismo, es poco lo que se puede decir, a excepción de que quien esto escribe tuvo la oportunidad de escucharlo de su autor y discutirlo con él y con otros en cierto local estudiantil de la ciudad italiana de Perugia en una fecha que no recuerda con precisión, pese a lo cual sí recuerda, o cree recordar, que las notas incluidas en los márgenes del poema son el resultado de esa discusión; en una de ellas –la que comienza con la frase «No se trata de ocupar un territorio, sino de "ser" el territorio»– el autor cree reconocer su elección de palabras y las ideas que defendía en torno a 1933 y antes.

Una pieza breve –tres páginas– para dos actores, inevitablemente, hermanos; en esta ocasión se trata de actores que no sólo deben ser hermanos sino, a su vez, personas mayores, ya que la obra consiste en la alternancia de los monólogos de ambos actores, situados uno a cada extremo del escenario. Ninguno de ellos se dirige nunca al otro, pero sus intervenciones son interrumpidas por el otro, que corrige o amplía lo relatado, que tiene que ver, vagamente, con el incendio de un barco, del que ambos habrían sido testigos en su juventud. Por alguna razón, el título de la pieza es un pequeño poema de autor desconocido: «Los viejos y viejas / son / pobres argentinos / en la comedia del / teatro de la vida», pese a lo cual no se especifica que los personajes sean argentinos ni de ninguna otra nacionalidad.

Una variante de la pieza de F. T. Marinetti «Simultaneidad» en la que las flores que recibe la querida son las del señor burgués que se sienta a su derecha y que después la visita: un actor debe encarnar al personaje en los dos momentos, aunque esto sea materialmente imposible. Dos páginas.

Una hoja abandonada en la que el autor ha intentado bordar un texto sobre la página: el texto consiste en las palabras «Los hombres / hacemos torres / y las mujeres / hacen / hijos / pobres», quizá parte de un poema o un poema en sí mismo, del autor o de otro.

Novela de noventa páginas titulada «Continuación del fuego», en la que dos orates pretenden esclarecer los hechos ocurridos en un sitio innominado en un período de tiempo previo al incendio del que se habla y cuya datación es imprecisa; el relato se desvía una y otra vez a la discusión de la existencia o no de extraños personajes pertenecientes, quizá, a las tradiciones orales del Piamonte, lugar de procedencia del autor, o a la provincia de Arezzo, en una de cuyas localidades, Sansepolcro, vivió antes de desplazarse a Perugia. «Continuación del fuego» podría calificarse de sueño o ensoñación de no ser porque, a pesar de la lógica difusa que recorre sus páginas, de sus repeticiones e inconsistencias, propias del carácter alienado de sus dos personajes, es posible inferir de su lectura quién cometió los hechos descriptos, como si la novela fuese un simple relato policiaco convencional; si acaso, el primero que pone de manifiesto el interés de Borrello por ese género. La novela adhiere a los lineamientos esbozados por Luigi Scrivo, Piero Bellanova y el ubicuo Marinetti en su manifiesto «La novela sintética», de 1939, según los cuales ésta debía ser breve, original incluso en su presentación tipográfica y lírica; debía presentar las situaciones de forma dinámica y simultánea y demostrar un cierto amor por la vida urbana y por la sociedad de masas: se aparta de ellos en este último aspecto, y es posible que sea anterior al manifiesto mencionado, lo cual sugiere la posibilidad de que el manifiesto fuese producto de la lectura de la novela de B. —que podría habérsela entregado a Scrivo, a Bellanova o al propio Marinetti, aunque no existen testimonios de que haya conocido o frecuentado a ninguno de los tres: de hecho, ni siquiera hay testimonios de que Scrivo y Bellanova hayan existido, en particular este último– y no al revés.

«Una mujer gorda», relato. Las primeras dos páginas, mecanografiadas; a continuación, tres fotografías que muestran al autor destruyendo la última página del relato; en nota adjunta se indica que la obra tiene por tema y es testimonio de la naturaleza incompleta de toda obra artística y que, si el relato lo es –es decir, si la «pieza» que conforman el relato y la documentación de su destrucción parcial es una obra de arte–, esto es en virtud del hecho de que ha sido mutilada: en el «muñón» –la expresión es de Borrello– que presenta el texto se deben incluir todos los otros textos, todos los que conforman nuestra cultura y la literatura de nuestro país. (La identidad de quien haya tomado las fotografías del autor destruyendo la obra no es mencionada.) La pieza constituye uno de los primeros ejemplos del «vaciamiento» en que se convertiría paulatinamente la obra de B.

Una especie de diario visual sin título, posiblemente incompleto: las fotografías que lo componen incluyen la de una silla, una mesa, las vistas de una localidad en las montañas, imágenes del desmantelamiento de una casa, los elementos que la constituían –vigas, ladrillos, algunos muebles, mosaicos, una fotografía– dispuestos de modo que conforman filas o listas en el suelo, una imagen de las vigas siendo convertidas en leña por el autor, etcétera. Las fotografías parecen haber sido tomadas durante un breve período destinado a la rehabilitación o reforma de una casa de alguna índole; están reunidas en una caja confeccionada evidentemente por el autor con los restos de un cartón de leche.

Las siguientes dos «piezas» también suponen parte del esfuerzo por dejar un registro gráfico de alguna índole acerca de las condiciones en que Luca Borrello vivió sus últimos años y, en general, durante toda su vida. La primera, también alojada en una caja, reúne planos de diferentes casas y habitaciones de tamaño variable, por lo general reducido; a continuación se incluyen en un sobre mapas de las ciudades de Milán, Sansepolcro y Perugia y del norte del Piamonte y tras ellos unas notas del autor que indican que los planos corresponden a las casas en las que ha vivido a lo largo de su vida: el autor indica a su lector el sitio en el que dichas casas se encontraron –de allí los mapas– y agrega algunas palabras acerca de su vida en ellas. La segunda pieza consiste en la superposición mediante medios mecánicos de los mapas de las ciudades, que, como posiblemente sucediese en la memoria del autor, conforman de ese modo una sola ciudad. En una pieza adjunta, los mapas de las casas han sido unidos de tal manera que forman un solo inmueble, de grandes dimensiones, que sería la «única» casa en la que su autor habría vivido a lo largo de su vida, repartida en varias ciudades.

(Lo cual puede ser una reflexión acerca de las relaciones entre espacio y memoria, o espacio y presencia, o alguna otra cosa.)

Algunas fotografías reunidas en una caja bajo el título de «La naturaleza rústica»: las fotografías exhiben el perfil de una ciudad, un paisaje montañoso, una casa, los pasillos de un jardín botánico, un automóvil, etcétera. Según se afirma en la nota correspondiente, todas ellas pertenecen al contenido de una novela titulada «El Narratón» [sic]; sin embargo, no lo hacen en el sentido de que lo representado en ellas constituya parte de la trama de la obra, sino a modo de metáforas: de forma bastante confusa –en opinión de quien esto escribe– Borrello sostiene que la ciudad representada en una de las fotografías, el paisaje montañoso de otra, la casa, los pasillos de un jardín botánico, el automóvil, no son «parte de» la novela, sino la novela misma; para demostrarlo, el autor propone un rápido resumen de la obra, que incluye una expedición a caballo al interior de un país innominado en algún momento del siglo XIX, la reproducción de documentos sonoros con mensajes políticos, un lingüista inglés que agoniza en una habitación, el monólogo de un joven que narraría todos los relatos del país innominado, una confusión, un accidente, etcétera. Pese a ello, parece imposible determinar de qué forma el argumento de la novela podría asimilarse a las imágenes reunidas, ya fuese en forma individual o de manera conjunta. En la «Nota del autor», Borrello no abunda a este respecto, pero sí en la idea, formulada a modo de justificación y quizá de disculpa, de que esta y otras piezas suyas no deberían ser consideradas experimentales sino vanguardistas, con lo que el autor habría querido decir que su intención no era únicamente proponer formas narrativas nuevas o poco utilizadas, sino también «reescribir el texto en la vida»; es decir, la fusión total entre el arte y la vida cuya realización correspondería a la vanguardia y, más específicamente, al futurismo. Al margen de ello, y como indica el autor, el título de la obra proviene del poema —del propio Borrello o anónimo, poco importa— «La naturaleza rústica / donde mueren / las palabras / nace la música». Una vez más, qué tendría que ver la música con la novela «El Narratón» no es especificado por el autor.

«Vita», pieza consistente en la articulación de un relato que abarca desde el nacimiento a la muerte de un joven llamado «Giuseppe Bicchiere» [*sic*], nacido en 1901 y muerto en 1918 en una de las últimas acciones de la Gran Guerra. El relato es narrado mediante la sucesión de anuncios publicitarios, esquelas y noticias en la prensa y sin intervención aparente del autor, aunque no se debe descartar que haya sido éste el que publicó en el periódico los textos en primer lugar para poder presentar de este modo un relato coherente.

Un libro compuesto por nueve tiras de papel plegadas de tal modo que conforman la frase «Escapa de»; si se las despliega, se descubre en el reverso de cada una de ellas una frase. En este orden, las frases son: «Escapa de la luz», «Escapa de la muerte», «Escapa de la vida», «Escapa de ti mismo», «Escapa de quien creíste que eras», «Escapa del terror», «Escapa de la ironía», «Escapa de tus amigos» y «Escapa de la posibilidad de escape».

Un mapa del centro de la ciudad de Perugia en torno a 1934 en el que los nombres de las calles han sido reemplazados por cruces, que representan el número de los muertos que deben atribuirse al personaje histórico al que la calle rinde homenaje o al evento que le otorga su nombre; en una nota en el reverso del mapa el autor señala que las cruces no representan sólo una muerte —excepto en el caso de las de color rojo—, sino que, por el contrario, siguen una progresión: una cruz azul representa diez muertos; una verde, cien; una amarilla, mil; una negra, diez mil: la calle Ulisse Rocchi, por ejemplo, sólo ostenta dos cruces rojas, que dan cuenta del suicidio en 1905 de una pareja de estudiantes de medicina, que se arrojó desde lo alto del polémico acueducto construido durante el mandato de R. como alcalde de la ciudad; en contrapartida, la calle Francesco Guardabassi sólo tiene una, que recuerda la sentencia de muerte que se le dio en ausencia en junio de 1859 por su participación en el así llamado gobierno provisorio de Perugia de ese año; la plaza Biordo Michelotti, en cambio, ostenta tres cruces amarillas —el autor no revela las fuentes en las que se habría basado para atribuir las tres mil muertes al famoso condotiero, aunque no es improbable que la cifra no sea en absoluto exagerada—, y una cruz roja, que corresponde al propio Michelotti, asesinado en 1398 por asesinos bajo las órdenes de su rival Francesco Guidalotti. En la nota se especifica que la inclusión en el mapa de la totalidad de los muertos que están «detrás» de los hechos y los personajes que la ciudad de Perugia ensalza supondría una proliferación tal de cruces que el resultado sería ilegible. El mapa es el primero de una serie producida por B. entre 1934 y 1945; la serie conforma subseries.

Una sucesión de planchas tituladas «Autorretrato» en las que se exhiben resúmenes de estadísticas y datos físicos. Los «autorretratos» de B. incluyen un gráfico con la descripción física de una ballena –peso del corazón, pulmones, hígado, ojos, etcétera–, un informe meteorológico del clima en la localidad italiana de Bordighera en la semana comprendida entre el 8 y el 15 de febrero de 1941 y las características técnicas de un avión Junkers Ju 52. La última pieza de la serie, que parece agregada posteriormente, consiste en un análisis de bacilo de Koch/tuberculosis cuyo titular es el escritor italiano Luca Borrello; aunque los datos incluidos en él son reales –valores sanguíneos, pulmonares, etcétera–, y, en algún sentido, los más reales que pueden encontrarse, no permiten hacerse una idea de quién fue B., por supuesto, aunque sí hacen posible inferir que la descomposición de la idea de autor, de libro, de linealidad y de lectura en estas piezas fue también, en virtud de su enfermedad, la del propio B.

Un mapa de la ciudad de Perugia en el que el autor ha obliterado todas las referencias con ayuda de goma de borrar, un raspador y pintura blanca, dejando señaladas tan sólo las casas donde ha vivido, las de sus amigos y los sitios que frecuentaba durante los años que pasó en la ciudad. Una serie de notas incluidas en el reverso de la «pieza» contiene descripciones de todo ello, incluyendo una general del proyecto, que describe como una «cartografía emocional» de la ciudad, aunque también se la podría llamar «un solipsismo», ya que de Perugia sólo permanece en la pieza aquello que ha tenido algún tipo de significado para uno solo de los habitantes de la ciudad, el autor. Por otra parte, quien esto escribe se ve obligado a corregir a éste allí donde sostiene que una de las paredes de la Osteria Santucci ostentaba en 1930 la cabeza de un ciervo y que un aficionado colgó de su osamenta una bufanda de la Juventus F. C. durante la celebración del campeonato obtenido por ese equipo: en principio la información es correcta, excepto porque no era una cabeza de ciervo la que colgaba en una de las paredes del restaurante sino una de jabalí, porque no fue la Juventus F. C. la que ganó el campeonato de Serie A de ese año sino la Società Sportiva Ambrosiana, también conocida como Internazionale, porque, por consiguiente, no fue un aficionado de la Juventus el que colgó la bufanda sino uno del Internazionale y porque no fue de los cuernos inexistentes del jabalí sino de uno de sus colmillos.

Veintidós mapas de distintas ciudades −entre ellas, París, Berlín, Roma, Londres, Nueva York, Madrid, etcétera− sobre los que se ha trazado un mismo recorrido, más o menos extenso dependiendo de la escala de la representación de cada uno de esos mapas; según la «Nota del autor» el recorrido tiene una extensión original de tres kilómetros y debe ser realizado siguiendo estrictamente las indicaciones ofrecidas por el autor y desviándose sólo allí donde un obstáculo lo exija para retomar la ruta tan pronto como sea posible. Por lo demás, la ruta ofrece el aspecto de una cicatriz; aunque su autor no lo indica, quien esto escribe puede afirmar sin temor a equivocarse que comprende la distancia y el itinerario que se debían recorrer para ir desde la casa de Luca Borrello en Perugia a la de un escritor por completo olvidado llamado Romano Cataldi, de quien Borrello fue amigo y, circunstancialmente, albacea.

El manuscrito de un ensayo o novela titulado «El libro tachado» el cual, tras la portadilla con el título y el nombre de Luca Borrello, sólo incluye páginas en blanco, seguidas a continuación por un índice. Este índice, en el que se apiñan nombres y materias por completo inconexos, no permite inferir, sin embargo, el contenido de la obra, ni siquiera su género.

Pieza titulada «Mapas de un cementerio» consistente en un mapa de Italia expuesto al sol, que lo ha desteñido casi por completo, haciendo imposible reconocer sus límites e incluso sus principales ciudades, prácticamente borradas de este y de otros mapas.

Veintiséis copias de la última versión del poema titulado «La sonámbula», con el texto central obliterado; numeradas y firmadas por el autor.

Doce fotografías impresas en un volumen cuyas páginas han sido troqueladas, de tal manera que las fotografías pueden desprenderse. Las imágenes resultan fragmentos de una imagen mayor, cosa que sólo se comprende si se arrancan las páginas del libro y se reconstruye la imagen original, aunque hacerlo supone, inevitablemente, la destrucción del libro como tal. A pesar de ello, la inclusión en la caja en que viene la obra de un hilo metálico y de unas instrucciones, que indican que las fotografías deben ser arrancadas y expuestas al sol con la ayuda del cordel, indican que la intención original del autor era, precisamente, la destrucción de la obra, pese a lo cual, y como indica en una nota, éste consideraba que la destrucción de la obra y su transformación en lo que parece haber sido concebido como un colgante no era inconveniente para que la obra fuese considerada aún, y a pesar de todo, un libro. El texto que acompaña a las imágenes es una reflexión acerca del carácter inmanente de la obra pese a su destrucción, un tema central en la producción de Borrello.

A continuación, una carpeta conteniendo ocho imágenes de edificios construidos durante el régimen fascista; se trata de la Casa del Fascio en Como, del Monumento a la Victoria de Bolzano, en el Alto Adigio, del Stadio dei Marmi, el Palazzo dei Congressi y el Palazzo della Civiltà Italiana, todos en Roma. Las fotografías parecen parte de un juego de seis postales comercializado con la finalidad implícita de popularizar estos edificios, y la explícita de que sirviesen efectivamente como tarjetas postales, y presentan rayaduras con un objeto agudo, posiblemente un punzón, o una plumilla sin entintar, que hacen que los edificios parezcan en ruinas: las estatuas que rodean la pista del Stadio dei Marmi aparecen mutiladas; las columnas del Palazzo dei Congressi han caído y parte del techo se ha derrumbado con ellas; los balcones del Palazzo della Civiltà Italiana también han cedido; la Victoria que preside el Monumento del mismo nombre en Bolzano ha perdido sus alas y la inscripción a sus pies ha sido mutilada, manteniéndose sólo la frase «Hic patriae multas siste signa», sin referencia ya al lenguaje, al derecho y a la cultura; la Casa del Fascio de Como ha cedido en su centro, partiéndose en dos mitades de distinto tamaño. En los márgenes de algunas de esas imágenes debe de haberse rayado con la intención de que los edificios parezcan invadidos de vegetación, aunque es imposible determinar de qué tipo de vegetación se trata y si ésta se encuentra presente en la península italiana o está compuesta por especies foráneas que la hubiesen invadido, asunto del que depende parte de la interpretación de las imágenes, que tienen que haber sido elaboradas en torno a 1944, por lo menos, ya que en una de ellas –más específicamente, en la de la Casa del Fascio– la fachada ha sido decorada con esvásticas, cuya presencia en Italia era relativamente escasa antes de esa fecha. En la mayor parte de las imágenes las personas que aparecen frente o en las proximidades de esos edificios, y que, por lo general, parecen no ser conscientes de que están siendo fotografiadas, han sido respetadas, pero en dos de ellas son las personas, y no los edificios, las que han sido rayadas hasta desaparecer prácticamente. Una de esas imágenes es la de una madre y un niño, y lo que se ha borrado es el brazo que los unía.

(Las ruinas no parecen el resultado de un acontecimiento inesperado, sino padecer años de abandono; si hay un accidente aquí, en la pieza, es político: la corrupción, la desidia, la prepotencia, etcétera.)

Más que la obra anterior, es la que la sigue la que pone de manifiesto una crisis de alguna índole en las ideas políticas de Borrello. La «pieza» consiste en una serie de *gialli* de la editorial Arnoldo Mondadori intervenidos por el autor: el primero de ellos, *La palabra a la defensa* de Agatha Christie, presenta sus líneas numeradas a mano; la nota del autor, insertada en las últimas páginas del libro, consiste sólo en una sucesión de números –cito el comienzo: «74, 11, 67, 70, 12, 22, 40», etcétera–, lo cual resulta desconcertante en primera instancia pero acaba explicándose a sí mismo a poco que se vuelva sobre el libro, ya que los números corresponden a las líneas numeradas del texto cuya lectura permite la comprensión y el esclarecimiento del crimen narrado en la obra. (El mismo procedimiento aparece en un segundo ejemplar del libro de Agatha Christie en el que la lectura de las líneas señaladas por el autor no contribuye al esclarecimiento del crimen sino a la lectura de una obra por completo distinta a la original, de carácter romántico y centrada principalmente en la relación entre Eleanor Carlisle y Peter Lord.) Un tercer *giallo*, *Nero Wolfe y su hija* de Rex Stout, presenta la particularidad de que se le han arrancado las hojas; en su lugar se ha insertado un cuadernillo mecanografiado en el que puede leerse una lista de palabras extraídas de la obra original que permiten determinar, hipotéticamente –quien esto escribe no se ha tomado la molestia–, quién es el asesino del libro de Stout: «mujeres», «diamantes», «adopción», «británico», «espada», «sobretodo», «guante», «helado de chocolate» (¿?), etcétera. En el siguiente *giallo*, *El misterio de Cinecittà* de Augusto de Angelis, se han tachado todas las palabras del texto, a excepción de las que conforman, dispersas como están a lo largo de todo el libro pero distribuidas en dos oraciones sintácticamente correctas, la frase «El mono comió mi mano; el mono devoró mis tristezas», que da nombre a esta serie de libros intervenidos. Algo similar sucede en el quinto *giallo* de la serie, *Ha muerto un querido hombrecillo* de Ethel Lina White, en el que han sido tachadas todas las palabras excepto la palabra «horror», que aparece catorce veces a lo largo del texto original.

(Todos ellos ponen de manifiesto el tránsito del autor de la figura de «creador» a la de «interventor», director o como se quiera llamarlo. Ese tránsito no señala un rumbo específico, y es posible que el propio Luca Borrello dudara acerca de su pertinencia, como ponen de manifiesto algunos retrocesos visibles en las que parecen obras posteriores a la intervención en los *gialli*, pero sí permite pensar que, por una razón o por otra, ya en el momento de creación de estas «piezas» Borrello no creía en sí mismo como escritor; o, de forma más general, no creía en la literatura en cuanto actividad «creativa». A pesar de ello, casi toda su obra hallada tiene que ver con ella, de un modo o de otro. Es también una obra profundamente política, no tanto por su adhesión a los lineamientos del futurismo —la corriente, por cierto, que más hizo por convertir la estética en política—, sino por el hecho de que los *gialli* habían sido prohibidos por la República Social Italiana en 1943: su utilización por parte de B. parece señalar, tanto o más que las imágenes de edificios fascistas en ruinas, un descontento o una decepción con el fascismo. No es necesario mencionar que, de haber sido ese descontento o esa decepción absolutos, Borrello no se habría presentado en el Congreso de Escritores Fascistas de Pinerolo, aunque no son pocos los que afirman que lo hizo precisamente para poner de manifiesto su oposición e incluso para convencer a otros de que adhiriesen a su postura. La clave, en algún sentido, es que –como ponen de manifiesto los *gialli*– hacia 1941, fecha de publicación de buena parte de los títulos originales, en cuanto escritor fascista, y, de forma más general, como escritor, Luca Borrello ya no parecía interesado en tener ninguna posición, ya que el autor estaba desapareciendo en cuanto tal, vaciándose, dejando de ocupar los lugares que había ocupado, cualesquiera que fuesen.)

Una caja de cartón conteniendo siete fotografías; se trata de postales de las siguientes ciudades: Roma, Florencia, Perugia, Nápoles, Turín, Trieste y Milán; las postales han sido enviadas desde, respectivamente, Milán, Trieste, Turín, Perugia, Nápoles, Florencia y Roma –es decir, la de Roma desde Milán, la de Florencia desde Trieste, etcétera–, todas ellas con la frase «Fuera de lugar», que probablemente dé nombre a la «pieza». (En buena parte de ellas, por cierto, se produce una tercera disonancia, ya que el texto de la postal no se corresponde ni con la imagen ni con el sitio en el que ha sido franqueada: así, por ejemplo, la postal de Milán expedida en Roma contiene un texto en el que se narra una visita a Florencia.) La caja es la primera de las obras de Borrello que tiene como tema el uso consuetudinario de la postal: la otra, titulada sencillamente «> ≠» –en lo que constituye la única concesión conocida en la obra de Borrello a la propuesta, realizada por Marinetti en su «Manifiesto técnico de la literatura futurista» del 11 de mayo de 1912, de «abolir» la puntuación reemplazándola por «signos de la matemática»–, consiste en las mismas imágenes reproducidas por medios técnicos en hojas de papel de grandes dimensiones; las hojas van acompañadas de sobres y de las estampillas necesarias para su franqueo, pero el tamaño de las postales hace que resulte imposible introducirlas en el sobre incluso doblándolas cuidadosamente y las postales resultan, por consiguiente, inútiles.

Un *giallo* más, en este caso *El hombre del lazo* de Mario Datri; el ejemplar ha sido cuidadosamente atado de tal manera que su lectura es imposible si no se cortan los hilos: si se lo hace, naturalmente, la «pieza» deja de existir como tal. Lo mismo sucede con otras obras de la serie, que el autor ha titulado «La parte de los libros prohibidos», en los que el contenido de las piezas resulta inaccesible: una de las piezas consiste, por ejemplo, en lo que parece un libro cuidadosamente envuelto en papel de periódico; determinar si es realmente un libro y de cuál se trata supone destruir la pieza, lo cual tal vez constituya una especie de reflexión acerca de qué es exactamente un libro, aunque sólo puede especularse acerca de las razones por las cuales Luca Borrello habría creído que la lectura de una obra la destruye. En una de esas piezas, por otra parte, parece evidente que la portada, que corresponde al libro de Mary Roberts Rinehart *Los muros hablan*, ha sido arrancada del resto del libro y que en lugar de éste se han incluido los cuadernillos correspondientes a otra obra, pero el problema es que el ejemplar se encuentra cosido de tal manera que su lectura es imposible si no se cortan los hilos; en ese sentido, y tal vez éste sea el significado de la pieza, el libro es sólo sus paredes exteriores, en consonancia con el título que aparece en la portada.

Una serie de poemas consistentes en la apropiación y el reordenamiento de poemas de Cipriano Efisio Oppo, Ugo Ojetti, Luigi Spazzapan, Renato Guttuso, Quinto Martini y Orfeo Tamburi; todos los poemas han sido publicados en la revista de Mino Maccari *Il Selvaggio* antes de 1939, como indica el autor: en su nota final, Borrello sostiene que considera los textos originales borradores «defectuosos» de su propia obra, de la que los autores de los poemas serían meros comparsas involuntarios.

Relato titulado «El perfecto adiós» cuyas líneas han sido pegadas una sobre otra de tal modo que conforman una especie de rectángulo de unos milímetros de grosor, casi una escultura de papel.

Una variante de la idea anterior bajo el título de «Un paisaje de acontecimientos» consiste en la transcripción mecanográfica del poema del título sobre una sola línea de papel en la que los versos se superponen hasta volverse ilegibles, una simple mancha de tinta.

Una pieza titulada «Incomprensión de la máquina» y consistente en seis hojas manuscritas, firmadas y numeradas; según la nota del autor, se trata de un relato escrito en torno a 1938: el autor no dispone de otra copia del mismo y no es un manuscrito, está terminado. A pesar de ello, la «pieza» sólo cobra sentido con su dispersión, para lo cual es necesario que cada una de las páginas sea comercializada de forma independiente: cada comprador adquiere algo único, pero también algo incompleto, que forma parte de un todo coherente al que, sin embargo, no puede acceder. La venta de más de una de las páginas a un comprador es descartada de plano: el comprador, sostiene Borrello, debe conformarse con un fragmento del texto a cambio de participar de la producción y el usufructo de una obra artística, ya que el carácter incompleto de la pieza —«su carácter "abierto"», lo denomina Borrello—, y la potencialidad de una reunión de los fragmentos, que el autor rechaza pero acepta como posibilidad lógica, es lo que la convierte en obra de arte. La nota se extiende varios párrafos; aunque a ratos resulta confusa, lo que puede inferirse de ella es la especificidad de esta obra «oculta» de Luca Borrello —es decir, posterior a su abandono de la escena literaria de Perugia y, por consiguiente, a su «desaparición» en cuanto autor—, la de que las piezas que la conforman no son originales ni son copias, no son verdad ni son mentira, tienen entidad por sí mismas pero dependen estrechamente del ámbito en el que son aprehendidas, de su contexto; existen al margen de las categorías más habituales.

Un pequeño volumen sin título conformado por cartas de rechazo de las publicaciones *L'Impero, La Città Nuova* y *Stile Futurista.* Las líneas de las cartas han sido troqueladas de tal manera que cada una de ellas conforma una lengüeta que puede ser levantada, permitiendo ver la línea del texto correspondiente en la siguiente página. La «pieza» –no parece fácil denominarla de otra forma, problema que afecta a buena parte de las obras producidas por Borrello a partir de, digámoslo así, este punto de inflexión en su producción literaria; «literaria», por cierto, también es un término problemático para caracterizar su obra– se compone de cinco páginas compuestas a su vez por cinco párrafos de cinco líneas cada uno, lo que arroja seiscientas veinticinco posibilidades de lectura. (La idea tal vez sea poner de manifiesto el carácter intercambiable del juicio crítico, o simplemente burlarse de quienes determinaron en esas publicaciones que su obra debía ser rechazada: tal vez la obra tenga otro significado. La pieza a la que se hace referencia aquí, titulada «El comienzo de la primavera», se ha perdido, por cierto.)

(Si esta última «pieza» resume el drama, por otra parte, pueril, del escritor cuya obra es rechazada, también supone un punto final más que apropiado para el trayecto que parece haber recorrido Luca Borrello en su obra «oculta», consistente en la ocupación y el abandono posterior de las funciones de autor, interventor o editor y finalmente público de la obra artística. Este recorrido también podría resumirse, de otro modo, como un viaje al reino de los muertos y la dificultosa tarea de volver de él, aunque en ese caso, el reino de los muertos sería la literatura, o el arte; también, como el tránsito de la condición de escritor fascista a la de escritor antifascista, de allí las piezas visuales en las que los edificios del régimen aparecen en ruinas y el uso de los *gialli*, y la adopción posterior de una posición de escritor «antiantifascista»: si esa posición es fascista o no, es motivo de controversia. Menos controvertido, sin embargo, es otro tipo de tránsito puesto de manifiesto aquí, y que a quien esto escribe le parece asaz elocuente: el de la transformación del autor en obra, en su propia obra. Quizá el reino de los muertos, finalmente, fuese el de la condición de autor, y Borrello sólo haya vivido sus últimos años para escapar de ella.)

MILÁN / DICIEMBRE DE 2014

Qué importa que este fuego puro se haya limitado a consumirse en sí mismo. Ha querido sinceramente ser puro.

«Surrealismo y revolución»,
Antonin Artaud

Al comienzo escucha a los A/Political y después a la Edgar Broughton Band, a los Kronstadt Uprising y a Flux of Pink Indians; más tarde descubre a los The Mob, a KUKL, a las Poison Girls y a Zound y a los Atari Teenage Riot. Todo sucede con una gran rapidez, que es también la de la música que prefiere, deliberadamente tosca pero también directa y no pocas veces violenta, y él sólo contribuye a la velocidad con que suceden bebiendo alcohol y a veces tomando drogas. Vive en Quarto Oggiaro, un barrio al noroeste de Milán, en la casa de su abuelo materno, que integró durante buena parte de su vida una cuadrilla de pintores de casas. A su madre no la ve desde hace tiempo; de hecho, ni siquiera sabe dónde se encuentra en este momento. A veces la madre le envía postales, imágenes de templos altos y no siempre bellos situados en lugares de la India, de Pakistán o del Tíbet; en una ocasión también le mandó unas postales desde Tailandia, durante un viaje que realizó con alguien llamado «Richard» —que ella algunas veces llamaba «Rich» o «R» y otras sólo «él»—, y el viaje debía de haber sido hecho con tanta prisa que el contenido de las postales y la imagen que las ilustraba no se correspondía: en el reverso de una imagen del templo de Wat Chaiwatthanaram le hablaba de su estancia en Bangkok, en el de una fotografía de las montañas en Luang Prabang Range, de su visita al templo, etcétera. A él todo ello le parecía algo muy propio de su madre, de la indiferencia que su madre sentía hacia las formalidades y, en general, hacia los demás, incluyendo a su hijo: en realidad, ni siquiera le interesaba compartir con éste sus impresiones del viaje, ni tenía tiempo para cosas como la precisión en asuntos geográficos; se trataba de mantener el contacto con el hijo, pero evitar, al mismo tiempo, los inconvenientes que ese contacto suponía. A él, más que el desinterés de su madre por él, lo que le sorprendía era su deseo de mantener la ilusión de un contacto con él, que no había sido exactamente un accidente, sino más bien algo parecido a un ancla para su madre, cuando ésta no había decidido aún si se marcharía, cediendo a su particular naturaleza, o se quedaría, dándose una lección a sí misma y a los demás. La madre estaba embarcada en lo que denominaba «un viaje de autoconocimiento»; a él le parecía innecesario desplazarse físicamente cuando en realidad lo que se deseaba, o se decía explícitamente que se deseaba, era acceder a un mayor «conocimiento» de sí mismo. Quizá ese conocimiento era más fácil de encontrar allí donde su objeto de estudio no padecía las distracciones propias de los paisajes montañosos, las playas o los templos de probada antigüedad, aunque es posible que su adquisición —si esa adquisición era posible— resultase más aburrida si tenía lugar, digamos, en la zona metropolitana de Milán, donde su madre había crecido y de donde, algo después de haber conocido a su padre y de haberlo concebido a él, se había marchado cuando él tenía once años de edad. Una sola vez la había visto desde entonces, en una visita breve que ella hizo a Milán para someterse a un tratamiento dental cuando él tenía catorce; a pesar de ser todavía joven, y debido a las condiciones de higiene en la India y a la alimentación, su madre había perdido buena parte de su dentadura y, a él, verla así le hizo odiarla, como si su desaprensión hubiese estado dirigida contra él y no, como era el caso, contra sí misma. Era aún la época de «Richard», «Rich», «R» o «él», como lo llamaba casi todo el tiempo, pero el hombre no había venido con ella; por sus palabras, a él le pareció que Richard y su madre estaban dispuestos a tener un hijo y por unos días pensó que ese hijo iba a ser él; durante ese tiempo se sintió eufórico a pesar de que no tenía ningún interés en la India y no le agradaba la idea de vivir con un extraño; dos, con su madre. Vivían en un *asram* en un lugar cuyo nombre él no había retenido, alimentándose de lo que conseguían arrancarle a la tierra y de lo que podían comprar a los campesinos; su «maestro» era un hombre que hacía «aparecer» relojes en las muñecas de sus seguidores, le dijo la madre, pero a él esto no le impresionó tanto como las otras cosas que le contó su madre en aquella ocasión: prácticamente nadie dormía en el *asram*, su mantenimiento requería horas y el resto del tiempo era dedicado a la oración; su madre bebía su propia orina y comía bolas de barro y cenizas, que decía que la purificaban; unos campesinos habían irrumpido violentamente en el *asram* una noche y habían robado dos vacas escuálidas que hasta el momento les habían provisto de leche; varias mujeres que se habían alejado del recinto por curiosidad habían sido violadas por los nativos sin que las autoridades hicieran nada para evitarlo o por simular siquiera que intentaban capturar y castigar a los culpables. Parecía evidente que en el mundo en el que vivía su madre no había tiempo para el ejercicio de introspección que era la razón por la que vivía en él, y tal vez la única función de todo aquello fuera disuadir a quienes lo desearan, mediante el tormento físico y el agotamiento intelectual, de la posibilidad de pensar en sí mismos; si no era así, si el propósito del *asram* era, efectivamente, que quienes vivían en él se «conociesen» a sí mismos, el propósito era incluso más descabellado, ya que era evidente que la vida en él transformaba a las personas de tal modo que éstas eran incapaces de recordar de qué forma habían sido y qué era lo que habían querido comprender en primer lugar. A él, sin embargo, ya entonces le atraía la idea de ser «otro», y durante unos días fantaseó con la vida que tendría en la India con «Richard» y con su madre; pesa a ello, y contra sus expectativas, la madre se marchó sola en cuanto hubo terminado su tratamiento: lo último que recuerda haber visto de ella en el aeropuerto son sus dientes, perfectos y, por consiguiente, y como debía ser evidente para todos, por completo falsos. Después su madre ha vuelto a tender el hilo de postales y de cartas breves que los une más y más tenuemente y él no ha vuelto a pensar en ella a menudo, de eso hace tres años. «Richard», «Rich» o simplemente «R» desapareció de la correspondencia poco después de que su madre regresara a la India, pero el pronombre personal «él» continuó apareciendo en ella, primero designando a un tal «Markus» y después a «Tobi» —de quien sólo supo que era sobrino de Richard, quien había abandonado el *asram* el año anterior— y a un español llamado «José Antonio», como todos los españoles de cierta edad. En algún momento él comprendió que iba a haber otros hombres y que él iba a ser testigo de su paso por la vida de su madre hasta que su madre envejeciese y los hombres dejasen de frecuentarla o hasta que su madre interrumpiese la correspondencia. Ésta, por supuesto, sólo iba en una dirección, y, por consiguiente, era todo lo que él necesitaba para entender a su madre, para acceder a ese conocimiento de sí misma que ella se había marchado a buscar a la India, ya que en ella sólo hablaba la madre, con desprendimiento de sí pero también con desinterés por el otro, por lo que el hijo tuviera para decirle: ninguna de las cartas incluyó nunca una dirección a la que él pudiera escribirle, y hace tiempo que él ya no desea hacerlo.

A Richard acabó conociéndolo algunos años después de la visita de su madre, una tarde en que éste tocó la puerta de la casa y, cuando él abrió, se presentó precipitadamente. Richard era alto y rubio, y tenía unos ojos azules deslavados que a él le parecieron del color del detergente de la ropa. Richard le explicó que su madre le había dado la dirección y que había venido porque siempre había querido conocerlo a él —sus palabras habían sido «a Tomas», aunque su nombre no era «Tomas» sino «Tommasso»: Richard, que él había creído norteamericano, era en realidad austríaco y había decidido germanizar su nombre—. Él le pidió que esperase un momento y, después de recoger una chaqueta y dejar una nota, salió de la casa; fueron a la Villa Scheibler, un parque cercano, en el que Richard había dejado el automóvil, le dijo. Mientras caminaban hacia allí, T. comprendió que no tenía nada que decirle a aquel hombre; Richard, en cambio, no paró de hablar: le dijo que estaba en la ciudad de camino a la Toscana, donde iba a pasar las vacaciones con su familia, que había dejado el *asram* dos años atrás pero no las creencias que lo habían llevado a él, que le resumió brevemente. Le preguntó si él también creía en ellas, pero T. no respondió. «Tu madre no me habló mucho de ti, siempre eras algo así como un misterio entre nosotros», le dijo cuando se sentaron en el parque; a T. saberse un misterio para alguien le pareció extraño y se entretuvo sopesando en silencio qué significaba aquello. A veces había tenido la impresión de que estaba vacío, y que todo lo que le sucedía venía a llenarlo de alguna forma: él sólo tenía que contemplar la forma en que las experiencias lo constituían e imaginar de qué modo sería, en el futuro, cuando se hubiese liberado de la vigilancia de sus abuelos. Richard le contó que su madre y él habían hablado en varias ocasiones acerca de llevarlo a vivir con ellos en el *asram*, pero que su madre se había opuesto todas las veces: al estudiar a aquel hombre pueril que pudo haberse convertido en su padre, en una vida que ya no iba a tener, T. sintió alivio y algo parecido al agradecimiento hacia ella. El Richard que él había imaginado era, por supuesto, mucho mejor que el que tenía en ese momento frente a él, entre otras cosas porque reunía las características de muchas personas, incluyendo las que le gustaban de su padre, aunque su padre trabajaba en África para una organización de derechos humanos y no solía verlo demasiado; el Richard real no había pertenecido a lo que desde hacía algunos años, más precisamente desde que dos aviones cayesen sobre Nueva York, llamaban una «organización terrorista»; no había estado preso; no había estudiado en la cárcel; no estaba en algún país africano haciendo cualquier cosa que su padre estuviese haciendo en ese momento, a menudo algo que a él le resultaba indiferente. Richard quiso saber por qué su apellido era alemán, y él se lo explicó y le contó lo que sabía de su bisabuelo, de su abuelo, que había sido carpintero, y de su padre, que estaba en África y había estado en la cárcel. El otro no supo qué hacer con esa información; después de un largo silencio le contó que había comenzado a importar telas de la India y que las vendía entre sus amistades en Feldkirch, que era una ciudad, dijo, que T. debía visitar algún día: él podía alojarlo, agregó, y luego dijo que su plan a medio plazo era crear una compañía que llevase a personas a los *asram* del sur de la India; dijo que ya había hablado con el gurú del *asram* en el que estaba su madre y que éste le había concedido una parcela donde podría construir unas viviendas para los visitantes, pero era necesario convencer a más gurúes y tener más *asram* a disposición para que el negocio fuese rentable. Richard podía verlo ante sus ojos, le dijo; pero T. no veía nada ante los suyos, excepto un hombre al que no conocía realmente, pero del cual ya sabía lo suficiente para que, a diferencia de lo que había sucedido en el pasado, y de lo que T. tanto se arrepentía, sirviese como superficie reflectante de los deseos de tener un padre, había quedado completamente inhabilitado para esa función desde esa misma tarde y debido a lo que ya, por superficial que fuera, le parecía a T. un exceso de conocimiento acerca de él. Por absurdo que pareciera, T. iba a seguir siendo un misterio para él, podía verlo, y el hombre iba a pensar muchas veces a lo largo de su vida en lo que podía haber sido, pero él no iba a pensar nunca más en él. Quizá Richard se hubiese dado cuenta, porque se puso de pie dando por terminada la conversación; una mujer y un adolescente de la edad de T. se habían acercado a ellos. «¿Es él?», le preguntó la mujer en inglés. Richard asintió, y luego la mujer, el adolescente y él se quedaron mirándolo. T. no supo qué hacer, ni en ese momento ni después, cuando la mujer y el adolescente se dirigieron a un coche estacionado al borde del parque y Richard dijo que tenía que irse con ellos. Así que él también dejó a un hijo para irse al *asram*, pensó T. por un instante; se preguntó cuántos hijos estaban pagando en ese momento el precio que entrañaba el deseo de sus padres de conocerse a sí mismos, y sintió piedad por todos ellos; tampoco supo qué hacer cuando Richard deslizó un billete de veinte euros en su mano y le sonrió. Aunque le dijo que podía gastárselo en lo que quisiera, es improbable que, de poder conocerla, hubiese aprobado la decisión de T., que al día siguiente se compró con ese dinero la cinta de una banda llamada Capitalist Casualties. La escuchó tantas veces que la cinta acabó estropeándose: cada vez que lo hacía, pensaba por un instante en Richard, un padre que no había sido más que hipotéticamente y en un breve período de su vida que se reprochaba, vendiendo saris a las mujeres de una ciudad austríaca, vendiendo sahumerios que huelen a un destino exótico y prometedor, pero también dándole la espalda y dirigiéndose a un coche, acompañado de una mujer y de un adolescente que no eran, aunque podrían haber sido, su madre y él mismo, dirigiéndose a unas vacaciones familiares en la Toscana, quizá con la intención de arreglar algo, pero qué, y cómo.

Vive junto a las vías del tren que conduce de Milano Cadorna a Saronno, y de allí a Varese; puesto que nunca ha vivido en otro lugar, se siente incómodo en los sitios en los que la tierra no se mueve bajo sus pies a intervalos regulares. A los trenes los escucha antes de verlos y, si está de humor, se asoma a la ventana de su habitación para verlos: desde ella, puede observar a sus ocupantes, casi siempre absortos en la lectura de un periódico gratuito o en sus teléfonos móviles; alguien lee un libro a veces, también, pero el tren pasa a una velocidad que a él le impide leer su título o el nombre de su autor en la portada; durante años, los niños del vecindario se han disputado los despojos que hallaban en las vías: periódicos, envoltorios, cajas de cerillas, latas, una revista pornográfica, páginas arrancadas de libros, cosas arrojadas por los pasajeros a través de las ventanillas; pero en los últimos tiempos, los trenes arrastran vagones en los que ya no es posible abrir las ventanillas, y el pillaje de los despojos del tren se ha acabado: desde entonces, sus amigos se dedican a organizar peleas, generalmente con los egipcios, que son una parte importante de la población de Quarto Oggiaro, pero él, que ha participado de algunas, no tiene ningún interés en ellas. A veces todavía recorre las vías buscando algún objeto abandonado, pero ya prácticamente no encuentra nada. Una vez vio el cadáver de un perro al que el tren había arrollado: el cuarto trasero se encontraba a unos cincuenta metros del delantero, que el tren había arrastrado consigo, y lo que le impresionó más fue que el cadáver parecía cortado con una cuchilla de precisión que no había desgarrado los órganos internos del animal, que se encontraban enteros y en su sitio, dentro de la carcasa de carne y huesos que había sido el perro, como en una lámina de anatomía. También le impresionó observar que el rostro del animal tenía un aspecto de enorme placidez, como si el perro —que él había visto antes deambulando por el barrio, un perro negro y enorme que no toleraba la presencia de otros en su proximidad— hubiese muerto pacíficamente. El asunto lo intrigó durante un tiempo; por entonces tenía trece años y había desarrollado una hipótesis para explicar la beatitud en el rostro del animal en el momento de su muerte: según él, el animal había muerto antes de ser arrollado por el tren, de un ataque cardíaco, por envenenamiento o de cualquier otra manera; casualmente, lo había hecho mientras atravesaba las vías del tren. La hipótesis lo satisfizo durante algún tiempo; sin embargo, cuando se la contó a su abuelo, éste le dijo que sólo podía estar equivocado. Mientras pudo, visitó regularmente el cadáver del perro, que nadie había recogido, para poner a prueba su impresión de que el perro tenía una expresión beatífica, que él, por supuesto, no podía denominar de esa manera; cuando se agachaba frente al animal, su expresión le parecía beatífica; pero bastaba que se girase para dudar de lo que había visto hacía un instante. El problema se desplazó, en algún sentido, y dejó de ser el modo en que el perro había muerto, o la naturaleza de la expresión de su rostro —de su «sonrisa», podría haber dicho él—, para pasar a ser el de la fiabilidad de sus impresiones: mientras el hedor del cadáver se lo permitió, lo visitó regularmente, tratando de obtener información acerca de él mediante su estudio y la observación del lugar en el que se encontraba; actuaba como esos personajes que se habían multiplicado en la televisión en aquellos días, todos recurriendo a elaboradas y a menudo incomprensibles líneas de argumentación para esclarecer crímenes cuya naturaleza a él siempre le parecía evidente desde el comienzo, y cuya resolución siempre tenía lugar, inevitablemente, hacia el final de los treinta y cinco o cuarenta minutos de duración del episodio. No era el caso de la muerte de aquel perro, sin embargo, cuya placidez lo tenía perplejo sin que diese nunca con una explicación para ella; incluso dibujó varios croquis del lugar de los hechos para poder estudiarlos mejor: cuando su abuela los descubrió, un día, ordenando su cuarto, se sintió horrorizada, y él tuvo que prometerle que los destruiría; pero los conservó, escondidos en el interior de una caja de madera de grandes dimensiones que su padre le había entregado en su primera visita tras marcharse a África, cuando había tomado la decisión de establecerse allí por un tiempo indefinido; la caja contenía papeles; su padre le había dicho que eran los libros de un gran escritor, pero a él ninguno de ellos le parecía de ninguna forma un libro: su padre había accedido a ellos poco antes de ser encarcelado y no había podido disponer de ellos hasta ser liberado; en todo ese tiempo, aquellos papeles lo habían obsesionado; según le había dicho, había pensado en ellos día tras día, preguntándose qué hacer con ellos, qué destino darles. Quizá, cuando finalmente salió de la cárcel, y pudo leerlos, aquellos papeles lo habían decepcionado, ya que no había hecho nada con ellos, que el hijo supiese. El padre había tenido una existencia difícil después de abandonar la cárcel, con trabajos esporádicos en fábricas y en talleres de media Italia en los que permanecía hasta que sus empleadores se enteraban de un modo u otro de su pasado y lo despedían o lo invitaban a permanecer en su puesto bajo condiciones nuevas, no siempre aceptables. Acerca de ese pasado, había diferentes versiones: la de su padre, la de su abuelo materno y la que se había visto forzado a escuchar, y repetir, en la escuela; a él le había parecido evidente, desde el primer momento, que ninguna de ellas era por completo fiable, y que la verdad debía caer en algún intersticio entre ellas. Ni su padre ni su abuelo materno mentían, creía, y tampoco lo hacían de manera deliberada los maestros, pero todos ellos habían sido engañados por sus sentidos, como él en el caso del cadáver del perro y su aspecto beatífico. Al entregarle la caja, su padre le había mostrado la firma de su abuelo paterno, que éste había cincelado en un ángulo, pero él no había conocido a su abuelo paterno y el hecho de que éste hubiese confeccionado la caja no le pareció muy relevante. Un día fue a inspeccionar nuevamente el cadáver y descubrió que éste ya no estaba: alguien lo había recogido la noche anterior, dejando tan sólo dos manchas de sangre, grasa y pelos allí donde el cuarto trasero y el delantero se habían encontrado. La mancha iba a desaparecer poco después, un capítulo más en la historia de los despojos que el tren dejaba a su paso y a la que la adopción de nuevos vagones herméticos iba a poner punto final, impidiendo a los niños de la periferia como él, incluso, la posibilidad de acceder de esa forma, parcial y parasitaria, al conocimiento de la vida de los habitantes del centro de la ciudad, lo que hacían y lo que dejaban atrás; pero los croquis que había confeccionado habían seguido en la caja durante algún tiempo, hasta que él los había destruido. Quien había recogido el cadáver del perro había impedido su descomposición y su integración a la tierra, que a él, en algún sentido, le hubiera parecido lo más natural y apropiado; al impedirlo, la muerte del perro había quedado incompleta a sus ojos, flotando en el aire con el misterio de la apariencia de su rostro; después su abuela había enfermado y había muerto, y él había destruido los dibujos, reprochándose, injustamente, haber sido él quien había introducido en la casa en la que vivía, con ellos, la muerte.

Una de las cosas que envidia de su madre es el hecho de que crea que las cosas suceden por alguna razón, lo cual equivale a decir que existen de una forma ordenada y, por consiguiente, razonable; su convicción de que la existencia se compone de ciclos, y que se puede ejercer algún tipo de influencia sobre ellos, de tal manera que esos ciclos sean ascendentes o descendentes, seguramente aporta algo de orden a una vida que, de lo contrario, y como le parece evidente, carecería de él. Al igual que la mayor parte de quienes escuchan la música que a él le interesa, veloz, anárquica, él tiene una añoranza profunda de un cierto orden en su vida y de que las cosas sucedan con la lentitud requerida para poder comprenderlas. Quizá su padre también sienta una añoranza semejante, puesto que los períodos de su vida parecen haber transcurrido en abierta oposición unos de otros; pero también es posible que haya encontrado en África, en lo que a él se le antoja, por los libros que su padre le ha traído y los documentales que ha visto en la televisión, un lugar caótico y violento, una cierta forma de orden, o un cierto tipo de desorden menos azaroso que el que parece que ha presidido su existencia: a él, su padre siempre le ha parecido atribulado, y a veces se pregunta si su tribulación no es producto de su estancia en la cárcel y de la convicción de ser culpable, aunque no de aquello de lo que se lo acusaba. Quizá su padre haya sido distinto alguna vez, piensa, pero sólo debido a que no puede saber que lo que él, de poder hacerlo, llamaría tribulación es una característica de todos los hombres de su familia, que han debido confrontar sus convicciones con el resultado de sus actos. Todos ellos han accedido por vías diferentes a la certeza de que sólo se puede actuar a ciegas y en la medida en que se disponga de un puñado de certezas que hagan posible creer en la legitimidad de las acciones; cuando esas certezas caen por tierra, se produce la inacción. T. podría saberlo, pero los hombres de su familia nunca han sido buenos para hablar, paralizados como estaban por la falta de certezas; sin embargo, sí intuye algo, porque años atrás, cuando tenía siete años, fue víctima de un engaño,

287

de algo parecido a una trampa. Un compañero del colegio algunos años mayor que él lo convenció de irrumpir juntos en el colegio por la noche para destrozar la sala de geografía; era una venganza: la profesora de la asignatura era la principal detractora del joven, al que consideraba peligroso; sus notas en la materia eran, por otra parte, y como es propio de un niño al cual la geografía le ha arrebatado los dos padres, muy malas. El compañero mayor, de manera poco inteligente, ya había perpetrado un par de acciones sin demasiada importancia, emboscándose: había destrozado un globo terráqueo durante un recreo; con un mechero, había prendido fuego a un mapa poco antes de que comenzara una clase; había robado otros, etcétera. Existía la posibilidad, por fin, le dijo, de que él lo ayudase a vengarse de aquella profesora: había descubierto que el vigilante nocturno del colegio se ausentaba alrededor de las once de la noche, dejando sólo algunas luces encendidas a manera de disuasión; si entraban en el colegio por las claraboyas del baño, tendrían el colegio a su disposición para hacer lo que desearan; si destruían la sala de geografía, la maestra renunciaría, dijo su compañero. T. nunca había hecho nada semejante, y su interés en castigar a la maestra era limitado: no lo era el que tenía por su compañero, sin embargo, pero T. iba a tardar años todavía en comprenderlo, y algunos años más en aceptarlo, pero lo que había sentido por aquel compañero suyo era deseo sexual, un deseo que iba a volver a sentir por otros hombres y por algunas mujeres a lo largo de su vida: en la penetración nocturna en el colegio, en la ejecución de un acto ilícito junto a él, había una sublimación de ese deseo, iba a comprender años más tarde; y sin embargo, por plausible que esto parezca, y por evidente que le parezca a él, estará equivocado, al menos parcialmente, ya que la transgresión irá dirigida tanto contra la prohibición de que los hombres amen a los hombres como contra la inmovilidad y la indeterminación que serán, sin que él pueda siquiera intuirlo, lo único que lo habrá unido a su padre y a su abuelo paterno, de los que sabrá poco y prácticamente nada, pese a lo cual habrá deseado alejarse tanto como le haya resultado posible. El compañero y él se reunieron junto a las vías del tren y avanzaron desde allí hacia la escuela, como dos emboscados: allí, el otro se recostó contra la pared y entrelazó sus manos a manera de estribo para que T. pudiera alcanzar una de las claraboyas y entrar en el edificio; cuando lo hubiese hecho, habían acordado, le extendería los brazos y tiraría de él. La escuela estaba en silencio y sólo estaban encendidas algunas luces, como el otro le había dicho. Al ser impulsado por el otro hacia la claraboya, había sentido un placer que no había conocido antes, mezclado como estaba con el miedo, la tensión en las manos al alcanzar la claraboya, el olor del otro y el de la orina, que llegaba de los baños. Al alcanzar la ventana, se giró para colocarse con las piernas colgando en el interior del edificio y los brazos extendidos fuera, a la espera de que el otro los cogiera; cuando se giró, sin embargo, descubrió que el otro se había marchado. Las luces se encendieron a sus espaldas: en el baño lo esperaban el vigilante nocturno y la directora de la escuela; unos minutos después se les iba a sumar el compañero mayor, para ratificar su versión de que T. era el culpable de los actos de vandalismo anteriores, como les había adelantado ya en la ocasión en que, en connivencia con la directora, habían decidido tenderle una trampa con su ayuda.

Algún tiempo después había vuelto a encontrarse a aquel antiguo compañero suyo, que seguía asistiendo al colegio, del que a él lo habían expulsado, y vivía también en Quarto Oggiaro; al verlo, el otro se había puesto tenso, como si temiese que T., que era más bajo que él y unos años menor, además de considerablemente menos fuerte, quisiese golpearlo. Pero T. no lo golpeó: se dirigió a él y le preguntó, con un hilo de voz, por qué lo había hecho, aunque a él le parecía evidente por qué. «Es una lección; no vas a olvidártela», le había respondido el otro. Efectivamente, él no la había olvidado nunca.

Antes de dejar de pensar en ello, T. estuvo convencido durante años de que la muerte había ingresado en su casa a través de él, y de sus dibujos del perro; quizá, sencillamente, había sido así. Algunas semanas después de que su abuela hubiera descubierto los dibujos y le hubiese exigido que los destruyera, la mujer enfermó. Tosía, en especial por las noches: una tos que le subía por la garganta con violencia, como un animal que hubiese anidado en su interior y dejara atrás en ese momento un largo invierno, abriéndose paso a través de ella. La mujer resoplaba en un jadeo persistente que se escuchaba en toda la casa. Era una gripe, decía: se había criado en el campo, y durante un tiempo volvió a los conocimientos que había reunido por entonces, a las plantas y a las tisanas, como si el retorno a los conocimientos acumulados durante la infancia y la primera juventud fuera una forma eficaz de regresar a la salud de la que disponía por entonces. Ese conocimiento no había quedado por completo olvidado, y T. había sido curado por su abuela en numerosas ocasiones, con plantas que primero había reunido ella y luego le había enseñado a él a recolectar en los espacios vacíos entre los edificios de Quarto Oggiaro y junto a las vías del tren; sin embargo, no siempre era posible encontrar las plantas que necesitaba, que sólo existían en el sur o ya no existían. La mujer fue al hospital dos veces; en las dos ocasiones, el trato de los médicos fue distante; la consulta, breve; el diagnóstico, equivocado. A T. todo ello le pareció durante algún tiempo una catástrofe, aunque una catástrofe personal, que se limitaba a sus abuelos y a él, a la unidad mínima que habían conformado los tres por conveniencia debido a la confusión de su padre y al abandono de la madre, que se encontraba en la India, en lo que ella imaginaba como una inmersión en su yo, al que las condiciones de vida en la India, inevitablemente, iban a cambiar, o a disolver, hasta que ya no quedase nada que buscar, ningún rastro del yo anterior, excepto la conciencia de la búsqueda, completamente atontada por las enfermedades y el hambre. T. había acabado entendiendo, sin embargo, que la catástrofe no los afectaba a ellos tres solamente y no era una catástrofe: la familia era pobre; la abuela no había podido estudiar; había sido reducida por la época a la condición de ama de casa, que no era una condición oprobiosa de por sí, pero la inhibía, inevitablemente; el abuelo había tenido que sostener a la familia con trabajos manuales que lo dejaban exhausto: como casi todos los italianos, había sido fascista en un momento u otro y luego había dejado de serlo, al menos públicamente; en una ocasión, su padre le había dicho que él había pertenecido a una organización que se había propuesto terminar con el fascismo, pero él sabía, por su abuelo, que las cosas no habían sido exactamente así porque, en realidad, acabar con el fascismo era imposible si no se acababa con los fascistas; también con gente como su abuelo. El asunto era más complejo aún, naturalmente, y a T. no le parece ahora que pudiese ser simplificado de la forma en que lo había hecho su padre, o como lo veían sus amistades, como un enfrentamiento entre fascistas y antifascistas: la lucha era entre ricos y pobres, y entre un sistema al servicio de los primeros, y en perjuicio de los segundos, y la promesa siempre demorada de un sistema distinto, que nadie podía imaginar. Por supuesto, toda su familia pertenecía al segundo grupo, y la muerte había entrado en ella a través de sus dibujos del perro muerto pero también a través de los diagnósticos erróneos de los médicos, dispensados por éstos con una asombrosa indiferencia incluso ante su propia falibilidad. En los últimos tiempos, T. no puede reprimir un pensamiento, el de que, si su familia no fuera pobre, si la educación y el dinero no les hubieran sido esquivos durante tantas generaciones, su abuela todavía viviría, protegida por las prebendas que habría acumulado y por el terror con el que se piensa, o no se piensa en absoluto, en la muerte de las personas adineradas: como su abuela no lo era, y él no lo era, ni su padre, ni su abuelo, la abuela había sido tratada con la indiferencia con la que se trata a los pobres, con un diagnóstico que pretendía prolongar su vida en tanto ésta fuera útil, pero refugiarse en la naturaleza de las cosas —las pésimas condiciones en las que los médicos debían realizar su tarea en los hospitales, el coste de los medicamentos, la incapacidad de los pacientes menos educados para narrar adecuadamente sus síntomas, el exceso de pacientes, etcétera, todo lo cual era cierto pero a T. no le interesaba, absorto como estaba aún en el dolor de la pérdida– para justificar la muerte de los menos afortunados más o menos cuando su vida productiva concluyese. Una prolongación innecesaria de la vida –que planteaba un interesante dilema en relación con la necesidad de la vida, que T. no sabía cómo abordar– estaba costando, en Italia y en todas partes, una gran cantidad de dinero y obligando al gobierno a cerrar escuelas, a cerrar museos y bibliotecas, a reducir el personal de los hospitales, a aumentar los impuestos, a cooperar con gobiernos espurios y corruptos para garantizar su acceso a los recursos naturales sin los cuales todo el sistema se desmoronaba. T. pensaba que la situación era asimilable a algo que le había dicho su padre en una ocasión: que en «su» época un joven no tenía ninguna posibilidad, que todo estaba en manos de los ancianos y de los antiguos fascistas; finalmente su generación se había hecho con esas posibilidades, aunque no de la forma en que él había creído, y ahora todo estaba en sus manos, decía, pero ahora ellos eran los viejos: todo había sido una broma aterradora, una lenta y dolorosa ceremonia de suplantación en la que ellos habían cedido sus cuerpos para que en ellos se alojasen las viejas ideas y preceptos que habían combatido tan encarnizadamente, de tal manera que, al finalizar la ceremonia, ellos eran sus propios enemigos, y los enemigos de los jóvenes. «Si los jóvenes fuesen inteligentes, nos matarían a los viejos antes de que nosotros les ofreciésemos nuestras ideas a cambio de sus cuerpos», le había dicho: a T. le había dado miedo escucharlo y saber que tenía razón. En la prolongación artificial de la vida estaba el origen de los problemas de la época, pensaba; en la inexistencia de un relevo que no fuese una sustitución. A través de un camino sinuoso había descubierto la música que mejor encarnaba esas ideas y a las personas que escuchaban esa música, aunque sus ideas no siempre le parecieran inteligentes; al padre no le gustaban sus amigos ni esa música, por supuesto. T. había empezado a escucharla poco después de la muerte de su abuela, tras varias semanas en el hospital, consumiéndose y andando a ciegas. Nunca había tenido una gripe, como le habían dicho; un cáncer había subido desde el páncreas hasta los pulmones, reptando silenciosamente en su interior ante la indiferencia de los médicos, y el páncreas había sido consumido por las cosas por las que el páncreas es consumido: el exceso de trabajo, la mala alimentación, los esfuerzos, la vida en la periferia de todo, incluso de uno mismo. A T. le gusta creer y decirse a sí mismo que pudo «despedirse» de ella, pero la verdad es que su última conversación fue trivial, como todas: si hubo un sentido profundo en ella —el sentido de un final, por decirlo así—, él fue incapaz de percibirlo y muy posiblemente su abuela también.

Poco después de que constataran la muerte de la anciana, los médicos les hicieron abandonar la habitación a su abuelo y a él; necesitaban la cama para otro, les dijeron. A la mujer se la llevaron tapada con una manta a un lugar en el que no le permitieron entrar, y él tuvo que llorar en el pasillo, delante de todos, también de una familia que ingresaba en la que había sido la habitación de su abuela detrás de una mujer no muy distinta, entubada, convencidos todos ellos, como lo habían estado él y su abuelo, de que no se trataba de ningún asunto de gravedad. Una enfermera se había acercado a continuación y le había entregado una bolsa de basura: contenía las medicinas de su abuela, unas flores secas y un libro que él había estado leyendo. El libro era acerca de una familia que había superado todas las dificultades. T. arrojó todo a la basura cuando salió del hospital.

Al comienzo su abuelo se negó a salir de la casa, por la que deambulaba como si en cada habitación pudiese encontrar, de un modo u otro, a la mujer muerta; más tarde, sin embargo, y sin que mediase cambio alguno en la situación, por lo menos ninguno que T. pudiese percibir, el hombre comenzó a pasar más y más tiempo fuera de la casa: cuando volvía, siempre traía consigo alguna cosa, que depositaba en pilas que pronto alcanzaron la altura de T. y luego la de su abuelo y finalmente superaron a ambos en tamaño. El anciano salía a la calle y regresaba con revistas viejas, periódicos abandonados en las paradas de los autobuses, zapatos, tornillos, libros y trozos de libros, ropa usada, botellas, publicidad, jaulas para animales, una pecera, mangos de escobas inservibles y bayetas, trozos de caucho, cajas, una musaraña disecada y parcialmente consumida por los insectos, bolsas, sillas, juguetes rotos, un carro de supermercado que había comprado a una familia de etíopes. Al carro lo utilizaba más y más regularmente en sus excursiones; en su cabeza, decía, estaba sentando las bases de un negocio; a veces monologaba acerca del hecho de que había «mejores objetos» en otros sitios, en zonas menos deprimidas de la ciudad que Quarto Oggiaro: si tuviera una pequeña camioneta, decía, podría extender sus excursiones al centro de la ciudad, que imaginaba como un lugar, creía T., en el que había más y mejores revistas viejas, periódicos, zapatos, tornillos, botellas. A veces regresaba magullado y T. debía curarlo; se había peleado con una banda de recolectores rumanos, decía, que habían invadido su «territorio». T. intentaba disuadirlo de continuar con sus excursiones, pero su abuelo insistía en que se trataba de un negocio de posibilidades ilimitadas, aunque nunca hacía ningún esfuerzo por vender lo que había reunido; perdió buena parte de sus dientes en esas peleas y al menos en dos ocasiones T. tuvo que recorrer el barrio por la noche para recogerlo y llevárselo a casa para curarlo; en una ocasión, también, dos jóvenes que golpeaban a su abuelo en un parque porque aseguraban que los había insultado se ensañaron con él cuando intentó defenderlo: de todo ello, T. sólo recuerda un deslizarse entre los brazos de los dos jóvenes, un escurrirse hasta el suelo por completo indoloro en el que el dolor lo protegía del dolor, y luego el dificultoso regreso a casa cargando al anciano. Aproximadamente por esa época, T. había comenzado a escuchar a los A/Political y a los Kronstadt Uprising: una docena de jóvenes okupas había sido desalojada de un edificio ocupado en la zona del Cimitero Monumentale y había dado con una fábrica abandonada en el confín entre Quarto Oggiaro y Vialba. Naturalmente, T. se había enterado de la ocupación por su abuelo, que sostenía que los okupas pretendían quedarse con los objetos que él recogía en su territorio y consideraba de su propiedad, incluso aunque era evidente, como se decía en el barrio, que los okupas nunca abandonaban la casa. Una noche T. se dejó caer por ella y se sintió inmediatamente atraído por el desorden displicente que proponía, que evocaba el de la casa de su abuelo pero carecía de las implicaciones que tenía en ésta, donde sobre la acumulación y el desorden se proyectaba la pérdida de la abuela. Muy pronto pasaba más tiempo allí que en su casa, donde, por su parte, tampoco su abuelo parecía pasar mucho tiempo ya. A T. lo impresionaba la velocidad con la que había sido acogido en la casa y con cuánta rapidez pasaba el tiempo en ella a pesar de que era evidente que ninguno de ellos hacía mucho; también lo impresionaba la rapidez con la que la muerte de su abuela y la acumulación delirante de su abuelo ocupaban cada vez menos espacio en su vida, como si fuesen accidentes de un territorio del que él se iba alejando rápidamente, en dirección a otros. Por primera vez, comprendía a su madre, aunque las razones por las que ambos habían dado y daban la espalda al pasado eran diametralmente opuestas: para la madre, se trataba de un viaje «hacia sí misma»; para el hijo, en cambio, era una partida de sí mismo, o de lo que había sido hasta ese momento. Participaba de las reparaciones en el edificio, que éste exigía continuamente, como si fagocitase cada nueva reparación; lo dejaban dormir en los colchones que habían dispuesto en el sótano, junto a la antigua caldera, que alimentaban con los trozos de madera y de cartón que conseguían en la calle, ahora sí, en abierta competencia con su abuelo. T. lo iba a visitar a veces, por la noche, y un día descubrió que le habían cortado la electricidad; su abuelo le dio una linterna, y tuvo que iluminar con ella su camino hasta su habitación a través de las pilas de objetos; cuando se echó en la cama comprendió que su abuelo había confeccionado un laberinto y que no saldría de él nunca, no importaba cuánto se esforzase.

Al enterarse de la muerte de su abuela, en su siguiente visita, su padre le ofreció acompañarlo al cementerio donde la habían enterrado, pero a él le pareció innecesario; su padre no estaba al corriente de la situación de su abuelo y él no quiso alarmarlo; tampoco creyó necesario informarle de que ya no iba a la escuela, aunque tenía planes de ir a la universidad, más adelante, todavía no sabía exactamente para estudiar qué; admitir que ya había leído el libro que su padre le había traído también le pareció innecesario. No tenía ningún deseo de hablar de sí mismo, pero quería saberlo todo sobre el padre, y éste, que al principio acogió su pedido con resquemor, finalmente, y por primera vez extensamente, habló.

Acerca del padre y de las razones que lo llevaron a la cárcel existían algunas versiones que T. recompuso en cuanto le fue posible, ya lejos de la figura del progenitor. Su padre había sido parte de una organización que había creído necesario replicar con violencia otro tipo de violencia que podríamos llamar, dijo, «estructural»; el 16 de marzo de 1978 esa organización había secuestrado a un político muy relevante en la via Fani, en Roma, después de asesinar a sus cinco guardaespaldas. A su padre le habían dicho en Turín que se estaba preparando algo grande y que, por consiguiente, todos los que no estuviesen involucrados con la acción debían mantenerse en un segundo plano, lo que también significaba permanecer alejados de su escenario, pero nadie le había dicho que ese escenario era Roma, aunque se le había sugerido que no fuese a esa ciudad: su padre se encontraba allí, sin embargo. Fue detenido ese mismo día, en lo que su padre creyó primero la delación del hombre con el que había estado hablando y frente a cuya puerta fue asaltado –un viejo escritor fascista, le dijo, con un énfasis tal vez excesivo en la palabra «viejo»–, pero fue, principalmente, producto del azar, ya que su arresto no tenía ninguna relación con la investigación que estaba llevando a cabo sino que era una de las muchas acciones desesperadas que el gobierno llevó a cabo ese día para dar con el lugar donde estaba secuestrado aquel político. A su padre lo interrogaron durante horas acerca de «Maurizio», «Luigi» y «Monica», tres nombres que no conocía, y le exigieron que confesase dónde se encontraba Aldo Moro, cosa que también desconocía. Su padre no se lo habrá dicho, pero años después T. pensará que lo torturaron; si fue así, es probable que el interrogatorio no haya contribuido de ningún modo a la pesquisa, ya que su padre efectivamente no había tenido ninguna participación en el secuestro de Aldo Moro, que fue encontrado sin vida el 9 de mayo. En los meses siguientes su padre había desfilado por las cárceles de Asinara, en Cerdeña, Turín, Voghera y Bolonia, casi siempre siendo alojado en pabellones destinados a los presos políticos, donde las medidas de seguridad eran mayores pero, en contrapartida, se encontraba a salvo. En una ocasión su padre había reconocido en el periódico a «Mauro», su responsable en Turín: se llamaba Patrizio Peci y poco después delataría a sus compañeros, también a él. Para entonces, sin embargo, el padre ya había sido condenado a ocho años de prisión: permaneció cuatro años encarcelado hasta ser liberado por buena conducta. De ellos no recordaba nada, dijo, quizá porque la adopción de una rutina impuesta tenía como resultado y estaba concebida para suspender la vida individual; si uno no deseaba volverse loco, dijo el padre, había que sustraer el sujeto que podía verse afectado por el encierro, olvidarse principalmente de uno mismo, no ser, de tal manera que el encierro constituyese tan sólo un paréntesis. Él lo había conseguido, al menos parcialmente, ya que durante todos esos años se había preguntado quién podía haberlo delatado, y cómo habían dado con él. A pesar de ello, la respuesta era evidente, tan simple y fácil de determinar que no comprendía cómo no se le había ocurrido antes: había sido delatado por un hombre que T. no conocía, dijo, un escritor fascista al que él había visitado en Génova unos días antes, que le había dado las señas de otro escritor, el «viejo» escritor fascista con el que se había entrevistado y a la salida de cuya casa había sido detenido poco después. Ni uno solo de los días posteriores —ni siquiera durante el enamoramiento con su madre y los primeros esfuerzos por retenerla y tratar de ser un padre para él— había dejado de pensar en ello: que su detención había sido sencillamente un golpe del azar, que no lo tenía como objeto. Tal vez todo podría haber sido distinto de no haberse visto involucrado en una pesquisa rara, no necesariamente comprensible ni siquiera para él, acerca del arte y del crimen. Ni siquiera él podía afirmar con seguridad qué era lo que había estado buscando.

Escucha a los Blackbird Raum, a los The Hope Bombs, a los Culture Shock. A veces comprende las letras de las canciones y a veces no, pero entiende la angustia que subyace en ellas; en ocasiones le parece que, pese a su brevedad, esas canciones conforman un túnel oscuro y violento al final del cual, sin embargo, se ve algo parecido a una luz; es decir, una forma distinta de oscuridad. No sabe a quién decirle esto y se lo guarda para sí; con los otros okupas sólo habla de música, y finge no tener ningún interés por las discusiones políticas que a veces se producen: de ellas no espera nada y le desagrada la invitación a la violencia con las que concluyen a menudo; no cree saber más que los otros, pero sabe, por la experiencia de su padre y lo que él puede comprender de ella, que si alguien sufre, todos sufrimos; si alguien mata, los asesinos somos todos; también sabe, por supuesto, que todo lo otro que pudieran hacer no vale nada porque la libertad y la justicia nunca son concedidas al oprimido por un gobierno injusto sino que el oprimido debe conquistarlas, pero aun así se resiste. A veces contempla un cartel de las Brigadas Rojas que alguien ha instalado en una pared, expresando una simpatía que, de hecho, comparten todos los habitantes de la casa; él, por su parte, se abstiene de hablar de la experiencia de su padre y nunca escucha: durante un tiempo cree estar enamorado de un joven de Viareggio que se instala en la casa durante un tiempo y luego se marcha: antes de que se vaya, hacen el amor una noche en la terraza de la fábrica, en verano; él se deja llevar y le gusta lo que ve y lo que hace, pero decide que no está enamorado y que no va a estarlo. Más tarde aquel joven, su nombre es Pietro, como el de su padre, se va.

Ahora es diciembre de 2014, es el día 12 de ese mes, y los sindicatos han convocado una huelga general: exigen al gobierno que no abarate aun más el despido. T. ha abandonado temprano esa mañana la casa ocupada y se ha dirigido al centro para unirse a los manifestantes; no lo ha hecho más que por una cierta solidaridad imprecisa que quizá esté vinculada con el hecho de que también su padre y su abuelo fueron despedidos ya innumerables veces a lo largo de su vida, en circunstancias en las que, a diferencia de lo que suelen decir los otros ocupantes de la casa, el trabajo era para ellos la única forma a mano de ser algo o alguien: cuando se les impedía seguir ejerciéndolo, eran las certezas acerca de sí mismos, la identidad que habían articulado en torno al trabajo, las que se esfumaban con él, dejándolos vacíos. Al menos su padre tenía su historia, voluntariamente incompleta por la experiencia de la cárcel y quién sabe si por otras razones, por algo parecido al remordimiento, pero su abuelo no tenía nada, excepto la confusión y la imposibilidad de articular racionalmente, de verbalizar, lo que le sucedía; al final, sólo había podido expresarlo mediante la acumulación de objetos que, como él mismo, habían sido desechados. T. había tenido que dejarlo ir, que apartarse de él, para que no lo arrastrase consigo, y también había tenido que alejarse de su madre; no le había dado la dirección de la casa, que, por lo demás, era apenas provisoria, y era posible que, si su madre seguía escribiéndole, las cartas se estuviesen acumulando en el piso de sus abuelos o fuesen devueltas por el cartero. Mientras la marcha avanzaba por las calles de Milán, a T. le resultaba difícil contagiarse del entusiasmo general, o sentirse siquiera parte de la multitud: en algún sentido, las experiencias de su padre y de sus abuelos, hasta donde podía conocerlas, le habían enseñado a no esperar nada de los demás y a desconfiar de las ideas que gozaban de predicamento; por otra parte, creía haber escapado de lo que lo retenía a un lugar y a una época, cualesquiera que éstos fuesen. En algún sentido, estaba limpio, pensaba, absorto en la novedad de su individualidad y sólo dispuesto a prestarla, a ahogar su individualidad en el río de personas que lo rodeaba, de forma circunstancial y breve. A su alrededor pasaban jóvenes como él que portaban banderas que no conocía, ancianos y personas mayores, hombres y mujeres, que llevaban los atributos de sus profesiones; esto último, por supuesto, sólo tenía un carácter simbólico, ya que buena parte de las profesiones que se tienen en la actualidad carecen de visibilidad, consisten en la resolución de procedimientos que no pueden ser representados, acciones que se realizan frente a un ordenador, en un espacio aséptico y sin historia. En ello, también, T. podría ver una forma de disolución de las señas de identidad de la clase obrera si lo desease y si palabras como «obrero», «clase» e «identidad» significasen algo para él: van a significarlo, incluso de forma imprecisa, en los años que vienen, pero eso T. todavía no lo sabe; tampoco sabe, por supuesto, que su vida se va a parecer a las de su padre y su abuelo paterno más de lo que puede imaginar, como si los tres estuvieran unidos por algo más que por los vínculos de la sangre y de la historia familiar, por una incómoda conciencia de la Historia y del lugar en ella de los individuos, incluso de los que, como ellos, carecen de toda relevancia. La marcha se ha detenido, las personas a su alrededor han dejado de gritar consignas, y en cambio, la multitud emite ahora un sonido más atemorizador, alto e impreciso, como una especie de rugido que surgiese de todas las gargantas y de ninguna y hablase una lengua incomprensible. T. escucha disparos y ve cómo cientos de palomas que ocupaban los balcones y los tejados de los edificios frente a los cuales desfila la multitud alzan el vuelo conformando una nube oscura y que parece viva y se aleja en dirección al Duomo, a unos cientos de metros de allí. A continuación hay un instante de silencio y de expectación y la multitud, que hasta ahora ha conformado una especie de organismo viviente y serpenteante por las calles, sin fisuras visibles, se rompe: los de las primeras filas empiezan a retroceder mientras los de las últimas, que todavía no comprenden qué sucede, los empujan para que avancen. La multitud, como los ríos cuando se intenta contenerlos, se desborda, y las corrientes que la conforman, que hasta el momento habían confluido, se disgregan en filas de personas que, con mayor o menor urgencia, intentan dirigirse a las calles laterales, buscar refugio en los portales de los edificios que bordean la calle principal, avanzar por ella o retroceder por ella en dirección a la impedimenta de la manifestación; en la confusión, T. no puede ver más allá del círculo más y más reducido en el que se encuentra: a su alrededor hay rostros de personas mayores, de mujeres, de personas de edades diversas que mascullan y en ocasiones gritan que hay que retroceder. T., sin embargo, se ve arrastrado hacia delante por un puñado de jóvenes como él que han conformado una fila y se abren paso en cuña a través de los manifestantes; llevan las caras cubiertas con pañuelos y el cabello tapado por capuchas negras y –T. lo ve de inmediato– llevan palos y unos escudos y le gritan «Vamos, vamos» como si él fuera uno de ellos. T. intenta alejarse, pero las personas que avanzan en dirección contraria para alejarse de la cabeza de la manifestación lo empujan una y otra vez de regreso; en el aire, por fin, hay algo que T. reconoce inmediatamente y es miedo.

Uno de los jóvenes le tiende un pañuelo, T. se cubre la cara con él y de pronto el río de personas en el que ha nadado a contracorriente se detiene: está en la primera fila, a unos diez o quince metros de una hilera de escudos policiales; detrás de ellos, la policía los provoca; alguien arrastra un contenedor y le prende fuego con una botella de bencina y un mechero. La hilera de escudos se abre y de ella sale un hombre que dispara una bomba lacrimógena en dirección a ellos y uno de los jóvenes la coge y la arroja detrás de la línea de escudos: parece una señal, porque entonces la policía carga. T. los ve aproximarse y ve que, absurdamente, los jóvenes de las capuchas corren a su encuentro, y después ve a uno de esos jóvenes en el suelo, sangrando: un policía estampa la suela de su calzado contra la cabeza del joven y ésta rebota una y otra vez contra el suelo, dejando una mancha de sangre que se agranda y se agranda sin que nadie haga nada por detener al policía. En ese momento, T. se siente responsable de lo que está viendo y también de no haberlo evitado; y se siente, por primera vez, el joven caído y el policía, ambos al mismo tiempo. T. piensa que lo que va a hacer se volverá contra sí mismo y que el daño que inflija, si consigue provocar alguno, será en primer lugar contra sí mismo, no precisamente contra aquello en lo que cree, que es poco y nunca será mucho —sólo un puñado de ideas generales acerca de la dignidad de las personas y una noción vaga de lo que, a falta de un nombre mejor, y lamentándose todas las veces por ello, y por los ecos de su padre que creerá reconocer en ello mucho tiempo después de que su padre haya muerto, llamará «justicia», incluso aunque esa palabra parezca desprovista de significado en muchos sitios—, sino contra la idea misma de creer en algo, que se opone, pensará siempre, a la de hacer: su padre y su abuelo, pensará en el futuro, habrán quedado atrapados por las contradicciones inherentes a hacer y a creer, en buena medida debido a que creer equivale en todos los casos a hacer, aunque un hacer muy específico y que inhibe toda posibilidad de hacer algo, lo que sea. A lo largo de su vida, también, pensará que la vida de todas esas personas, de las que lo habrá sabido todo y al mismo tiempo no sabrá nada, nunca, habrán podido contarse como la historia del modo en que el arte se convierte siempre en política y la política, no importa de qué signo, en crimen, y pensará que hay una tarea pendiente allí para personas como él: inhibir a la política de sus elementos criminales y convertirla en algo parecido al arte, una actividad que diga algo significativo acerca de estar aquí, siendo aquí lo que se desee, el mundo o la sociedad. A todo esto lo aprenderá a lo largo de una vida no demasiado larga y no exenta de dificultades, como son todas las vidas que son vividas con el deseo de estar política y emocionalmente vivo: por supuesto, esa vida no carecerá de situaciones que, a falta de un término mejor, menos empleado, las personas llamarán «arte» o «producción artística», y tampoco carecerá de lo que esas mismas personas y otras como ellas denominan «crimen»: a T. ambas expresiones le parecerán superfluas, en la medida en que pensará en todo lo que hace y ha hecho como política: lo habría sido incluso aunque T. jamás se hubiese dado cuenta de ello; puesto que lo habrá hecho, sólo le quedará tratar de ser coherente, y de dejar una huella, por minúscula que sea, y en ocasiones volverá a pensar en la manifestación de Milán en diciembre de 2014 como el comienzo de algo, algo impreciso a lo que no se tomará la molestia de poner un nombre. Ahora mismo, por lo demás, le resulta imposible e innecesario ponérselo; incluso el hecho mismo de pensar en ello le parece absurdo, y T. no lo piensa, como tampoco piensa en las asimetrías de la violencia o en su legitimidad, imaginaria o real; de hecho, no piensa en nada: recoge un bastón que encuentra tirado a sus pies y corre hacia el policía.

ALGUNAS PERSONAS MENCIONADAS

EN ESTOS LIBROS

Ya mucha mayor diferencia entre muerte y
muerte que entre vida y muerte. Ya un espacio que en líneas generales sólo puede me-
dirse en muerte.

Eso, INGER CHRISTENSEN

Azari, Fedele (Pallanza, 8 de febrero de 1895–Milán, 25 de enero de 1930). En 1919 escribió el manifiesto «El teatro aéreo futurista», que presentó en la Gran Exposición Nacional Futurista de Milán y distribuyó en octavillas desde su avión. A sus capacidades como pintor y escritor, A. sumaba un considerable talento para la publicidad y los negocios —desde 1923 se dedicó a la exportación de aviones de fabricación italiana y a la de obras futuristas—, lo que llevó a F. T. Marinetti a nombrarlo primer Secretario Nacional del Movimiento en 1924 y encargarle la organización del congreso de aquel año. Autor también de los manifiestos «Vida futurista simultánea» y «Por una sociedad de protección de las máquinas».

Bilenchi, Romano (Colle Val d'Elsa, 9 de noviembre de 1909–Florencia, 18 de noviembre de 1989). Adhirió a edad muy temprana a los sectores de izquierda del fascismo, en cuyas principales publicaciones del área de Florencia fue una firma habitual entre 1930 y 1934 como escritor y periodista; la Guerra Civil española lo alejó del fascismo, sin embargo, y en 1940 ya era un disidente. Años antes había publicado en la revista *Il Selvaggio* su novela *Vida de Pisto* (1931), a la que siguieron *Conservatorio di Santa Teresa* (1940), *Anna y Bruno y otros cuentos* (1938), *Mi primo Andrea* (1943) y la trilogía «Los años imposibles» conformada por *La sequía* (1941), *La miseria* (1941) y *El hielo* (1983). B. participó de la experiencia política de la Resistencia italiana y de sus derivas, incluyendo la creación de los periódicos *Nazione del Popolo* y *Nuovo Corriere*, órganos del Comité de Liberación Nacional toscano y del

Partido Comunista respectivamente; en ambos casos, y como le sucediera con el fascismo, su independencia y rigor intelectuales le provocaron dificultades, y no es extraño que su tema, más que la infancia –de la que escribió extensamente–, sea en realidad el aprendizaje de la decepción. B. nunca dejó de corregir sus libros, en un proceso de reducción constante; entre los más importantes se cuentan *Crónica de la Italia mezquina, o Historia de los socialistas de Colle* (1933), *El dueño de la fábrica* (1935), *El botones de Stalingrado* (1972, Premio Viareggio) y *Amigos* (1976); en este último, B. narró su amistad con Elio Vittorini, Ottone Rosai, Mino Maccari, Leone Traverso, Ezra Pound, Eugenio Montale y otros.

Blunck, Hans Friedrich (Hamburgo, 3 de septiembre de 1888-Ebenda, 24 de abril de 1961). Estudió derecho en las universidades de Kiel y de Heidelberg, donde formó parte de las *Bursenschaften*, o asociaciones de estudiantes que constituirían el basamento de las instituciones nacionalsocialistas, participó en la Primera Guerra Mundial como oficial y se radicó más tarde en Bélgica, de donde huyó a Holanda para escapar de las autoridades, que lo perseguían por sus actividades pangermánicas. A partir de 1920 publicó novelas y relatos caracterizados por su rechazo a la modernidad, lo que los colocó en la órbita de la política cultural del nacionalsocialismo; sus textos, que abordaban temas de las mitologías nórdica y germánica, sus fábulas y sus sagas, así como sus textos sobre la historia de la Liga Hanseática y sus poemas en Plattdeutsch, parecen haber sido escritos específicamente para justificar la existencia de lo que llamamos «la literatura nacionalsocialista», de la que fue uno de los funcionarios más importantes, por lo demás, sin haber ingresado en el Partido Nacionalsocialista de los Trabajadores Alemanes (NSDAP) hasta 1937. B. fue vicepresidente de la sección de poesía de la Academia Prusiana de las Artes, cuya presidencia ocupaba H. Johst, y más tarde, presidente de la Cámara de Escritores del Reich y de la oficina encargada de coordinar la política cultural alemana en el extranjero, la Stiftung Deutsches Auslandswerk. A pesar de la importancia de sus cargos, y de la actividad maniática que desplegó en ellos, B. publicó noventa y siete libros y una centena de artículos periodísticos entre 1933 y 1945; la mayor parte de estos últimos, en el *Völkischen Beobachter*, el órgano de prensa más importante del régimen. En 1944, B. fue incluido por Joseph Goebbels y Adolf Hitler en la lista de los autores que no debían ser movilizados por ser considerados, ellos y su obra, parte del patrimonio alemán y, por lo tanto, imprescindibles; pese a ello, las autoridades de ocupación soviética lo consideraron simplemente un beneficiario del nacionalsocialismo, lo que le permitió continuar escribiendo. En 1952 publicó sus memorias, *Unwegsame Zeiten* [*Tiempos intransitables*], a las que siguió al año siguiente otro volumen, titulado *Licht auf den Zügeln* [*Luz en la contención*]: en ellas minimizó su papel en los años del nacionalsocialismo, por supuesto.

Borrello, Luca (Sansepolcro, 9 de diciembre de 1905 - Rorà, 21 o 22 de abril de 1945). No completó sus estudios de medicina en la Universidad de Perugia. Publicó sus primeros textos en *L'Impero*, revista fundada por Mario Carli y Emilio Settimelli que tenía un carácter más abiertamente fascista que otras del futurismo en las que también escribió como *La Città Nuova* y *Stile Futurista*. A mediados de 1936, B. abandonó Perugia y, al parecer, ejerció diversas profesiones, ninguna de ellas vinculada con la literatura, en las regiones de Umbría y Piamonte; cuando se lo daba por perdido para la literatura, B. asistió al Congreso de Escritores Fascistas de Pinerolo de 1945, en el que halló su final, sin que hasta la fecha se haya conseguido determinar si éste se debió a un accidente, a un suicidio o a un asesinato. Al parecer, continuó activo entre 1936 y 1945, pero su producción literaria del período, de existir, se ha perdido.

Boulenger, Jacques (París, 27 de septiembre de 1879 – Ibídem, 22 de noviembre de 1944). Filólogo, poeta y novelista –además de autor de numerosos panfletos antisemitas por los que fue mucho más popular entre la población francesa que por sus obras–, de él dijo Hellmuth Langenbucher que «se deja arrastrar por su ingenio e imaginación para plasmar sobre el papel todo un mundo de tramas para deleite de sus lectores»; la frase –siendo profundamente estúpida– no es, sin embargo, la peor manifestación de una crítica literaria pomposa y carente de contenido que se convertiría unas décadas después en la regla antes que la excepción. Entre las obras de B. se encuentran *Monsieur ou le professeur de snobisme* [*Monsieur o el profesor de esnobismo*] (1923), *Le Touriste littéraire* [*El turista literario*] y *Le Miroir à deux faces* [*El espejo de dos caras*] (ambas de 1928), *Crime à Charonne* [*Crimen en Charonne*] (1937), *Quelque part, sur le front. Images de la présente guerre* [*En cualquier parte, en el frente. Imágenes de la presente guerra*] (1940) y *Le sang français* [*La sangre francesa*] (1943).

Boyano, Espartaco (Ravena, 14 de febrero de 1916 – Ebenda, 12 de enero de 1994). A pesar de provenir de Ravena, estudió en Perugia, donde colaboró con *Lo Scarabeo d'Oro* de Abelardo Castellani y entró en contacto en 1931 con el grupo futurista local. En 1938 conoció a Tommasso Marinetti y le pidió un prólogo para su primer libro, que Marinetti le envió. Un intento de contabilizar su obra en una época que sólo presta atención a los números podría tener el siguiente aspecto: libros, 6; fecha de su publicación, 1938, 1941, 1952, 1960, 1970 y 1971; género de las publicaciones, 1 (poesía); promedio de ejemplares vendidos de cada una de ellas, 60; reseñas de dichas obras, 8; positivas, 3; negativas, 4; indiferentes a un juicio de valor o conscientes de que ese juicio de valor es, en sustancia, lo menos importante de un texto crítico, 1; ensayos académicos acerca de la obra de B., 2; apariciones en diccionarios y estudios críticos de la poesía italiana del siglo xx, 0; número de obras inéditas que B. dejó a su muerte, 1 (incompleta); peso total de los papeles personales de B., de los que su viuda se desembarazó inmediatamente después de su muerte con la ayuda de uno de sus hijos, 11 kilogramos; peso total de su obra poética, 960 gramos; número de poemas escritos, 234; tiempo promedio de dedicación estimada a cada poema, 271,41 horas; tiempo aproximado de lectura de la totalidad de la obra poética de B., 7 horas; personas que asistieron al funeral del poeta, 8 (viuda, tres hijos y las parejas de dos de ellos, además de una nieta y un vecino); promedio de visitas anuales a su tumba desde la fecha de su muerte, 0,80.

Bruning, Henri (Ámsterdam, 10 de julio de 1900 – Nimega, 17 de diciembre de 1983). Poeta, ensayista, polemista y censor bajo el nacionalsocialismo. Algunas de sus opiniones no coincidían con las de las autoridades nacionalsocialistas para las que trabajaba –B. provenía del nacionalismo católico neerlandés y era conservador y elitista–, pero todas las demás sí. En 1943 publicó *Voorspel* [*Preludio*] y *Heilig Verbond* [*La santa unión*], y en 1944 *Ezechiël en andere misdadigers* [*Ezequiel y otros criminales*] y *Nieuwe Verten* [*Nuevos horizontes*]; antes había publicado un ensayo titulado *Nieuw Politiek Bewustzijn* [*Nueva conciencia política*] (1942), que no requiere que se diga por qué era nueva en 1942 ni de qué signo. Al finalizar la Segunda Guerra Mundial fue condenado a dos años y tres meses de internamiento y se le impuso un veto a la publicación por diez años, tras los cuales intentó establecerse como poeta una vez más sin lograrlo del todo debido al boicot de editores, escritores y libreros. En la actualidad es reivindicado, casi exclusivamente, en círculos católicos.

Burte, Hermann (pseudónimo de H. Strübe; Maulburg, 15 de febrero de 1879 – Lörrach, 21 de marzo de 1960). B. fue pintor y poeta en dialecto alemánico, dos actividades que le hubieran permitido perfectamente escapar del escrutinio de sus contemporáneos sin por ello renunciar a los preceptos de una ideología cercana a las esencias nacionales y populares alemanas que más tarde lo hicieron ser un beneficiario del nacionalsocialismo, pero B. publicó la novela *Wiltfeber, el alemán eterno* (1912) y la tragedia *Katte* (1914); de no haberlas escrito, el río de la Historia hubiese pasado a su lado sin mojarle los zapatos, pero las escribió, fueron un éxito, le valieron el Premio Kleist (1912), el Premio Schiller (1927), el Premio Johann Peter Hebel (1936), la medalla Goethe al Arte y a la Ciencia (1939), el regalo personal de unos quince mil marcos por parte de Adolf Hitler en su sesenta y cinco cumpleaños, su inclusión en la lista de los escritores «elegidos» para escapar al reclutamiento forzoso por ser considerados «patrimonio nacional» alemán, nueve meses de cárcel a partir de 1945, la censura. A los problemas relacionados con su ideología, se sumaron, en su recepción, antes y después del régimen nacionalsocialista, el hecho de que en *Wiltfeber,* cuyo subtítulo era «La historia del buscador de una patria», aparecía por primera vez, como símbolo sanador y anuncio de una nueva época, la cruz gamada; en 1924, por otra parte, B. anunciaba la llegada del Tercer Reich; en otro de sus poemas, publicado en 1931, la profecía consistía en la llegada de un caudillo político a Alemania al que más tarde asoció con Adolf Hitler, por lo que su «Der Führer» fue reeditado y ampliamente antologado. Después de la cárcel, y tras haber perdido sus propiedades, así como el derecho a llevar a cabo actividades políticas y literarias, B. se ganó la vida como traductor de poesía francesa y fue escogido miembro de honor de la organización de extrema derecha Deutschen Kulturwerk Europäischen Geistes [Acción Cultural Alemana para un Espíritu Europeo], que pretendía reconstruir los vínculos entre los escritores fascistas que habían sobrevivido a la guerra. La publicación de sus últimos poemas bajo el título de *Stirn unter Sternen* [*El rostro bajo las estrellas*] (1957) generó cierta polémica debido a su carácter revisionista, que permitía pensar que B. no se arrepentía, no se disculpaba, no tenía mala conciencia alguna.

Buzzi, Paolo (Milán, 15 de febrero de 1874-Ebenda, 18 de febrero de 1956). Trabajó toda su vida en la Administración Provincial de Milán, al margen de lo cual escribió comedias, libretos de ópera, poesía dialectal, imitaciones de Giacomo Leopardi, un poema en prosa, un ensayo sobre el verso blanco, un volumen de poesía futurista, una novela de ciencia ficción (en ella, publicada en 1915 y titulada *La hélice y la espiral. Film + palabras en libertad*, fue el primero en utilizar esta técnica en una novela), algunas piezas de «teatro sintético», varios libros de una poesía de tono deliberadamente más conservador, traducciones (de *Las flores del mal* de Charles Baudelaire, por ejemplo) y otros dos de una poesía que sólo puede ser descripta como desconcertante: *Poema de las ondas de radio* (1940) y *Atómica* (1950). Sin embargo, su obra más importante es *Conflagraciones (Epopeya 'parolibera', 1915-1918)*, un diario de la Primera Guerra Mundial escrito por completo mediante la técnica marinettiana de las «palabras en libertad» y el uso frecuente de collages que fue publicado de manera póstuma en 1963.

Calosso, Oreste (Roma, 15 de mayo de 1915-Ebenda, 17 de febrero de 2004). A pesar de sus orígenes romanos, C. pasó buena parte de su vida fuera de Roma, en ciudades como Milán, Florencia y Perugia; en esta última ciudad estudió literatura y adhirió al futurismo, en cuyas principales publicaciones colaboró; sus textos aparecieron en *La Città Nuova* de Turín, *Artecrazia* (Roma, 1934-1939) y *Legiones y Falanges*, la revista editada en Roma por Agustín de Foxá y Giuseppe Lombrosa en la que se ocupó de la sección de crítica cinematográfica. Su proximidad con las autoridades culturales de la República Social Italiana y especialmente con el ministro de la Cultura Popular, Fernando Mezzasoma, hicieron que se le otorgase la responsabilidad de organizar el Congreso de Escritores Fascistas de Pinerolo de 1945, de cuyo abrupto final no puede, sin embargo, responsabilizárselo. Aunque su producción entre 1931 y 1945 fue ingente, C. se distanció de ella después de la guerra; tras un período en el que vivió discretamente en Florencia, posiblemente a la espera de que su colaboración con el gobierno fascista fuese olvidada, regresó tímidamente a la literatura publicando en 1949 un delgado volumen de poesías titulado *Prosa* cuyo título perjudicó tanto como el silencio con el que fue recibido por la crítica. Lo siguieron *Los inacabados* (1951), *Lugares, momentos, travesías del tiempo* (1953) y *Habla el extranjero* (1963), así como una selección de prosas breves titulada *La pereza* (1973) que indujo en sus potenciales lectores el estado de ánimo que anunciaba y pasó, como el resto de sus obras, desapercibida. Entre los talentos de C. no parece haberse encontrado nunca el de titular sus libros de forma atractiva, pero en su beneficio debe decirse que es uno de los pocos escritores italianos del siglo XX cuya obra no es completamente predecible, honor que comparte, si acaso, con Giorgio Manganelli, Carlo Emilio Gadda y Maurizio Cucchi. Aunque exigió a sus familiares que después de su muerte destruyesen su obra tanto inédita como publicada, sus papeles se encuentran actualmente en la biblioteca de la Universidad de Padua, a la que éstos los cedieron debido al interés de esa biblioteca por la literatura fascista y pese al hecho de que, según parece, C. renegó del fascismo y se propuso escribir, deliberadamente, contra él, lo que pudo haberlo beneficiado en términos estéticos pero lo perjudicó de cara a una posteridad que, por lo demás, parece no haberle interesado nunca.

Cangiullo, Francesco (Nápoles, 27 de enero de 1884 - Livorno, 22 de julio de 1977). Conoció a Marinetti y a otros futuristas a los quince años de edad en una «velada futurista» en su ciudad natal y se unió de inmediato a ellos, comenzando a publicar en sus principales revistas. En 1916 publicó dos pequeños libros de poemas, *Piedigrotta* y *Verde nuevo*, y en 1919 dio a la imprenta *Café cantante: Alfabeto por sorpresa*, uno de los mejores ejemplos del tipo de obra futurista a la que la experimentación tipográfica otorga también una considerable relevancia visual. C. se interesó por el teatro, y contribuyó a la creación del «teatro sintético futurista», para el que escribió en 1916 la pieza «Detonación» y en 1918 una «Radioscopia de un dueto» en colaboración con Ettore Petrolini, y a la del «Teatro de la Sorpresa», cuyo manifiesto firmó con Marinetti. Antes de alejarse del futurismo publicó *Poesía pentagramada* (1923) y en 1930 un testimonio personal de las «veladas futuristas» que, por alguna razón –como si C. no pudiese resistirse a su encanto, que lo había hecho unirse al futurismo veinte años atrás–, lo llevó a regresar a sus filas al menos de forma temporaria: en 1930 publicó la novela *Ninì Champagne* y en 1937 el relato futurista «Marinetti en el Vesubio.»

Carduccio, Emilio (Palermo, 12 de octubre de 1904 - Reggio Calabria, 11 de noviembre de 1946). No se sabe con certeza si murió en 1946 –otras fuentes hablan de 1947– ni si perteneció al Partido Comunista y luego al Fascista o si en primer lugar fue fascista y luego adhirió al comunismo con la finalidad de escapar de una imputación que finalmente lo alcanzó y por la cual murió en la cárcel, así como tampoco se sabe si en realidad no fue sólo comunista, o sólo fascista a lo largo de toda su vida, del mismo modo que se desconoce si escribió la pieza titulada «Adiós a la esposa que sonríe en las dunas» o la que lleva por título «Modos de la locura provisoria», o si escribió las dos, o ninguna, y aun si la segunda obra no se titulaba en realidad «Monos de la locura provisoria», «Mundos de la locura provisoria» o simplemente «La locura provisoria»; más aún, se desconoce si ambas obras no eran una sola, que pudo haberse llamado –existen testimonios al respecto– «Adiós a la locura provisoria» o «La locura provisoria de la esposa en las dunas»; por todo lo cual, la trayectoria de C. es una de las más representativas del siglo xx italiano.

Castellani, Abelardo (Castiglione del Lago, 12 de octubre de 1870-Perugia, 8 de marzo de 1942). Publicó, entre otros, los libros *El espejo de ceniza* (1911), *Las maquinarias que tienen sed* (1926), *La noche del Aqueronte* (1929), *El evangelio cruel* (1931) y *Las otras panteras* (1941) y dirigió durante años la revista *Lo Scarabeo d'Oro* (1921-1934). Es considerado por algunos uno de los mejores cuentistas italianos del siglo xx, lo que posiblemente no sea tanto un elogio a C. como una constatación del estado calamitoso o lamentable de ese género literario en Italia a lo largo del siglo en cuestión. Mérito innegable de la obra de C. es, sin embargo, que, habiéndose aproximado tantas veces a la calidad literaria, no llegó a rozarla nunca, ni siquiera por accidente.

Castrofiori, Filippo (Florencia, 26 de mayo de 1884-Ibídem, 15 de noviembre de 1947). A los cincuenta años de edad, en 1934, C. publicó sus *Obras completas* siguiendo la que parece haber sido la inspiración de Gustave Flaubert. A excepción de su correspondencia, las *Obras completas* de C. carecen de interés a pesar de haber sido muy populares en su época; si acaso, el díptico novelístico conformado por *La visita de la ansiedad a la via del Corso* y *El camino de la carne hacia la ansiedad* presenta un cierto interés como documento de una época que se ahoga en una expresión desaforada de sentimentalismo; en cuanto a su ensayo acerca de una máquina de movimiento perpetuo de su invención, es una decepción debido a que, tras enumerar sus muchos intentos fallidos, y sin explicación alguna, C. afirma haber encontrado por fin la solución al problema, aunque se niega a revelarla por temor a que caiga en manos de los enemigos de lo que denomina «la civilización italiana», lo cual puede haber sido un chiste o no. Una ópera acerca de la «antropogeografía» de Friedrich Ratzel de la que había escrito el libreto y la música permanece sin estrenar, entre otras razones, porque requiere la intervención de veintiséis mezzo-sopranos y éstas suelen venir de a una o, en el mejor de los casos, de a pares. Después de la publicación de sus *Obras completas* no volvió a publicar nada, en la que posiblemente sea la carrera literaria más extraña del siglo xx italiano.

Cataldi, Romano (Cantiano, 14 de marzo de 1893-Etiopía, posiblemente Aksum, octubre o diciembre de 1935). Varias detenciones y algunas condenas de cárcel por delitos menores durante su primera juventud; en una de ellas, según afirmaba, aprendió a leer y a escribir, confeccionando una serie de relatos de índole autobiográfica que las autoridades de la cárcel destruyeron por considerar inmorales; uno de ellos, reconstruido por su autor, fue publicado en la revista turinesa *Stile Futurista* con el título de «Un lungo cane d'ombra» [«Un largo perro de sombra»], en agosto de 1934. Al año siguiente, C. se alistó junto con otros jóvenes fascistas de Perugia en la que sería conocida como la segunda guerra ítalo-etíope y desapareció algunos meses después de que su regimiento participara en la toma de la importante ciudad de Aksum, el 15 de octubre de ese año. (Otras fuentes hacen referencia a que C. habría muerto semanas después, durante los bombardeos con gas mostaza del 22 de diciembre de 1935, cuando un golpe de viento arrojó las nubes de gas sobre las filas italianas, pero esta versión nunca ha podido ser comprobada.) A pesar de sus manifestaciones al respecto, y contra el testimonio de quienes le conocieron, que insistieron acerca de la profusión y de la calidad de su poesía, C. no dejó obra póstuma que se conozca.

Cavacchioli, Enrico (Pozzallo, 15 de marzo de 1885-Milán, 4 de enero de 1954). F. T. Marinetti se refirió a él en 1909 como uno de los «poetas incendiarios» del futurismo, pero –a pesar de su pertenencia al grupo, especialmente valorada en los enfrentamientos con el público que tenían lugar en cada «velada futurista»– sólo adhirió superficialmente a la estética futurista, demasiado heterodoxa para sus gustos en materia poética. C. destacó como dramaturgo y existe cierto consenso alrededor de la idea de que su pieza más lograda es *El pájaro del paraíso* (1920), pese a lo cual la opinión de que sus elementos grotescos no disimulan su carácter de comedia burguesa es también mayoritaria.

Corra, Bruno (pseudónimo de Bruno Ginanni Corradini; Ravena, 9 de junio de 1892 - Varese, 20 de noviembre de 1976). Aunque se distanció del futurismo en la década de 1920, publicando algunas novelas poco sofisticadas y, especialmente, destacando como comediógrafo, muy pocos escritores fueron tan importantes para la historia del movimiento creado por Marinetti. C. (cuyo nombre, al igual que el de su hermano, Arnaldo Ginna, le fue otorgado por el importante pintor futurista Giacomo Balla, que vio en ellos la encarnación del correr y de la gimnasia) fundó en 1912 la revista *Il Centauro* junto a Mario Carli y a Emilio Settimelli, firmó los principales manifiestos del futurismo, adhirió con entusiasmo al fascismo a partir de 1915, creó y codirigió con Settimelli *L'Italia Futurista* en 1916; ese mismo año, colaboró junto con Balla y con Marinetti en *Vida futurista*, el filme producido y dirigido por Ginna del que sólo han llegado hasta nosotros algunos fotogramas y una idea bastante general del argumento. *Sam Dunn ha muerto*, su novela «sintética» y futurista, fue publicada en 1915; la siguieron, entre otros, *La familia enamorada* (1919), *Fémina rubia* (1921), *Los matrimonios amarillos* (1928), *Los amores internacionales* (1933), *La casa alucinada* (1942), *La Eva de rayos X* (1944), *Rosa de medianoche* (1945), *El hombre de las sorpresas* (1949) y *El amante del misterio* (1953).

Cuadra, Pablo Antonio (Managua, 4 de noviembre de 1912 – Ibídem, 2 de enero de 2002). «Se inició con las vanguardistas *Canciones de pájaro y señora* (1929-1931), a las que siguieron, en 1935, los *Poemas nicaragüenses*, en los que realiza una poetización muy lograda de la vida popular. Le siguieron, en un itinerario en que su poesía, al ir tomando tintes más religiosos, fue perdiendo frescura pero no calidad, el *Canto temporal* (1943), el *Libro de horas* (1946-1954), los hermosos *Poemas con un crepúsculo a cuestas* (1949-1956), la *Guirnalda del año* (1957-1960), *El jaguar y la luna* (1960), donde recupera la mitología nacional indígena, tema que se renueva en la obra maestra de su madurez, los *Cantos de Cifar* (1971). De 1976 es *Esos rostros que asoman en la multitud*, que participa de la poesía y el relato, y de 1980 *Siete árboles contra el atardecer*. Su *Obra poética completa* (1983-1991) ocupa nueve tomos. Cuadra también escribió buenas narraciones. [...] En el campo dramático produjo una obrita vanguardista, el *Bailete del oso burgués* (1942), y un drama de contenido social, brechtiano, *Por los caminos van los campesinos* (1937), considerado la culminación del drama rural centroamericano. Su obra ensayística es abundante.» (César Aira, *Diccionario de autores latinoamericanos*, Buenos Aires, Emecé, 2001, pp. 159-160.)

Fleuron, Svend (Keldby på Møn, 4 de enero de 1874 – Humlebæk, 5 de abril de 1966). Aunque siguió la carrera militar durante su juventud y en 1941 dijo sentirse «encantado con la guerra», F. fue, principalmente, un amante de la naturaleza y de los animales, a los que dedicó buena parte de su obra. Una calle residencial de Søborg a la que se le había dado su nombre en 1925 fue rebautizada inmediatamente después de la guerra y la Asociación Danesa de Escritores lo expulsó de sus filas: en ambos casos, debido a su participación en el nacionalsocialista Encuentro de Poetas de Weimar de 1941, de la que su reputación nunca se recuperó.

Folgore, Luciano (pseudónimo de Omero Vecchi; Roma, 18 de junio de 1888 - Ibídem, 24 de mayo de 1966). *Hora prima*, su primer libro de poemas (1908), adhiere a las formas convencionales de la poesía de la época; un año después, F. conoce a Filippo Tommaso Marinetti y se convierte en futurista: muy pocas veces un libro ha sido repudiado por su autor en menor cantidad de tiempo, pero su autor, o al menos su nombre, también son repudiados con rapidez; su siguiente libro de poemas, *Incendiando la aurora* (1910), todavía era firmado por Omero Vecchi: dos años después, en 1912, *El canto de los motores* y los poemas incluidos en la importante *Antología de los poetas futuristas* ya son firmados por «Luciano Folgore». Este mismo firma también el manifiesto «Lirismo sintético y sensación física», en el que desarrolla su poética. Publica en *Lacerba, La Voce, La Diana, L'Italia Futurista, Avanscoperta* y *Sic* [*sic*], conoce a Pablo Picasso y a Jean Cocteau, se instala en Florencia. En 1930 reúne su poesía en *Líricas*, y después de la Segunda Guerra Mundial se decanta por otras formas literarias, como la narrativa, en ocasiones humorística, la dramaturgia y la poesía infantil y paródica. Entre 1930 y 1945 o 1946 se extiende el período más importante de la vida de F., cuya relevancia el propio autor se esforzó por minimizar en intervenciones posteriores: en él publicó *El libro de los epigramas* (1932), *La trampa colorida* (1934), *Fabulillas y estrambotes* (1934), *Novelillas en el espejo; parodias de D'Annunzio y otros* (1935), entre otros. Fue funcionario del Ministerio de Justicia, y era contador.

Folicaldi, Alceo (Lugo, 7 de febrero de 1900 - Ibídem, 4 de enero de 1952). A los diecisiete años de edad conoció a Marinetti y adhirió al futurismo. En 1919 publicó *Carpetas* y, en 1926, *Arcoíris sobre el mundo*, su libro más importante. Marinetti lo incluyó en su antología *Los nuevos poetas futuristas* (1925) y siempre parece haberlo considerado uno de sus mejores alumnos, pero F. dejó de publicar poco después de esa fecha, como se ha visto.

Garassino, Michele (Arezzo, 27 de septiembre de 1902 - Roma, 29 de abril de 2002). Nacido en el seno de una próspera familia de Arezzo dedicada a la importación de bienes, es posible que haya sido su madre quien estimuló su vocación literaria, que parece haber sido temprana. En 1933, siendo estudiante de literatura en la Universidad de Perugia, G. obtuvo un prestigio considerable en la escena de los jóvenes escritores locales gracias a unos poemas de inspiración principalmente africana que publicó en diversos sitios antes de darlos a la imprenta en 1934; en 1936 lo seguiría otro volumen de poemas publicados previamente en la revista *Artecrazia*. A lo largo de los años siguientes, G. ocupó cargos de menor importancia en instituciones culturales fascistas de Perugia, pero en 1939 se trasladó a Roma. Ese mismo año publicó el libro de poemas *La infancia desvalida* y dos años después, en 1941, un ensayo titulado *La canción del látigo: La literatura y sus críticos*. Después del bombardeo del 19 de julio de 1943 sobre Roma, G. regresó a Perugia, donde se encontraba trabajando en la salida de un nuevo periódico comisionado por las autoridades de Salò cuando fue convocado al Congreso de Escritores Fascistas que se celebró en Pinerolo entre el 20 y el 23 de abril de 1945. Abandonó la República Social poco después, y, tras un período de relativa oscuridad, ya de regreso en Roma, se convirtió en uno de los críticos literarios italianos más respetados de las décadas de 1950 y 1960. A G. le gustaban los pseudónimos y, según se afirma en las memorias de O. Zuliani, los utilizó profusamente para reseñar sus propios libros en la prensa y para polemizar consigo mismo en enfrentamientos que no siempre ganaba; según afirma R. Rosà en su autobiografía, el hallazgo de que buena parte de su obra está inspirada en la obra de un oscuro escritor estadounidense llamado R. Maddow podría haber sido hecho público por él mismo mediante otro de sus pseudónimos, aunque es difícil concebir que desease desenmascararse de este modo. En la década de 1970, la suerte de G. experimentó un acusado declive y en la de 1980 ya era prácticamente un desconocido. Pasó sus últimos años de vida en una residencia para ancianos en el barrio de Monte Sacro, en Roma. Sus papeles permanecieron en su piso en el centro de esa ciudad hasta su muerte, que tuvo lugar poco antes de que cumpliera los cien años; se desconoce qué sucedió con ellos después.

Gentilli, Filippo (Colle di Roio, 24 de diciembre de 1894 – L'Aquila, 17 de enero de 1951). Auténtico azote de aquellos que pretendiesen medrar a costa de la literatura y de sus lectores, G. no dudó en denunciar las malas prácticas de sus contemporáneos en la prensa italiana; son célebres sus enfrentamientos con Gabriele D'Annunzio y F. T. Marinetti, así como su denuncia del plagio al primero cometido por G. Rossi. Entre sus numerosas obras —mayormente dramas históricos y ensayos— destacan *La colación de los ilustres* (1932) y *La Fortaleza Española* (1939), libro de poemas, este último, que celebra tanto la imponente edificación construida entre 1534 y 1567 en L'Aquila por orden de Carlos I de España, rey de Nápoles, como el triunfo de Francisco Franco en la Guerra Civil española. G. fue un firme defensor de la abolición de la propiedad privada desde la seguridad que le ofrecía una propiedad privada de varias hectáreas y una renta considerable; su muerte —acaecida, según testigos, durante un ataque de risa en el transcurso de una cena en su casa— frustró su primer viaje a la Unión Soviética, previsto para ese año: al final de su vida, G. era un profundo admirador de Josef Stalin.

Ginna, Arnaldo (pseudónimo de Arnaldo Ginanni Corradini; Ravena, 7 de mayo de 1890 – Roma, 26 de septiembre de 1982). Los cortos experimentales que G. realizó entre 1910 y 1912 en colaboración con su hermano, B. Corra, se perdieron en un bombardeo a Milán durante la Segunda Guerra Mundial;

se sabe que en ellos G. había experimentado con la aplicación de colores sobre el celuloide cinematográfico sin tratamiento, en una sucesión de imágenes acompañadas por composiciones musicales abstractas de su autoría a la que G. denominó «cinepittura»; también se perdió el filme *Vida futurista* (1916), en el que G. colaboró con Marinetti, Giacomo Balla y, nuevamente, con su hermano. Escribió piezas de «teatro sintético», manifiestos, narrativa, textos políticos; publicó en revistas como *Roma Futurista*, *L'Impero* y *Futurismo*; en esta última publicó su obra *El hombre futuro*: antes había publicado *La locomotora con pantalones*, que incluía un prólogo de B. Corra e ilustraciones de R. Rosà. En 1938 firmó con Marinetti el manifiesto «La cinematografía», después de lo cual dejó parcialmente de lado su producción artística para centrarse en el ocultismo, un tema que siempre le había interesado, destacándolo en el contexto, habitualmente centrado en el aspecto más material del arte, del futurismo. Además de su producción esotérica, por fuerza minoritaria, G. fue pintor y crítico cinematográfico.

Govoni, Corrado (Tàmara, 29 de octubre de 1884 – Lido dei Pini, 20 de octubre de 1965). Adhirió al futurismo en 1905, pero comenzó a publicar en 1903. *Poesía eléctrica* (1911) y *Rarificaciones y palabras en libertad* (1915) son los poemarios que mejor dan cuenta de esa adhesión, que sin embargo fue superficial. En 1922 accedió a un empleo en el Ministerio de la Cultura Popular y más tarde ocupó puestos de relevancia en instituciones colegiales como el Sindicato Nacional de Escritores y Autores, siempre con el apoyo de Benito Mussolini, a quien dedicó un elogioso poema: el fusilamiento de su hijo Aladino en las Fosas Ardeatinas el 24 de marzo de 1944 supuso su ruptura con el fascismo, sin embargo. G. desarrolló una obra poética, dramatúrgica y narrativa sólida y abundante hasta su muerte, pero, por su naturaleza, en ella destaca el libro que dedicó a su hijo y a sus antiguas convicciones, *Aladino. Lamento por mi hijo muerto* (1946).

Herescu, Nicolás I. (Turnu Severin, 6 de diciembre de 1903 [1906 según otras fuentes] - Zúrich, 19 [16 según otras fuentes] de agosto de 1961). En 1944, tras el golpe de Estado contra Ion Antonescu que desplazó a Rumania al bando aliado, H. se exilió en Portugal y después en Francia, donde se desempeñó como latinista y animó la escena literaria rumana en el extranjero. Entre sus obras se encuentran *La poesía latina* (1960) y una novela póstuma, *Agonie fără moarte* [*Agonía sin muerte*] (1998).

Hollenbach, Hans Jürgen (Untermünstertal, 28 de mayo de 1911 - ¿?). Autor de los libros *Unos bocetos para una filosofía de la Historia* (1941), *La teoría de la discontinuidad* (1943, ediciones revisadas en 1976, 1979, 1988 y 2000), *Sobre la insatisfacción* (1954) y *Betrachtungen der Ungewissheit* [Unas observaciones acerca de la incerteza] (1974) entre otros, H. fue alumno y más tarde colaborador de Martin Heidegger, así como profesor de las universidades de Friburgo, Augsburgo, Alexander von Humboldt de Berlín y Heidelberg entre 1935 y 2008, aproximadamente. H. escribió: «Lo que llamamos Historia es el esfuerzo asumido como tarea supraindividual por quienes nos precedieron de poner orden en aquello que se presenta como caótico, una suma de discontinuidades en una serie que de por sí no puede explicar su emergencia. Es también una tarea de esclarecimiento de lo que permanece oculto, eclipsado por hechos horribles que son omitidos tanto como sea posible, y de ocultamiento de lo que es visible y evidente. Puesto que es la Historia la que nos justifica, la que legitima nuestras instituciones y nuestras prácticas, sólo una visión positiva de su devenir puede ofrecernos el bálsamo de saber que nuestras atrocidades no son gratuitas, sino que suponen eslabones necesarios de esa cadena en la que creemos reconocer un devenir. Esa invención de continuidades ficticias en un mapa atroz de tragedias infames es una tarea paradójica, puesto que consiste en inventar una cosa ya superada para que las tareas que aún quedan por enfrentar, el futuro, resulten así, en su atrocidad, inevitables». Acerca de H. puede consultarse el libro de Martin Lachkeller *Geschichte der Philosophie und der Philosophen des Nationalsozialismus (1927-1945). Ein Versuch* [*Historia de la filosofía y de los filósofos del nacionalsocialismo (1927-1945). Una aproximación*], publicado en 2011.

Johst, Hanns (Seerhausen, 8 de julio de 1890 - Ruhpolding, 23 de noviembre de 1978). Dramatugo principalmente, J. fue presidente de la Reichsschrifttumskammer [Cámara de Escritores del Reich] y, por consiguiente, el hombre más poderoso de la literatura alemana del período nacionalsocialista. A su final le siguieron internamientos y desnazificación, pero hacia 1955 J. ya había sido rehabilitado, pese a lo cual no pudo retomar su carrera literaria. Terminó sus días escribiendo poemas en la revista *Die kluge Hausfrau* [*El ama de casa inteligente*] con el pseudónimo de «Odemar Oderich». Su momento de gloria había tenido lugar el 20 de abril de 1933 con el estreno de su drama *Schlageter*, dedicado a Adolf Hitler «con veneración amorosa e inalterable lealtad».

Junco, Alfonso (Monterrey, 26 de febrero de 1896 - Ciudad de México, 13 de octubre de 1974). Miembro de la Academia Mexicana de la Lengua y escritor extraordinariamente prolífico, J. fue uno de los más connotados defensores del franquismo fuera de España, así como un detractor de ideologías como el liberalismo, el comunismo y el fascismo, que no encontraban acomodo en la que era una visión profundamente católica de la existencia. Entre sus obras se cuentan *La señora Belén de Zárraga desfanatizando* (1923), *Florilegio eucarístico* (1926), *Un radical problema guadalupano* (1932), *Sotanas de Méjico* (1955) y *Cuestiúnculas* [*sic*] *gongorinas* (1955), libros todos que, si no por su calidad, al menos merecen ser reeditados por sus títulos, extraordinarios.

Kolbenheyer, Erwin (Budapest, 30 de diciembre de 1878 – Múnich, 12 de abril de 1962). Es recordado principalmente por su trilogía novelística *Paracelsus*; o, mejor dicho, sería recordado principalmente por su trilogía *Paracelsus* si alguien se acordase de ella, lo que no parece el caso. Aunque se afilió al Partido Nacionalsocialista de los Trabajadores Alemanes (NSDAP) en 1940, fue un simpatizante del mismo desde 1928 y un escritor muy activo en esa década y en la de 1930, si bien sus esfuerzos por demostrar el origen biológico de la presunta superioridad de la literatura alemana sobre la de otros países cayeron en el descrédito, y con ellos su obra. En 1945 las autoridades de ocupación le impusieron un veto a la publicación de cinco años; pero, si se exceptúa este inconveniente, se puede decir que K. salió del nacionalsocialismo y de la guerra sin tener que lamentar grandes pérdidas.

Maddow, Arthur (Filadelfia, 27 de septiembre de 1903 – Casablanca, 24 de diciembre de 1947). Nacido en una familia adinerada a la que dio la espalda cuando cumplió los veinte años, M. vivió en Sicilia y en Túnez. Publicó su único libro de versos en Argel en 1938. Los escasos testimonios que nos han llegado de sus contemporáneos lo describen como alguien enfermizo y de pocos amigos.

Marinetti, Filippo Tommaso (Alejandría, 22 de diciembre de 1876 – Bellagio, 2 de diciembre de 1944). Elevó la histeria a la categoría de estética, inventó el futurismo, fue uno de los primeros escritores que se pensó como un empresario, combatió en dos guerras mundiales y en otros conflictos de menor relevancia, fue un magnífico publicista, una vez le arrojaron una naranja y, tras cogerla al vuelo, la peló parsimoniosamente y se la comió para exasperación y admiración de su auditorio. «Destruimos, pero sólo para reconstruir a continuación», escribió.

Masoliver, Juan Ramón (Zaragoza, 1910 - Montcada i Reixac, 7 de abril de 1997). Ensayista, periodista, crítico literario y de arte y traductor, como sucede con ciertos cuerpos celestes, su luz no era propia sino de quienes lo rodearon: James Joyce, Ezra Pound –de quien fue secretario durante algún tiempo–, Luis Buñuel, Salvador Dalí, etcétera. Entre sus publicaciones se cuentan *Guía de Roma e itinerarios de Italia* (1950), *Presentación de James Joyce* (1981), *Antología poética de Ausiàs March* (1981) y *Perfil de sombras* (1994).

Massis, Henri (París, 21 de marzo de 1886 - Ebenda, 17 de abril de 1970). Las revistas *Roseau d'Or* y la *Revue Universelle* son su contribución menos importante a la literatura y a la cultura francesas de la primera mitad del siglo xx; la más importante es su «Manifiesto de los intelectuales franceses para la defensa de Occidente y la paz en Europa» (1935), en el que proponía una alianza de todas las fuerzas derechistas europeas, en particular las francesas y las italianas, y una actitud recelosa hacia Alemania; durante la guerra, formó parte de la élite de Vichy y, por consiguiente, su nombre apareció en la lista de los «indeseables» confeccionada por el Comité Nacional de Escritores en 1944, pese a lo cual M. no fue sometido a depuración alguna y en 1960 se convirtió en miembro de la Academia francesa. M. fue un escritor católico, de derecha y quizá algo sentimental, pero, sobre todo, un enemigo de toda modernización en literatura. Algunas de sus obras son *Cómo escribía sus novelas Émile Zola* (1905), *Romain Rolland contra Francia* (1915), *Sentencias I: Renan, France, Barrès* (1923), *Sentencias II: André Gide, Romain Rolland, Georges Duhamel, Ju-*

lien Benda, las capillas literarias (1924), *Los cadetes del Alcázar* (1936), *De André Gide a Marcel Proust* (1948), *Maurras y nuestro tiempo* (1951), *A lo largo de una vida* (1967).

Mencaroni, Diego (Perugia, 14 de febrero de 1906 – Milán, 23 de abril de 1945). Unos problemas respiratorios hicieron que su familia se desplazase a Roma cuando M. tenía cuatro años de edad en busca de aires menos contaminados que el de Perugia; la decisión resultó pésima y excelente a un tiempo: pésima porque los problemas respiratorios de M. se multiplicaron en Roma y excelente a raíz de que la capital italiana se reveló como el lugar perfecto para que M. destacase tempranamente debido a sus múltiples talentos, que incluyeron la escritura de guiones cinematográficos y obras teatrales, la composición de las bandas de sonido y de buena parte de los decorados de sus filmes. A los quince años, después de haberse hecho un nombre como escenógrafo y pianista en la escena teatral capitalina, M. dirigió su primer filme, un péplum mudo acerca de la vida de Mesalina titulado *Trenta mille uomini* [*Treinta mil hombres*] (1921); lo siguieron otros dieciocho filmes, buena parte de los cuales se perdieron durante los bombardeos a Milán y Roma de la Segunda Guerra Mundial; de su filme *L'inizio della primavera* [*El comienzo de la primavera*] (1938), por ejemplo, sólo se conservan dos secuencias: en la primera, dos personajes hablan acerca de un tercero, cierto Hans Jürgen Hollenbach del que el espectador no sabe nada y, al parecer, no sabrá; en la segunda, unas jóvenes de aspecto ario bailan semidesnudas en un bosque: ni siquiera la lectura de las reseñas del filme permite comprender qué relación existió entre una y otra, y es posible que esa relación no existiese. M. fue un pionero en la realización de filmes en los que las escenas no tenían tanta importancia como su concatenación, en lo que supone un reconocimiento temprano del hecho de que la narración cinematográfica, pero también de otra índole, sólo extrae su sentido del montaje. Este carácter de su obra cinematográfica, que la vincula con propuestas vanguardistas que tendrían lugar décadas después, en lo que algunos críticos denominan posmodernismo y otros, vanguardia tardía, no impidió que su obra fuera relativamente popular en su época. A pesar de haber adherido tempranamente al anarquismo y de unas ideas estéticas cuya proliferación y carencia de sistema se encontraban en las antípodas de cualquier conservadurismo –o precisamente por ello, si se considera el hecho de que la mayor parte de los vanguardistas produjeron a la izquierda del espectro político adhiriendo, en mayor o menor medida, a posiciones políticas que se encontraban a la derecha–, M. fue celebrado por el régimen fascista como uno de sus artistas más afines, lo que, sin embargo, no fue un obstáculo para que se le retirase todo tipo de apoyo cuando, con el inicio de la guerra y la necesidad de más y más filmes de tipo propagandístico, M. demostrase su incapacidad de producir un filme de ese tipo. Al parecer, su única incursión en el género fue uno titulado *Un corvo sulla neve* [*Un cuervo sobre la nieve*] (1941): en él, un soldado –interpretado por el propio M.– cuyas piernas eran seccionadas por una granada al comienzo del filme agonizaba durante una hora y media; durante todo ese tiempo, la cámara permanecía volcada sobre el suelo, de tal forma que lo único que el espectador veía era un fragmento de trinchera parcialmente nevado sobre el que finalmente se posaba un cuervo: aparte de algunas explosiones y de los alaridos de dolor expelidos por M., que iban convirtiéndose en un murmullo hasta desaparecer con la llegada del cuervo, no sucedía nada en el filme, que fue destruido por orden del Alto Mando italiano tras un visionado privado al que asistieron B. Mussolini, F. Mezzasoma, A. Cucco y G. Almirante, entre otros. Participó en el Congreso de Escritores Fascistas celebrado en Pinerolo en 1945, pero poco después fue fusilado por los fascistas. M. había relatado confidencialmente a un par de los asistentes que se encontraba allí como agente doble al servicio de los estadounidenses en la convicción de que alguno de ellos lo delataría ante sus superiores; M. parece haber contado con ser encarcelado por los fascistas y liberado poco después por los estadounidenses, pero el avance estadounidense fue frenado durante algunas horas el día 21 de abril y M. fue acusado de alta traición al llegar a Milán y fusilado de inmediato. No existen pruebas de que M. hubiese estado en contacto con los estadounidenses, sin embargo, aunque sí las hay de que lo estaban quienes ordenaron su fusilamiento: quizá M. sabía de este vínculo y por esa razón urdió la historia, para ser protegido por los fascistas que ya se habían puesto a disposición de los inminentes vencedores de la guerra, pero éstos decidieron que su fusilamiento mantendría las apariencias hasta que los estadounidenses garantizasen su seguridad: en ese sentido, puede decirse, su plan era bueno; sólo falló la elección del momento y del lugar para llevarlo a cabo y la participación de los otros.

México, Pobre (¿? - ¿?). No se sabe si existió entre 1899 y 1956 o entre 1889 y 1946 y se desconoce si el suyo era un pseudónimo o su verdadero nombre. No nos ha llegado ninguna de sus obras.

Möller, Eberhard Wolfgang (Berlín, 6 de enero de 1906 - Bietigheim, 1 de enero de 1972). Aunque fue uno de los dramaturgos más importantes del período nacionalsocialista, cuyas autoridades, principalmente Joseph Goebbels, lo designaron referente en la sección teatral del Ministerio del Reich para la Ilustración Pública y la Propaganda, M. es recordado únicamente por su participación en el filme *El judío Süß* (dirigido por Veit Harlan, 1940), el mejor ejemplo de la cinematografía antisemita alemana. Al margen de este último, sin embargo, la obra dramática de M. (por ejemplo, *Douaumont oder Die Heimkehr des Soldaten Odysseus. Sieben Scenen* [*Douaumont o El regreso del soldado Odiseo. Siete escenas*], de 1929, *Rothschild siegt bei Waterloo* [*Rothschild vence en Waterloo*], de 1934 y *Der Untergang Karthagos* [*La caída de Cartago*], de 1938) tiene cierto interés debido a su empleo de procedimientos pertenecientes a las vanguardias y al teatro de Bertolt Brecht en la escritura de obras teatrales caracterizadas por el antisemitismo, la misoginia y el entusiasmo bélico; es decir, por valores contrarios en su mayoría a las ideas vanguardistas. Por esas obras M. recibió, entre otras distinciones, el Premio Nacional de 1938, aunque su estrella declinó poco después de esta distinción, cuando, en su libro para adolescentes *El Führer*, comparó a Adolf Hitler con Martín Lutero y le atribuyó las características de un dios pagano: pese a que se había vendido ya medio millón de ejemplares, la obra fue retirada del mercado por considerársela demasiado «kitsch». Entre 1940 y 1943 formó parte del personal de una división de tanques y, más tarde, ya como oficial de las SS, continuó con su labor literaria, aunque sin el éxito de sus comienzos. M. estuvo en la cárcel entre 1945 y 1948, después de lo cual trató de continuar con la actividad literaria: puesto que sus piezas teatrales ya no eran llevadas a la escena, comenzó a escribir novelas históricas; su contenido no era muy distinto al de sus textos anteriores; de hecho, en ellas se puede encontrar un antisemitismo y unas tendencias antidemocráticas tan acusadas que se vuelve imposible creer en la eficacia de los procedimientos de depuración que tuvieron lugar en la vida cultural alemana después de 1945 y de los que la sociedad alemana tanto se enorgullece. M. es un ejemplo perfecto del tipo de escritor fascista que pudo continuar su actividad literaria tras la caída del régimen que lo había cobijado sin tener que arrepentirse ni mostrar ninguna duda acerca del acierto de sus actividades previas a 1945: en 1963, por ejemplo, atribuyó la falta de éxito de su novela antisemita *Chicago* a un «complot» más que a su contenido. La noticia de su muerte sólo halló eco en la prensa neonazi de la época.

Montes, Eugenio (Vigo, 24 de noviembre de 1900 [Bande, 1897, según otras fuentes] - Madrid, 27 de octubre de 1982). Fue autor en gallego y en español, así como periodista y funcionario. Entre su obra se encuentran *O vello mariñeiro toma o sol, e outros contos* [*El viejo marinero toma el sol, y otros cuentos*] (1922), *El viajero y su sombra* (1940), *Melodía italiana* (1943) y *Elegías europeas* (1949).

Morlacchi, Flavia (Piove di Sacco, 27 de febrero de 1905 - Padua, 26 de febrero de 2005). Pseudónimo de la poeta y dramaturga italiana Gaetana Morlacchi. Su obra comprende los poemarios *El ruiseñor chino* (1927), *La perdiz de Isfahán* (1930) y *Aproximación al loro de Córdoba* (1931), que conforman la trilogía ornitológica algunos de cuyos versos Pier Paolo Pasolini reprodujo –a modo de burla, posiblemente– en los parlamentos de las actrices Rossana di Rocco y Rosina Moroni en su filme *Pajaritos y pajarracos* (1966). *Poemas de la cola del escorpión* (1935), *La tela de la araña* (1938) y *El mono comió mi mano* (1949), intentos de incursionar en los ámbitos de la entomología y el estudio del comportamiento animal respectivamente, fueron recibidos tibiamente y M. regresó poco después a las aves a las que le debía su reputación como poeta: escribió sobre ellas en los libros *Palomas de la Piazza San Marco* (1967), *El mirlo sueco y otros poemas* (1971) y *El tocororo cubano* (1974). Muy pocos la recuerdan ya, pero su poema acerca del Palatino, que compara sus ruinas con «ojos ciegos / ojos de sombra / del espectro romano feroz y glorioso» etcétera, son recitados de memoria por todos los estudiantes italianos de primaria.

Munari, Bruno (Milán, 24 de octubre de 1907 - 30 de septiembre de 1998). Autor del primer «móvil» de la historia del arte, su *Máquina aérea* de 1930; creador a partir de 1933 de las *Máquinas inútiles* y desde 1951 de las hilarantes *Máquinas arrítmicas*; realizador de pinturas «proyectadas», «polarizadas» y resultado de la descomposición de la luz; escritor de libros infantiles y responsable del primer laboratorio para niños en un museo; pionero del arte cinético con su obra *Hora X* (1945);

inventor en 1958 de un lenguaje de señas para el que se emplean lo que denominó «tenedores parlantes»; creador de series de objetos encontrados como *El mar como artesano*, de 1953, y los *Fósiles del 2000*, de 1959; autor de series abstractas como los *Libros ilegibles*, el *Museo imaginario de las islas Eolie*, las *Reconstrucciones teóricas de objetos imaginarios*, las *Esculturas de viaje*, las *Escrituras ilegibles de pueblos desconocidos*, etcétera. M. es uno de los artistas italianos más importantes del siglo XX.

Nazariantz, Hrand (Estambul, 8 de enero de 1886 - Bari, 25 de enero de 1962). Estudió en París y Londres, llevó a cabo una importante labor periodística en Estambul, se instaló en Bari (1913) y se nacionalizó italiano; pero nunca dejó de escribir en armenio y fue posiblemente el único escritor futurista del que disponga esa lengua.

Olgiati, Carlo (Novara, 15 de noviembre de 1908 - Ebenda, 2 de julio de 1945). A pesar de la precocidad de su autor, quien los publicó a los veintitrés años de edad, y de su carencia de una educación formal, los tres volúmenes de *El metabolismo histórico* (1931) son de una madurez y de una ambición sorprendentes, pero la obra no carece de ambigüedades y de contradicciones; acerca de las mismas ya no se puede interrogar al autor, que puso fin a su vida poco después de la destrucción de su patrimonio familiar, con el que pensaba sostener su producción ensayística.

Ors, Eugenio d' (Barcelona, 28 de septiembre de 1882 [1881 en otras fuentes] - Villanueva y Geltrú, 25 de septiembre de 1954). «Lo que tenía de carnavalesco, él y su filosofía, es al tiempo, defecto y virtud, y la reunión de sus glosas en *Glosarios*, nuevos, novísimos o últimos, es monumento y legado inapreciable, antes o por encima que su otra obra mayor, que

se abisma en la estratosfera angélica con la pesantez del buzo»
(Andrés Trapiello, *Las armas y las letras. Literatura y Guerra
Civil [1936-1939]*, tercera edición corregida y ampliada, Bar-
celona, Destino, 2010, p. 574).

Palazzeschi, Aldo (pseudónimo de Aldo Giurlani; Florencia,
2 de febrero de 1885 - Roma, 17 de agosto de 1974). A pesar
de convertirse fanáticamente —es decir, con fanatismo— al movimiento futurista después de conocer a Filippo Tommaso
Marinetti —es decir, de trabar conocimiento con él—, P. nunca
aprobó el militarismo del grupo —es decir, su entusiasmo por
los militares y la guerra— y rompió con él —es decir, con el
futurismo— a comienzos de la Primera Guerra Mundial; para
entonces —es decir, hasta ese momento— ya había publicado la
poesía de *El incendiario* (1910), la novela *El códice de Perelà* (1911)
y el manifiesto *El contradolor* [*sic*] (1914). A un período particularmente prolífico tras esa ruptura —doce obras en casi cuarenta años— lo siguió, a partir de 1956, uno de diez años sin
publicar nada de importancia —es decir, sin ninguna relevancia— que rompió en 1966 con *El bufo integral*; éste dio lugar a
la publicación de otras cinco obras hasta 1972, dos años antes
de su muerte (es decir, de su deceso). Murió a consecuencia de
un absceso dental mal curado: es decir, de una inflamación
producida por la acumulación de pus en las encías producto
de una infección; es decir, de la penetración y desarrollo en el
organismo de agentes patógenos.

Popowa-Mutafowa, Fani (Sewliewo, 16 de octubre de 1902 -
Sofia, 9 de julio de 1977). Autora principalmente de novelas históricas con pretensiones de profundidad psicológica,
P.-M., que fue la escritora más popular de su país antes y
después de escribir panegíricos de Adolf Hitler y Benito
Mussolini, fue condenada a siete años de internamiento por
su participación en los encuentros de Weimar, de los que fue

eximida a los once meses debido a una enfermedad pulmonar. No publicó nada entre 1939 y 1972, cuando dio a la imprenta su última novela, *Д-р П. Берон* [*Dr. Petar Beron*], acerca del conocido educador búlgaro.

Pound, Ezra (Hailey, Idaho, 30 de octubre de 1885 – Venecia, 1 de noviembre de 1972). «No había visto a Ezra desde 1938, pero trece años no lo habían envejecido especialmente. Todavía tenía el aspecto de un león, moreno y con el pecho amplio. Vestía un suéter amarillo que le daba el aspecto de un entrenador de tenis. [...] "Ves por qué prefiero las tumbonas", me dijo plegándolas contra la pared y señalándome las dimensiones de su celda. En la habitación había una cama de hierro, un caos de prendas y un desorden de revistas y papel. Teníamos que gritar para comunicarnos el uno con el otro debido a un gran aparato de televisión que atronaba fuera, en el corredor. "Se esfuerzan por reducirnos a los idiotas aquí al nivel de locura del exterior", comentó Ezra. "¿Has escrito algún poema en este sitio?", le pregunté. "Los pájaros no cantan en jaulas", respondió. No volvimos a mencionar la poesía» (T. S. Eliot acerca de su visita a P. en el hospital psiquiátrico de St. Elizabeth en noviembre de 1948).

Rebatet, Lucien (Moras-en-Valloire, 15 de noviembre de 1903 – Ibídem, 24 de agosto de 1972). Autor de *Una contribución a la historia de los ballets rusos* de 1930, sus obras más importantes tienen títulos que dejan poco margen de disputa acerca de sus ideas políticas: *El bolchevismo contra la civilización* (1940), «Los judíos en Francia» (1941), «Los extranjeros en Francia, la invasión», «Fidelidad al nacionalsocialismo» (1944), etcétera. En 1942 publicó *Les Décombres* [*Los escombros*], un panfleto antisemita a favor de la colaboración con la Alemania nacionalsocialista del que se tiraron sesenta mil ejemplares durante la Ocupación y a raíz del cual Charles Maurras lo llamó «coprógrafo maníaco y enano impulsivo y enfermo». Algo después se refugió en el castillo de Sigmaringen con las principales figuras del colaboracionismo francés, entre ellos Louis-Ferdinand Céline, cuyas *Bagatelas para una masacre* había celebrado abiertamente en 1938. Fue detenido en Feldkirch (Austria) en mayo de 1945 y condenado a muerte en noviembre de 1946; unos meses después, en abril de 1947, se le cambió la pena de muerte por la de trabajos forzosos a perpetuidad y ciento cuarenta y un días encadenado, pese a lo cual fue liberado en julio de 1952. Un año antes había publicado una de sus obras más importantes, la novela *Les Deux Étendards* [*Los dos estandartes*], a la que siguieron *Les Épis mûrs* [*Las vainas maduras*] (1954) y los ensayos *A Jean Paulhan* (1968) y *Una historia de la música* (1969). Sus obras más importantes, y las que dan cuenta mejor de la escasa o nula evolución de sus ideas políticas tras la debacle del fascismo, son las publicadas después de su muerte, sin embargo: sus *Memorias de un fascista* (1976), las *Cartas desde la prisión a Roland Cailleux (1945-1952)* (1993) y el *Diálogo de vencidos, prisión de Clairvaux, enero-diciembre de 1950* en colaboración con Pierre-Antoine Cousteau (1999).

Rosà, Rosa (pseudónimo de Edith von Haynau; Viena, 18 de noviembre de 1884-Roma, 1978). En 1908 esta mujer de la aristocracia austríaca se casó con el escritor italiano Urlico Arnaldi; siete años después, cuando su marido se encontraba en el frente, entró en contacto con el futurismo, al que adhirió. Escribió *Una mujer con tres almas* (1918), un raro y temprano ejemplo de una ciencia ficción de carácter surreal y de temática feminista, y *¡No hay otro que tú!* (1919), otra novela futurista. En 1917 había ilustrado el libro de B. Corra *Sam Dunn ha muerto* y en 1922 ilustró el de A. Ginna *La locomotora con pantalones*, además de otras obras literarias; su obra gráfica, que es más extensa e integra elementos expresionistas, futuristas y del art nouveau, y recuerda poderosamente a la obra de Gustav Klimt y de Aubrey Beardsley, espera aún su redescubrimiento por parte de la crítica. Publicó también, y tardíamente, dos ensayos, *Eterno mediterráneo* (1964) y *El fenómeno Bizancio* (1970), y dejó dos novelas inconclusas, *La casa de la felicidad* y *Fuga del laberinto*, que se apartaban considerablemente de su estilo futurista anterior, así como una autobiografía titulada *El Danubio es gris*.

Rossi, Giovanni (L'Aquila, 12 de febrero de 1920-Roma, 14 de abril de 1994). En 1942 la publicación de unos poemas suyos plagiados a Gabriele D'Annunzio provocó una denuncia por parte de F. Gentilli y el escándalo subsiguiente; sólo volvió a publicar en 1972, esta vez un libro de poemas muy meritorio, lastrado tan sólo por la influencia acaso excesiva de F. Gentilli.

Sân-Giorgiu, Ion (Botoşani, 1893-Udem, 1950). Escritor, expresionista, profesor, crítico de arte y literario, dramaturgo y periodista, S.-G. no es recordado por nada de ello, sin embargo, sino por su antisemitismo, sus simpatías por la extrema derecha y por el hecho de haber ocupado el cargo de ministro de Educación en el gobierno rumano en el exilio cuando éste fue expulsado del poder por el avance aliado durante la Segunda Guerra Mundial. Fue condenado a muerte *in absentia* por un tribunal rumano después de la guerra y murió en el exilio en Alemania.

Sánchez Mazas, Rafael (Madrid, 18 de febrero de 1894-Ibídem, 18 de octubre de 1966). Periodista, novelista, ensayista, poeta, miembro fundador de Falange Española y ministro del gobierno franquista, S. M. inventó la poco imaginativa consigna «¡Arriba España!», redactó la «Oración por los muertos de la Falange» y participó en la composición de «Cara al sol». La suya es una de las pocas obras de autor falangista que deja una impresión favorable en el lector, para lo cual es imprescindible, sin embargo, no leerla nunca y, en lo posible, no ver jamás un retrato de su autor.

Santa Marina, Luys (Colindres, 5 de enero de 1898 - Barcelona, 14/15 de septiembre de 1980). Pseudónimo de Luis Narciso Gregorio Gutiérrez Santa Marina. Escritor. Periodista. Falangista. Procurador en las Cortes. Autor de obras sobre Isabel la Católica, Juana de Arco, Francisco de Zurbarán y José Antonio Primo de Rivera. Español.

Settimelli, Emilio (Florencia, 2 de agosto de 1891 - Lipari, 12 de febrero de 1954). Fundó las revistas *Il Centauro* (1913), *L'Italia Futurista* (1916), primer órgano oficial del grupo, en cuyas páginas publicó textos de su autoría acerca de la «ciencia futurista» y el «teatro sintético futurista» —en este último caso, en colaboración con T. Marinetti y B. Corra—, *Roma Futurista* (1918) y *Dinamo* (1919). S. es autor además, también en colaboración con B. Corra, de una revolucionaria teoría de la evaluación objetiva del objeto artístico que publicó a modo de manifiesto con el título de «Pesos, medidas y precios del genio artístico» (1914). Después de *Aventuras espiriturales* (1916), *Mascaradas futuristas* (1917) y *Encuesta sobre la vida italiana* (1919), S. publicó textos que ponen de manifiesto desde su mismo título su adhesión al fascismo, que tuvo lugar en 1921: *Benito Mussolini* y *El golpe de Estado fascista* (ambos de 1922) y *Las almas – B. Mussolini* (1925). Marinetti lo expulsó de las filas futuristas en el congreso de Bolonia de 1933 y Mussolini lo mandó encarcelar por sus críticas a algunos dirigentes fascistas y su anticlericalismo; estuvo cinco años prisión: su mala suerte con las figuras que concitaban su admiración y a las que prestaba su apoyo es típica del siglo XX italiano, se puede decir.

Somenzi, Mino (Marcaria, 15 de enero de 1899 – Roma, 19 de noviembre de 1948). Pseudónimo de Stanislao Somenzi. Participó de la ocupación del Fiume y adhirió al futurismo, cuyas principales revistas dirigió: *Futurismo* (1932-1933), *Sant'Elia* (1933-1934) y *Artecrazia* (1934-1939). El suyo fue un futurismo de izquierda, como pone de manifiesto su texto *Defiendo el futurismo* (1937); naturalmente, su postura fue minoritaria.

Sybesma, Rintsje Piter (Tjerkgaast, 22 de enero de 1894 – Heerenveen, 5 de febrero de 1975). Veterinario y escritor holandés, voluntario en las SS de ese país y empleado en el Ministerio del Reich para la Ilustración Pública y la Propaganda. Vivió hasta 1975 sin tener que rendir cuentas jamás respecto a su pasado.

Tessore, Atilio (Florencia, 15 de noviembre de 1910 – Bottai, en las afueras de Florencia, 22 de septiembre de 1978). Pseudónimo del escritor italiano Atilio Castrofiore. Publicó su primer libro de poemas a los diecisiete años de edad gracias a la intercesión de su padre, el escritor F. Castrofiore. La representación de su drama erótico en el teatro Monumentale de Roma en abril de 1937 es recordada como uno de los mayores escándalos de la escena teatral italiana del siglo xx: el drama, cuyo tema era la violación de una joven italiana a manos de soldados austríacos, en lo que constituía una especie de alegoría acerca de los territorios italianos orientales, fue considerado de mal gusto por los espectadores debido al desnudo de la protagonista, interpretada por la actriz Luce Caponegro, y de algunos de los soldados austríacos; no hubo segunda representación de la pieza. T. publicó dos libros más, prologados por su padre, *Nosotros honrados bárbaros* (1939) y *Muchos blancos en todos los mapas* (1940), que la crítica italiana desestimó por su abuso de las construcciones hipotácticas. En abril de 1945 fue capturado por partisanos en las inmediaciones de la estación de trenes de Milán, desde donde al parecer intentaba dirigirse a Florencia; el pago por parte de su padre de una suma de dinero no especificada lo salvó de ser fusilado, no así del juicio al que fue sometido por colaboracionismo: pese a él, y a la sentencia en su contra, en marzo de 1947 estaba libre; los intentos de volver a establecerse como escritor no arrojaron, por su timidez, ningún resultado; entre ellos, la publicación del testimonio *Bandera blanca* (1949) y la de la novela histórica *Mal como efecto de mala voluntad* (1961).

Troubetzkoy, Amélie Rives (Richmond, 1863 - Charlottesville, 1945). A partir de su debut en 1888 con la colección de relatos *A Brother to Dragons and Other Old-time Tales* [*Hermano de dragones y otros viejos cuentos*], y hasta 1898, T. fue una escritora extraordinariamente prolífica, que publicó cuatro libros en 1888 y tres en 1893, incluyendo *The Quick or the Dead?* [*¿Los breves o los muertos?*] (1888), su novela más popular y un auténtico multiventas de la época, así como su drama en verso *Herod and Marianne* [*Herodes y Mariana*] (1889). En total publicó veinticuatro libros, entre dramas, novelas, relatos y poemas, con títulos como *Virginia of Virginia* [*Virginia de Virginia*] [*sic*] (1888) y *The Queerness of Celia* [*La singularidad de Celia*] (1926); todos ellos proponen una mezcla de piedad religiosa y deseo sexual, pasión y remordimiento, que debía ser singularmente atractiva para la época, como prueba su éxito como dramaturga en Broadway: la belleza física que indiscutiblemente tuvo durante su juventud, la locura de su primer marido, el divorcio, la amistad con Oscar Wilde y la adicción a la morfina sólo podían aumentar ese atractivo. Vivió buena parte de su vida en Europa, principalmente en Italia; entre sus amistades literarias estuvieron Henry James, Louis Auchincloss y Ezra Pound.

Zago, Cosimo (Venecia, 11 de octubre de 1860 - Ebenda, 4 de mayo de 1945). A pesar de haber comenzado a escribir siendo todavía muy joven, Z. no destacó sino hasta su llegada a Roma, donde se encontraba el 23 de mayo de 1915 cuando Italia declaró la guerra al Imperio austrohúngaro y Z. se unió a los voluntarios italianos; según sus propias declaraciones, perdió la pierna derecha en la Valsugana o en la Val d'Adige, no lo recordaba con precisión, durante la incursión punitiva austríaca del 15 de mayo de 1916, al pisar una mina; en su bota llevaba, según decía, el manuscrito de una novela prácticamente terminada cuyo tema era, en algunas ocasiones, las vivencias de un joven italiano en el frente tirolés; en otras, las experiencias de una joven italiana en ese mismo frente. Z., cuya memoria parecía, al menos, frágil, recordaba sin embargo que su novela era absolutamente extraordinaria, a pesar de lo cual, sus intentos por reconstruirla después de la guerra no arrojaron ningún resultado. Fue uno de los primeros escritores que adhirió públicamente al fascismo, y éste lo recompensó enviándolo en misiones culturales y diplomáticas a América del Sur y a los Estados Unidos que parecían concebidas para que se metiera en problemas allí y no en Italia y, específicamente, para que no sintiera ninguna necesidad –más aun, para que careciera de toda posibilidad– de escribir. Por esa razón la totalidad de su obra apenas alcanza un volumen modesto y está compuesta casi totalmente de poemas de circunstancias, que repetía en sus destinos diplomáticos con ligeras variantes que dieran cuenta de las particularidades locales, de las que, por lo demás, parecía no saber demasiado. Extremadamente delgado por naturaleza, el racionamiento y la carestía del período bélico minaron su salud, y Z. murió poco después de la guerra.

Zillich, Heinrich (Brenndorf bei Kronstadt, 23 de mayo de 1898 - Starnberg, 22 de mayo de 1988). Su irrupción en la órbita de la literatura se produjo en 1936 con su novela *Zwis-*

chen Grenzen *und* Zeiten [*Entre fronteras y épocas*]; su irrupción en la de la Historia tuvo lugar tres años después, cuando llamó a Adolf Hitler «salvador del Reich y del pueblo» en un poema escrito en su honor. A partir de 1945 negó toda vinculación con el nacionalsocialismo, sin embargo: increíblemente, fue creído. Ferviente antisemita, sostuvo hasta el final de su vida que el asesinato de los judíos no alcanzó las dimensiones habitualmente conocidas y siguió considerando a Alemania la «protectora de Occidente».

Zuliani, Ottavio (Venecia, 2 de diciembre de 1913-Turín, 9 de diciembre de 1977). Autor de unas memorias de su actividad literaria durante el período fascista imprescindibles para comprender la época pese a su carácter exculpatorio y a su extraño título, *Dejemos pastar a los pollos* (1977). Giulio Ferroni afirma en su *Historia de la literatura italiana, el siglo* XX (1991) que Z. publicó un único libro de poemas, titulado *Poesía pentagramada*, en el número de enero de 1923 de la revista *Nuovo Futurismo*. En principio es verdad, sólo que no fue en la revista *Nuovo Futurismo* sino en *La Testa di Ferro* y que la publicación no tuvo lugar en enero de 1923 sino en agosto de 1921, que el título no era *Poesía pentagramada* sino *El pájaro del paraíso*, que no era un libro de poemas sino una pieza teatral y que no es que Z. la hubiera publicado sino que la reseñó: en realidad, la pieza es de Enrico Cavacchioli, el poeta incendiario.

NOTA DEL AUTOR

La lucha era, y quizá siga siendo, por defender algunos de los valores que hacen la vida digna de ser vivida. Y ellos siguen huroneando en busca de un significado en el caos.

Guía de la kultura, EZRA POUND

Algunas de las citas y varios pasajes de estos libros requieren una explicación. Las afirmaciones acerca de «la nefasta y ridícula receta de la paz usurera y mercantil y timorata» y subsiguientes provienen del «Primer manifiesto futurista» de Filippo Tommaso Marinetti (1908). La historia de Carlo Olgiati está basada en el relato de Juan Rodolfo Wilcock del mismo nombre incluido en *La sinagoga de los iconoclastas* (1972). La noticia acerca de Mussolini y su particular relación con el cielo de Saló proviene del libro de Justo Navarro *El espía* (2011). La idea de que al arte totalitario y deshumanizador lo acompañaría una corriente contraria que volcaría la destrucción sobre el propio artista proviene del libro de Al Álvarez acerca del suicidio, *El dios salvaje* (2003). El poema de Flavia Morlacchi se encuentra en el libro de Luigi Pirandello *Su marido* (1911). La historia de Justo Jiménez Martínez de Ostos está basada superficialmente en el libro de Max Aub *Antología traducida* (1972), al igual que las de Arthur Maddow y Juan Antonio Tiben. El discurso de Hanns Johst está compuesto con pasajes de textos de Juan Ramón Masoliver, Ezra Pound, Octavio Paz y Arturo Serrano Plaja. La frase acerca de la guerra como higiene proviene de «Fundación y Manifiesto del Futurismo», de Marinetti, publicado en *Le Figaro* el 20 de febrero de 1909. La alocución de Eugenio d'Ors está conformada con pasajes del estudio de José-Carlos Mainer a su antología *Falange y literatura* (edición corregida y ampliada, 2013) y de «Pedagogía de la pistola» de Rafael García Serrano. Las palabras de Fani Popowa-Mutafowa provienen de un discurso de Miguel de Unamuno pronunciado en 1934. El texto de Bruno Corra pertenece a «Hermes en la vía pública» de Antonio de Obregón; la réplica de D'Ors, a «La fiel infantería» de Rafael García Serrano. El título del relato de Romano Cataldi «Un lungo cane d'ombra» proviene del poema de Luciano Folgore «Fiamma a gas» [*Llama de gas*]. La historia del astracán proviene del libro de Sigismund Krzyzanowski *El club de los asesinos de letras* (2012), pero se aparta considerablemente del original; la frase acerca de la jauría es de Antón Chéjov y aparece en su *Cuaderno de notas* (2008). La defensa de Michele Garassino a las acusaciones de plagio a la obra de Romano Cataldi constituye un plagio de la defensa que hizo Laurence Sterne de sus apropiaciones, la cual, a su vez, es un plagio de una defensa similar en *La anatomía de la melancolía* de Robert Burton (1621). El sueño narrado por Espartaco Boyano pertenece al libro de Joseph Brodsky sobre Joseph Roth (2011). Una parte sustancial de las preguntas acerca del «monstruo» proviene del artículo de Fernando Montes Vera «Penny Dreadful» publicado en *Otra Parte Semanal* en septiembre de 2014 y de algunas ideas que aparecen en el libro de David J. Skal *Monster Show. Una historia cultural del horror* (2008). La idea de que el futurismo era demasiado revolucionario y anárquico para representar el arte del fascismo en el poder fue formulada por Giuseppe Prezzolini en 1923, en «Fascismo y futurismo». La idea de los «autorretratos» de Luca Borrello proviene de la obra de Jaume Plensa. Los aficionados a la novela policiaca querrán saber que los *gialli La palabra a la defensa* de Agatha Christie, *Nero Wolfe y su hija* de Rex Stout, *Ha muerto un querido hombrecillo* de E. L. White y *Los muros hablan* de M. Roberts Rinehart son, respectivamente, *Sad Cypress, Over My Dead Body, The First Time He Died* y *The Wall*. Algunas de las ideas acerca de la violencia política y la responsabilidad individual provienen de la conversación entre Margaret Mead y James Baldwin publicada en español bajo el título *Un golpe al racismo* (1972). Todos los títulos de Atilio Tessore pertenecen a canciones del grupo español Triángulo de Amor Bizarro.

Entre la bibliografía utilizada, algunos títulos merecen una mención. Para una visión panorámica de la República Social Italiana, véase *La repubblica di Salò* de Diego Meldi (2008); para una discusión de sus órganos de seguridad interna, *I Servizi Segreti nella Repubblica Sociale Italiana* [*Los Servicios Secretos de la República Social Italiana*] de Daniele Lembo (2009); para un análisis —por lo demás, muy parcial— de las relaciones de Ezra Pound con la también llamada «República de Salò», el de Antonio Pantano *Ezra Pound e la Repubblica Sociale Italiana* (2009). Aunque los *Cantos* —hay muy buena edición española bilingüe de Javier Coy en Ediciones Cátedra con el título de *Cantares completos*— no parezcan la forma más ordenada de acceder a las ideas de Ezra Pound, si es que esas ideas tuvieron un orden algún día, son imprescindibles, al igual que sus *«Aquí la Voz de Europa.» Alocuciones desde Radio Roma* (2006), *El ABC de la lectura* (2000) y *Guía de la kultura* [*sic*] (2010) y los siguientes libros: *The Pound Era* [*La era de Pound*] de Hugh Kenner (1973) y *A Serious Character. The Life of Ezra Pound* [*Un personaje serio. La vida de Ezra Pound*] de Humphrey Carpenter (1990). Acerca del futurismo se pueden consultar los libros *Dizionario del futurismo. Idee, provocazioni e paroli d'ordine di una grande avanguardia* [*Diccionario del futurismo. Ideas, provocaciones y palabras clave de una gran vanguardia*] (1996) y *Artecrazia. L'avanguardia futurista negli anni del fascismo* [*Artecracia. La vanguardia futurista en los años del fascismo*] (1992), los dos de Claudia Salaris, *Futurism and Politics: Between Anarchist Rebellion and Fascist Reaction, 1909-1944* [*El futurismo y la política. Entre la rebelión anarquista y la reacción fascista, 1909-1944*] de Günter Berghaus (1996), *Futurismo. La explosión de la vanguardia* de Alessandro Ghignoli y Llanos Gómez (eds.) (2011) y *Estética y arte futuristas* de Umberto Boccioni (2004). Acerca y de su fundador, *Marinetti. Arte e vita futurista* [*Marinetti. Arte y vida futurista*] de Claudia Salaris (1997), *Expresiones sintéticas del futurismo* (2008) y *Necesidad y belleza de la violencia* (2009). Para una discusión del estado de la literatura durante el período nacionalsocialista, véase *Literatur im Dritten Reich. Dokumente und Texte* [*La literatura en el Tercer Reich. Documentos y textos*] de Sebastian Graeb-Könneker (ed.) (2001); para una discusión de la literatura española durante el primer franquismo, la antología de José-Carlos Mainer ya mencionada y el fascinante *Las armas y las letras. Literatura y Guerra Civil (1936-1939)* de Andrés Trapiello (2010, tercera edición); para una historia del Colaboracionismo francés en literatura, *Die französische Literatur im Zeichen von Kollaboration und Faschismus* [*La literatura francesa bajo el signo de la Colaboración y el fascismo*] de Barbara Berzel (2012). Existen decenas de libros acerca de la experiencia partisana en Italia; recomiendo uno de los más recientes, el de Sergio Luzzatto *Partisanos. Una historia de la Resistencia* (2015). Quienes deseen profundizar en lo sucedido en torno a 1945 en Europa y la inmediata posguerra pueden recurrir a los estremecedores *Continente salvaje. Europa después de la Segunda Guerra Mundial* de Keith Lowe y *Año cero. Historia de 1945* de Ian Buruma (ambos de 2014). Sobre las Brigadas Rojas, *Europe's Red Terrorists: The Fighting Communist Organizations* [*Los terroristas rojos de Europa. Las organizaciones comunistas armadas*] de Yonah Alexander y Dennis A. Pluchinsky (1992) y *Strike One to Educate One Hundred* [*Golpea a uno para educar a cien*] de Chris Aronson Beck, Reggie Emiliana, Lee Morris y Ollie Patterson (1986); para la historia de las Brigadas Rojas milanesas, *Le Brigate Rosse a Milano. Dalle origini della lotta armata alla fine della colonna «Walter Alasia»* [*Las Brigadas Rojas en Milán. De los orígenes de la lucha armada al final de la columna «Walter Alasia»*] de Andrea Saccoman (2013). Acerca de la escena anarquista de Milán, puede leerse en http://federazione-anarchica-milanese-fai.noblogs.org/ y http://torchiera.noblogs.org/, por ejemplo.

Una parte considerable de este libro fue escrita en la residencia para artistas de Civitella Ranieri en las proximidades de Umbertide, Perugia. Quiero agradecer a sus responsables, Diana Prescott y Diego Mencaroni, así como a aquellos con quienes durante mi estancia compartí conversaciones y experiencias que, inevitablemente, y en sus aspectos más positivos —si los tiene—, deben poder vislumbrarse en este libro de algún modo: Ed Bennett, Estrella Burgos, Mary Caponegro, James Casebere, Helene Dorion, Lise Funderburg, Dan y Becky Okrent, Russell Platt, Tonis Saadoja y Gayle Young. Mi agradecimiento va también a mis editores Claudio López de Lamadrid (Literatura Random House España), Diana Miller (Knopf), Olivia de Dieuleveult (Flammarion), Janicken von der Fahr (Pax Vorlag), Margit Knapp (Rowohlt Verlag), Camilla Rohde Søndergaard (Klim), Hedi de Vree (Meulenhoff), Luigi Brioschi (Guanda), Lee Brackstone (Faber & Faber), Jaime de Pablos (Vintage), Pilar Álvarez (Turner), Juan Ignacio Boido y Glenda Vieites (Literatura Random House Argentina), Melanie Josch y Vicente Undurraga (Literatura Random House Chile), Ricardo Cayuela Gally y Andrés Ramírez (Literatura Random House México), Gabriel Iriarte y Sebastián Estrada (Literatura Random House Colombia), Fernando Barrientos (El Cuervo) y Ulises Milla (Ediciones Puntocero) así como a mis agentes en William Morris Endeavor Entertainment, Claudia Ballard y Raffaella de Angelis. Gracias también a Mónica Carmona, una de las primeras y más talentosas lectoras de este libro, y a Graciela Montaldo, quien me permitió asistir a un pase privado de la exposición *Italian Futurism, 1909-1944: Reconstructing the Universe* en el Guggenheim de Nueva York a cambio de hacerme pasar por Sergio Chejfec: sorprendentemente, la suplantación funcionó. Mi agradecimiento es también para mis traductores: Kristina Solum, Mara Faye Lethem, Kathleen Heil, Roberta Bovaia, Arieke Kroes, Christian Hansen y Claude Bleton, así como para todos aquellos que en los últimos años han escrito acerca de mi trabajo. Gracias también a todos en las oficinas de Penguin Random House en Madrid y Barcelona —Carlota del Amo, Melca Pérez, María Casas, Miguel Aguilar, Albert Puigdueta, Núria Manent y otros— y a Rodrigo Fresán, José Hamad, Pablo Raphael, Anna Maria Rodríguez, Juan Cruz Ruiz, Berna González Harbour, Javier Rodríguez Marcos, Andrea Aguilar, Daniel Gascón, Matías Rivas y Eduardo De Grazia. Este libro es para Giselle Etcheverry Walker, como todo lo demás: «All my powers of expression and thoughts so sublime / Could never do you justice in reason or rhyme».